国家社科基金项目（11BZW097）成果；
姑苏宣传文化人才项目（LL2014002）成果。

行进中的现代性

晚清“五四”散文论

丁晓原◎著

中国社会科学出版社

图书在版编目（CIP）数据

行进中的现代性：晚清“五四”散文论/丁晓原著. —北京：中国社会科学出版社，2016. 5
ISBN 978－7－5161－8093－8

Ⅰ. ①行…　Ⅱ. ①丁…　Ⅲ. ①散文评论—中国—现代
Ⅳ. ①I207. 65

中国版本图书馆 CIP 数据核字（2016）第 084256 号

出 版 人　赵剑英
责任编辑　郭晓鸿
特约编辑　席建海
责任校对　张依婧
责任印制　戴　宽

出　　版　中国社会科学出版社
社　　址　北京鼓楼西大街甲 158 号
邮　　编　100720
网　　址　http://www.csspw.cn
发 行 部　010－84083685
门 市 部　010－84029450
经　　销　新华书店及其他书店

印　　刷　北京君升印刷有限公司
装　　订　廊坊市广阳区广增装订厂
版　　次　2016 年 5 月第 1 版
印　　次　2016 年 5 月第 1 次印刷

开　　本　710×1000　1/16
印　　张　21. 25
插　　页　2
字　　数　319 千字
定　　价　78. 00 元

凡购买中国社会科学出版社图书，如有质量问题请与本社营销中心联系调换
电话：010－84083683

目　录

双峰飞渡有鸿声

王兆胜

喜闻丁晓原先生新著即将付梓，在出版之前，他坚执让我作序。

“写序”愧不敢当，但作为散文爱好者和散文研究者，也作为晓原的知音，趁机说几句话，亦吾之所愿。

与晓原兄最早结识于何时，现已无从考查。但他给我留下的深刻印象是，每次见面都很愉快，也有会心之顷，而且这种感受经久弥深，不会因时间的流逝而淡薄。古人常有知音之感，在我们之间，我就有这种感受。

日子匆匆而过，于是生命化结成一个个跳动的音符，长留于记忆中。晓原给我的印象永远是那么真纯、谦逊、善良、勤勉，以及他不断求索和超越自我的执着精神。

早在20世纪末，丁晓原就出版了《20世纪中国报告文学理论批评史》，开启了报告文学理论学术史研究之先河。随后，他又连续出版《文化生态与报告文学》《中国现代报告文学论》《文化生态视镜中的中国报告文学》《中国报告文学三十年观察》等，可谓著述甚丰、硕果累累。这次他又推出这本《行进中的现代性——晚清、“五四”散文论》，将其研究又提升到一个新的高度。“行进中”包含了进取心和谦卑意，“现代性”反映了与时代话语相贴近的理性清醒，“晚清”和“五四”又是两个难以攀登的高峰，“散文论”从报告文学转向散文研究，视域更加扩大了，目标也更高远了。也可以这样说，作者选取了一个极富挑战性也是颇有价值的选题，从中可见其思想品质和精神高标。

在所有文类中，中国现当代“散文”研究是最薄弱的，不要说与诗歌、小说，就是与戏剧相比，其研究的滞后也不容置疑。不过，也正因此，散文研究者的探索和追求才弥足珍贵，也带有某些悲壮意味。我认为，在新时期散文研究者中，丁晓原用功最勤、最为踏实，也是最具探索性、拼搏精神、创新意识的一位，随着散文研究意识的增强，其所做出的努力和贡献将会不断发出耀眼的光芒。

迄今为止，散文是一个被学界严重忽略的文体，其研究价值远未引起人们足够的重视。这是因为：第一，中国古代为诗国，也是文章大国，但却没人说是小说或戏曲之国。诗歌无疑是中国人的灵魂，古今历代名家名作层出不穷、经久不息；而文章则是经国之大业，须臾不能离开。第二，现当代中国新小说、诗歌、戏剧当然可以研究，但其在现代化进程中存在的最大问题是，渐渐剥离了中国传统文化，尤其是中国传统文化的基因和密码逐渐遗失。试想，如果将西方文化包括后现代因素抽离，所谓的“先锋文学”还能留下什么？西方现代的东西没了，中国传统的基因与密码丢了，于是它们就会成为无根的飘浮起来的文学。因此，如果将来要在新文学中寻找中国传统文化的基因和密码，我们不能指望现代诗歌和小说等文体，恐怕要回到现代散文这个一向不为人重的所谓的“落伍”文体。第三，散文是一个有太多受众的文体，散文研究的兴盛是早晚的事。第四，散文“易写而难工”，其研究更是如此。散文就如同水一样难以描述，更难用一种既成的理论进行规范和解释。当然，这为研究者提出了更高要求，除了用理论思辨还要用心灵去感悟，除了进行规范还要随地赋形，除了注重实写还要考虑到虚构。散文研究仿佛需要太极功夫，在看似固定的方圆、进退、呼吸动作中，往往更需要内化和融通，以参透阴阳之理和天地道心。

作者将“晚清”和“五四”两个时段作为自己的研究范畴，并探究其间的起承转合，也考察其现代性超越意向，这本身就是一种“飞渡”。与诗歌和小说等其他文体同中有异的是，散文与中国古代文章虽有联结，有的方面还是根本性的、基因性的；但是，其断裂也是悬崖式的。这就如同郁达夫所言：中国现代散文中几乎每篇文章都有鲜明的“个性”，这与中国传统文章有着本质之别。因此，从“晚清”一巅飞渡到“五四”一端，那是多么冒险的事情，也对作者的知识储备、文化积淀、价值观念、思想力量以及审美趣味，提出了很高的要求。

令人欣慰的是，本书紧紧抓住“现代性”这一维度，从而在“晚清”与“五四”之断崖间拴了一条索链，从中可见传统散文向现代散文过渡的刀光剑影以及观念、文体之变。作者是将“晚清”作为现代性起动之点，通过各种研讨，逐渐抵达了真正的“五四”现代性彼岸。这是一次散文观念与文体现代性的长旅，其中虽不乏艰难的选择甚至困惑，但确定不移的目标让现代性追求义无反顾地前行。在此，有两点值得给予充分肯定：一是知识分子的批判精神和反省意识，二是文体的现代理性自觉。这是飞渡“晚清”与“五四”这两座高峰的现代性关节点。如长期以来，学界对于鲁迅杂文的评价不高，认为它远远低于其小说成就，有人甚至极尽贬低鲁迅杂文之能事。然而，本书认为，杂文是鲁迅生命意识最深沉的灌注，是作为现代知识分子批判意识的充分张扬和显现，也是在接续中国先秦传统尤其是孔子品评弟子的方式后，所做出的新的创造。这样的认识和看法是令人信服的。因为只从狭义对“散文”进行理解，而不从大散文——“文章”的角度观照，简单地评说鲁迅杂文，显然不会获得突破性进展。还有，对于鲁迅《野草》的看法，长期以来几成定论，它是优美的散文诗或“诗的散文”。但作者认为，《野草》是“‘诗体’的杂感”。他说：

> 指认《野草》是“个人杂感的诗意变体”，这是李欧梵的一种发现。在我看来，《野草》即是“诗体”的杂感。杂感写作是作为知识分子型作家的鲁迅生命存在的基本方式。写作杂感表明了作者有一种强烈的现实关怀的社会责任感。这一文类的逞心而为，需要社会有一种让人自由言说的可能和写作主体拥有自主随意地思想的心灵。但是作家的知识分子化的本性与客观环境、主体心理环境之间，在鲁迅写作《野草》时产生了深刻的矛盾。鲁迅是“杂感”型作家（即思想强势型作家），即使是作为小说家的鲁迅，也是以“杂感”型为其底色的。作为作家，表达的欲求是永远的，更何况鲁迅是“杂感”型作家，但语境与心境的阻抑又不可能如《新青年》时代，使他恣意

地写作“随感录”。这样“杂感”变体就是必然的了。

这是一种现代性烛照，作者一下子抓住了问题的关键，对于突破既往结论有点石成金之妙！表面看来，对于《野草》之评价：一个是诗意，另一个是杂感；但重心有根本区别，因为“诗意”更多指向文人士子的情怀，而“杂感”表征的主要是知识分子的现代理性批判精神。

当然，除了现代性的理性之思，丁晓原文本中也充盈着诗意的灵光，这使其理性之笔一下子变得柔软起来，也容易进入读者的心灵深处，拨动人们的心弦。如作者这样写道：

> 将“诗体”置于杂感之前用以指称《野草》，意指杂感的生成与形态是“诗化”的。“诗”为何物？诗无解。但诗性应是关联着主体的心灵，诗是一种最为心灵化的存在，因而也是最为个人化的。……《野草》许多篇什让我们感受到作者被压抑着而又躁动着的精神世界。表现在语言形式方面，显见的是作者好用反复的表达方式。主体的内宇宙十分丰富而复杂，痛苦而彷徨，犹豫而前行，绝望而希望，朦胧而清晰，使作品凸现了一种主体错综纷杂的精神结构。而这正是作为散文诗诗性凝结的关键之所在。

时下的文学研究多走向文化研究，缺乏文学性和审美性，所以研究往往变成了坚硬的、裸露的山石，不能像梁启超一样“笔锋常带感情”，更没有刘勰《文心雕龙》那样的天地道德文章，从而失去了山丰海富的葱郁和博大。读本书是一种享受，在平实的阐述和论证中，我们既能感受时代之意和理性之光，也不乏关于人生的哲学与心灵的低吟浅唱，还有对一草一木、一花一石的感物致知。古人云：学问与人生要融会贯通。没有对于人生的彻悟，所谓的学术研究也就无从谈起；只有当人生获得某种醒觉，学问才能变得通达晓畅，最后进入化境。

当然，由于本书面对的问题相当复杂，作者在飞渡“晚清”与“五四”时，有一个问题值得考虑：用“现代性”架起“晚清”与“五四”的天堑是必要的，但其间还应有非现代性所牵引的“桥梁”，即传统文化因素或说人生的要义，这往往与诗歌和小说等文体的转型有所不同。期待晓原在后续的研究中，就现代散文对传统性的推衍这一课题进行开掘，这是很有意义的。

在丁晓原的名字里，“丁”字像拐杖，又是倒过来的问号，这是不是他“飞渡”双峰的一个凭借？“晓”中有“日”，更有“尧”，于是其中有了某些难得的启示。有人曾说：“太阳升起，请将蜡烛熄灭。”显然，晓原兄的人生有大光照临，所以无须“秉烛夜游”。“原”中的“厂”是“广”不出头，而“厂”内有“小”“白”，此是谦逊和明达之意。

世界了无际涯，任何智者都只有在谦卑与宁静中方能有悟。许多人生苦旅都可忽略不计，关键是不能失去追根溯源的兴趣，更不能失去飞翔的翅膀。这一宏大的声音常蕴于心，以至于他人无从知晓，只有在文字间方能化蝶成舞。这可能是我与丁晓原君有所共鸣的地方吧？

是为非序之“序”。

2015 年 12 月 3 日于北京沐石斋

绪论　晚清散文与"五四"散文的逻辑结构

以"五四"文学为发端的中国现代文学，又被指称为"新文学"。植根于新的社会文化生态土壤中的"五四"文学，由于创作的主体、观照的对象，文本的意蕴等与前代文学相比，有了许多重大的变化，因而它具有诸多显见的"新"质，就成为一种必然了。但同时，我们不应该忽视的事实是，历史总会以一种不以人们的意志为转移的巨大的惯性，对后续的社会产生或隐或显的影响。历史宛如一条斩不断的脉流，其内在存有关联着的逻辑。那种由于政权的更迭或朝代的改换，机械地断裂前后历史阶段之间联系的做法，是有悖于历史自身的法则的。从历史的哲学看，正如恩格斯所说的那样："作为分工的一个特定的领域，都具有由它的先驱传给它而它便由此出发的特定的思想材料作为前提。"① 这就是说，历史的后来创造是以"它的先驱传给""作为前提"的。而就具体的文学演进的历史考察，文学史的分期有时可以与社会史的分期相对接，但有些时候人为地将两者对接，只会使文学史成为社会发展史的附庸，从而遮蔽了文学史本身的规律及其价值。其实"文学往往受影响于政治时期而又有其自身内在的节奏与律动，以此跨出自我的步幅"。"国家的政治大事可以成为历史划界分段的依据和标志，但是文学的发展并不一定与国家的政治大事件同步。"②

---

① 恩格斯：《致康・施米特》，《马克思恩格斯选集》第 4 卷，人民出版社 1995 年版，第 703—704 页。

② 范伯群、朱栋霖：《1898—1949 中外文学比较史》，江苏教育出版社 1993 年版，第 1 页。

一　晚清与“五四”的逻辑结构

以晚清文学与“五四”文学为例。1911 年辛亥革命的胜利，不仅宣告了绵延近三百年的封建末世王朝的终结，而且也表明中国终于告别了封建社会。政治革命的成功，改变了政治制度的性质和社会的性质。一般的社会史将此前至 1840 年间的这段历史指称为近代史，而此后的历史则归属为现代史。但文学的历史却并不像社会的历史那样因为某一重大事件的发生，而在一夜之间彻底地改变了它的性质，晚清文学与“五四”文学之间并没有由于辛亥革命的发生而断裂开来，相反，“五四”文学历史地承接着晚清文学，并在新的历史语境中生成自身的品质。正因为看到了晚清文学与“五四”文学之间有着许多逻辑联系，所以一些研究“新文学”的学者，自觉地从晚清文学中寻找新文学发生的某些因素，破除不同社会史之间的分割，将“五四”前期文学与晚清文学，主要是 19 世纪至 20 世纪之交前后时段的晚清文学整体性的观照研究，以还原这一特定的历史时期文学史运行的本真图景。

我们这里研究的是“五四”散文与晚清文学（主要是晚清散文）之间内在存有的关联。统观分属两个不同的社会历史时期的散文，对其做比较分析，我们要给出晚清因素何以成为“五四”散文精神资源或直接影响“五四”散文写作的可能与事实。这并不意味着贬损“五四”散文作为中国现代散文标志性存在的文学史意义，而是通过表达历史的真实，在凸显晚清散文的价值的同时，彰显“五四”散文的意义。“五四”散文家不仅接受着晚清文学的影响，而且也在承接中实现了超越。经他们的创造，在晚清散文中孕育的现代性元素，茁壮成长，蔚然而成一道整体的有深度的“五四”散文的现代性风景。

通常而言，“五四”新文学家们高擎科学民主的大旗，倡导新文化，对传统文化持否定批判的态度。尽管他们自身的思想和创作中实际上也包含着传统文化的因素，但作为一种文化创造的策略，有时不可避免地有矫枉过正的运作措置。而我们观照他们对晚清文化文学的态度，可以发现不少“五四”新文学家是受了晚清的影响。事实上，他们中的许多人是晚清的“过来人”，本身就见证、感受、参与了晚清的文化运动。鲁迅生于

1881 年，周作人生于 1885 年，周氏兄弟在 20 世纪早期就开始了他们的文学活动，主要是作为域外文学的翻译者出现在文坛的。同时，鲁迅以《文化偏至论》（1907）《摩罗诗力说》和《破恶声论》（1908）等包含了“张大个人之人格，又人生之第一义也”等新的思想元素的著述，开始塑造作为“勇猛无畏”“独立自强，去离尘垢，排舆言而弗沦于俗囿”（《文化偏至论》的“精神界之战士”）的形象。晚清时期鲁迅是接受了其时思想主流的滋育的。周作人在《鲁迅的青年时代·鲁迅与清末文坛》中写道：“癸卯（1903）年三月，鲁迅给我一包书，内中便有《清议报》汇编八大册，《新民丛报》和《新小说》各三册。”鲁迅对于读物的选择，表明他对所读之物内蕴的价值取向的认同。鲁迅不仅自己读《清议报》《新民丛报》诸类的报文字，而且还将它们推荐给其弟周作人。这样的细节足以反映其时鲁迅的思想脉络。

1891 年出生的“五四”新文化运动的积极鼓吹者胡适在他的《四十自述》中，也说他受到了梁启超思想的影响：“我个人受了梁先生无穷的恩惠。现在追想起来，有两点最分明，第一是他的《新民说》，第二是他的《中国学术思想变迁之大势》。梁先生自号‘中国之新民’，又号‘新民子’，他的杂志也叫做《新民丛报》，可见他的全幅心思贯注在这一点。‘新民’的意义是要改造中国的民族，要把这老大的病夫民族改造成一个新鲜活泼的民族。”“我们在那个时代读这样的文字，没有一个人不受他震荡感动的。他在那时代（我那时读的是他在壬寅癸卯做的文字）主张最激烈，态度最鲜明，感人的力量也最深刻。”胡适的自述反映了这样一种事实，即以梁启超为代表的晚清启蒙主义思想家，对像胡适这样当时还是青年（少年）后来成为“五四”代表人物的精神世界有着直接而重要的建构意义。正因为成为“五四”新文化创造主体的胡适、鲁迅、周作人等，他们本身曾经走过晚清并且有着浸染其时主流思潮的精神经历，所以他们在“五四”时代的文化创造中，就会比较自然地表现着晚清文化的某种遗传“基因”。

晚清文学，特别是戊戌变法时期的文学，有学者视之为后来“五四”文学革命的重要根基。陈子展对他的这种立论做了分析。这种分析指向两个维度。一是对于传统文化的态度，戊戌“这个时候才知道要废八股，文人才渐渐从八股里解放出来。固然我们也知道八股文试帖诗是为科举考试而作，不是文学；但是这种考试文体不废，于文学发展上有极大的障害”。二是对于外来文化的态度，“这个时候才开始接受外来的影响。中国的文学固然自有纪录以来就带有变迁，但与国外学术不大发生关系。只有魏晋以后，受到一点印度佛学的影响。到了这个时期，谭嗣同、梁启超一般人所倡的‘新文体’与‘诗界革命’，又很显然的受到外来影响，并为后来文学革命建立了一个根基”①。戊戌文学之所以能够成为“五四”文学革命的“根基”，是因为两者之间有着一些可以贯通的理路。晚清时代，社会以前所未有的巨大的多样性、矛盾性、复杂性呈现在作家面前；关注国运的作家感应着时代剧变的刺激，接受着西风东渐的思想洗礼。生长着的作为知识分子型的作家的主体性，召唤着他们激扬文字的言说的欲望。而这种言说的欲望，在传统的文体系统中，找不到可以匹配的载体。传统的文体无法表达或者还会阻抑作家表达反传统的异化的新思想。因此，晚清作家面临着一个文体匮乏的困境。但创造是时代所赋予这一代作家的使命，于是便有诗界革命、文界革命、小说界革命、戏剧界革命等文体创造的鼓呼与践行。正是这些“革命”部分地然而是直接地导引着“五四”文学革命的发生。

二 “文界革命”与文学革命

从散文这一文体看，晚清“文界革命”与“五四”文学革命之间有着显见的接近性关联。在晚清的诸文体的创造中，无疑散文的实绩是最大的，这是由散文文体本身和其时特定的时代状况所决定的。散文对于主体和客体的观照和反映具有“无中介”的直接性，它的“散文”，使作者的表达受到形式的限制相对要少一些。具有这些便利的散文，在一个文化多样杂化、言说相对自由的时代，就十分自然地会成为喜欢论评世事、表达思想的知识分子型作家首选的文体。但原有的古文体制或八股制艺的则已无法适应新的时代、新的主体、新的表达需求，于是梁启超于世纪之交提

① 陈子展：《中国近代文学之变迁·最近三十年中国文学史》，上海古籍出版社 2000 年版，第6—7页。

出了“文界革命”的口号。所谓“革命”表示着对原有的不合时宜的规范的淘汰、颠覆。“新民子曰：革也者，天演界中不可逃避公例也。凡物适于外境界者存，不适于外境界者灭。一存一灭之间，学者谓之淘汰。淘汰复有二种，曰“天然淘汰”，曰‘人事淘汰’。天然淘汰者，以始终不适之故，为外风潮所旋击，自澌自毙而莫能救者也；人事淘汰者，深察我之有不适焉者，从而易之使底于适，而因以自存者也。人事淘汰，即革之义也。”（梁启超《释革》）在梁启超这里，他所谓的“革”，或“革命”更侧重于人之所为，即有作为于时代的应时之士或先时之士，基于主体自身价值的想象而对现实中不合理的存在加以否定，并且在否定中建构应于时宜的秩序。

就散文而言，梁启超之所以说“夫文界之宜革命久矣”，是因为古文的文体，不能如“欧美、日本诸国文体之变化，常与其文明程度成正比”（《介绍新著〈原富〉》），反倒成为新的文明传播的束缚，所以，以他为代表的晚清散文家，大多表达了他们对传统古文的否定态度，尽管他们曾经接受过古文的熏陶。梁启超他们以“文界革命”“淘汰”古文，在淘汰的过程创造着名为“新文体”的散文。对文界何以革命，何以革故鼎新，梁启超并没有具体的述说。参阅其相关的表说，可见“欧西文思”是其中一个关键词。所谓“欧西文思”，既有精神方面的意指，也有形式方面的关联，总之是要在散文中导入西学的元素。“欧西文思”原是梁启超评价日本德富苏峰其文的用语，以此作为中国文界革命的“起点”，其中也就包括借鉴“日本文思”的意思在内。当然，“日本文思”的精神来源即为“欧西文思”。作为“文界革命”的成果，梁启超等人创造的新文体，很明显地有着域外因素，尤其是日本文学因素的影响。这一点梁启超有自注，也为后来“五四”新文化运动中活跃人士所体察：“梁任公实为创造新文学之第一人，虽其政论诸作，因时变迁，不能得国人全体之赞同，即其文章，亦未能尽脱帖括蹊径，然输入日本新体语文学，以新名词及俗语入文，视戏曲小说与论记之文平等，梁君之作《新民说》《新罗马传奇》《新中国未来记》，皆用全力为之，未尝分轻重于其间也。此皆其识力过人处。鄙意论现代文学之革新，必数梁君。”（钱玄同《致陈独秀》）

“文界革命”最终成了梁启超他们的未竟事业。这当然是他们所处的时代的一种命定。在世纪之交特定的社会文化生态体系中，作家们不可能完成“文界革命”的使命。他们中有的本身就流质易变，思想由趋新走向保守；有的思想与散文写作之间形成了二元对立的悖论：一方面鼓吹维新变法，革命反叛；而另一方面又坚持写作古奥生涩的文体。这些情况决定了“文界革命”的不彻底性。而它的不彻底性，从一定意义上说，给“五四”新文学家创造了历史的机遇。梁启超于1899年年底提出“文界革命”，1902年在《释革》一文中又径言“文学革命”。梁启超说：“变革也，岂惟政治上为然耳，凡群治中一切万事万物莫不有焉。以日人之译名言之，则宗教有宗教之革命，道德有道德之革命，学术有学术之革命，文学有文学之革命，风俗有风俗之革命，产业有产业之革命，即今日中国新学小生之恒言，固有所谓经学革命，史学革命，文界革命，诗界革命，曲界革命，小说界革命，音乐界革命，文字革命等种种名词矣。”时隔十余年，胡适远在美国，以通信的方式与《新青年》的主事者陈独秀探讨中国文学革新的问题（梁启超倡言“文界革命”也在域外），撰成《文学改良刍议》刊于《新青年》第2卷第2号，其主要观点为“今日而言文学改良，须从八事入手”：“一曰，须言之有物。二曰，不摹仿古人。三曰，须讲求文法。四曰，不作无病之呻吟。五曰，务去烂调套语。六曰，不用典。七曰，不讲对仗。八曰，不避俗字俗语。”胡适所谓的“八事”，其内在的意思即表示着对替古人说话的旧散文的否定，而他所倡导的也正是“文界革命”时新文体写作所求取的，如“不摹仿古人”“不用典”“不避俗字俗语”，正与梁启超所说的“新文体”求取“自解放，务为平易畅达，时杂以俚语韵语及外国语法，纵笔所至不检束”[①] 的精神是一致的。

对于文学鼎新，陈独秀的品性决定了他比胡适走得更远。陈独秀不像胡适那样以“文学改良”这样温和的口吻来谈论问题，而是直接张起“文学革命”的大旗。唯实而言，“文学革命”之说并不是陈独秀的发明，此前梁启超曾经用过同样的言辞；而就“文界革命”的字面意义看，它

---

① 梁启超：《清代学术概论》，东方出版社1996年版，第77页。

也是与“文学革命”近义的。陈独秀的意义在于他承继了梁启超的命意，并且能做深入的开拓。他对“文学革命”这一重大的课题，第一次以“论”的方式较为明确而系统地做了阐释，成为“五四”文学运动的理论纲领。文学之所以要“革命”，是因为革命者对旧有的文学不满。在陈独秀“文学革命”的大旗上，他“大书特书吾革命军三大主义，曰：推倒雕琢的、阿谀的贵族文学”，“推倒陈腐的、铺张的古典文学”“推倒迂晦的、艰涩的山林文学”。这里，陈独秀以“贵族文学”“古典文学”“山林文学”的指称，从不同角度概括了封建文学的性质与特征，用“推倒”一词表达了他对这种文学的否定。在具体论析时，陈独秀比较多地以散文为例，指出其中存有的流弊。他一方面肯定“昌黎文章起八代之衰”的文学史意义；另一方面又直接指出“吾人今日所不满于昌黎者二事：一曰，文犹师古。虽非典文，然不脱贵族气派”，“其结果乃造成一新贵族文学”；“二曰，误于‘文以载道’之谬见。文学本非为载道而设，而自昌黎以讫曾国藩所谓载道之文，不过抄袭孔孟以来极肤浅、极空泛之门面语而已。”他还否定差不多贯穿有清一代，并且至民初仍有余绪的“桐城派”散文：“今日吾国文学，悉承前代之敝。所谓‘桐城派’者，八家与八股之混合体也。”而“八家”“八股”，在陈独秀看来，“唐宋八家文之所谓‘文以载道’，直与八股家之所谓‘代圣贤立言’，同一鼻孔出气”。

由以上引述可见，“五四”文学革命论者与晚清“文界革命”论者，他们对传统古文，对八股时文的态度是相似的。梁启超申言“夙不喜桐城派古文”，而陈独秀则径说“不满于昌黎”，不满“桐城派”散文。陈独秀的《文学革命论》是对文学革命的总体性的论纲或曰宣言，同时也可以说是关于散文革命的一份告示。陈独秀所说的“建设平易的、抒情的国民文学”“新鲜的、立诚的写实文学”“明了的、通俗的社会文学”，既表达了他对新文学精神与形式特征的想象，同时这种想象也可意指新散文的建构。这种新散文，当入列“国民文学”“写实文学”“社会文学”，“构思所及”当关乎“所谓宇宙，所谓人生，所谓社会”“目无古人、赤裸裸的抒情写世”。我们将陈独秀的这些言说与梁启超有关“文界革命”“新文体”的表达，参互阅读，就可检索出一些具有相通性的关联词。如说语言表达，陈独秀有“平易”“明了”“通俗”之语，梁启超则有“平易畅达”“杂以俚语”之辞；如说作者和作品精神势态，陈独秀以“目无古人，赤裸裸的抒情写世”状写，而梁启超则用“雄放隽快”“纵笔所至不检束”“笔锋常带感情”形容；如说文体新品质的生成，梁启超主张采用“欧西文思”，而陈独秀则以“国民文学”“写实文学”“社会文学”这些含有西学因素的命名加以标示。分析语言表达上的这些细节，我们可以感知“文界革命”和“文学革命”内在存有的一些具体而微的契合。当然，在梁启超那里，“文界革命”还只是一种思想的碎片，其存在形式也还只是片言只语。这表明梁启超关于“文界革命”只是产生感念的冲动，尚未形成系统的思想。而在陈独秀、胡适这些“五四”新文学倡导者这里，对于话题的探讨，是以“文学革命论”这样一种较为系统化的较为完整的形式展开的。这表明“五四”新文学家，他们对于文学革命的倡导已不是起兴于一时的冲动，而开始形成一种较体系化的设计方案。

三 启蒙：文体精神的链接

我们对“文界革命”和“文学革命”之间的逻辑联系做了如上的观察与分析。“文界革命”直接指向散文的革命，“文学革命”虽然不是直接言说散文的革命，但其意旨以及用以论证的材料无不关联着散文。由此可见散文或者说散文革命在晚清“五四”作家意域中的位置和分量。散文之所以被推置到一个为人注目的平台，是因为作为文化的散文与特定的时代主题之间有着一种从未有过的契合。将散文分为文化的散文和文学的散文，是基于散文意向功能的区分。文学的散文往往是言志抒情的，具有较为鲜明的个人化色彩的散文，有一种“私人写作”的倾向；文化的散文，特别是社会转型时代的文化散文，实际上是知识分子型的作家对他们所关注的社会时务的一种表达，是一种思想的言说，体现着“公共写作”的模式。晚清和“五四”前期这两个时期，从社会政治形态看，分属于两个不同的社会历史时期，一个为封建王朝的末世，另一个为民国初年。但从社会思想文化性质看，一以贯之的是半封建、半殖民地的杂化文化；在杂化的文化空间中，资产阶级或小资产阶级知识分子基于自身的社会理想和价值取向的设计，通过拆卸封建文化，建构新的文化体系。在这样一种总体的背景中，散文，并不是指所有的散文，被用以对旧文化的批判和对新文化建设的时代工程中了。文化散文的价值正是在参与时代主题的言说中实现的。晚清“五四”散文，就其主流而言是我们所意指的“文化的散文”。基于这样一种指说，我们可探寻它们之间在文体内在精神上的连接处。

晚清“五四”的文化散文或可命名为“启蒙”的文化散文。其时，是需要启蒙的时代，在一个需要启蒙的时代，知识分子自觉以启蒙为己任担当；以启蒙为己任的知识分子，又自然地赋予写作以启蒙的主题。晚清的中国是一个问题的中国，内忧与外患交织在一起。华夏民族第一次被拉入到世界的格局中，被迫与列强做直接的全方位的较量，结果被推到危机的绝境。这样的实况刺激着有识之士敏感的神经，他们焦灼地观察现实，在寻找问题中反思其因由；他们开眼看世界，用其领略到的现代西方文明，作为民族国家想象的元素。辛亥革命胜利了，但这种胜利差不多是一种象征性的。表面上赶走了皇帝，仿佛可以终结漫长的封建统治，但实际上思想文化上的问题依旧。袁世凯复辟称帝的闹剧充分说明了这一点。这样，新的思想文化运动的掀起，就历史地成为“五四”一代思想文化精英的使命。就内在的理路而言，晚清思想文化运动与“五四”新文化运动之间有着应接的关系。前者实际上是后者的发轫，后者是对前者的承接与发展。据此，我们可以将晚清“五四”思想文化运动做整体的把握。此间的思想文化运动，是处于危机状态中的中国知识分子，基于救亡图存的道义责任，以西方文化为参照，对中国传统文化的反思批判，并在反思批判中创建与新的社会存在相适应的文化。这种时代性的逻辑命题在晚清与“五四”两个时期似乎并无太多的差异，只是其中的意旨有所不同罢了。

有学者在指说“五四”精神时，以为知识分子的入世精神就是“五四”精神。“什么是五四精神？那是一种中国知识分子特有的入世使命感。”[①]“这种入世的使命感是令人骄傲的五四精神。”[②] 就“入世的使命感”而

① 林毓生：《中国传统的创造性转化》，生活·读书·新知三联书店 1988 年版，第 147 页。
② 同上书，第 148 页。

言，“五四”知识分子的这种精神直接导源于晚清知识分子。晚清时代的知识分子，如冯桂芬、王韬、郑观应、康有为、梁启超、严复、谭嗣同等已普遍地具有襟怀天下的抱负和介入现实的行动。他们是以自己的方式履行“入世的使命”的。写作是他们选择的一种重要方式。由于散文是一种更便于言说，更能直接地用于社会的思想启蒙的文体，所以散文写作就成为他们践于社会职志的一种行为模式。散文写作价值的实现，有赖于话语权力的建构，这样“公共空间”（报刊）的营造也就成为“入世”的知识分子的一件要务。于是，我们可见王韬有《循环日报》，梁启超有《时务报》《清议报》《新民丛报》等。“五四”初期的情形正与此相似。作为“五四”新文化运动发端标志的《新青年》，它的前期是一份由自由知识分子操持的文化刊物。陈独秀、胡适、李大钊、鲁迅、周作人、高一涵、钱玄同、傅斯年等，依凭这一方可以自由言说的空间，主要以政论、随笔的形式表达了他们对文化解构与建构的声音。这种主体入世的精神类型，写作的政论选择和对于话语中心的积极营构等，与晚清时期是相接相承的。这就具体地决定了两个时期的散文精神具有某种相似性。

这种相似性显见于散文的启蒙主题类型的设定上。散文的启蒙主题是由时代主题所给定的，同时启蒙主题的展开需要启蒙主体基于思想解放的精神自主。启蒙是对原有秩序的一种颠覆。这就需要拆除（“破坏”）主体意域中的罗网偶像。谭嗣同在《仁学自叙》中发出“速其冲决网罗”的呼吁，陈独秀则撰有《偶像破坏论》，大声疾呼“破坏！破坏偶像！破坏虚伪的偶像！”他以为“宗教上，政治上，道德上，自古相传的虚荣，欺人不合理的信仰，都是偶像，都应该破坏！”“偶像”正是“网罗”的一种，“破坏”也含有“冲决”的意思在内，陈独秀这里所用的“破坏”，在梁启超那里也有表述。梁启超作《十种德性相反相成义》，列举了“独立与合群”“自由与制裁”“自信与虚心”“利己和爱他”“破坏与成立”五对“德性”。其中“破坏与成立”一节，对“破坏”的意义多有强调，以为“破坏主义者，实冲破文明进步之阻力，扫荡魑魅罔两之巢穴，而救国救种之下手第一著也”。由上引述可见，晚清与“五四”散文作家之间在语言表达上存有“近义词”或“同义词”的现象。这反映着他们有着近似的心路。谭嗣同、梁启超、陈独秀他们这种宣言式的表达，表征着他们一代知识分子精神的自信与强健。

启蒙并不是泛化的说教，而是基于具体而重大的中国问题，设计相应的解决方案。在与列强遭遇的初始，人们只以为技不如人，所以倡言“师夷长技以制夷”；但甲午战争的惨败，昭示有识之士仅有“长技”是不可能克敌制胜的。只有兼具体制的文明和人的精神自觉，民族才能图存自强。对此，梁启超认知颇深。他尤其关注人的精神世界的塑造。他认为：“吾中国四万万人，无一可称完人者，以其仅有形质界之生命，而无精神界之生命也。故今日欲救精神界之中国，舍自由美德外，其道无由。”（《十种德性相反相成义》）在梁启超看来，国民精神的缺失，是导致中国不振的本原之一：“中国数千年之腐败，其祸极于今日，推其大原，皆必自奴隶性来；不除此性，中国万不能立于世界万国之间。”（《致南海夫子大人》）与“奴隶性”相反的是自主性和独立性，主体的这种品格源于他们精神的自由。所谓国民精神，其核心也就是自由的精神。“自由云者，正使人自知其本性，而不受钳制于他人，今日非施此药，万不能愈此病。”（《致南海夫子大人》）正是基于这样的认识，所以梁启超认为“新民为今日中国第一急务”，他以“新民”为己任，以“新民子”自号，所办报刊也题名为《新民丛报》：“取《大学》新民之义，以为欲维新吾国，当先维新吾民。”（《本报告白》，《新民丛报》创刊号）

梁启超的“新民”思想对“五四”新文学作家产生过直接的影响。这一点胡适、钱玄同、周氏兄弟曾经有过表述。在“五四”新文学家这里，人的问题成为他们思考的核心问题。鲁迅认为“最要紧的是改革国民性”。他说：“最初的革命是排满，容易做到的，其次的改革是要国民改革自己的坏根性，于是就不肯了。所以此后最要紧的是改革国民性，否则，无论是专制，是共和，是什么什么，招牌虽换，货色照旧，全不行的。”“立人”是作为文学家、思想家鲁迅的毕生使命。早在晚清，鲁迅就认识到“立人”的意义，“是故将生存两间，角逐列国是务，其首在立人。人立而凡事举；若其道术，乃必尊心性而张精神”；“国人之自觉至，个性张，沙聚之邦，由是转为人国。人国既建，乃始雄厉无前，屹然独见于天下”。（《文化偏至论》）到“五四”时期，鲁迅更明确地认为：“我们的第一要着，是在改变他们的精神，而善于改变精神的是，我那时以为当然要推文艺，于是想提倡文艺运动了。”（《呐喊·自序》）这里，鲁迅将改变人的精神视为“第一要着”，其意和“首在立人”是一致的。作为文学家，鲁迅以其“文艺”担当“立人”的职责。他的散文（杂文）是以“立人”为基本主题的。如1918年、1919年写的《我之节烈观》《我们现在怎样做父亲》以及大量的“随感录”，对封建文化的“非人”一面做了深刻的揭露和批判，并通过这种揭露和批判，张扬“立人”的思想，“东方发白，人类向各民族所要的是‘人’”，“旧账如何勾销？我说，完全解放了我们的孩子！”（《热风·随感录四十》）

对于人的精神性建构，鲁迅更强调“个人的自大”。他认为：“中国人向来有点自大——只可惜没有‘个人的自大’，都是‘合群的爱国的自大’。这便是文化竞争失败之后，不能再见振拔改进的原因。”（《热风·随感录三十八》）鲁迅的这种观点与梁启超的说法有所不同。鲁迅所说的“个人的自大”，强调的是个体精神的独立自由，其旨归于个人。而梁启超也强调国民的自由精神，但其旨归于团体。他说：“团体自由者，个人自由之积也。人不能离团体而自生存，团体不保其自由，则将有他团焉自外而侵之、压之、夺之，则个人之自由更何有也！”（《新民说·论自由》）梁启超从个人与团体的关系中，解析“独立”与“合群”的依存性，强调个人自由应以团体自由为其前提，由此凝聚民族自强的合力。这其中有可取之处。而鲁迅洞察中国封建文化的弊端症结之所在，其弊端在于以团体性（集体性）的名义扼杀个人性，以至个体的自由精神得不到应有的发育。梁启超将中国的不振，归因为“由于国民公德缺乏，智慧不开”（《新民丛报》《本报告白》创刊号），而鲁迅以为导致国民劣根性产生的根本原因在于封建文化对于人性的虐杀。由此从根本上否定了封建专制文化。因此，鲁迅的言说更为深刻，直叩中国文化症结。

对于人的个性的充分强调，体现了“五四”作家在人的问题上的认识要比晚清作家深化。这是时代使然。“五四”新文化运动的主题是科学和民主。科学从破除迷信蒙昧中出，人的自身价值在寻找科学中得到肯定；民主从反对专制霸道中出，人的自主性以及由自主而得的自由的人性在推进民主中获得彰显。陈独秀撰写的发表于《青年杂志》第1卷第1

号的《敬告青年》，可以视为新文化运动的思想纲领。其间，作者“谨陈六义”寄语青年，列于头条的为“自主的而非奴隶的”，希望青年“脱离夫奴隶之羁绊，以完其自主自由之人格”。这里“我”“自”成为作者推崇的中心词：“我有手足，自谋温饱；我有口舌，自陈好恶；我有心思，自崇所信。绝不认他人之越俎，亦不应主我而奴他人。盖自认为独立自主之人格以上，一切操行，一切权利，一切信仰，唯有听命各自固有之智能，断无盲从隶属他人之理。”在陈独秀看来，“独立自主”是人的基本权利，而人权当与科学并重：“国人而欲脱蒙昧时代，羞为浅化之民也，则急起直追，当以科学与人权并重。”陈独秀的表述反映了一代思想着的文化人的普遍的精神诉求。这种诉求影响着这一时期文学家观念及其创作。周作人在《新青年》第5卷第6号上发表的《人的文学》，以“人”作为“文学”的定语，十分鲜明地给出了文学的意义和性质。他开门见山地说：“我们现在应该提倡的新文学，简单的说一句，是‘人的文学’。应该排斥的，便是反对的非人的文学。”所谓“人的文学”就是表现由“兽性与神性合起来”的“人性”；“用这人道主义为本，对于人生诸问题，加以记录研究的文字，便谓之人的文学”。“人的文学”在“五四”时代实为“启蒙的文学”的一种更为直接的表达。包括散文在内的“五四”文学，在对扼杀人性的封建文化的批判中，呼唤着对于人性的尊重与书写。

四　文化比较：精神资源的导入

在总体性的时代命题影响下，晚清、“五四”主流散文都以人的精神界的“除旧布新”为旨归，虽然其中的内涵各有偏重。人的精神界的塑造需要置备可供塑造的精神资源。晚清是一个民族文化呈现危机的时代，而“五四”时期则差不多是一个民族文化虚无主义的时期。这种具有某种近似性的文化背景，决定了晚清、“五四”这两个时期基本上是以引进域外的精神文明作为启蒙的资源的。在晚清散文家的文章中，新名词屡见不鲜，这从一个方面表征了他们对西方现代文明的认同和接受，也呈现出其时西学东渐的影响。在他们具体的行文中，又多使用对比性的语言，通过这种语言模式，比较中西文化，以凸示其中的差异，由此言说引进西学的必要。比之于前代散文家，他们中的不少人有着直接获得世界性体验的经历，如王韬、梁启超等历外而作有心人，在考察体验域外文明的过程中，感受理解其中的价值，并用作自己思想作文的材料。

“五四”时期的情况有些类似于此。晚清之时形成了中国历史上的第一次出国潮，“五四”时期出现了第二次出国潮。梁启超等晚清散文家由“乡人”到“国人”，由“国人”到“世界人”，开始具备一种国际视野。“五四”一代作家更有了一种自觉的世界意识。陈独秀在《敬告青年》中“谨陈六义”，其中有“世界的而非锁国的”一说，认为“万邦并立，动辄相关，无论其国若何富强，亦不能漠视外情，自为风气。各国之制度文物，形式虽不必尽同，但不思驱其国于危亡者，其遵循共同原则之精神，渐趋一致，潮流所及，莫之能违”，“国民而无世界智识，其国将何以图存于世界之中”。他们的涉外经历与晚清一代有一些区别，不只是游历考察，而是留学于国外。虽然所学各有不同，但学习的经历对他们思想的建构产生了重要的影响。周氏兄弟留学过日本，陈独秀在日本、法国学习过，明显地接受过社会主义、民族主义、无政府主义的影响；胡适、林语堂、冰心等留学美国，更多地浸润了个人主义、自由主义的思想。他们以其接受的域外思想，观察分析中国的历史文化和社会现实，诊断病因，以期引起疗救。

“五四”散文家的中西文化态度直接影响着他们写作的语言结构。与前代作家如严复、梁启超他们一样，陈独秀、李大钊等也好做中西文化比较，在比较中传递西方文化的信息。陈独秀作有专文《东西民族根本思想之差异》（《青年杂志》第 1 卷第 4 号），从三个方面给出两种文化的不同质性：“西洋民族以战争为本位，东洋民族以安息为本位”，“西洋民族以个人为本位，东洋民族以家族为本位”，“西洋民族以法治为本位，以实利为本位；东洋民族以感情为本位，以虚文为本位”。李大钊于 1918 年 7 月出版的《言治》季刊第 3 册发表了《东西文明根本之异点》，历数东西方文明的种种差异：“一为自然的，一为人为的；一为安息的，一为战争的；一为消极的，一为积极的；一为依赖的，一为独立的；一为苟安的，一为突进的；一为因袭的，一为创造的；一为保守的，一为进步的；一为直觉的，一为理智的；一为空想的，一为体验的；一为艺术的，一为科学的；一为精神的，一为物质的；一为灵的，一为肉的；一为向天的，一为立地的；一为自然支配人间的，一为人间征服自然的。”

陈独秀、李大钊等并不客观主义地做简单的列举，而在列举中有自己的倾向。李大钊以为：“平情论之，东西文明，互有长短，不宜妄为轩轾于其间。”但他又不中庸处之，在特定的语境中更多地表示对西方文明之长的推崇和东方文明之短的否定。“就东洋文明而论，其所短约有数端”，其中有“不尊重个性”“专制主义盛行”“对于妇人之轻侮”等条。陈独秀论说时更不做中和状，而表现出相当激进的全盘“西化”的态度。他在评说“西洋民族以个人为本位，东洋民族以家族为本位”时，对西洋关于个人、人权、自由的观念和实践颇多激赏，而对东方的宗法制度深恶痛疾：“宗法制度之恶果，盖有四曰：一曰损坏个人独立自尊之人格；一曰窒息个人意思之自由；一曰剥夺个人法律与平等之权利，一曰养成依赖性，戕贼个人之生产力。”陈独秀的这些言说，相当典型地表达了“五四”时期知识分子普遍化的情绪。陈独秀他们对东方（中国）文化做出这样的批判，所依据的完全是西方的尺度，即西方的民主思想、自由精神和科学观念。在《东西民族根本思想之差异》中，陈独秀对“西洋民族以个人为本位”的具体表现介绍甚细：“西洋民族……举一切伦理、道德、政治、法律、社会之所向往，国家之祈求，拥护个人之自由权利与幸福而已。思想言论之自由，谋个性之发展也。法律之前，个人平等也。个人之自由权利，载诸宪章，国法不得而剥夺之，所谓人权是也。人权者，成人以往，自非奴隶，悉享此权，无有差别。此纯粹个人主义之大精神也。”陈独秀这里所给出的西方文明的关键词“个性”“自由”“人权”等，不仅成为批判专制中国封建文化的武器，而且也成为塑造中国国民性的基本材料，成为启愚发蒙，推进新文化运动开展的精神之光。这种情况反映在散文写作中，可见文明批评与社会批评成为这一文类表达的基本主题。借西方尺子衡量中国人事，在批判传统文化的弊端中，实现其写作的启蒙价值。

五　由思想的偏至到思想与文学的合致

“五四”散文对晚清散文的承应与超越，还直接地表现在具体的文章制式上。晚清“五四”散文在制式方面之所以存有显见的关联性，是因为它们之间具有一些相似的本原性的因素。就写作主体而言，作为晚清“五四”主流散文的写作者，他们都是具有知识分子品性的作家，他们以公共知识分子的身份出现于文坛与社会，以公共事务作为写作的题材，以此表达重大的时代主题。他们都以散文写作的方式参与其时社会思想文化的转型进程。就写作的传播方式而言，两代主流散文作家，都是借助“公共空间”——报刊，作为自己思想情志发布的载体；其散文都体现出报刊散文的一些基本的特点。由于具有这样一些几乎是相同的条件，所以在散文的形态方面必然会出现一些近似的景观。

晚清“五四”的主流散文作家，几乎都反对“文以载道”的古文通则，但他们自己的写作又无不传载着“道”，只不过是此“道”不同于彼“道”罢了。他们的文章或可名之为“新载道文”，所载的是“在野”的或未达的知识分子意欲表达的新思维。基于特定的时代主题和作者担当的特殊的时代使命，思想表达的“快捷方式”——论说体散文就成为晚清“五四”主流散文的一种最主要的存在形式。王韬被称为中国历史上第一个报刊政论家，他的《弢园文录外编》所收大多为论议之文。严复《论世变之亟》《原强》《救亡决论》，谭嗣同《仁学》，梁启超《变法通议》《新民说》等莫不都是论说文体。“五四”新文化运动的起始可以以《新青年》的创办为标志，《新青年》散文也可以被视为现代散文的发端。对于《新青年》，鲁迅在《中国新文学大系》小说集导言中曾说：“凡是关心现代中国文学的人，谁都知道《新青年》是提倡‘文学改良’，后来更进步而号召‘文学革命’的发难者……《新青年》其实是一个论议的刊物，所以创作并不怎样看重。”由此可见，发轫期的现代散文，主要是一种论说类散文。“现代散文，尤其是议论性散文，也是在新文化运动扫荡旧思想、旧文学的声浪中最早问世的文学样式。”① 这表明，在文体类型方面，“五四”前期的散文与“晚清”散文是一致的，这也可以说是“五四”散文对“晚清”散文“体”的承应。

在文章的具体构思表达方面，“五四”散文的某些篇章直接受到晚

① 贾植芳主编：《中国现代文学社团流派》，江苏教育出版社1989年版，第37页。

清散文的影响。有学者提出：“《新青年》创刊号第一篇文章《敬告青年》，前面一部分无论内容和文字，全学梁启超《少年中国说》，后面所陈六义……都未能跳出梁启超论说的范围。”① 这里所说的《敬告青年》“全学梁启超的《少年中国说》”，笔者不敢苟同，但文章的构思意旨无疑是受到《少年中国说》的启发的。其实不只是《敬告青年》，像李大钊的《青春》等，就文面所见其中也有可对接处，从标题看，《少年中国说》与《青春》就有互通处；从局部的语言表达看，《青春》开篇“春日载阳，东风解冻”“清和明媚之象”“百卉昭苏之天”与《少年中国说》收尾“红日初升，其道大光；河出伏流，一泻汪洋”在设色气象上可以相承应合；从文章整体的意旨看，两者也大略相同。“以青春之我，创建青春之家庭，青春之国家，青春之民族”的大旨，这与《少年中国说》中“制出将来之少年中国者，则中国少年之责任也”的立意可以相通。

当然，“五四”散文的文体并不只是应接晚清散文，它的意义是在由应接而至超越的过程中实现的。一般地认为晚清的“新文体”，直接地导引着“五四”前期的论说体散文的写作，有的学者更明确地指出梁启超的写作与“五四”“随感录”之间存在的联系：“梁启超《自由书》中的‘随感录’，直接开启了五四时期‘随感录’的创作道路。”② 我们这里不必再例证前者对后者实际上存在着的“开启”作用，而要例说后者对前者所实现的某种“体”的超越。

上文所引涉及梁启超的《自由书》，《自由书》发表于梁启超主持的《清议报》。这份在日本横滨出版的旬刊，其“宗旨专以主持清议、开发民智为主义”。（《本报改定章程告白》，《清议报》第11册）可见主持者以文启蒙的心志。“自由书”是一总题，其中有《破坏主义》《国权与民权》《干涉与放任》《成败》《英雄与时势》《忧国与爱国》等细目。这些文章形制较为短小，论理之中有意趣，在梁启超论说体散文中属可观之作。“五四”散文中的“随感录”一体，其本为《新青

① 黄珅：《梁启超与〈新民说〉》，见《新民说》，黄珅评注，中州古籍出版社1998年版，第35页。

② 冯光廉等：《中国近百年文学体式流变史》（下），人民文学出版社1999年版，第48页。

年》杂志一个栏目的名称，在这一栏目发表文章的作者甚众，后将这一类写作名之为“随感录”体，或可成为杂文的别名。“随感录”作为《新青年》的栏目，首开于1918年出版的第4卷第4号，这一期刊发了陈独秀、陶履恭、刘半农撰写的论议文字7篇，这一栏目一直保留到1922年第9卷第6号。四年间，《新青年》发表了130多篇随感录，作者除上列三人外，还有李大钊、钱玄同、鲁迅、周作人、陈望道等人。写作数量最多的是陈独秀，共55篇，其次是写了27篇的鲁迅。《新青年》的“随感录”很快风行，《每周评论》每期都开“随感录”专栏，瞿秋白主持的《新社会》从第4卷增设“随感录”一栏，《晨报副刊》自1919年9月起开出“杂感”一栏，其意与“随感录”同。刊物对“随感录”特别看重，由此也使这一种文章制式成为“五四”散文中最有影响力的存在之一。

周作人在《中国新文学大系》散文集导言中说“新文学的散文可以说是始于文学革命。在清末戊戌前后也曾有过白话运动，但这乃是教育的而非文学的”，“总之，那时候的白话是出自政治方面的需求，只是戊戌变法的余波之一”。笔者以为将周作人的这一表述移用于对晚清主流散文的评价也是合适的。梁启超他们的“新文体”就其总体而言是“教育的而非文学的”。在笔者看来这是一种文学稀释而思想偏至的文类。而“五四”时期的“随感录”，部分地表现出思想与艺术的合致，以独特的有文学滋味的方式，表达出深刻的思想内容。特别是鲁迅，他的“随感录”思想之锐敏异于时辈，表达之智性则高人一筹，成为中国现代杂文的奠基之作。这里我们仅举一例就可说明这一点。鲁迅讽刺守旧派所谓“保存国粹”的一篇，可谓是“随感录”的代表作，作者以生动的比喻，从容的言说，揭示“保存国粹”之说的某种荒唐！

> 什么叫“国粹”，照字面看来，必是一国独有，他国所无的事物了。换一句话，便是特别的东西，但特别未必定是好，何以应该保存？
>
> 譬如一个人，脸上长了一个瘤，额上肿出一颗疮，的确是与众不同，显出他特别的样子，可以算他的“粹”。然而据我看来，还不如

将“粹”割去了，同别人一样的好。①

鲁迅在这里论理而不直说，而是取譬寓意，用一种形象的类比替代逻辑的推衍，在不乏幽默俏皮的说话之中，完成了对“国粹”论者的讽刺性批判。在这篇短章中，我们不仅可见作者思想的锋芒，而且也能感受到语言表达的魅力。这表明议论类文体已从只是思想的文字转型至包含了深刻思想的文学化的制式，并且这种制式是用纯然的白话加以表达的。这正是“五四”散文超越晚清散文的一个重要方面。

① 《热风·随感录三十五》，《鲁迅全集》第1卷，人民文学出版社1981年版，第306页。

第一章　晚清散文的现代性元素

在颇为特殊的当代文化的语境中，由于先前我们更为“五四”主题的宏大性所吸附，专注于“五四”新文化运动巨大的历史进步性的观照，以致自觉或不自觉地将它的“前结构”——晚清给遮蔽了。但晚清这一被梁启超命名为“过渡时代”的历史存在，其独特的历史价值终究应该凸显。现在，这种凸显已成为一种可观的景象。晚清的研究已经并正在成为学术研究的重要的热点。世纪嬗替之际，以晚清或与其关联者作为研究对象的学术著作颇有规模地推出，如《清末民初的思想主脉》（昌切，东方出版社 1999 年版），《晚清社会与文化》（夏晓虹，湖北教育出版社 2001 年版），《晚清民国的国学研究》（桑兵，上海古籍出版社 2001 年版），《中国现代性体验的发生——清末民初文化转型与文学》（王一川，北京师范大学出版社 2001 年版），《晚清社会风尚研究》（孙燕京，中国人民大学出版社 2002 年版），《晚清报业史》（陈玉申，山东画报出版社 2003 年版），等等。学者在走近百年前的历史现场时，正体验着陈平原所说的“晚清的魅力”。“晚清的魅力”导源于梁启超所指称的“过渡时代”社会文化的诸多特异的质性。

梁启超在《清议报》第 82 册刊发《过渡时代论》，认为“今日之中国，过渡时代之中国也”。他对其时中国社会的情状做了颇为形象的描写，中国“为五大洋惊涛骇浪之所冲激，为 19 世纪狂飙飞沙所驱突，于是穹古以来，祖宗遗传，深顽厚锢之根据地，遂渐渐摧落失陷，而全国民族，亦遂不得不经营惨憺，跋涉苦辛，相率而就于过渡之道。故今日中国之现状，实如驾一扁舟，初离海岸线，而放于中流，即俗语所谓两头不到岸之时也”。这样的时代，“语其大者，则人民既愤独夫民贼愚民专政之政，而未能组织新政体以代之，是政治上之过渡时代也。士子既鄙考据辞章庸恶陋劣之学，而未能开辟新学界以代之，是学问上之过渡时代也。社会既厌三纲压抑虚文缛节之俗，而未能研究新道德以代之，是理想风俗上之过渡时代也”。晚清社会这种旧的将去而未尽去，新的将来未尽来的局面，使此间的社会思想文化因充满十分复杂的多样性而具有了巨大的张力。这样，独特的晚清，就历史地成为中国思想文化史上最为重要的环节之一，同时，也成为值得我们今天应予认真勘测分析的思想文化资源。尽管这种资源的精神品质并不纯一。

一　晚清：散文现代性的启动

无疑，晚清文学是晚清思想文化资源库中重要的构成部分。对它的存在及其价值，早在20世纪20年代就有文学史家如胡适、陈子展等给予关注或做专门的研究，胡适著《五十年来中国之文学》，陈子展撰《中国近代文学的变迁》及其扩展版《最近三十年中国文学史》。晚近的研究，在“20世纪中国文学”“古今文学”整体观的影响下，学者致力于打破曾经有过的将古代文学、近代文学和现代文学人为割裂的学科壁垒，注意将晚清文学置于中国文学史的大系统中，从古今文学的演变中，从中国现代文学发生等的图景中看取对象的意义，使研究出现了许多新的气象和成果。而就晚清散文研究的课题而言，其研究的状况并不令人满意，研究古代散文的学者，在他们构建中国散文史的叙事框架时，往往将晚清的散文存在作为某种“后缀”，语焉不详；研究现代散文的学者，他们虽注意了晚清“文界革命”与现代散文之间的关联，但囿于研究对象重心的预设，他们很少用力于晚清散文的研究。因此，有关晚清散文系统而深入的研究，目前还付之阙如。

我们对晚清散文产生兴趣，一方面自然源于晚清散文本身的“魅力”，另一方面还关联着研究“五四”散文时某种“问题意识”。“五四”散文的文学史意义是显见的。作为历史的在场者或“五四”散文的创造者，曾朴、朱自清、鲁迅等给予了颇高的评价。曾朴在谈及各体新文学创作的成就时，将散文标列于前："第一是小品文学，含讽刺的，析心理的，写自然的，往往着墨不多，而余韵曲包。"① 朱自清以为在诸体文学创作中，"最发达的要算是小品散文"②。鲁迅也说："散文小品的成功，几乎在小说戏曲和诗歌之上。"③ 因此，从某种意义上说，"五四"散文成为中国散文史上一种标志性的存在。"五四"的时代是一个散文的时代。

但是，如果我们是富有理性的深度思维品质的学者，那么就不会仅仅流连于"五四"散文这种开局即见精彩的表象景观，而会去探究造就"五四"散文高峰突起现象的深层的"地质构造"的机理。"五四"散文的崛起以至成为20世纪中国散文的标高，这绝非一种瞬间运动的结果，它必然是由历史的多种合力共同作用而造就的。对此，"五四"新文学家已有所指认。就"五四"散文所受的影响而论，大约可分为"明代说"与"外国说"两种。周作人基本上持"明代说"，他说："我常这样想，现代散文在新文学中受外国的影响最小，这与其说是文学革命的还不如说是文艺复兴的产物。"④ 周作人所谓的"文艺复兴"，意指"五四"散文（现代散文）直接受到明代散文的影响，"文学是不革命，然而原来是反抗的：这在明朝小品文是如此，在现代的新散文亦是如此"，"明朝的名士的文艺诚然是多有隐遁的色彩，但根本却是反抗的"，"大多数的真正文人的反礼教的态度也很显然"⑤，"公安派的人能够无视古文的正统，以抒情的态度作一切的文章，虽然后代批评家贬斥它为浅率空疏，实际却是真实的个性的表现"⑥。在周作人看来，"五四"散文的精神与晚明散文的精神有相通之处，或者说，"五四"散文作家承继了晚明散文家的精神。但朱自清对此有异议。他结合散文作家的创作实际，认为"现代散文所受的直接的影响，还是外国的影响"，"我们看周先生自己的书，如《泽泻集》等，里面的文章，无论从思想说，从表现说，岂是那些名士派的文章里找得出的？——至多'情趣'有一些相似罢了。我宁可说，他所

① 东亚病夫：《复胡适的信》，《真美善》第1卷第12期。
② 朱自清：《论现代中国的小品散文》，《文学周报》第345期。
③ 鲁迅：《小品文的危机》，《鲁迅全集》第4卷，人民文学出版社1981年版，第576页。
④ 周作人：《陶庵梦忆》序，《泽泻集》，上海北新书局1927年版。
⑤ 周作人：《〈燕知草〉跋》，《永日集》，上海北新书局1929年版。
⑥ 周作人：《〈杂拌儿〉跋》，《永日集》，上海北新书局1929年版。

受的‘外国的影响’比中国的多。而其余的作家，外国的影响有时还要多些，像鲁迅先生、徐志摩先生”[①]。在我看来，周作人和朱自清所说的不是矛盾的，而是兼容的。“五四”散文既受到晚明小品文的影响，也受到外国思想文化和文学的直接的浸润。这是不争的事实。问题在于，包括许多新文学家在内的研究者，在很长时间内都忽视了晚清文化文学与“五四”散文之间所具有的直接的关联性。“五四”作为新文化运动或新文学运动，它并不是一个自给自足的体系。我们不应该只是为了彰显“五四”的意义，而割裂与它之间具有历史“接壤”关系的晚清。

对晚清与“五四”文学关系的认识，我们基本认同海外华裔学者王德威的观点。这种认同是建立在我们对晚清与“五四”文学之间逻辑关联的考察和体认之上的。王德威有“没有晚清，何来五四”的设问，以为“中国作家将文学现代化的努力，未尝较西方为迟。这股跃跃欲试的冲动不始自五四，而发端于晚清”[②]。我们对晚清文学和“五四”文学的研究，寄予某种深化的想象。在《李欧梵、季进对话录》中，有一中心话题即为“现代性：从晚清到当代”，其中有言：“讨论‘五四’以后的中国现代性问题，没有了对晚清现代性的考察，无论如何是没办法讲清楚的。可是到目前为止，晚清现代性的问题好像还缺少一些有深度的研究。”[③] 这里，既标示出了晚清的意义，同时又指出了相关研究的缺失。我们拟做的研究课题，既立足于晚清，对晚清散文作尽可能深入的论析，又不孤视独论，而从晚清至“五四”历史演进的图景中，寻找其中的逻辑联系，凸显中国散文现代性发生发展的基本路径与相关元素。我们无意于结撰编年体式的晚清散文史。晚清至“五四”的文学文化存在是一个复杂的庞大的历史体系，即使是这一时段的散文也丰富而复杂。全面而系统地研究这一对象，需俟时日。我们这里要做的是通过“现代性”的视窗，透视“过渡时代”散文的精神品格和存在方式，由此给出它在散文发展史上的独特价值。

---

① 朱自清：《论现代中国的小品散文》，《文学周报》第345期。

② 王德威：《被压抑的现代性：没有晚清，何来五四?》，《学人》第10辑，江苏人民出版社1996年版。

③ 《李欧梵、季进对话录》，苏州大学出版社2003年版，第71页。

现代性之于文学文化研究，于当下大约有一种随处可贴的“膏药”之嫌，“现代性”也成为一个容纳杂什的“框子”。而在笔者看来，现代性之于晚清文化，并不是一种外在的贴附，而应是一种内在的呈现。就中国社会“现代性”的进程而言，“探讨中国‘现代性’的发展，我们不得不将眼光放到晚清，放到晚清‘现代性’的独特的历史表征之中。晚清‘现代性’一方面是中国‘现代性’历史的起源，另一方面却也是中国‘现代性’中受到压抑和遗忘的部分”①。就中国文学“现代性”演进的历史而言，晚清是“中国文学现代性的发生时段”②。而就具体的散文的“现代性”而言，在文学诸体之中，由于它更是主体思想情志的直接的表达，更多地呈现出某种史无前例的新的形态与内容；并且晚清散文并不只是散文史中的一种存在，而且更是构成这一时段思想史的重要部分，因而，其“现代性”景观的凸显更为清晰。可以认为，晚清散文以其独特的现代性元素，构成了中国现代散文的“基础性”平台。“五四”散文的现代性，尽管是那样的蔚然可观，但是它的“根系是连接着晚清散文的”③。

二　应于时势的观念取新

现代性是一个富有弹性，因而其意域也带有某种不确定性的概念。一般而言，“所谓现代性，就是促进社会进入现代发展阶段，使社会不断走向科学、进步的一种理性精神、启蒙精神，就是高度发展的科学精神与人文精神，就是一种现代意识精神，表现为科学、人道、理性、民主、自由、平等、权利、法制的普遍原则”④。具体到散文的现代性而言，则是意指现代散文中本质地或者标志性地异于古代散文的文体精神及其表现方式。现代性是一个历史的流动的进行性的范畴。我们面对晚清散文中的现代性存在时，给出了“现代性元素”一说。之所以这样指称，是因为对象所具有的现代性只是处于一种发生的状态，在这种状态中它有一种成长

---

① 张颐武：《晚清“现代性”：欲望的发现》，《江苏社会科学》2003 年第 2 期。

② 王一川：《晚清：中国文学现代性的发生时段》，《江苏社会科学》2003 年第 2 期。

③ 丁晓原：《“五四”散文的现代性阐释》，苏州大学出版社 2003 年版，第 27 页。

④ 钱中文：《文学理论现代性问题》，《文学评论》1999 年第 2 期。

的趋态，但它远没有生成完形。其间只包含着散文现代性构造所需的基本义项。在我看来，晚清散文的现代性元素的序列中，关联着主体的具有时代特征的情思意念，包括对世界、对社会、对人生的认知、理解、把握，在这种认知、理解、把握中，深度地体现着主体在中国与世界关联格局中的生存体验。这是最为重要的元素。同时，也包括主体的应于时势，与时俱进的散文观念。此外，还涉及散文存在的物质形态，这主要是指语言符号系统；散文的传播载体，主要是指近代作为大众传播媒介的报刊，等等。这些元素的共同作用，生成了具有晚清特征的散文现代性的景观；“五四”散文的现代性正是在此基础之上并且在若干时代因素催化下生成的。

在我们的研究中，散文是一个十分重要的关键词。传统的中国文学理论中，有关散文的文体理论资源相当匮乏。观照中国文学史，散文一体可谓源远流长，但作为一种自觉的文类指称却颇为迟晚。“散文”一词最早可见于《文选·海赋》，中有“云锦散文于沙汭之际，绫罗被光于螺蚌之节”之语，用以描绘色彩景象。具有某种文体学意义的“散文”一词，由南宋散文家周益公（必大）率先提出，罗大经《鹤林玉露·刘锜赠官制》引用周益公语：“起头两句，须要下四句议论承贴，四六特拘对耳，其立意措词，贵于浑融有味，与散文同。”同书又云：“山谷诗骚妙天下，而散文颇觉琐碎局促。”周益公对散文体的特质，只是点到为止（“立意措词，贵于浑融有味”），并未做具体的展开。从古代散文的实践看，散文是一种包容性颇大的文类。《文心雕龙》中有“有韵为文，无韵为笔”说，举凡无韵的散体语言表达都可归为“笔”（散文）之属。散文的题旨大多求取“文以载道”，所谓“道”，主要是作为封建思想统治的主流文化“儒道”以及统治阶级的统治要义，“文”的意义在于对“道”“义”进行阐释。有清一朝，在相当长的时段内，“桐城”派散文居于统领文坛的强势地位，“乾隆之末，桐城姚姬传先生鼐，善为古文辞。慕效其乡先辈方望溪侍郎之所为，而受法于刘君大櫆，及其世父编修君范。三子既通儒硕望，姚先生沿其术益精。历城周永年书昌为之语曰：‘天下之文章，其在桐城乎！’，由是学者多归向桐城，号‘桐城派’”。（曾国藩：《欧阳生文集序》）“天下之文章，其在桐城乎”一句，充分反映了“桐城派”

散文影响之甚。而“桐城派”“先辈”方苞在其《古文约选序例》中，已大致规定了这一派散文的宗旨，“古文所从来远矣，六经、《语》《孟》，其根源也”，“群士果能因是以求六经、《语》《孟》之旨，而得其所归，躬蹈仁义，自勉于忠孝，则立德立功，以仰答我皇上爱育人才之至意者，皆始基于此”。由此可见，“桐城派”散文作为其时主流的散文流派，作者的心理期待和作品的意旨设定。

但历史终究不是一成不变的。即使是在“桐城派”散文大行其道之时，也存在着散文或散文观念的“另类”。晚明起始的启蒙主义思想，对散文不无影响。作为禀具思想家品格的文学家，李贽在名著《焚书》中推出“童心说”。他以为：“天下之至文，未有不出于童心焉者也。”在李贽看来，“童心者,真心也”，“夫童心者，绝假纯真，最初一念之本心也。若失却童心，便失却真心；失却真心，便失却真人。倘非真，全不复有初矣”。（《焚书·童心说》）所谓“有初”，当意指主体未受拘羁，发乎性情，由乎自然的本真的欲望。这里所强调的是散文写作应当忠实于作者自我。具有反叛思想的李贽，在《梵书》中直接颠覆为人视为金科玉律的儒道的价值，以为“六经、《语》《孟》，乃道学之口实，假人之渊薮也”。李贽在解构儒道的神圣性的同时，又肯定叙写世俗生活的文章所具有的价值：“市井小夫，身履是事，口便说是事，作生意者但说生意，力田作者但说力田，凿凿有味，真有德之言，令人听之忘厌倦矣。”（《焚书·答耿司寇》）与李贽同时稍后的“三袁”（袁宗道、袁宏道、袁中道）公安派，倡言诗文写作应表现作者真实的个性，“独抒性灵，不拘格套，非从自己胸臆流出，不肯下笔”，“不效颦于汉魏，不学步于盛唐，任性而发”，“能通于人之喜怒哀乐嗜好情欲”。（袁宏道：《序小修诗》）

李贽，“三袁”之说对后世文学个性主义的潜滋暗长影响颇著。历史进入晚清，由于散文作家主体意识的日渐生长和现实艰危时局的刺激，要求散文文体变革的呼声日高。龚自珍这位由清中叶后期而至晚清的思想家、文学家，期待“大变忽开，请俟天矣”，“虽天地之久定位，亦心审而后许其然。苟心察而弗许，我安能颔彼久定之云？呜呼颠矣，既有年矣”。（《文体箴》）著有《校邠庐抗议》的思想家、散文家冯桂芬，直接挑战桐城派散文的“义法”之说：“独不信义法之说。窃谓文者所以载道也。'道'非必天命率性之谓，举凡典章制度、名物象数，无一非道之所寄，即无不可著之于文。"认为作文当"称心而言，不必有义法也"（《复庄卫生书》）。太平天国"文衡总裁"洪仁玕，在其《戒浮文巧言喻》中也强调文章"从心""纪实"："文以纪实，浮文所在必删；言贵从心，巧言由来当禁……弃伪从真，去浮存实，使人人共知虚文之不足尚。"在新的时代语境中，桐城派内部的散文观念及其创作也发生着显著的变化。道光咸丰之际桐城派代表人物梅曾亮有言"惟窃以为文章之事，莫大乎因时"，"文之随时而变"。（《答朱丹木书》）桐城派中的有识者，看到了本派存有的流弊，指出："桐城宗派之说，流俗相沿，远逾百岁，其敝至于浅弱不振，为有识者所讥。"（黎庶昌：《续古文辞类纂序》）桐城派散文曾奉姚鼐"义理""辞章""考据"之说为作文大要，使文章无关经世济民之宗旨，疏空无力。曾国藩文承桐城而有变迁，他于姚鼐标举之外，增加"经济"一项以纠正前弊。曾国藩明确地指出："为学之术有四：曰义理，曰考据，曰辞章，曰经济。"（《劝学篇示直隶士子》）曾国藩在精神上追慕姚鼐，"桐城姚姬传郎中鼐所选《古文辞类纂》，嘉道以来，知言君子群相推报，谓学古文者，求诸是而足矣。国藩服膺有年"。（《古文辞类纂正误》）所以他不可能解构桐城派文宗的理论，但他所增列的"经济"，不只可纠桐城派散文之流弊，亦是因时而生的有识之见。

至于晚清维新派散文家，他们对散文写作的新的诉求差不多就是不言而喻的了。作为晚清报章政论的重要创体者，王韬以为："文章所贵在乎纪事述情，自抒胸臆，俾人人知其命意之所在，而一如我之所欲吐，斯即佳文。"① 这里，王韬给出了"佳文"的标准。在他看来，能"自抒胸臆"，如"我"所欲倾吐的"纪事'述情'"的文章，才是"佳文"。其中的要素是"自"与"我"。这种表述的要义已包含了我们关于现代散文自由精神阐释的成分。到了 19 世纪与 20 世纪之交，"新文体"的主要实践者梁启超提出的"文界革命"，不啻是一份散文告别传统性走向现代化的宣言书。"戊戌变法"失败，梁启超亡走海外，直接感受到域外现代新思维的启发。他说："自徂东以来，广搜日本书而读之。若行山阴道上，

① 王韬：《弢园文录外编·自序》，中州古籍出版社 1998 年版，第 31 页。

应接不暇。脑质为之改易，思想言论，与前者若出两人。每日阅日本报纸，于日本政界、学界之事，相习相忘，几于如己国然。”又说：“与彼都人士相接，诵其诗，读其书，时有所感触，与一二贤师友倾吐之……每有所触，应时援笔，无体例，无次序，或发论，或记事，或钞书或用文言，或用俚语，惟意所之。”①

身处日本，这一经明治维新将西学内化的国度，梁启超获得了前所未有的现代性体验，故而“脑质为之改易”，并将感触形之于文字。及于文学，梁启超由日本德富苏峰的著述反观中国文坛，提出“文界革命”的动议：“余既戒为诗，乃日以读书消遣。读德富苏峰所著《将来之日本》及《国民丛书》数种。德富氏为日本三大新闻主笔之一，其文雄放隽快，善以欧西文思入日本文，实为文界开一别生面者，余甚爱之。中国若有文界革命，当亦不可不起点于是也。”② 将“革命”用之于散文文体改造的表述，这实始于梁启超。此后，梁启超在评说严复所译时又有感言。梁启超以为严译《原富》“文笔太务渊雅，刻意摹仿先秦文体，非多读古书之人，一翻殆难索解。夫文界之宜革命久矣！欧、美、日本诸国文体之变化，常与其文明程度成正比例。况此学理邃赜之书，非以流畅锐达之笔行之，安能使学僮受其益乎？著译之业，将以播文明思想于国民也，非为藏山不朽之名誉也”。（《新民丛报·绍介新著〈原富〉》）在梁启超的意域中，“革命”了的散文，当必不可少地灌注“欧西文思”。“欧西文思”对于传统的中国散文而言，则完全是一种异质的现代的元素。在梁启超这里，文界革命是一个语焉未详的感性化的概念命名，但“欧西文思”无疑给出了中国散文走向现代化的大致路径。

三　知识分子散文与文人散文

一代有一代的文学。“一代之世运，与一代之人才，合而成一代之文体。”（郑献甫：《书茅鹿门八家文钞后》）有清道光十五年进士郑献甫将“世运”与“人才”视为特定时代文体独特性生成的根本原因。晚清散文

---

① 梁启超：《饮冰室自由书·叙言》，《清议报》第25册，1899年8月26日。

② 梁启超：《新大陆游记及其他》，见钟叔河主编《走向世界丛书》，岳麓书社1985年版，第589页。

某些新质的生成与此间散文作家的主体建构及其身处的时代状况密切关联。世运的变迁，造就应时或先时的异类人物。异类人物之异首先表现为他们思想的不同凡响，超拔其时。晚清社会的独特存在，士人主体意识的趋强和表达的自觉，各种不同质性文化间的相互激荡等，使晚清成为一个思想的时代。“任何转型与重建的时代都必然是思想文化汹涌澎湃、异彩纷呈的时代。”① “在‘中国思想史’最重要的阶段，一是战国诸子，一是近代，而近代比战国思想复杂。”② 史实表明，一个思想的时代，必然也就是一个散文的时代。思想需要有一种存在的方式，而散文无疑是思想者表达其思想的最为直接的得心应手的载体。战国诸子思想的生风起潮，成就了诸子散文的蔚然可观。诸子散文成为中国散文史和思想史的一个十分重要的段落。作为一个“转型与重建的时代”，晚清思想者言说的欲望是那样的强烈，散文就成了他们思想释放的一种首选的方式。这样与先秦诸子差不多一样，思想家与散文家的合二而一，成为晚清思想家、散文家的身份特征。如冯桂芬、王韬、谭嗣同、康有为、梁启超等，他们的言说应是晚清思想史构成的重要内容，而于晚清散文史的叙述，他们当然也占有应有的地位。具有思想史和文学史复合功能的散文，其文体内部的构成具有交互性的特征。简言之，它并不是一种纯文学的构成，或是一种个人化的情志抒写。这类散文从内容到形式，具有显见的“杂化”元素与形态。诸子散文关联着文史哲的成分，而对文学史和思想史产生重要影响的晚清散文，实际上更多的是知识分子对社会所做的发言，是主要以论议的话语方式论事析理的言说文体。散文是文人精神存在的一种最为直接的表达方式，它或用以主体的自我情志的表现，或用以激扬文字于时事、历史、社会与人生。

传统的散文言志述事居多，论事说理少有具体的特指，只是言说普泛化的人生哲思或治世之道。而进入晚清之来，作为主潮的散文则观照社会，论评天下，成为作者介入现实，评说时政的一种重要方式。因此，写作这类散文的作者在整体上已不同于那种倾向于自我表达，或徜徉于天地

① 郭湛波：《近五十年中国思想史·重版引言》，山东人民出版社 1997 年版。
② 郭湛波：《近五十年中国思想史·再版自序》，山东人民出版社 1997 年版，第 7 页。

自然之间做玄想抒情的“纯粹文人”，而历史地演化为被后来的学者称为“公共知识分子”的特殊类群。基于这样的指说，我们可以将晚清的主流散文界定为一种知识分子的写作方式。晚清这样一个颇为特殊的时代，是一个知识分子需要言说而大约也可以言说的时代。他们把自己想象为具有举足轻重地位的人物，可以“站在一个中心的位置来影响社会，他的启蒙任务就是为了一个广义的国家、民族、社会，他从来没有认为自己的论说和国家、民族、社会完全没有关系”①。证之于冯桂芬的《校邠庐抗议》、王韬《弢园文录外编》、郑观应的《盛世危言》、梁启超的《变法通议》诸类著述，我们可见晚清这些散文家是在与“国家、民族、社会”的直接关联之中，以他们“自己的论说”，履行其作为知识分子的“启蒙任务”的。这种情况从整体上看，在此前散文作家的写作中是未曾有过的。尽管有过“文以载道”的通则，但彼之“道”大致上并不具有启发蒙昧的意义。

晚清散文家主体角色的独特定位，决定了这一时期的散文在品质上必然呈现出异于此前散文的成分，这种区分表征了文人散文写作与知识分子散文写作的本质差异。一般而言，文人的散文写作，其形态与意味更多地走近文学。其中佳作跃动着文人的心象情迹，具有文学的具象和审美的感染力。而知识分子的散文写作，其旨主要不在于文学本身，而在于凭借这种便于言说的文体做思想的表达。缘此，我们在把握晚清至“五四”前期散文的意义时，如果仅仅从唯美的纯文学的角度去看取，那就未免看错了对象；而从思想文化史的视角去读解，则可以逼近其时散文的历史的本真。

知识分子不同于一般的文人，前者是公共的，后者是专业的。作为公共的知识分子，他“是有能力向（to）公众以及为公众（for）来代表、具现、表明讯息、观点、态度或意见的个人”②。这样能代表公众或引领公众的“所谓‘知识分子’，除了献身于专业工作以外，同时还必须深切地关怀着国家、社会，以至世界上一切有关公共利害之事，而且这种关怀又必须是个人（包括个人所属的小团体）的私利之上的”③。知识分子的

① 《李欧梵、季进对话录》，苏州大学出版社 2003 年版，第 160 页。
② 萨伊德：《论知识分子》，台北麦田出版社 1997 年版，第 48 页。
③ 余英时：《士与中国文化·自序》，上海人民出版社 1987 年版。

这样一种角色定位，必然使他成为“一个‘关心他个人身处的社会及时代的批判者与代表人’。这也许是古今中外最典型的知识分子的形象”①。依据现代界定知识分子的若干义项，去反观中国古代士人，具有真正意义上的知识分子精神的人并不多见。中国封建社会所特有的政治文化结构，规定了在这样的体制内是不可能整体上生成知识分子的精神元素的。这不是说没有例外，特立独行者在历史的深处留下深沉不绝的回响。明末清初的思想家、散文家黄宗羲，以《原君》诸篇将自己大写成为一个不同于庸常文人的具有知识分子气的思想家。黄宗羲不惮于对现实政治做尖锐的批判，而且将批判的矛头直指“后之为人君者”：“以为天下利害之权，皆出于我；我以天下之利，尽归于己；以天下之害，尽归于人……为天下之大害者，君而已矣！”但像这样的另类人物并不多见。普遍地基于民族国家的意识，介入社会，批判现实的知识分子，他们批量出现的可能，只能发生在晚清以降的历史时段。李泽厚在《中国现代思想史论·后记》中曾提出中国近现代六代知识分子的说法，即辛亥一代、五四一代、文革一代等。他又说：“在这个近百年六代知识者的思想旅程中，康有为（第一代）、鲁迅（第二代）、毛泽东（第三代），大概是最重要的三位，无论是就在历史上所起的作用说，或者就思想自身的敏锐、广阔、原创性和复杂度说，或者就思想与个性合为一体从而具有独特的人格特征说，都如此。”② 李泽厚的指说是富有意味的。但从上述所引的文字看，他的表达前后或许还有一些不周密处。第一代知识分子或可以康有为为代表，但康有为所代表的知识分子并不是“辛亥一代”，而应该是晚清一代，包括梁启超、严复、王韬、郑观应、谭嗣同等人在内一批知识分子。

知识分子的批量生成需要有相应的社会文化生态条件。晚清时中国封建社会进入末世，统治者虽然百计千方地试图力挽王朝的颓势，但“王纲解纽”的情势体现着历史运行中的一种必然。“王纲解纽”促成士人向知识分子的普遍转型，并且知识分子的主体性逐步得到了强化。晚清大幕

---

① 金耀基：《知识分子在社会上的角色》，收录金耀基《中国现代化与知识分子》，时报文化出版事业有限公司 1977 年版。

② 李泽厚：《中国思想史论》（下），安徽文艺出版社 1999 年版，第 1172 页。

揭起，在这一历史舞台上知识分子集体出场了。古代中国儒士怀抱入世思想，但其中有着某种限制，只有当他们位“达”，才能“兼济天下”，处“穷”则“独善其身”。而在晚清，士人无论“达”或是“穷”，普遍有着怀抱天下的现实情结，而且越是“穷”者，似乎愈是有一种参与社会的热望。晚号天南遁叟的王韬，“自少性情旷逸，不乐仕进”，科举不遂，毕生未仕。因向太平军献计事露，遭清廷通缉，遁迹香港。但就是这样一个在政治上未达而穷的王韬“留心世事，博通中外之典章，肆力陈编，宏备古今之渊鉴，政刑措置，尽托闲谈，朝野见闻，总归直笔”（《申报本馆自述》1872 年 5 月 8 日）。他称自己“少即好纵横辩论，留心当世之务，每及时事，往往愤懑郁勃，必尽倾吐而后快，甚至于太息泣下，辄亦不自知其所以然”（王韬:《重刻弢园尺牍自序》），有着“位卑未敢忘忧国”的一腔情怀。郑观应也未曾仕达，任过一些实业的总办、招商局的帮办等职。他有名著《盛世危言》传世，从其著作的命名中我们就可知道这位从事实业的思想家的精神指向。郑观应自谓“感激时事，耿耿不能下脐”（《盛世危言初刊自序》）。王韬在为他著作所作的跋中称其“参内外之消息，瞭中西之形势，深悉天时人事”（《杞忧生易言跋》）。正因为王韬、郑观应等这些未达之士和康有为、梁启超等达而未达之士深具现实关怀的情结，所以他们观照所及，思考所得，表达所含就带有深刻而鲜明的时代色彩。

四　批判和想象的主题类型

居于晚清而怀具现实关怀情结的知识分子（思想家或文学家），他们必然地有一种深度的社会焦虑感。梁启超以“饮冰”取号，足以说明这一代知识分子的典型心境，梁启超有号任公、饮冰子、饮冰室主人等。“饮冰”语出《庄子·人间世》：“今吾朝受命而夕饮冰，我其内與?”成玄英疏：“诸梁晨朝受诏，暮夕饮冰，足明怖惧忧愁，内心熏灼。”梁启超以“饮冰”命名，反映他以焦灼的心理感念忧思于社会现实。这正是处于非常时代的知识分子的典型心态。其时的中国内外交困，危如累卵：“日之将夕，悲风骤起，人思灯烛，惨惨目光”（龚自珍《尊隐》），“履霜之屩，寒于坚冰；未雨之鸟，戚于飘摇；痹痨之疾，殆于痛疽；将萎之体，惨于槁木”（龚自珍《乙丙之际著议第九》）。龚自珍的这些形容绝非危言耸听。随着历史的进一步演进，民族存亡系于一发。康有为惊呼：“俄北瞰，英西睒，法南瞵，日东眈，处四强邻之中而为中国，岌岌哉。”（《强学会序》）这样深度的民族危机体验，促使知识分子严肃地审视自己所立身的国度，于是对于现实的不满乃至批判就自然而然地发生了，并且在不满以至批判现实的同时，表达了他们对于心仪的民族国家的想象。可以说，晚清知识分子的散文写作，基本上都包含了批判和想象两大主题类型。

批判性是主体现代性品质中的最重要的成分之一，从某种意义上而言，它是知识分子主体性生成的一种显性表征。“生网密之世，风议隐约，不能尽言。”（梁启超：《论中国学术思想变迁之大势》）缺乏政治自信的封建王朝，实施严酷的文化专制统治，因而文人儒士“避席畏闻文字狱，著书都为稻粱谋”。清朝的“文字狱”将士人的生命消耗于朴学、小学等学问之中。林纾的一首《新乐府·知名士》将清代学人的生存模式做了真切的描写：“知名士，好标格，词章考据兼金石。考据有时参说文，谐声假借徒纷纭……既汗牛，复充栋，骤观其书头便疼。外间边事烂如泥，窗下经生犹如梦。”但这种情形在晚晴，特别是甲午，戊戌之际有了很多的转变。“公车上书”即是一个证明。这一事件表明了知识分子对于现实政治参与的热情。这反映在写作中，许多作者不再墨守“义理”“考据”“辞章”的陈规，而更强调作文的经世致用，从现实的观照中获得写作的功能。严复在《与梁启超书》中就言明了这一点：“甲午春半，正当东事臬兀之际，觉一时胸中有物，格格欲吐，于是有《原强》《救亡决论》诸作，刊布《直报》。”“格格欲吐”尔后形诸文字，其中就有着大快人心的批判力量。真正的知识分子不再噤若寒蝉，或唯唯诺诺，言不由衷，或阿谀奉迎，歌舞升平，他们有一种前所未有的活跃的批判性思维。写出“我自横刀向天笑，去留肝胆两昆仑”的精神壮士谭嗣同，在《仁学自序》中的关于冲决一切网罗的表达，无疑是当时知识分子追求思想自由解放的宣言：“网罗重重，与虚空而无极。初当冲决利禄之网罗，次冲决俗学若考据若词章之网罗，次冲决全球群学之网罗，次冲决君子之网罗，次冲决伦常之网罗，次冲决天之网罗……”要冲击一切的谭嗣同，将批判的矛头指向最高统治者，“凭陵乎蛮野凶杀之性气以窃中国”，“其残暴无人性，虽禽兽不逮焉”。

晚清知识分子对现实社会和王权统治能做无畏的批判，这源于他们精神的强健和自信。梁启超在《清议报》发表《自励》二首，其二有句：“献身甘作万矢的，著论求为百世师，誓起民权移旧俗，更研哲理牖新知。十年以后当思我，举国犹狂欲语谁……”基于这样一种心态，梁启超他们就不甘于往时士大夫边缘化的社会处境，而是积极地走到社会的前台，以人文知识分子所擅长的“著论”发蒙启智，移风易俗，他们自信自己的言说价值。郑观应撰著《盛世危言》，他将自己“比诸敢谏之木，进善之旗，俾人人洞达外情，事事讲求利病”（《盛世危言初刊自序》）。郑观应期望通过“盛世”中的“危言”，惊醒“犹晏然相安，漠然坐视”的国人，使其在“洞达”世界大势中，推求处事的利弊。梁启超、郑观应他们精神的强健和自信，导源于他们作为一代知识分子所肩负的社会责任感和使命感，他们把个人命运与民族的命运系于一体。在参与社会维新与改造中，实现自我的价值。“奇士在世间，即造一方福。履崇与处庳，所愿与各足。新义凿沌窍，大声振聋俗。数贤一振臂，万夫论相属。人才有风气，盛衰关全局。”（梁启超《与穰公同年书》）正因为晚清知识分子有着这样的意念与精神状态，所以他们敢于而乐于介入现实社会，写作则在主体关怀国运民生中显示出时代文体的独特价值。焦灼地观照社会现实，在观照中独立地批判现实，在批判中想象着民族国家的建构，这是晚清知识分子主体性自觉的若干典型的表达。而这些表达的重要的存在方式就是他们的散文写作。晚清散文作者知识分子的精神特性——主体的若干现代性元素的配置，使散文本体必然地被灌注现代性的元素——广泛的现实关怀和独立的批判精神。

五　西风东渐中的异质化合

晚清散文中的另一种异质或许因其更为特异而特别醒目，这种异质是由大量的异域因素，主要是西方因素的导入而生成的。域外因素对中国文化的影响此前就存在着。如外来的佛教文化部分地改变了原有的中国文化结构。异邦人士如利窦玛等早就开始了在中国的文化传播活动。但原先的外来文化影响一般不直接作用于现实社会，冲击封建统治的政治结构，它的影响表现为渗透、浸润，而不是剧烈的冲击、激荡。而到晚清时期，异域文化对中国现实社会的影响则是全方位的，极具震撼力。1840 年列强以坚船利炮轰开了偌大而老朽的中国封建王朝的大门，迫使中国无可奈何地进入世界化的坐标系中寻找自己的方位。鸦片战争、甲午战争、庚子事变等，在列强侵略、中外对峙、清朝屡败等情势中，中国人开始实施“师夷长技以制夷”的方略，从西方的声光化电等科学技术，再到道德伦理社会政治等哲学人文社会科学，尽在译介学习的范围中，一时“西学”成为人们热衷言说的流行语汇。梁启超在《五十年中国进化论》中颇为简明地勾画出近代中国学习西学的基本轨迹：“第一期，先从器物上感觉不足。这种感觉，从鸦片战争后渐渐发动，到同治年间借了外国兵来平内乱，于是曾国藩、李鸿章一班人，很觉得外国的船坚炮利，确是我们所不及，对于这方面的事项，觉得有舍己为人的必要。”“第二期，是从制度上感觉不足。自从和日本打了一个败仗下来，国内有心人，真像睡梦中着了一个霹雳，因想到，堂堂中国为什么衰败到这田地，都为政制不良，所以拿‘变法维新’做一面大旗，在社会上开始运动，那急先锋就是康有为、梁启超一班人。”“第二期所经过时间，比较的很长，从甲午战役起到民国六七年间止。”在与西方文明不平等的对话中，晚清知识分子大都以一种开放的胸怀，由不自觉到自觉，由被迫到自主地汲取现代西方的先进思想理念，无论是“西学为用”，还是“西学为体”，都表明了他们对“西学”的看重。这时的思想家型的散文家以散文的方式直接参与近代以西方文明为参照的思想文化演进的历程。像冯桂芬、王韬、郑观应、梁启超等人，“变法”“采西学”成为他们经纬论议散文的主题词，介绍、阐释、传播西学是这些散文家写作的基本事项。一些散文家、思想家如严复还大量地翻译西方思想学术名著，有赫胥黎的《天演论》、穆勒《群己权界论》、亚当·斯密的《原富》等，对中国的思想文化界产生了重大的影响。

晚清的知识分子在“睁眼看世界”时，开始有一种自觉地做“世界人”的意识，这是前代士人所少有的。在《汗漫录·小序》中，梁启超多次言明自己“为世界人”的想法。他说“余乡人也”，“且耕且读，不问世事，如桃源中人”。“曾几何时，为19世纪世界大风潮之势力所簸荡，所冲激，所驱遣，乃使我不得不为国人焉，浸假将使我不得不为世界人焉”，“虽然，既生于此国，义固不可不为国人；既生于世界，义固不可不为世界人”。“于是生二十七年矣，乃于今始学为国人，学为世界人。”从“乡人”到“国人”，再到“世界人”的变化，表示着晚清知识分子现代性成长的某种演进。从“乡人”到“国人”，散文中就多了一种现实观照、世事关注的内涵；从“国人”到“世界人”，取材立意中就有一种国际视野、异域色彩、西方精神。晚清散文家中有相当数量的人，走出国门，走向了世界。他们或为朝廷命臣，出使他国，或是出于自己的意愿，游历海外。他们以自己的笔记录了特殊的亲历亲验。域外游记（或旅外日记）的写作成为晚清散文格局中一道颇为独特的风景线。这其中有王韬的《扶桑游记》《漫游随录》、曾纪泽《出使英法俄国日记》、郭嵩焘《伦敦与巴黎日记》、薛福成《出使英法义比四国日记》、梁启超《新大陆游记》、康有为《欧洲十一国游记二种》和钱单士厘《癸卯旅行记》《归潜记》等，数量甚为可观。这些游记或日记所记作者的所见所闻所感所思，在以前的中国散文中是很少见的。它们成为晚清一批散文家作为“世界人”的一种实物佐证。

晚清的西学东渐以及空前活跃的中外文化交流，使得这一时段的文化学术的内质和形态发生重大的变化，作为一个时代精神的投影的文学也是这样。正如晚清文学史家黄人在《清文汇序》中所说的：“中兴垂五十年，中外一家，梯航四达，欧和文化，灌输脑界，异质化合，乃孳新种。学术思想，大生变革。故其文光怪瑰轶，汪洋恣肆。”这里所谓的“中兴垂五十年”当是虚言，其余表达则完全信实。由于近代交通业的发达，中外交流日益频繁。欧美先发文明与当时相当滞后的中华文明之间存有的落差，使得“欧和文化”有了一种“灌输”中国思想文化界“脑界”的势能。中国思想文化界在接受“欧和文化”灌输的同时，调动内存的与之异质的但能相生的思想文化资源，“化合”兹生出“新种”。而正是思想文化的“大生变革”，生成了文学的显著变化。而散文作为思想文化表达的方式，其变化则更为直接而鲜明。晚清的情形与“五四”的情形在思想文化与文学的关联度上有相似之处，“五四”文学革命，首先是思想文化革命，而晚清散文文体的变化，首先是晚清思想文化的变化。梁启超等人的新文体正由其时新思想催化生成。

六　基于报刊的传播方式

在观察评估晚清散文中所生长着的现代性元素时，我们既要研究散文主体的角色身份、散文文本的主旨内蕴以及散文文体观念等主导性的因素，同时对晚清散文的传播方式、语言表达等关联性因素也应予以留心。在诸多因素中，散文主体身份的知识分子化与散文文本传播的新闻化，是最值得研究者关注的一种合二而一的要素。作为公共知识分子的散文作者与新闻媒体之间有着内在的契合，两者之间有着互动的联系。如李欧梵所说："知识分子有话要说的时候，他不会在学报上发表文章，而是在一个公共的领域内发表文章。"① "谈天的空间，舆论的空间与印刷的空间逐渐构成了所谓公共领域。从哈贝马斯的立场来讲，公共领域的造成基本依靠的仍旧是印刷媒体——报纸和小说。"② 报纸，成了晚清知识分子言说的一个"讲坛"，报纸，同时又成为晚清散文独特性生成的一个重要的渊薮。在笔者看来，知识分子的批量出现与近代报纸这种大众传播媒介的兴起、发展，是晚清思想文化史最具有史意的重要事件之一。知识分子价值能量的扩张，需要有大众传媒为其构建一个可以施展的平台，而大众传媒影响力的升级，需要有可以影响时代视听的风际云会人物的支撑。缘于此，晚清知识分子，同时也是重要的散文家，往往又是在近代中国新闻史上具有地位的报人。这样的角色组合是此前的散文作家所不具有的。正因为有主体的这种独有，才生成了散文的某种独特。王韬的例子可以说明这一点。对王韬在晚清政论散文方面所做的特殊贡献，方汉奇评价："《循环日报》的主编人王韬，是资产阶级改良派的第一个报刊政论作家，也是中国历史上的第一个报刊政论作家。根据他历年在《循环日报》上发表的评论文章整理出版的《弢园文录外编》，是中国历史上的第一本报刊政论文集。"③ 王韬之所以拥有数个"第一个"，这与他的《循环日报》

① 《李欧梵、季进对话录》，苏州大学出版社 2003 年版，第 162 页。
② 李欧梵：《中国现代文学与现代性十讲》，复旦大学出版社 2002 年版，第 8 页。
③ 方汉奇：《中国近代报刊史》，山西人民出版社 1981 年版，第 67 页。

主编人的便利有关，也与他禀具思想者的头不无联系。报业、思想、写作，这三个要素有机融合于一体，使王韬成为近代报章政治的创体者。梁启超更是近代中国新闻史上不可或缺的新闻事业家。22 岁协助康有为创办《中外纪闻》，23 岁主笔《时务报》，25 岁在日本主办《清议报》，29 岁再办《新民丛报》。梁启超主编或参与其事的报刊有一二十种之多，他以报人自称："鄙人二十年来因以报馆为生涯，且自今以往尤愿终身不离报馆之生涯者也。"（《初归国演说辞·鄙人对于言论界之过去及将来》）报人之外，梁启超又是写家，这是当时报人的优长，梁启超对于自己作为报人写家编者的情形作有叙述："每期报中论说四千余言，归其撰述，东西文各报二万余言，归其润色，一切奏牍告白等项，归其编排；全书报章，归其复校，十日一册，每册三万字，经启超自撰及删改者几万字，其余亦字字经目经心，六月酷暑，洋蜡皆变流质，独居一小楼上挥汗执笔，日不遑息。"报人梁启超的敬业，使之成为"报章体"散文的代表作家。

"报章体"或可名之为"新文体"。这种"在资产阶级维新变法运动中兴起的'新文体'，是中国近代散文发展的最高阶段，它代表了近代散文变革的最高成就"①。报人的散文由报纸这种近代大众传播媒介的功能规定了它的某些特点。它重信息的传播，主要是思想信息的传播，所以更多的是以论议散文的形态出现；它更重视宣传的功能，所以在语言表达上尽量地做到通俗化。鲁迅在《门外文谈》中曾指出："将文字交给大众的事实，从清朝末年就已经有了的。……士大夫也办过一些白话报。"有些报纸尽管不是白话报，但基于报纸大众传播价值取向或作者期望通过写作向社会作思想启蒙的设计，语言上趋向于平易通俗。原来的散文更多的是一种体制性或纯为个人的写作，大多只在体制中或文人圈子中流通，而"新文体"诸类的报章散文是一种面向社会的公共性写作。这类写作"文字通俗，不只为士大夫所赏，亦为工农商贾所通晓"。"内容有国家政治、风俗变迁、中外交涉、商贾贸易以及一切可惊可喜之事，使之不出户庭而能知天下之事。"（《申报》1872 年创刊号）晚清后期散文写作中白话的成分渐多，有的散文，如秋瑾的《敬告中国二万万女同胞》，柳亚子

① 冯光廉等：《中国近百年文学体式流变史》（下），人民文学出版社 1999 年版，第 40 页。

《〈复报〉发刊辞》等文章纯为白话。白话散文在晚清虽然尚未演化为一场“运动”，但散文家在此间所做的语言通俗化的努力，无疑为“五四”白话文运动的兴起做了铺垫。

我们对晚清散文的现代性元素的存在做了如上的勘测。这种勘测差不多是囿于晚清历史的格局之中。如果我们将视野放大，将对象置于从晚清至“五四”这一“过渡时代”的进程中加以观察分析，就可以把握维系晚清散文与“五四”前期散文联系的“文脉”。两者关联的逻辑基点即为现代性，表征为散文写作主体，作为知识分子型的散文作家，他们基于西方现代意识，对中国问题关注、思索与言说，并借助报刊这一“公共空间”进行思想的传播。就散文的形态而言，“过渡时代”主流散文并不是一种文学化散文，而是一种思想启蒙的语言方式。因此，它们普遍地体现出文学的缺失而趋向于思想的偏至。

第二章　文化选择与晚清散文主流话语

晚清的时代是一个多元文化激荡碰撞的时代，处于这样的时代，文化人别无选择地会选择自己所认同的文化。而主体不同的文化选择，必然会影响散文写作中不同话语的选择。

这是一个提供了选择的可能性同时又规定了选择的必然性的时代。半封建半殖民地的中国社会性质，使各种异质文化杂陈于一时。19 世纪 40 年代以前，中国是一个大一统的封建社会，相应于此，中国文化差不多是在一个封闭的系统中运行发展的单性的讲究纲常伦理、王权至上的封建文化。1840 年发生的历史性事件，将原有的稳定结构秩序彻底地打破了。“满族王朝的声威一遇到英国的枪炮就扫地以尽，天朝帝国万世长存的迷信破了产，野蛮的、闭关自守的、与文明世界隔绝的状态被打破。”① 从此中国社会的性质迥然异于往昔，半封建半殖民地这种“半”化的社会存在，给文化的多样性提供了前所未有的空间，于是在晚清的台面上“既有资本主义文化，又有封建主义文化；既有殖民主义文化，又有爱国主义；既有西方近代文化，又有中国传统文化；既有新文化，又有旧文化；等等”②。面对这样的文化集场，一方面散文作家在内在意识中认同、接受或排斥、拒绝某种质性的文化；另一方面又以散文的方式参与着某种文化的倡导。作家的文化立场、文化态度直接制导着他对散文题材的取舍和题旨的表达。

---

① 《马克思恩格斯选集》第 1 卷，人民出版社 1995 年版，第 691 页。

② 龚书铎主编：《中国近代文化概论》，中华书局 1997 年版，第 2 页。

一　“觉世”的知识分子与“时代话语”

相对于列强，晚清时代的中国是弱势之国，或者说是“后进”的国家，而“在‘后进’国，多数的情况下，知识分子本身就是政治家”。“越是‘后进’国，越具有目的意识。因为在那里，事先有了近代化的模式，只是以其为目标推进近代化。由于是‘目的意识性’的，所以当然会带上较强的意识形态性格，亦即是在某种意识形态指导下的近代化。因此，上述的作为异质文明传播者的知识分子的任务，自然也受到‘目的意识’的近代化要求的制约。”[①] 晚清知识分子的“目的意识”就是救亡图存，进而实现他们的关于民族国家的想象。他们是一些民族主义者，或者是爱国主义者。当国运艰危的时候，他们由传统的明哲保身或只求个人功名的士大夫，或自守于书斋的文人，变为热衷于国家大事与公共利益的“政治家”。梁启超就是一个有政治情结的人。“梁启超本质上还是文人型的政治家，在‘觉世’与‘传世’之间，其前后期的侧重点虽有变化，但搞政治时不能忘情于文学，搞文学时又不能忘怀政治。”[②] 梁启超自己也说：“吾二十年来之生涯，皆政治生涯也。”（《吾今后所以报国者》）“启超等之运动，益政治的色彩，启超创一旬刊杂志于上海，曰《时务报》。自著《变法通议》，批评秕政，而求去敝之法，归于废科举、兴学校，亦时时发‘民权论’，但微引其绪，未敢冒言。”[③] 康有为也称：“考政治，乃吾专业也。”（《共和平议·序》）

公共知识分子对于政治的诉求是一种身份的必然。从某种角度而言，政治或可解释为有关阶级的、民族的、党派的、集团的、利益的，具有全局性、根本性的思想命意或行为活动。正如美国现代政治学家罗伯特·达尔所说的那样，政治是人类生存的一个无可避免的事实，“不论他们的价值观和所关注的是什么，人们都不可避免地会陷入政治体系网中，不管他们是否喜欢，甚至是否注意到这一事实”[④]。而知识分子更是一种政治化

① ［日］丸山真男：《福泽谕吉与日本近代化》，学林出版社1992年版，第17页。
② 夏晓虹：《觉世与传世》，上海人民出版社1991年版，第10页。
③ 《清代学术概论》，东方出版社1996年版，第76页。
④ 罗伯特·达尔：《现代政治分析》，上海译文出版社1987年版，第127页。

的“动物”。在特定的历史时期，知识分子对于政治的关注与参与，必然地影响到他们作为社会思想的“发生器”，或作为文学家（诗人、小说家、散文家、戏剧家以及文学理论家）的话语的设计。一般而言，他们求取的是一种“宏大叙事”。这种“宏大叙事”从一个维度表征了现代性的某种存在。李欧梵曾将叙述与现代性的关联性做有解说：“我们如果要把现代性的抽象观念和文化作一些连接的话，其间用于连接的工具又是什么呢?”我觉得，从文学的意义上来说，最重要的是叙述的问题，即用什么样的语言和模式把故事叙述出来。Anderson 说：“任何一个新的民族国家想象出来之后，势必要为自己造出一套神话，这套神话就称为‘大叙述’（grand narrative）……任何一个民族国家的立国都要有一套‘大叙述’，然后才会在想象的空间中使得国民对自己的国家有所认同。”[①] 李欧梵由 Anderson“大叙述”所给出的“叙述的问题”，主要限指小说文体的叙述。其实“大叙述”所关联的话题不仅存在于小说一体之中，而且也存在于其他的文学文体写作所生成的“语言和模式”中。散文一体更是特定时代状态与独特主体心灵的投影，因此它其中更有“时代叙述”的制式。在笔者看来，所谓“大叙述”，即是关乎时代主题的话语设计与模式。“叙述”通常表示叙事文学的叙述策略，它的概括具有明显的不周延性，因此，笔者更愿意用“话语”来代替“叙述”，“大叙述”表述“大话语”，亦即“时代话语”。

晚清散文作家王韬、郑观应、梁启超等，他们遗存的文本清晰地凸显了被大写着的时代话语。作为研究者，我们感兴趣的是他们为什么选择时代话语与怎样演绎着时代话语的。从总体上说，这是由特定的社会存在所规定着的。1840 年以后的中国遭到列强的不断侵略，虽屡战而又屡败，特别是 1894 年甲午战争竟为所谓“蕞尔小国”的日本所大败，于是民族存亡的重大危机陡然推置人们的面前，举国骇然而惊醒，“闻与日本议和，有割奉天沿边及台湾一省，补兵饷二万万两及通商苏、杭，听机器洋货流行内地，免其厘税等款，此外尚有缴械、献俘、迁民之说”，“天下震动”，“都人惶骇”，“如列祖列宗何？如天下臣民何?”（康有为《公车

① 李欧梵：《中国现代文学与现代性十讲》，复旦大学出版社 2002 年版，第 9 页。

上书》）这样危及社稷的事变，极大地激发了民气士潮。正如梁启超所说：“唤起吾国四千年之大梦，实自甲午一役始也。”① 此时，怀具更多的社会责任感和使命感的知识分子作家，更多地生长着忧国与爱国的情怀。“今天下之可忧者，莫中国若；天下之可爱者，亦莫中国若。吾愈益忧之，则愈爱之；愈益爱之，则愈益忧之。既欲哭之，又欲歌之。”② 伴随着这样的强烈的情绪，形诸语言就莫不关联着救亡图存、启蒙发昧的时代主题了。

二　传统：始近而终远

晚清散文作家选择时代话语，除了其时散文作家所共同受到的社会政治文化因素的影响外，必定还有他们个人的因素起着作用。在波谲云诡的晚清，事实上也还有不少散文作家依然隐于书房，抒写个人生活的波澜不惊。这就是说，在相同的社会文化生态中，决定散文话语分型的最终的因素还在于主体自身。散文作家的文化出身、文化经历、个性特征、社会角色等直接影响着他们的散文写作。这些因素或共同作用于结果，或只是其中某一因素就决定了生成相应的结果。在封建时代，士人理想的人生模式无不是走科举入仕之途，在体制内立言行事。在 1905 年废除科举之前，八股取士是清朝吏治的重要基石，这对向往着功名的儒士自然有着极大的诱惑力，因此操练八股时文成为他们日常生活中的必修课。但晚清一些重要的散文家或科举不能顺遂，或生性不喜束缚，因此对于八股时文或始近而终远，或向素厌倦。他们的表达欲望是通过写作不中规矩的自造自适之文而实现的。

王韬是一个天资聪颖的奇才，“十八岁，以第一入县学”，人称“文有奇气”（王韬《弢园老民自传》），但其个性与八股文相逆，“性情旷逸，不乐仕进，尤不喜帖括”（《弢园老民自传》），于古文一类的写作天然缺乏热情，“若于古文辞之门径则茫然未有所知，敢谢不敏”（《弢园外录外编·自序》）。他往往依着自己的本性写作，“于诗文无所师承，喜即

① 《戊戌政变记》，《饮冰室合集》专集之一，中华书局 1989 年版，第 113 页。

② 梁启超：《自由说·忧国与爱国》，《清议报》第 33 册。

为之，下笔辄不自能自休”，“挥毫对客，滂沛千言”（《弢园老民自传》)。他排拒帖括之学，是因为帖括虚空无用，无益于世。王韬是一个怀抱天下之士。“不佞少抱用世之志，素不喜浮夸，蹈迂谬，一惟实事求是。愤帖括之无用，年未弱冠，即弃而弗为。见世之所称为儒者，非虚矫狂放，即拘墟固陋，自帖括之外，一无所知，而反嚣然自以为是。”（王韬:《淞隐漫录自序》）这里，王韬表达了在新的历史语境中，士人所追求的新的价值取向。在他看来，务实“用世”是他们这一代士人最应看重的品格。具有实业家背景的思想家、散文家郑观应也不乐于仕进。1842年出生于广东香山（今中山）的郑观应，16岁时就放弃时人热衷的科考，到沪上实习商务。长期在英商宝顺洋行、太古轮船担任买办，后又经营贸易，投资实业，为近代重要的民族资本家。郑观应的这种文化背景与人生经历，决定了他对八股制艺的态度：“或谓中国仕宦，首重科举，乡会试取决于时文。”［郑观应《盛世危言·考试》（下)］“夫以八股为正途，视别学为异端，其不重可知矣，人材焉能曰出哉？如是，虽豪杰之士亦不得不以有用之心力消磨于无用之时文。即使字字精工，句句纯熟，试问能以之安国家乎？……所学非所用，所用非所学，天下之无谓至斯极矣。”［《盛世危言·考试》(上)］很明显郑观应衡文的基本标准在于一个“用”字，在于能有益于“安国”。

康有为、梁启超的情况与王韬、郑观应有异同。异者在于在封建文化体制中，康梁是有正式名分的儒士。同者，他们对八股与八股取士均持否定的态度。1858年出生的康有为直至1895年他37岁时才中进士，官授工部主事，科举之途不可谓顺达。康有为14岁、15岁时两次考秀才，都名落孙山。1882年到北京应顺天乡试，没有考中举人，1888年又赴顺天乡试，又不第，可谓屡试屡爽。这种情由说明康有为尽管本性并不喜好八股制艺，科举仕进，但生当其时又不得不被纳入封建时代士人行走的常规道途。但同时科举屡受挫折的经历，加深了康有为对八股取士之弊的深切感受。所以尽管康有为最终因赴科举而成就了士子的梦想，但他还是上书光绪，“请罢弃八股试帖楷法取士，复用策论，冀养人才，以为国用”。他现身说法，向朝廷陈述八股的无用有害，“夫八股之无用，臣即业八股以窃科第者也，从其业之既久，知其害之尤深”。他以为“其试帖风云月露之词，亦皆无用；其楷法方光乌之尚，尤为费时。昔在闭关之世，或以粉饰夫承平，今当多难之秋，不必敝精于无用。”（康有为《请废八股试帖楷法试士改用策论折》）梁启超与在科举之途上有些“大器晚成”的其师康有为不同，他是“少年科第”的，12岁考取秀才，17岁中举人，“时余以少年科第，且于时流所推重之训诂词章颇有所知，辄沾沾自喜”（梁启超《三十自述》）。其时的梁启超“不知天地间，于括帖、训诂、词章之外，更有所谓学也”。但当他18岁入京会试落第南归，拜谒康有为后，思想大变。“先生乃以大海潮音，作狮子吼，取其所挟持之数百年无用旧学，更端驳诘，悉举而摧陷廓清之……自是决然舍去旧学，自退出学海堂，而间日请业南海之门，生平知有学自兹始。”（《三十自述》）梁启超对旧学的“决然舍去”，也表示着他对八股制艺的告别，表示着对传统古文的疏离；同时作为新思想的发布者，他就必然倡导开创新的文体用以他的思想表达。当时的时代，对于梁启超们而言是一个文体匮乏的时代，八股文桎梏人性，“桐城派古文、六朝体的古文”“恹恹无生气”。[①] 于是，梁启超将“开文章之新体，激民气之暗潮”（梁启超《清议报第一百册祝辞并论报馆之责任及本馆之经历》）作为自己启蒙新民的要务。

在晚清，思想家、文学家严复抨击八股时文最为激烈。《救亡决论》是严复议论散文的重要代表作。在严复看来，面对列强环伺，“中国不变法则必亡是已”。而“变将何先？曰：莫亟于废八股”。“夫八股非自能害国也，害在使天下无人才。”作者将此持论置于这一长篇散文开端，然后历数并解析其“大害有三”：“其一害曰：锢智慧，其二害曰：坏心术，其三害曰：滋游手。”取其总者，严复以为“八股取士，使天下消磨岁月于无用之地，堕坏志节于冥昧之中，长人虚骄，昏人神智，上不足以辅国家，下不足以资事畜。破坏人才，国随贫弱”。严复之所以能够这样不留情面地指说八股弊端，不仅因为八股制艺的这些危害是其本身所固有的，为有识者所共见，而且还因为严复在同时代人中较早地接受新式教育，在两种教育的比较中，严复比其他人更能洞察八股取士的严重

---

① 郑振铎：《梁任公先生》，《中国文学论集》，上海开明书店1934年版，第167页。

危害性。1854 年出生的严复，于 1867 年入马江学堂学习海军，所习课程为英文和自然科学与技术科学。1877 年又奉派入英国格林尼次海军大学留学。严复这样的学习经历，自然使他与虚空无实用的科举教育方式格格不入。

我们这样给出王韬、郑观应、康有为、梁启超、严复等这些晚清思想史、文学史上的闻人对于八股时文的态度，是想说明他们的这种态度与他们对于散文话语类型选择之间所具有的某种关联。实际上八股时文并不只是一种文章的形式，而是一种具有多种义项的文化符号。八股时文在其内含与主旨方面，被规范在为王朝所认同的经典之中，在形式上它又使文章写作成为一种标准化的“生产”。八股时文的写作，其终极功能是旨在培养作者对王朝在思想情感上的认同与忠诚，并将这种认同与忠诚内化为作者的一种自觉意识。王韬等或厌倦或排斥或抨击八股时文，实则表达了他们的一种文化选择倾向。主体性的成长使他们不愿意成为体制文化的阐释者、代言人，而是直面社会，依据自我的观照思考，从现实中获取写作的材料与思想资源。

三　西学：由“乡下人”到“世界人”

除了晚清散文家对科考时文的态度外，影响他们写作的“时代话语”建构的重要因素，是他们对西方、对西学认知的经历与态度。晚清是中国历史上第一次大规模的西风东渐的时期，也是历史上中国人第一次大规模走向世界，感受文化的世界的时期。中外文化空前活跃的交流，为生活在这一时代的散文家获得一种全新的观照空间，异质的精神元素以及基于世界格局中的深度的生存体验、生命感悟提供了可能。将这种可能转变为一种实然的存在，毫无疑问既有时代提供的总体性的条件，也有作家个人主观的原因。从时代的全局看，晚清中国开始接受西方文化是被迫的、不自觉的。在与西方列强较量后败绩的痛苦的经历中，先进的中国人感受到西方文化的某种优势与强势，从物质层面的先进的制造技术，自然科学中的声、光、化、电，到哲学人文社会科学的价值观念精神指向乃至政治体制的建构等，西方的物质文明、精神文明、政治文明对于封建统治下的晚清中国不无借鉴启发的意义。伴着历史的进程，不同时期对西方文化的借取各有侧重。洋务运动中重视西方物质文化的引进，甲午战争后则更多地致力于精神文化的导入。

由于现实的急需，译事被看作重要的事务，官方设置了相应的机构，教会或士人也有从事译务的。因着阶段性目的差异，不同时期译介的侧重点有所不同。对此，梁启超在《西学书目表序例》中说："海禁既开，外侮日亟。曾文正开府江南，创制造局，首以译西书为第一义，数年之间，成者百种。而同时同文馆及西士之设教会于中国者，相继译录。至今二十余年，可读之书略三百种。""已译诸书，中国官局所译者，兵政类为最多。盖昔人之论，以为一切皆胜西人，所不如者兵而已。西人教会所译者医学类为最多，由教士多业医也。制造局首重工艺，而工艺必本格致，故格致诸书虽非大备，而崖略可见。惟西政各籍，译者寥寥。"到甲午战争后，对于"西政"与西方文学的译介才蔚然成风，代表人物是严复和林纾。严复翻译了《天演论》《群学肄言》《原富》《群已权界论》《穆勒名学》等西方哲学社会科学的名著，对当时中国的思想界和知识界影响颇著。林纾这位并不谙熟西文的晚清举人，自 1898 年翻译法国作家小仲马《巴黎茶花女遗事》起，热衷于欧美十余国百位作家的作品翻译，"以华文之典料，写欧文之性情"①。林纾期望"日为叫旦之鸡，冀我同胞警醒"(《不如归》序)。此外，卢梭的《民约论》、孟德斯鸠的《万法精理》，美国的《独立宣言》、法国的《人权宣言》也被译介到了中国。西学的大量的输入，给中国社会各界产生的影响是不言而喻的。

一般地认为，尽管保守派对西方文化怀有抵触、排拒的心理，危机中的中国，有思想的政治家、开明人士，这些成长着的知识分子还是不自觉或自觉地接受西方文化的。他们的分歧集中在是"中学为体，西学为用"还是"西学为体，中学为用"上。在晚清的文化主体列阵中，我们可以发现兼具思想家散文家双重角色的知识分子，他们往往站在倾向于会通中外，师法西学的行列中，如康有为倡言："泯中西之界限，化新旧之门户。"② 严复以为："必将阔视远想，统新故而视其通，苞中外而计其全而

---

① 邱炜爰：《茶花女遗事》，陈平原、夏晓虹编《二十世纪中国小说理论资料第一卷（1897—1916）》，北京大学出版社 1989 年版，第 29 页。

② 《康有为政论集》（上），中华书局 1981 年版，第 295 页。

后得之。"[①] 思想家在晚清，如果没有西学元素的融入与催化，不可能有真正的具有创意的思想的发生，也就不能称之为思想家。至于散文家，这里是指主流散文作家，他们之所以成为时代主流的构成部分，是因为他们以散文的方式参与了当时具有重大意义的包含着西学因素的思想文化工程的建设。言其为重大意义，是因为这一工程历史地成为后续的现在依旧在进行着的中国现代化进程的先导性环节。

在晚清总体性的西风东渐的氛围中，散文家一方面接受西学，另一方面又传播着西学，他们成为其时重要的传输阐释西学并使其中国化的中介。这样的功能生成，同他们与西方文化接触的独特的个人经历有关。王韬这位科举未达的文化人，历史倒给他创造了广泛地接触西方文化的机遇。乡试未中的王韬以到"华洋杂处"的上海墨海书馆"佣书"，彻底告别了科举的招引，与外国传教士麦都思、艾约瑟、伟烈亚力等共事十余年，合作译著了介绍西方文化科学的著作《圣经》《格致西学提纲》《重学浅说》等。后王韬因故为清廷通缉、逃亡至香港。在远离封建文化中心，已成为西方文化向中国传播的重要桥梁的香港，浸润着西方文化。期间，王韬两次游历国外。1867 年 12 月至 1870 年 3 月两年有余考察法国、英国，1879 年 4 月至 8 月约有 4 个月访问"明治维新"后的日本。这使他亲身感受到英、法等国家的社会存在与历史文化，观察并感受到日本借取西学进行"明治维新"所获得的成功。在 30 多年接触西学的生涯中，王韬由苏州乡下的秀才变为"上海人"（西方文化的译介者），再由"上海人"变为"香港人"（报人等），再由"香港人"变成"世界人"。在王韬的时代，"上海"和"香港"已不只是两个简单的地名，而更是中国接受西方文化的两处重镇。王韬久居这两处重镇，自然更为走近西学。而作为散文家，又自然会在写作中言说西学，并试图以西学解说晚清的中国。

晚清文人的涉外写作，或具有文人背景的其他人士的涉外写作，渐成风气。除王韬有《漫游随录》《扶桑游记》外，另有李圭《环游地球新录》，梁启超《新大陆游记》，康有为《欧洲十一国游记二种》，钱单士厘

① 《严复集》第 3 册，中华书局 1986 年版，第 560 页。

《癸卯旅行记》等。这些记游之作，通过对域外风土人情政制的叙写，对久于闭关自守的中国，就一般意义上说足以扩大视野，增长见识。作者的写作意图之一正体现在这一点上。康有为在《欧洲十一国游记二种·自序》中说："今欧洲十一国游既毕，不敢自私，先疏记其略，以请同胞分尝一脔焉。"钱恂在为其妻子钱单士厘所撰《癸卯旅行记》作推介时说："以三万数千言，记二万数千里之行程，得中国妇女所未曾有。方今女学渐萌，女智渐开，必有乐于读此者。"（《癸卯旅行记·题记》）作者钱单士厘也颇自信地以为："唯此一段旅行日记，历日八十，行路逾二万，履国凡四，颇可以广闻见。……我同胞妇女，或亦览此而起远征之羡乎!"（《癸卯旅行记·自序》）他们所说的是一种实情。而从切入其时时代主题的角度视之，一些涉外记游作品中所传输的信息，对晚清中国思想文化界有所关系。因为这些游记，是有独特的题材选择与题旨倾向的。对这种独特，梁启超《新大陆游记·凡例》中的一段表述做了注释："中国前此游记，多纪风景之佳奇，或陈宫室之华丽，无关宏旨，徒灾枣梨……兹编所记美国政治上、历史上、社会上种种事实，时或加以论断……以其所知者贡于祖国，亦国民义务之一端也。于吾幼稚之社会，或亦不无小补。"由此可见这一类写作基本的价值取向了。

在晚清散文家感受西风的个人经历中，一批出使域外的使臣的存在是值得我们关注的。如郭嵩焘、曾纪泽、薛福成、刘锡鸿诸辈，他们虽是封建朝廷的命官，但身处他国，眼观实景，心有所感，那些别于中国的物景人事必然会在他们的心灵留下或深或浅的投影。作为有写作意识的或被要求将观感见闻作笔记的士人，他们写作的考察记或旅行记，是中国人笔下的西方图景的实录。这些实录成为其时西方文化传播的重要形态，其间包含了对晚清中国经济社会文化科技重构有所启发的现代西学因素。

薛福成当是晚清使臣散文家中的重要代表。以晚清散文门派视之，薛福成当属中兴桐城的曾国藩一流的。但薛福成个人的经历与思想，决定了他的散文与桐城正宗颇有异趣。1890 年至 1894 年，薛福成出使英法义比四国，留心西事，眼界为之大开，并将当时的真切情形以日记的形式录下："凡舟车之程途，中外之交涉，大而富强立国之要，细而器械利用之原，莫不笔之于书，以为日记。"（薛福成《出使英法义比四国日记·

跋》）有《出使英法义比四国日记》和《出使日记续刻》等传世。据薛福成言，清朝政府总理各国事务衙门，有“具奏出使各国大臣应随时咨送日记等件”的制规，要求使臣凡有关系交涉事件，以及各国风土人情，当详细记载，随事咨报（《出使英法义比四国日记·咨呈》）。对记载之事，薛福成本人是自觉的。在薛福成出使欧西之前的1885年，他的系列论议文字《筹洋刍议》刊行了，影响颇著。《筹洋刍议》的写作大致上昭示着作者的某种心路。薛福成认为《筹洋刍议》“此特一时私论，大端所宜发挥者，十未得一二”，今“事变愈繁，时艰未艾，余所欲言者滋益多”，“倘异日阅历益进，或所见更有异同，岂特借为自镜之资，亦以显天下之理之日出不穷焉”（薛福成：《筹洋刍议·自序》）。历史将机遇赋予有准备的头脑。薛福成的使西，使他有机会实地考察感受泰西而反身求索国是。在“阅历益进”中，观而思之，成就“显天下之理”的夙愿。所以他对使西的经历与体验特别看重，以日记的形式记而存之。“一路访察外洋各埠情形，随所见闻，据实纂记。莅任以后，驰驱英法义比四国，又逐事考求，于各国形势，政事风俗，观其大略，编录成帙。”内中不只有客观的亲历所见，也有主观的感受联想，“据所亲历，笔之于书。或采新闻，或稽旧牍，或抒胸臆之议，或备掌故之遗”（《出使英法义比四国日记·咨呈》）。由作者的自述，我们可大略知道其时使臣涉外写作的基本题材与题旨。其实，不仅是使臣之作留意西事并有所择取，举凡当时对西学持积极态度的开明人士，他们的文化的态度决定了他们的价值取向，以至于影响到他们在西方观览时的取舍，他们往往留心于西方政治、法制。如薛福成、严复、梁启超等，或旁听议院会议，或观看法院诉讼，由此生发感悟。严复曾说：“不佞初游欧洲时，尝入法廷，观其听狱，归邸数日，如有所失。尝语湘阴郭（嵩焘）先生，谓英国与诸欧之所以富，公理日伸，其端在此事。”（严译《孟德斯鸠法意》按语）这种情由必然会对他们的写作产生直接的影响。

以上我们更多地从作者的个人经历中，选取晚清散文作家对待八股时文的态度和接触西方的背景，作为观察他们对中西文化所操持的基本立场的两个重要的视角。通过观察，我们可以发现就晚清主流散文作家而言，他们普遍地否定、摒弃八股制艺之道，普遍地具有接触（直接或间接）

西方，接触西学的经历，并且持有认同或部分地认同的态度。这种否定摒弃与接触认同，反映了在社会出现重大转型时期，主体的一种文化价值取向。这种是与否的选择，凸显着特定时代散文作家的精神形象。他们散文写作中所呈现的话语景观，很大程度上导源于他们的文化立场与文化态度。

四　时代主题的凸显与表达

如果从话语功能与语汇的基本构成看，“变法”“西学”及其与此相关者，成为晚清主流散文文本的主要的话语置备。两组话语之间有着密切的关联性。言说“变法”，就关联着变法的刺激物与参照系。晚清中国的变法并不是一种自觉的意识或行为，变法是在外部力量压迫下开始的一种被动的运作。处于劣势中的晚清从列强那里借取救亡图强术技策略，西学成为变法的一种异质支撑。而言说“西学”，也并不是基于世界主义的一种普泛的说法，而是基于民族主义的一种有的放矢的取彼言此，旨在作用于本土的“变法”。

变法，是身处晚清，关注国运又谙熟西事的散文家的一种必然表达的主题词。这些散文家比他人怀具更多的社会责任感和民族情结，而从世界大局中观察中国的形势，就愈见国运的艰危。这样他们对民族存亡的忧虑感就日甚。“泰西大小诸邦叩关互市，辄以兵力佐其商力，所至各埠，设官置戍，艨艟相望，每挟其所长，从而凌辱，来必应请必遂，一旦龃龉，环而伺我者数十国，腹心肘腋间遍布森列，几于国不可为国矣。嗟乎！此盖误于羁縻之说，而驾驭未得其宜也。”（王韬《弢园老民自传》）王韬将“国不可为国”“岌岌”其势，归因于当局的误于陈规之拘。在他看来，必亟亟于变法，才能自强而存。基于这样的思想，王韬就将对变法之理的阐释，作为他的论议类散文写作的一个核心命题。在他的报章政论集《弢园文录外编》卷一、卷二中分别设有包含上、中、下三篇的题为“变法”“变法自强”的两个系列。由此可见，变法在这位散文家心中的分量以及他对于变法的热切期盼。“变法”系列上篇为总论，言说“变”为社会历史前行的通则，不为个人的意志所决定。“孔子而处于今日，亦不得不一变”；“于此时不得不变古以通今者，势也”。中篇和下篇则就变法的具体措置做设计。中篇设计的“变法之道”“凡是四者：其一曰取士之法宜变也，其一曰练兵之法宜变也，其一曰学校之虚文宜变也，其一曰律例之繁文宜变也。”下篇所论是对中篇所涉及的话题的强化。王韬以为：“治天下者，当立其本而不徒整顿乎末，当根乎内而不徒恢张于外，当规于大而不徒驰骛乎小。”在他看来，“今日我国之急务，其先在治民，其次在重民，而总其纲领，则在储材”。“变法自强”系列三篇，其大意基本相同于“变法”系列，只是立论的视野背景更为开阔，强调在“全地球”的坐标系中进行变法，“当今之时，处今之势，固非闭关自大时也”[《变法自强》（上）]。“全地球可合为一家，中国一变之道，盖有不得不然者焉。”[《变法自强》（下）]

维新时代的梁启超是鼓吹变法的号手。作为维新派舆论阵地的《时务报》于1896年8月在上海创刊时，梁启超就在其创刊号上推出《变法通议》的政论文，因其篇幅长达五六万字，所以是以连载的形式发表的，其规模与体势不同往常，因此自有显著的影响力。《变法通议》总题下含《论不变法之害》《论变法不知本原之害》《学校总论》《论科学》《论学会》《论师范》《论女学》《论译书》《学校余论》《论金银涨落》《论变法必自平满汉之界始》《论变法后安置守旧大臣之法》等子目。由这些标目可见，梁启超所论与王韬所论相比，涉面更为广泛，不仅限于变法的一些具体问题，如取士、练兵等，更将其推及政治、经济、文化的全方位；论析更为趋深，不仅指说变法的一般事宜，也能深入地探讨变法所涉及的若干本源性的问题。梁启超在《论不变法之害》篇中述说变法化被迫为主动之理。他以为：“变者天下公理也。大地既通，万国蒸蒸，日趋于上，大势相迫，非可阏制。变亦变，不变亦变。变而变者，变之权操诸己，可以保国，可以保种，可以保教。不变而变者，变之权让诸人，束缚之驰骤之。”这里可见作者的理路已不同于王韬、郑观应。他强调的是瞩望于中外交通的大势，顺势而就地进行变法，由消极的只为“制夷”的变法，转为积极的旨在自强的变法。梁启超还注意从洋务运动的失败中，指陈“变法不知本原之害”。“讲求洋务三十余年，创行新政不一而足，然屡见败衄，莫克振救。”之所以有此结果，梁启超以为是“变法不知本原”。而在梁启超这里所谓“本原”，“一言以蔽之曰：变法之本在育人才，人才之兴在开学校，学校之立在变科举；而一切要其大成，在变官制。”（《论变法不知本原之害》）梁启超将“变官制”视为变法的“要其大成”，这实际上涉及政治体制中十分敏感复杂的“官制”问题。此说的提出，反映了梁启超洞察之明，识见之深。

变法之旨在于维新。在晚清的语境中，“维新变法”是一个联体词。“新”字集中地表征着晚清以至“五四”知识分子对理想的民族国家想象的指向。“中国人关于现代性的概念表现出一些很突出的不同之处，自清末以后，日益‘面向当前’的意识形态（与古典的面向过去的儒学相对立），无论在字面还是在象征性都充满了‘新’的内容：从 1898 年的‘维新’运动到梁启超的‘新民’概念，以至五四时期出现的‘新青年’‘新文化’和‘新文学’，几乎所有为将中国从过去的桎梏中解放出来的建立‘现代’国家的社会和思想运动，都伴随着一个‘新’字。”① 如上诸多有关“新”的倡言中，梁启超的“新民说”在晚清至“五四”思想演进的历史环节中，具有某种先导性。《新民说》成为梁启超乃至晚清议论散文中颇具思想含量的重要作品之一。《新民说》为一具有统一主题的议论文系列，包括“叙论”在内，凡 20 篇，主要的节目有“论新民为今日中国第一急务”“释新民之义”“论国家思想”“论自由”“论民气”“论政治能力”等，刊载于《新民丛报》上。《新民丛报》1902 年 2 月在日本横滨创刊。在其创刊号上，梁启超阐发了该报的宗旨：“本报取《大学》新民之义，以为欲维新吾国，当先维新吾民。”《新民说》系列可谓是《新民丛报》其宗旨的一种具体的实践。后来作者在谈到它的写作时曾说：“余为《新民说》，欲以探求我国民腐败堕落之根源，而以他国所以发达进步者比较之，使国民知受病所在，以自警厉、自策进。”（《新民议·叙论》，《新民丛报》第 21 号）我们可以认为《新民说》是对中国某些病态国民性的一次较为系统的察诊，也是有关国民性改造方案的一次具体的设计。

除变法（维新）之外，晚清散文中另一重要的时代大话语就是“西学”。变法与学“西”在晚清本来就密切地联系在一起，西学不仅直接启

① 李欧梵语引自《剑桥中国晚清史》（上），中国社会科学出版社 1993 年版，第 562 页。

发了变法理路的设计，而且还为变法的建言者提供了一种新的思想支撑。作为其时社会存在的一种真实映像，晚清散文中这两大话题差不多是融合在一起的。在我们所论述的晚清散文家中，以“西学”命题较早者是冯桂芬。冯桂芬在晚清思想史上占有重要的地位，有学者评价说：“从龚自珍到冯桂芬这些三十至六十年代的地主阶级的开明思想家，的确正是七十至九十年代地主阶级改良思想家的‘前驱先路’。他们是改良派思想家的真正的血缘亲属，为改良派积累了大量的思想资料，开辟和指引着走向资本主义思想的新方向。”[①] 冯桂芬这种思想史上的“前驱先路”特殊形象，很大程度上是由他撰写于1861年的《校邠庐抗议》所塑造的。《校邠庐抗议》中有《采西学议》一篇，作者基于“驭夷为今天下第一要政”的认知，本着“以中国之伦常名教为原本，辅以诸国富强之术”的思想，将“采西学”的重点放在轮船火器、历算之术、格致之理、制器尚象之法等“凡有益于国计民生者”。鉴于当时“习于夷者”“其质鲁，其识浅，其心术又鄙，声色货利之外不知其他”的状况，以为“今欲采西学，宜于广东、上海设一翻译公所”，选颖悟年少进行专门的培养。在冯桂芬这里，所谓西学，其侧重点是关系实利的“术学”。郑观应的《盛世危言》中也设有《西学》专篇。作者论议学习西学与人才培养的关系，认为“西学不重，则奇才不出。必以重时文者，而移之于重学，俾人人知所趋向，鼓舞而振兴之”。至于西学何为，郑观应所说的大致近似于冯桂芬言指的。这反映了甲午战争前言者有关采西学的观念。

甲午战争中国大败于“蕞尔国耳”的日本，引起有识者的醒悟。西学不只是声光化电这些形而下的术技科学，更重要的是社会的价值取向、人的精神诉求等形而上的观念伦理和社会的体制等。“汽机兵械之伦，皆其形下之粗迹，即所谓天算格致之最精，亦其能事之见端，而非命脉之所在。其命脉云何？苟扼要而谈，不外于学术则黜伪而崇真，于刑政则屈私以为公”（严复《论世变之亟》）；“推求其故，盖彼以自由为体，以民生为用”，“人人得以行其意，申其言，上下之势不相悬，君不甚尊，民不甚贱，而联若一体”（严复《原强》）。由于现实事变的触发，引起了晚清

① 李泽厚：《中国思想史论》（中），安徽文艺出版社1999年版，第377—378页。

思想家对西学内含关注点的转移，他们在以散文言说西学时更多地探讨西学的“命脉”并以此评说中国的人事。梁启超论议西学多涉及精神层面或政治体制。他的《新民说》针对他所指认的国民性种种“病情”，“务采合中西道德以为德育之方针，广罗政学理论以为智育之本”（《新民丛报章程》）。很明显，在此时的梁启超的意域中，所谓西学侧重的是其中的“道德”之学，也包括“政学理论”。《新民说》中的《论自由》篇介绍的是欧美有关自由学说的要义和“自由发达史”的大概，作者也阐释了他对“团体自由”“个人自由”的理解。《论进取冒险》篇则以为中国自强应借取欧洲民族的“进取冒险之精神”。

晚清散文家中的思想者们大多具有一种开放的世界眼光。作为坚定的民族主义者，他们立足于国中又注目域外，身居别国又感念中华。“默察西国之情势，亦期裨益中国之要务也。”“开拓心胸，综揽全局。”（薛福成《出使英法义比四国日记·凡例》）在参照中外情势大端中，“知我之短，知人之长”（《出使英法义比四国日记·自序》）。基于这种双向观照的预设，散文作家在给出变法，西学这些时代主流话语时，往往形成一种对比设置的语言结构模式。这种对比结构的语言模式，在对比中表达了某种是非优劣的价值评判。这当然也反映了语言主体的文化取向。

《救亡决论》是严复政论中的力作。如何救亡，道途自然不一，但在严复看来“驱夷之论，既为天之所废而不可行，则不容不通知外国事。欲通知外国事，自不容不以西学为要图。此理不明，丧心而已。救亡之道在此，自强之谋亦在此”（《救亡决论》）。因此，“西学”成为严复言谈的中心概念，“此吾《决论》三篇所以力主西学而未尝他及诸也”（《救亡决论》）。在其政论中，作者通过设计中西文化对比的语言策略，以彰显“西学”的价值，“中西事理，其最不同，而断乎不可合者，莫大于中之人好古而忽今，西之人力今以胜古；中之人以一治一乱、一盛一衰为天行人事之自然，西之人以日进无疆，既盛不可复衰，既治不可复乱，为学术政化之极则”；“中国最重三纲，而西人首明平等；中国亲亲，而西人尚贤；中国以孝治天下，而西人以公治天下；中国尊主，而西人隆民；中国贵一道而同风，而西人喜党居而州处……”（严复《论世变之亟》）尽管在历数中西文化差异之象后，作者申言：“若斯之伦，举有与中国之理相抗，以并存于两间，而吾实未敢遽分其优绌也。”但这只是一种语言策略，实际上结合全篇的语境和作者行文的口气，我们不难发现他对中西文化的选择倾向。作者正是在对举式语群的建构中，完成了对西学的肯定与推介。

严复这样的语言结构，成为晚清主流散文的一种普泛化的格式。冯桂芬的《校邠庐抗议》、王韬的《弢园文录外编》、郑观应的《盛世危言》、梁启超的《变法通议》《新民说》等论议文类习见有这样的样式；不少涉外记游类作品也常有中西比衬的文字穿插其间。如薛福成《出使日记续刻》卷之五有光绪十八年壬辰闰六月初四日记。此则日记共两节，第一节记写英法等国外部（外交部）官员的从业情况，称赞他们“职业专，则志一而不杂；经画久，则才练而益精。所以西人办理交涉，措注周详，鲜有败事”。第二节叙议中国总理衙门人与事，多有微词，以为“中国欲图自强，必自精研洋务始；欲精研洋务，必自整顿总理衙门始”。批评直言，颇具识见。

五 论说体与思想表述

在我们对晚清散文时代话语生成的主体文化机理做出分析，且给出了作为关键词的时代话语及其表达的语言模式之后，对时代话语所负载的基本的意义指向进行推导就显得较为顺达了。晚清时期的中国是弱势受辱的民族，救亡图存是全民族所必须共同肩负的重大的历史责任。在这样的时代，中国士人的知识分子品性迅速生成，由埋首书斋，潜心学问，转至面向社会，介入现实，在做社会发言的过程中实现自身存在的价值。作为头脑清醒的思想者，他们开眼看世界，又忧虑地反思中国的现实，在两种文明落差的比较中，探寻中国落败的种种原因，试图通过采西学，变成法，使中国摆脱危机困境，走上自强之路。很明显，他们对其时的中国现实不满意，甚至怀具忧愤之心，这样社会批判不再只是一种内在的意识而转化为一种外在的行为。作为散文家，他们则将批判的意念物化为政论的语言形式。这样，批判就成了晚清主流散文所负载的一个基本的题旨，成为此类文字的基本功能。批判这一题旨与变法，西学等宏大话语构成关联性的相生物。中国之所以要变法，现实的原因是中国与列强短兵相接而败于列强的事实，表明在世界的格局中，曾经强盛的华夏已经严重落伍于世界的潮流了，而要确保民族生存以至复兴强大，中国必须改变原有的结构、规范、秩序。此为变法。而变法最直接便捷的方法就是“借”法，即学习欧西先进的自然科学和人文社会科学，为我所用。变法，表示着对旧有的不满，于是批判就产生了；以西学观照中国的状况，文明的反衬落后的，这样批判也随之而来。这是一种必然，是一种时代的规定，是一种历史赋予知识分子的使命。

晚清知识分子对当时中国社会的存在做了全方位的批判，批判所指上至王权政制，下至民众素质，涉及政治、经济、军事、文化各个方面。那些以批判作为题旨，或包含了批判的要素的写作，不仅成为近代思想史叙事的重要材料，而且也为晚清散文注入了别于古代而能联通现代的新异之质。散文中批判性题旨的普遍化，既标志着作家主体性的成长并走向自觉，也表示了某种文学功能的回归与强化。传统散文更多地实践着“文以载道”的宗旨，诠释着统治阶级命定的或为其认可的道统，而晚清散文，作为一种主流存在，它是公共知识分子面对公共话题所做的基于个人思考的言说。文学并不只是为了娱乐，为了歌功颂德而存在的，批判或具有建构意义的解构应是文学存在的重要理由。“文学作为一种文化现象，它的内在本性是对现存意识形态的解构与重塑，这正是它意识形态生产的本质之所在。在这个意义上看，文学不只是给人提供某种想像性的愉悦，而是在这种想像的活动中反思，重建着人类的精神文化。”① 而“知识分子（包括作家）作为一个相对独立的文化阶层和力量，其历史作用乃在于他们实际上所承担的文化批判者的角色。”② 在笔者看来，冯桂芬、王韬、郑观应、梁启超、严复等晚清散文家，他们是以散文履行“文化批判者”的思想启蒙的社会责任的。

如上所述的晚清散文，大约是一种思想的文本，即注重评事述理而并不刻意求取审美的意义，即如周作人所言：“新文学的散文可以说是始于文学革命。在清末戊戌前后也曾有过白话运动，但这乃是教育的而非文学的。”③ 将

① 周宪：《超越文学——文学的文化哲学思考》，上海三联书店 1997 年版，第 289 页。

② 同上书，第 25 页。

③ 周作人：《中国新文学大系·散文一集导言》，上海良友图书公司 1935 年版，第 1 页。

“是教育的，而非文学的”用以标示晚清具有思想启蒙价值的散文是很合适的。大凡启蒙意识极强的作家往往较多地顾及作品的思想存在，而忽视它的美学存在，在思想与审美并不能有机地统一于一体的时候，往往选择了思想，此其一。另外，从晚清所谓的“思想文本”其语言形态来看，它基本上是一种以论说为主的政论，并不是以叙事抒情为主的美文，它本身就不是纯粹的文学样式，或者甚至推广而言之，论说之文，随笔之体其间有文学的因素，但也有非文学的因素，是一种多边化、互文性的混成文类。如果用纯粹的文学的、审美的观点评价这类写作，那么显然会脱离主体身份和文类话语方式的实际，因而是不得其体的。

晚清启蒙思想家的散文，其成就集中地体现在议论散文方面，但这并不意味着他们的叙事抒情散文别无长物，梁启超的人物散文就多有可观之处，如《三先生传》《殉难烈士传》等篇均为佳构。《殉难烈士传》是一个总名，其中包括康广仁、谭嗣同等“戊戌六君子”的传记。梁启超于“六君子”，自有作为同志的深切了解与感受，叙写他们得心应手。作者注意通过择取人物独特的言行，展示他们兀自独立的品性，从而显示出人物卓尔不群的形象。人物的最终命运是共赴国难，但其生性各自有异。梁启超每写一人物，必更新取事视角，以使笔下人物不致雷同。如写谭嗣同，置人物于事变之中，取人物富有个性的语言，凸显谭嗣同“我自横刀向天笑，去留肝胆两昆仑”的伟岸。闻其声，人物形象便立然可见。作者写杨锐则另出一法，在尺幅之间画出人物性格的变化。而为康广仁作传，则注意作多角度展示，既写人物在政变失败后慷慨赴死的壮烈，又写年少时的生活轶事。既写人物“精悍厉鸷，明照锐断”，又写其“纯为孺子之容”温婉孝顺。人物的造型有一种可触可摸的立体感。

梁启超等晚清思想者散文家，他们以散文的方式参与了其时时代话语的建构，因而在晚清散文的版图上，以主流的地位存在着。但思想者的散文虽然因其置备了诸多异古启新的现代元素而成为晚清散文的标志物，但它们只是杂色的晚清文坛的一体，并不能指称作为晚清文学重要建构的整体性的散文文类。同时，我们也可以清楚地看到，思想者的散文，有理性的某些强势，但审美的弱化往往影响人们对它们作为一种文学样式应有的价值的评价。尽管有时这种评价因为忽视了散文体边缘化的特点而有失偏颇。实际上，对梁启超等议论之文缺失文学起到某种平衡作用的，是晚清文人的散文写作。晚清的主流散文，是知识分子用以思想启蒙的写作方式，而文人的散文写作，则更多的是表示着文人精神存在的一种寓体。

六　“后桐城派”散文的形态

“后桐城派”的部分作家的散文，可以被视为晚清文人散文写作的重要样本。作为中国散文史上一个重要的流派，“桐城派”起兴绵延以至消歇有200余年。虽然名为一派，但由于其构成不一，存在的背景有异，所以各个历史时段“桐城派”的散文形态与内质有着各自的特点。我们所说的“后桐城派”是指以曾国藩为旗帜的晚清散文流派。曾国藩虽奉方苞、姚鼐为古文的“正宗”，但他能因时进取，以经世致用补救正宗“桐城派”散文的疏空之弊，同时，既重视散文的“义理”表达，又不忽视散文作为语言艺术的文学功能，他对重“道”而轻“文”的散文观念颇有微词。针对宋代周敦颐以内容虚空的文章为“虚车”的讥讽，曾国藩说：“周濂溪氏称文以载道，而以‘虚车’讥俗儒。夫‘虚车’诚不可，无车又可以行远乎？孔孟没而道至今存者，赖有此行远之车也。吾辈今日苟有所见，而欲为行远之计，又可不早具坚车乎哉？故凡仆之鄙愿，苟于道有所见，不特见之，必实体行之，不特身行之，必求以文字传之后世。虽曰不逮，志则如斯。”（《曾文正公书信·致刘蓉》，道光二十三年）曾国藩这里所说的，有孔子所谓的言而无文，行之不远的意思在内，并表示了他身体力行反对“崇道贬文”。曾国藩还说：“古文之道，无施不可，但不宜说理耳。”（《复吴南屏书》）在他看来，“人心各具自然之文，约有二端：曰理，曰情。二者人人之所固有。就吾所知之理而笔诸书而传诸世，称吾爱恶悲愉之情而缀辞以达之”（《湖南文征·序》）。

观察曾国藩的写作实践，我们可以发现他的去“道”就“情”说，有一些知与行的脱节，因为说理论道诸类的文章在曾国藩的散文中占有不小比重。因此，我们在把握曾国藩的去“道”就“情”说的意义时，应注意考虑他所意指的倾向。他所说的“不宜说理”，是基于对散文作为一种文学样式审美特点的认知与追寻，通过“不宜说理”的片面言说，强调对散文中叙事、抒情的等文学构成因素的关注。在曾国藩的散文中，人物记传类文章是最具文学美感的。这种美感的生成与作者注意特征化地表现人物的方法的运用有关。作者不求对人物全体的展示，而注重选择最能凸显人物形象特征的人生段落加以叙写，他以为：“譬之画师写真，众美毕具，伟则伟矣，而于其所图之人固不肖也。”（《重刻〈茗柯文编〉序》）如《新宁刘君墓碑铭》，写商人刘时华，取孝和义两端示人。其于孝，有细节可见：“父病，在视终宵。医者言痰咸可生，淡则死。君辄以手承痰尝之，味淡，因大哭。”其于义，置于“举世奔利”，“居民治生纤啬”的世风乡俗的背景中展示。概写人物“所得资财，随手散去，一以济物为功，息耗都不訾省”的行状，通过人物对话的具体的叙写，着重表现人物的精神格调。“人或谓君：‘岁入几何？施诸人者什七，而自谋不及什三，后将难继。何不颇买田宅，为子孙稍立基业？’君笑谓：‘家有薄田，自足供疏食，焉用多为？吾以人情为田，以培养士类为种。耕不计年，获不计世。庸讵知留贻子孙者，不更大乎？’”由于作者状写人物能举其大端，所以不唯人物形象的轮廓清晰，而且其内在的精神品格也立然可见，收到了形神兼备的效果。

吴敏树可谓“后桐城派”散文家中典型的文人化的作家。曾国藩在《欧阳生文集序》中将其名列“桐城派”的湖南后传者。“昔者国藩尝怪姚先生典试湖南，而吾乡出其门，未闻相从以学文为事。既而得巴陵吴敏树南屏，称述其术，笃好而不厌。而武陵杨彝珍性农、善化孙鼎臣芝房、湘阴郭嵩焘伯琛、溆浦舒焘伯鲁，亦以姚氏文家正轨，违此则又何求？”但吴敏树是一个并不恪守“文家正轨”的作家，他不情愿曾国藩将其视为桐城一派。这也可见吴敏树卓异的一面。他对自己的人生与为文有评论，说：“余不幸不至大官，遭遇功名，而幸以闲放，得纵意为文，年老而文且多，事新而文加快矣。使世得多见吾文，则吾文寻常矣。”（《柈湖文录·序》）“闲放”与“纵意为文”十分贴切地给出了吴敏树写作时的精神状态。这种状态，对于写作可读可传的散文而言是不可或缺的。“闲放”是一种典型的文人的精神造型，这意味着为人不乐仕进，为文不求功利。“凡君所得山水之奇，朋友之欢，及博观周秦、两汉之书，见闻所及，瑰行轶迹，以资益其文之气势，微吟缓步，独喜自负。”（郭嵩焘

《吴南屏墓表》）吴敏树的性情气质，决定了他的散文创作不以反映现实的时事为务，不以论议载道为求，而重视通过叙事状写人物形神；通过记游，在观山照水、天人合一的境界中，抒写文人的生活意趣与人文情怀。有学者评吴敏树之文“长于叙事，故传人记游之作，有绝佳者。若夫说经议政，固非文士所易为”①。

吴敏树短于论议而长于叙事描写，这正好成就他散文的特色与价值。吴敏树近山水风物，喜游历观览，所以他的散文中多楼记、园记和游记；状物写景叙事，情意融和其间，颇多可观。《游大云山记》《君山月夜泛舟记》等篇，山水已被活化而见灵性，人在其处，精神也多有放逸。苏轼曾说：“江山风月本无常主，闲者便是主人。”吴敏树以闲者自居，谓：“余特幸无才，最为世闲人。”（《君山示游客》）他在观览亲近自然的时候，感受到“江山风月犹似相待”的情趣。因此，他写山水时，便赋予它们生命与灵性，而山水反过来又给予作者顺其自然的精神休闲。在他笔下，万山“如走马，如驱羊，如滚波涛，如千万人军，旌旗鼓戈，鱼丽鹅鹳，升坛而指麾”；山峰“其峰之胜者，卓笔如笔，青笠如笠，攒剑如剑，围屏如屏”（《游大云山记》）。这样的自然不再寂然无情，而是充盈着生命的灵性，给人以美的快感。《君山月夜泛舟记》篇幅精短，但布景设色，非高手不能及于此，其中有句写道：“月升树端，舟人金碧……南崖下渔火十数星，相接续而西，次第过之。”这里具有一种可人的诗意画境。“夜来月下，山水寂然，湘灵、洞庭君恍惚如可问者”，写真与虚拟结合，似真亦幻，将人在特定情景中的独特的心理感受传达了出来。而文章最后写人因游兴而自天人生的一节别具滋味：“既泊，乃命酒肴，以子鸡苦瓜拌之。月高中天，风起浪作。剧饮当之，各逾本量……复入庙，具茶来。”这里画出的正是“最为世闲人”的生活样态。“闲人”是一些疏离现实，归隐沉醉于山水人文中的精神逸飞者。《君山月夜泛舟记》既是作者生活的写实，更表达了他的一种人生理想。

大致说来，“后桐城派”散文诸家尽管其写作意向不一，或各自胜擅不同，但他们大多比较看重散文作为一种美文的建构，作文多述事记游，

---

① 张舜徽：《清人文集别录》下册，中华书局1963年版，第505页。

或虽惯于论事议理，但也不忘文学散文的写作，如王拯钟情山水，写作诸如《游百泉记》《游衡山记》《游石鱼山记》《游七星岩记》《游天湖山记》《波罗观日记》《罗浮观瀑记》《山塘泛舟记》等一系列记游观景作品。而如“曾门四弟子”之一的张裕如，虽然作文长于议论，但记游之作也有佳品，如《游虞山记》《游狼山记》等写景状物，清晰生动，给人如在目前之感。

通观晚清散文格局中议论之文与叙事抒情之文的消长变化，可以发现，在“洋务运动”时期（包括其前后一段时间），散文“在雄深宏肆、切为实用的主流之外，也不乏灵慧的山水小品及生动的记人叙事之作”①，这就是说美文之属的作品在这一时段的写作还是颇为活跃的。而至甲午战争以及戊戌变法直到20世纪初年，有关时事的论议之文成为散文文坛的主体，美文就相应地偏弱了。

晚清散文中美文或曰艺术散文的存在，给思想偏至的散文文坛以某种调和。同时，美文的写作，某种程度上也表示着作家对于文学质性的维护，表示着他们对自身精神存在的尊重。倾向于美文写作的作家他们在思想类型上大约都不算是激进的启蒙主义者。写作，在他们这里是一种生活的方式。

---

① 任访秋主编：《中国近代文学大系·散文集·第二卷编选说明》，上海书店出版社1992年版。

第三章　“五四”散文现代性的生成

“五四”是一个界碑，将永远矗立在历史的风景里。无论是激扬者，还是反思者，“五四”是无法绕开或被障蔽的存在。永远的“五四”是一个复调化的历史结构，即所谓“文化的五四”和“政治的五四”。在我们的论域内，“文化的五四”其实也具有复指性——“文学的人文的五四”。对此，“五四”新文化运动的权威发言人之一胡适曾做过分析。他在《胡适的自传》中特别给出了“中国文艺复兴的四重意义”，认为“五四”运动这一“新文化运动”“新思想运动”，首先，显见的是它适应了新的时期“对新语言、新文字，新工具——也就是新的自我表达的工具之需要”，是一次“活”的国语文学的运动；它“着重于当代西洋新思想、新观念和新潮流的介绍”，体现了“一种对人类（男人和女人）一种解放的要求。把个人从传统的旧风俗、旧思想和旧行为的束缚中解放出来”。这“是个真正的大解放时代。个人开始抬起头来，主宰了他自己的独立自由的人格，维护了他自己的权利和自由”[①]。胡适的表述，揭示了“五四”对于造就了中国文学和人文的现代品格所具有的历史意义。

我们给出“五四”散文的现代性这一课题。在这一课题中包含了三个学术关键词，即“五四”、散文和现代性。研究“五四”，研究“五

① 《胡适的自传》，陈金淦编《胡适研究资料》，北京十月文艺出版社 1989 年版，第 259—261 页。

四”散文，研究“五四”现代性，单独研究其中一个方面，早已不是新鲜的学术课题。但是将三者关联成一个有机的整体并加以深入的阐释，这不仅是颇有新意的，而且也将有助于中国现代散文史研究的深化。我们拟做的主要的工作是研究散文现代品格的特质及其生成原因，这样“现代性”就成了研究的一个最主要的“视窗”。而对象发生的时空背景是“五四”时代，且“五四”与其时的散文之间存在着某种互动的关系。一方面散文的现代性由“五四”新文化运动孵化出来；另一方面具有现代品格的散文，又促进了“五四”新文化运动的展开，或成为新文化传播的载体，或直接参与了新文化的建设，成为“五四”新文化运动的重要组成部分。于是“五四”不仅成为研究的背景，而且也是研究的一个对象。研究的意义在于，一方面通过散文本体，通过一个具体的视角，去看取“五四”时代文学与文化由传统而至现代的转型图景；另一方面结合“五四”的时代语境，以“现代性”作为观照开掘的尺度，描述并论析中国散文现代性的表征及其生成因由，由此阐释“五四”散文何以成为20世纪中国散文标志或标高的内在机理。

一 作为“范畴”的散文现代性

在展开论述前，我们先要对本论题主要涉及的学术关键词做必要的界定或解释，以使我们的研究能纳入一定的逻辑轨道。

其一是“五四”。“五四”是一座富矿。这里，我们仅就它的时间所指做一约定，因为它直接影响到研究对象的取样。学界对于“五四”关联的时间跨度，有诸种界说。诸种说法基于不同的角度，大约都有成立之理。早在20世纪30年代，茅盾在《“五四”运动的检讨》中，对“五四”的时段有一指说：“‘五四’这个时期并不能以北京学生火烧赵家楼那一天的‘五四’算起，也不能把它延长到‘五卅’运动发生时为止。这应从火烧赵家楼的前二年或三年算起，到后二年或三年止。总共是五六年的时间。”[①] 茅盾的指说排除了将“五四”运动视为政治事件的狭隘的解释。文学史家王瑶在《“五四”时期散文的发展及其特点》中也涉论

① 《茅盾全集》第19卷，人民文学出版社1991年版，第235页。

“五四”的时段：“我们现在所谓‘五四’时期，是指‘五四’和第一次国内革命战争这一时期，即1919年到1927年。在时间概念上与过去习惯所指的新文学运动第一阶段并不很大差别，只是他们的出发点是由1917年提倡白话文算起，到1927年算作第一个十年而已。”① 将“五四”时期定为“1919年到1927年”更多的是基于政治史的考虑，而将“五四”时期的起点定在1917年，则注意到了将新文学革命视为“五四”运动的有机组成部分，因此“十年说”为许多研究现代文学史的学者所普遍接受。关于“五四”历时长度，昌切于晚近提出的说法：“1915年《青年杂志》在上海创刊……并迅速以其咄咄逼人的气势震撼了思想文化界，左右了舆论视听，引爆了一场波澜壮阔的思想启蒙运动——‘五四’新文化运动。1927年上海爆发震惊中外的‘四·一二’事变，国共两党分裂，思想主潮自此由民主主义向马克思主义急转。把这样两大历史事件视作‘五四’时代之始终的标志，大体上是合理的。”② 昌切将“五四”指称“文化”的“五四”，这更符合“五四”价值生成的历史本身。他将陈独秀主持的《青年杂志》的创办，视为“五四”新文化运动发轫的标志，这也符合历史的当事者的本意。陈独秀在《一九一六年》中指出：“在一九一五年与一九一六年间，在历史上画一鸿沟之界：自开辟以讫一九一五年皆以古代史目之，从前种种事，自一九一六年死；以后种种事，自一九一六年生。吾人首当一新其心血，以新人格；以新国家；以新社会；以新家庭；以新民族。”③《青年杂志》于1915年9月15日创刊于上海，于次年9月1日刊出第2卷第1号时，更名为《新青年》。陈独秀是颇为自负的一个人，在《一九一六年》他虽未径言他所创办的刊物开启着一个全新的时代，但其中包含着的正有这样的意思。对此胡适也认同，他认为，《新青年》是中国文学史和思想史上划分一个时代的刊物。这样，我们所研究的“五四”散文，可以明确为是在1915年到1927年间写作的。但考虑到涉论的作家是一个整体，简单地以时间切割有时不利于分析的完整。因此，我们在论析鲁迅、周作人等作家时取材的时限将做比较灵

① 王瑶：《中国现代文学史论集》，北京大学出版社1998年版，第217页。
② 昌切：《清末民初的思想主脉》，东方出版社1999年版，第98页。
③ 《青年杂志》第1卷第5号。

活的处理。

其二是“现代性”。学界有人用“现代性汪洋”来讥讽现代性研究所出现的芜杂现象。其实，芜杂并非一定指一种否定性的存在。由于研究主体的视角或研究对象的所指等有着许多差异，所以我们所见的“现代性”就不会是划一的了。但在我看来，我们所讨论的“五四”散文的现代性，虽然或许也会出现诸多的歧说，但其总体性的指向，应该是比较清晰的，即应是指散文内在的现代品质和形态的现代特征。从品质而言，现代性求取的是普遍的价值原则：“所谓现代性，就是促进社会进入现代发展阶段，使社会不断走向科学、进步的一种理性精神、启蒙精神，就是高度发展的科学精神与人文精神，就是一种现代意识精神，表现为科学、人道、理性、民主、自由、平等、权利、法制的普遍原则。”① 按照张辉的理解，现代性至少具有三层含义：“首先，从精神发展的历程上说，它是人的主体性确立的表征，具有现代性精神的人，按照自身的内在性（Inwardness）来对外在世界作出判断，而不是按照超验原则或传统的规范来行事；其次，从社会运行原则来说，现代性是合理性的产物；第三，从知识学的意义上来说，现代性给定了不同知识模式以相对的独立性，不同的知识部门为人的主体性以及社会的合理性的发展作出了相应的知识学的证明与辩护。简言之，现代性的内涵，包含这样三个主题：精神取向上的主体性；社会运行原则上的合理性；知识模式上的独立性。无疑，这三者又是相互关联相互依存的。”② 以上关于现代性言说的框架，大体上可以作为我们分析“五四”散文精神的基本的理论模式。诚然，我们不能教条地套用这些理论资源去解释对象。在我看来，以上有关现代性的基本的价值原则，实际上历史地包含在“五四”新文化运动之中，包含在其时的散文中，我们要做的工作是从中加以提取或提炼。

需要指出的是，我们所解析的现代性，并不指向背景更为广阔的思想史或文化史，而是一种特殊的文类。尽管“五四”散文是研究“五四”思想史或文化史的重要的材料，但散文毕竟是一种语言艺术，它的现代性

---

① 钱中文：《文学理论现代性问题》，《文学评论》1999 年第 2 期。

② 张辉：《审美现代性批判》，北京大学出版社 1999 年版，第 4 页。

有着其本体性的特征和表现形式。正如有学者所指认的那样，在文学史的系统中，现代性与文学性是关联着的：“现代性与文学性是‘兼容’的，现代性不仅表现在文学作品的思想、意识、理念中，更加体现在它们的文学性和审美性中，体现在两者的融合中。现代文学的现代性，若离开了它审美方面的现代性，根本无法得到深刻、充分的阐述。”① 就“五四”散文而言，它的现代性除了情志意思等内蕴构成外，还包括它的形态体征、话语方式、语言工具等。形态之类并不独立于内蕴之外，它们以整体呈现着散文现代性的存在。王瑶在论述“五四”文学革命的“现代化”特征指出：“‘五四’文学革命，提倡新文学，它的历史意义就是体现了中国人民要求现代化。什么叫文学革命？就是要求用现代人的语言表现现代人的思想。现代人的语言就是白话，现代人的思想就是民主主义。”② 将这一段论述用以指说“五四”散文也是恰当的。我们或许可以认为，散文现代性的生成，是“五四”散文“革命”的直接结果。这种“革命”体现为现代人以自己的思想方式与语言方式的合成，共构着一种新的散文文体。

二 自由精神：大胆地说话

自由精神是文学的精神核心。这是文学的原初重要的命意，也是它的一种终极价值。保罗·萨特有言：“不管作家写的随笔、抨击文章、讽刺作品还是小说，不管他只谈论个人的情感还是攻击社会制度，作家作为自由人诉诸另一些自由人，他只有一个题材：自由。”③ 文学原本应是人类创造的关于人生、关于社会、关于生命、关于自然、关于自我等有意味的自由的书写。但是在相当长的文学发展历史中，作家写作的自由或被剥夺或被囿于一隅。尤其在中国封建文化的传统中，更缺少有关自由的精神资源。作家的写作在很大程度上恪守着具有特定内涵的“文以载道”的准则。所谓“道”也就是桐城派作家倡导的“义理”“辞章”“考据”中的

---

① 朱立元：《论现代性与中国现代文学史研究的理论预设》，《学术研究》2003 年第 3 期。

② 王瑶：《中国现代文学史论集》，北京大学出版社 1998 年版，第 298 页。

③ 萨特：《为什么写作》，收录戴维·洛奇编《二十世纪文学评论》下册，上海译文出版社 1993 年版，第 28 页。

“义理”，往往是一种“卫道”之道，导源于为体制所重的“经”。“文以载道，六经皆载道之文也。故言文者，必权舆于经。韩退之论文曰：‘养其根而俟其实。’经，其根也；文，其实也。又曰：‘加其膏而希其光。’经，其膏也；文，其光也。柳子厚曰：‘本之书以求其质，本之诗以求其恒，本之礼以求其宜，本之春秋以求其断，本之易以求其动。’皆所以取道之原也。”“文不宗经，譬犹木之无根，水之无源，欲其末之茂，流之长，不可得也。”[①] 这是封建时代文人写作皆有所本的规约，而其旨归则在于维护或完善封建体制的运作，这样作者主体以及写作本身被淡化了。正如方苞在《古文约选》所说的那样，“群士”求取的“是以求六经《语》《孟》之旨，而得其所归，躬蹈仁义，自勉于忠孝，则立德立功，以仰鉴我皇上爱育人才之至意”。由此可见，传统的散文写作大多命定着与主体心灵的自由是无缘的。

散文之散，本有散漫无拘的意义在内。随心随意而有情味理趣性灵，正是散文审美内蕴之要素。散文写作的理想境界一如有宋文章大家苏轼所描绘的那样：“大略如行云流水，初无定质，但常行于所当行，常止于所不可不止，文理自然，姿态横生。”（《答谢民师书》）苏轼的散文有此境界，这倒并不是社会为他提供了宽宏自如的写作氛围，而恰恰相反，现实处境的逼仄险恶，人生仕进的失意困顿，使他身心疲惫。放达的苏轼将写作作为自我拯救的方式，通过写作，演绎心灵渴望自由放飞的梦想，以写作中获得的自由体验作为现实拘羁无奈的一种补偿。苏轼在古代文学史中只是并不多见的个例。作家生存的现实及其主体心灵普遍的“失我”，从根本上决定了散文不可能成为一种自由的文体。一个散文的时代，应是一个散文作家能够呼吸到自由空气的时代，或者是思想文化人士争取自由言说而能得到或部分地得到自由言说的时代。“五四”时代，由于国际国内特殊情势的诸多历史性因素合力所致，使其成为中国历史上对知识分子来说最为独立而自由的时代。这是一个知识分子得以自由言说的时代，无论是外向的对社会发言，还是内倾的自言自语。散文是一种逞心说话的形

---

① 奕䜣：《乐道堂文钞自序》（节），收录任访秋主编《中国近代文学大系·散文理论集一》，上海书店出版社 1994 年版，第 447 页。

态。对于“说话”，鲁迅认为：“我们要说现代的，自己的话；用活着的白话，将自己的思想，感情直白地说出来。”“大胆地说话，勇敢地进行，忘掉了一切利害，推开了古人，将自己的真心的话发表出来。”[①] 想说并且说着“现代的，自己的话”的并不只是鲁迅，而是“鲁迅们”。于是一个散文的时代终于到来了。

观察新文化运动中的思想文化精英，他们中的许多人同时又成为“五四”时期主要的散文作家。散文文体的自我抒写更为率性自如，论评天下更为意气风发，使其成为他们精神存在的一种基本方式，成为他们文化启蒙的一种重要载体。《新青年》是一方新文化酿造传播的中心，同时又是造就“五四”散文作家的一个重镇。这种合二而一的“《新青年》现象”，对我们研究“五四”散文的现代性有着直接的启示意义。散文作家的入世精神与散文本体批判性主旨的空前的凸显，是“五四”散文最可显见的现代性景观。

林毓生在谈到“五四”精神时，曾说：“什么是五四精神？那是一种中国知识分子特有的入世使命感。”[②]“这种入世的使命感是令人骄傲的五四精神。”[③] 林贤治在《五四之魂》（上）中指认“五四精神”，“就是自由的精神，解放的精神，创造的精神”。[④] 林毓生和林贤治关于“五四”精神的标示虽然不一，但其中实有关联之处。“五四”时期中国知识分子的入世精神并不类同于儒家传统中“达则兼济天下”的思想。他们的入世，是为了拆解现存的社会秩序，让人从封建体制的束缚中解放出来，获得自由灵性，以实现文化创造和社会更生的使命。现代性是相对传统性的一种品质。因此，从某种意义上说它意味着创造或创新。晚清至“五四”知识分子对于现代性的求取，在语言上醒目地表现为“新”字。“中国人关于现代性的概念表现出一些很突出的不同之处，自清末以来，日益‘面向当前’的意识形态（与古典的面向过去的儒学相对立），无论在字面还是在象征性上都充满了‘新’的内容：从1898年的‘维新’运动到

---

① 鲁迅：《三闲集·无声的中国》，《鲁迅全集》第4卷，人民文学出版社1981年版，第15页。

② 林毓生：《中国传统的创造性转化》，生活·读书·新知三联书店1988年版，第147页。

③ 同上书，第148页。

④ 林贤治：《五四之魂》（上），《书屋》1999年第5期。

梁启超的‘新民’概念，以至五四时期出现的‘新青年’‘新文化’和‘新文学’，几乎所有为将中国从过去的桎梏中解放出来的建立‘现代’国家的社会和思想运动，都伴随着一个‘新’字。”① 但“新”的大厦很难在“旧”的基础上建筑，于是破旧立新就成了其时知识分子的要务，而且由于求“新”心切，所以破“旧”之言也屡见极端。政治学家亨廷顿对现代化过程中的这种景况做过分析。他说：“在此过程中，一大堆陈旧的社会、经济、心理上的信条被侵蚀甚至粉碎，而人们也变得合乎新的社会化和行为的模式。”“在进行现代化的社会里，革命的知识分子几乎是一种普遍现象。”② 这里所说的“革命的知识分子”，其所意指的即是除旧布新的时代“另类”。“五四”时代的作家不少就是这种“革命的知识分子”。

从某种角度而言，批判性也就是现代性。正如李欧梵所说：“现代性本质上就是破除对传统的迷信，并从精神上寻找新的解决途径。”中国现代文学“反映出作家们对政治环境的批判精神。这种批判态度是五四运动最持久不衰的遗产”③。在特定的时代，有抱负的作家历史地承担文化革故鼎新的使命，充当着思想启蒙者的角色。当其时，知识分子型的作家往往是一种文学工作者与思想启蒙者合一的身份。对此，沈雁冰在《现在文学家的责任是什么》中说得十分明白：“自来一种新思想发生，一定先靠文学家做先锋，借文学的描写手段和批评手段去发聋振聩……中国现在正是新思想勃发的时候，中国文学家应当有传播新思想的志愿，有表现正确的人生观在著作中的手段。”④ 文学家在促进社会从传统向现代转型过程中，以文学的形式传播新思想，完全不同于传统意义上的“文以载道”。因为新思想并不是体制中的“道”，而是表达了人类的普遍精神与公理原则，它对扼杀人性的文化和不合理的社会存在的批判，正表明了对人性之光的弘扬和建立现代民族国家的理想的憧憬。

---

① 李欧梵语，见《剑桥中国晚清史》（上），中国社会科学出版社 1993 年版，第 562 页。

② 亨廷顿：《变动社会的政治秩序》，上海译文出版社 1989 年版，第 37 页。

③ 李欧梵语，见《剑桥中国晚清史》（上），中国社会科学出版社 1993 年版，第 511 页。

④ 茅盾：《现在文学家的责任是什么》，《茅盾全集》第 18 卷，人民文学出版社 1991 年版，第 8 页。

“五四”散文家有着自觉的批判意识。鲁迅对作家诗人只做一些用以粉饰或做游戏的诗、小说，颇为不满，认为“最缺少的是‘文明批评’和‘社会批评’”，他以对杂感写作的热衷，做着进行“文明批评”和“社会批评”的示范，表示“虽在割去敝舌之后，也还有人说话，继续撕去旧社会的假面”[①]。杂文是一种以批判性见长的文体。“五四”时期杂文成为散文大类中的主类之一，尤其是前期成为其中的主类，表明具有知识分子角色自觉意识的作家，对于“文明批评”“社会批评”的责任的主动担当。《新青年》高张“科学”与“民主”的旗帜，但它是以批判作为手段的，这种手段的语言表达形式即为政论、杂感。《新青年》首开“随感录”专栏，前后共刊发一百多篇文章。创刊于 1918 年 12 月的《每周评论》，正式出版 36 期，“随感录”作为其贯穿性的重要栏目。《语丝》周刊，虽然形成了中国现代散文杂文与美文共构的基本格局，但无疑在这一格局中，杂文是作为主体出现的。

《新青年》《每周评论》和《语丝》等刊物开设的杂感类栏目，造就了现代中国第一代杂文家。陈独秀是《新青年》杂文的主要作者，蔡元培对他杂文的主旨倾向作了揭示。他在《独秀文存·序》中说：“这部文存，都是陈君在《新青年》上发表过的文，大抵取推翻旧习惯、创造新生命的态度。”[②] 即是周作人，这位倡导美文并身体力行，后来终于成为“隐士”的作家，他曾经也以杂感塑造着自己作为旧文化“叛徒”的形象。在《雨天的书》自序二中，周作人对自己的写作有一评述：“我想破坏他们的伪道德不道德的道德，其实却同时非意识地想建设起自己所信的新的道德来。我看自己一篇篇的文章，里边都含着道德的色彩与光芒，虽然外面是说着流氓似的土匪似的话。我很反对为道德的文学，但自己总做不出一篇为文章的文章。”“检阅旧作，满口柴胡，殊少敦厚温和之气。”他的《祖先崇拜》批评的是对旧文化的自恋，认为：“我们不可不废去祖先崇拜，改为自己崇拜——子孙崇拜。”这其中包含了对旧文化的拒绝，对自我张扬的个人主义和进化论等现代理念的亲近。《关于三月十八日的

---

① 《鲁迅全集》第 11 卷，人民文学出版社 1981 年版，第 63 页。

② 蔡元培：《独秀文存序》，王观泉编《〈独秀文存〉选》，贵州教育出版社 2005 年版，第 34 页。

死者》《碰伤》等篇则直接声讨讽刺了专制社会的残暴黑暗，表示了作者对不合理的非人道的社会的否定。鲁迅的杂文，贯注了前所未有的批判精神。他以笔名唐俟发表的第一篇白话散文《我之节烈观》，发表于1918年第5卷第2号的《新青年》上，对戕害人性的封建节烈观——封建礼教进行了无情的抨击。在作品中作者宣言："要除去世上害己害人的昏迷和强暴……要除去制造并赏玩别人苦痛的昏迷和强暴。"《我之节烈观》作为一种预示，表明鲁迅后续的杂文将具有的基本的话语立场与题旨。对于非理性非人道的批判，在"五四"此前的中国文学中也是存在着的，但是像"五四"时期这样作家以集体出击的方式，以一种广泛而又深度的批判性展呈——基于现代理念的批判却是第一次。批判不留情面，直捣对象要害。"我们中国人，最妙的是一面会吃人，一面又能够讲礼教。""到了如今，我们应该觉悟：我们不是为君主而生的！不是为圣贤而生的！也不是为纲常礼教而生的！……我们如今应该明白了！吃人的就是讲礼教的！讲礼教的就是吃人的呀！"① 虽然"五四"杂文并不全像吴虞《吃人与礼教》具有这样直言不讳的锋芒，但批判无疑是写满了其时杂文的一个主题词。

"五四"散文批判性主旨的凸显，导源于作家作为社会良知公证人形象的自认和自认的可能。这种自认，表示了作家对"莫谈国事"，写作只为"稻粱谋"的言说规约的漠视与颠覆。"五四"杂文，是知识分子职志自守的一种写真，是知识分子精神能量的一次集体性释放。从散文文体发展的角度而言，它标志着散文作家成规模地走向了独立而自由的言说。这种独立而自由，不仅对真正的杂文写作不可或缺，而且对美文，对一切文学创作都具有前置性的意义。陈独秀在评价鲁迅兄弟"《新青年》写作"时特别地揭示了这一点："鲁迅先生和他的弟弟启明先生，都是《新青年》作者之一，虽然不是最主要的作者，发表的文字也很不少，尤其是启明先生；然而他们两位，都有他们自己独立的思想，不是因为附和《新青年》作者中哪一个人而参加，所以他们的作品在《新青年》中特别有价值。"②

---

① 吴虞：《吃人与礼教》，《新青年》第6卷第6号。

② 《我对于鲁迅之认识》，《陈独秀文章选编》（下），生活·读书·新知三联书店1984年版，第564页。

三 主体自觉与散文个人性

“五四”散文另一个醒目可观的现代性景观，毋庸置疑就是散文作家主体意识的自觉和散文本体个人情志的张扬。从某种角度而言，散文是一种关于“自我”的文学。这种“自我”，一方面外化为指向社会批评和文明批评；另一方面内化为抒写个人的心灵世界，展示个人化的生活空间，并由此自由地演绎个人情志。散文文体的特点是什么，人们会做出种种不同的解释，但“我”的呈现，或表述为“个人性”，是不应该视而不见的。散文本质上是个人存在的直接外化，它不同于小说，而与诗歌近似。有学者认为，散文“要说特点，恐怕最简括的，还是回到个人性上面。首先，在内容方面，散文更重个人经验和内心体验。生活，劳作，读书，旅行，都是关于个人或者由个人参与的。即使作为旁观者，看重的也是个人的眼光；因此在形式上，也就十分注重所谓‘个人笔调’”。“真正的散文是不带面具的。”散文可以说是人的本质力量——精神自由的一种直接的语言物化形态，因此，“散文对自由精神的依赖超过所有文体”①。

由此可见，所谓散文作家主体意识的自觉也就是散文文体意识的自觉，而散文文体意识的自觉，也意味着作家主体意识的自觉。这是散文的一种独特。意识自觉的核心是对人作为精神主体的恢复与张扬。这成为一种时代的思想主潮。陈独秀在《一九一六年》中论及青年“思想动作，果何所适从乎”时，明确指出：“尊重个人独立自主之人格，勿为他人之附属品。”郁达夫说得更为直白：“自我就是一切，一切都是自我。”② 这些尊重个人、张扬自我的要求，成为“五四”文学的基本主旨。“人的发见，即发展个性，即个人主义，成为五四时期新文学运动的主要目标。”③ 胡适在谈到“五四”新文学运动目的时说：“一个是我们要建立一种‘活’的文学，一个是我们要建立一种‘人的文学’。”前者是“文字工具的革新”，后者是“文学内容的革新”④。而所谓“人的文学”，如周作

---

① 林贤治：《五十年：散文与自由的一种观察》，《书屋》2000 年第 3 期。
② 郁达夫：《文化论集》，上海光华书局 1926 年版，第 20 页。
③ 茅盾：《关于“创作”》，《茅盾全集》第 19 卷，人民文学出版社 1991 年版，第 266 页。
④ 胡适：《中国新文学大系·建设理论集·导言》，上海良友图书公司 1935 年版。

人所说的“用这人道主义之本，对于人生诸问题，加以记录研究的文字，便谓之人的文学”。“我所说的人道主义……是一种个人主义的人间本位主义”，“是从个人做起”，所谓“人性”就是“兽性与神性”的结合，“人的文学”要“发见‘人’”，“辟人荒”。[①] 周作人在《新文学的要求》中又给出了“人生的文学”的范畴，认为“人生的文学”，“就是个人以人类之一的资格，用艺术的方法表现个人的感情，代表人类的意志，有影响于人间幸福生活的文学”[②]。

“人的文学”或“人生的文学”，强调的是作家以个人的方式表现人生与社会。作家的“个人方式”即作家主体性的另一表述。这种“个人方式”或主体性的充分实现，有赖于作家“自由文学观”的操持和实践。可喜的是“五四”文学家将应当的、可能的，变成了一种现实。许华天写有《创作底自由》，以“自由”直接标示在文题中，“我想文学的世界，应当绝对自由。有情感忍不住了需要发泄时，就自然地发泄出来罢了。千万不用有人来特定制造一个樊篱，应当每个作者都须在樊篱内写作”[③]。周作人虽然没有用“绝对自由”一词，但他反对“文艺的统一”，倡导文艺的“各行其是”的自由：“文艺的生命是自由而非平等，是分离而非合并。一切主张者若与这相背，无论凭了什么神圣的名字，其结果便是破坏文艺的生命，造成呆板虚假的作品。”[④] 这种文学自由论或称文学主体论也反映在“五四”作家的散文观念中。刘半农在言及“散文之当改良者”时说：“第一曰破除迷信。尝谓吾辈做事，当处处不忘——有一个我。作文亦然。如不顾自己，只学着古人，便是古人的子孙。如学今人，便是今人的奴隶。”[⑤] 强调的是散文作者宜自主独立，彰显自我。周作人有《美文》，称美文是“记述的，是艺术性的”，其间“可以分出叙事与抒情”，他强调美文“须用自己的文句与思想”[⑥]。胡梦华有《絮语散文》，认为

---

① 周作人：《人的文学》，《新青年》1918 年第 5 卷第 6 号。

② 周作人：《新文学的要求》，《艺术与生活》1936 年。

③ 转引自周作人《文艺的统一》，郁达夫编《中国新文学大系 · 散文二集》，上海良友图书公司 1935 年版。

④ 同上。

⑤ 刘半农：《我之文学改良观》，《新青年》第 3 卷第 3 号。

⑥ 周作人：《美文》，《晨报副刊》1921 年 6 月 8 日。

“絮语散文”是“常经验过的茶余酒后的闲谈”，“它的特质是个人的”①。朱自清在《论现代中国的小品散文》中，谈及自己的散文写作时说：“我自己是没有什么定则的，只当时觉着要怎样写，便怎样写了。我意在表现自己，尽了自己的力便行。”②“语丝派”的散文作家，更推出口号：“不用别人的钱，不说别人的话。”以求取“自由言论之资格”。③ 基于以上所说的主体意识和文体意识的自觉，所以“五四”作家能在他们的散文写作中自由地挥洒自我。这种自我挥洒的结果，使散文家特立独行，各自相异，由此，将“五四”散文的星空演绎得星光灿烂。

朱自清在描述“五四”散文的情状时，用了“确是绚烂极了”一语，形容创作的多样繁盛。郁达夫将“五四”散文中所表现出的充分的“个性化”及其相关的浓郁的“自叙传的色彩”，视作“现代的散文之最大特征”。我以为两位“五四”散文在场者所作的指说，都是符合其时散文存在实际的。在我看来，散文作家主体意识的自觉和散文本体个人情志的张扬，直接促成了“五四”散文作家的风格化和美文化散文的崛起。

“五四”散文作家的风格化，并不只是体现在个别作家身上，而是成为一代散文作家的普遍特征。缘于此，我们以为“五四”时代，是中国现代散文的一个成熟的时代。风格即人，只有当“文如其人”成为一种实际上存在的事实时，即人的本我性直接地衍化为写作中内蕴的个人特质时，我们才能指称作家是有风格的作家。毋庸赘言，鲁迅是个人风格最为鲜明的杂文家，他的杂文中贯注了他全部的人格，其文的犀利深刻源于他思想家式的内质，源于他“横眉冷对千夫指，俯首甘为孺子牛”的人生哲学。周作人虽与鲁迅为兄弟，但性情人格、人生态度以及审美取向等大异于其兄，影响及于散文，使得文中内存偏至软性，风致中多了一种温和与闲适。激扬个性、注重自我的时代风气，心仪并参与这种风气创造的散文作家，正好将散文作为自我的一种写真，其中少有遮拦，少有做作，呈现出更多的是作家更为个人化的存在。冰心的散文，是一种纯情的散文，内中滋润着母爱、儿童爱和自然爱的温馨。而此时的冰心恰似花季纯净女

---

① 胡梦华：《絮语散文》，《小说月报》第17卷第3号。

② 朱自清：《论现代中国的小品散文》，《文学周报》1928年第345期。

③ 岂明（周作人）：《答伏园论“〈语丝〉的文体”》，《语丝》第54期。

子，似乎是两性之情的情窦未开，因此，尽管冰心“五四”散文洋溢着情意，但是两性之情大约是少见的，是一种“无性”的散文。此情未开，别情馥郁，于是冰心倾心于博爱之情的酿造与表达中。朱自清的散文情调是复式的，既有像《春》《绿》“能够满贮着那一种诗意”的“江南风景似的秀丽文章”[①]，也有《背影》《儿女》等更带生活质感与沉重之味的作品。前者可以理解为作者诗人本性在无挂碍的美的自然境界中的由性流露，后者则是作者现实生活的一种直接的写照。这两者都是对作者实际存在的真实反映，即所谓人在文中了。再如林语堂散文的幽默，是因为作者本身的性情若此，许地山散文中有佛意，也是因为他自已有些佛化了。“五四”时期长不过10余年，其中的核心时段仅数年而已。在这很短的几年中，产出为数甚众的有风格的作家，这在中国文学史上是仅有的。这一现象生成了文学史叙说的永久魅力，魅力来自于“五四”这一时代催生出的作家自由精神。

“五四”散文作家主体意识的自觉，既生成了有风格的作家，又促进了美文的兴起。美文的概念由周作人首次提出，它是相对于杂感（杂文）的另一种散文的形态。杂感在新文化运动中由于它能直接作用于思想革命而首先应运而生，成为“五四”时代散文中的一种强势文类，这种强势文类当然是作家精神自由主体意识自觉的生成物。但杂感（杂文）只是散文中的一种类型，而不是散文的全部。美文是散文文体中不可或缺的重要构成部分。所谓美文，是以叙事写人状物绘景抒情为主的散文，或可名之为文艺性散文。美文的自成气候，被视为新文学取得实绩的一种重要的证明。胡适在论及“五四”散文的发展时，认为“最可注意的发展，乃是周作人等提倡的‘小品散文’”[②]，“小品散文”也可指称为“美文”。杂文与美文的共存同荣，才能构成散文较为完整的文体格局。

从文类与主体精神向度的关系看，杂文与美文是主体自觉后的两种不同的表达形态，其前提都依赖于主体性的突出，只是其指向路径与形态有异罢了。杂文是怀有现实关怀的情结的主体所作的关于社会或文化的批

① 郁达夫：《中国新文学大系·散文二集·导言》，上海良友图书公司1935年版，第18页。
② 胡适：《五十年来中国之文学》，《胡适全集》第二卷，安徽教育出版社2003年版，第343页。

评，而美文则是更多地关注主体自身或通过主体自身的感悟去体察人情物理的一种言志性体式。在美文写作中，更多地存在着主体叙写主体的情况，其间如周作人所说浸透着个人的性情，因而更具有自叙的色彩。周作人等十分注重作家精神生活的质量，提倡艺术地生活；主体艺术的生活内容成为美文表现的重要题材，或喝苦茗或品美食，或读书闲话或与自然相拥，叙写之中，洋溢着作家的真性情。鲁迅的《野草》是一种自我叙写的文本，它让读者在杂文之外，能够直接地感受到关于作家自己的心灵回响；《朝花夕拾》以乡土追忆的叙事设计，打捞起曾经丢失的儿童天性。美文既是一帧作者自我体认或自赏自恋的精神自画像，又是逃离现实的紧张而建构的可得一时心灵抚慰的精神避难所，无论是哪一种情况，美文中“盛长”着的是作家的主体性，以及主体性的关联物，读者从中可获得一种精神分享或分担。

四 语言自由化与美的白话文

如前所言，“五四”散文的现代性不仅凸显在作家的主体精神和作品所表现的普遍的价值取向等方面，而且也可见于散文语言形式层面。“五四”散文语言的自由化以及与此相关生成的现代散文文体美学，成为“五四”散文现代性系统中又一重要的有机构成部分。“五四”文学，是“人的文学”，又是“活的文学”，“活”的文学不只是指称语言表达工具，而且它也是实现文学的“人”化的重要手段。语言是思想直接的现实，两者是不可分离的。“五四”散文文体的基本精神是自由精神，而语言的自由化直接作用于文体自由精神的生成。

语言的自由化是言文合一的白话化的另一种表达。言文脱离在中国文学中长期地存在着，尤其是在散文写作中。散文的写作与接受为少数文人所占有，这种占有，实际上体现了语言表达上的文言专门化。这与小说的情形很不相同。小说为了迎合市民文化兴起的需要，话本小说等以白话作为表达工具。散文语言的被控制、被垄断，与这种文体所具有的某种体制化的属性——“文以载道”功能设置有关。随着自由言说这一现代知识分子精神诉求的强化，随着知识分子思想启蒙使命担当的自觉，他们愈发感觉到文言对思想情志自由表达与广泛传播的阻碍作用，所以将文言化为白话作为新文化运动中的一项重要工作。胡适提出了“国语的文学，文学的国语”，将语言革新与文学革命关联了起来，成为新文学运动中具有召唤力的旗帜。他在发表于1925年10月10日《晨报副刊》的《新文学运动之意义》一文中将新文学运动统称为“是活的文学之运动”，认为“白话是活的，用白话去作，成绩一定好。死文字不能产生活文学，要创作活文学，所以就要用白话”。新文学家之所以重视新文学的“语言文字和文体的解放”，是因为在他们看来，“形式上的束缚，使精神不能自由发展，使良好的内容不能充分表现。若想有一种新内容和新精神，不能先打破那些束缚精神的枷锁镣铐”①。新文学作家身体力行地进行白话写作。认为“白话是文学的正宗”的钱玄同，致信陈独秀，说：“我们绝对主张用白话体做文章，则自己在《新青年》里作的，便应该渐渐的改用白话。我们这次通信起，以后或撰文，或通信，一概用白话，就和适之先生做《尝试集》一样意思，并且还请先生，胡适之先生和刘半农先生都来尝试尝试。此外列位在《新青年》里撰文的先生和国中赞成做白话文的先生们，若是大家都肯尝试，那么必定成功。自古无的，自今以后必定会有。”②《新青年》在推进白话文运动中发挥了重要的作用，它于1918年1月份刊载了白话文学作品，同年4月份，全部采用了白话写作。

散文的白话化，曾被文学保守主义者反对、怀疑，但“五四”新文学家以他们成功的写作，证明了白话散文自有优长之处。新文学家欣喜地看到了散文小品的成功，并从中提示出重要的文学史意义。在胡适看来，“这一类作品的成功，就可彻底打破那‘美文不能用白话’的迷信了”③。并且他深信白话散文“是能够产生有价值有生命的文学的”④。鲁迅在后来写的《小品文的危机》中也指出了这一点，他以为“漂亮和缜密的”白话散文，对于旧文学是一种“示威”，“在表示旧文学之自以为特长者，白话文学也并非做不到”⑤。我们可以认为，“五四”散文在整体上结束了

---

① 胡适：《谈新诗》，《星期评论》1919年双十节纪念号。

② 钱玄同致陈独秀信，收录《独秀文存》，安徽人民出版社1987年版，第734页。

③ 胡适：《五十年来中国之文学》，安徽教育出版社2003年版，第343页。

④ 胡适：《中国新文学大系·建设理论集·导言》，上海良友图书公司1935年版。

⑤ 鲁迅：《南腔北调集·小品文的危机》，《鲁迅全集》第4卷，人民文学出版社1981年版，第576页。

言文分离的古文时代，使散文进入言文合一的一个新的历史时期。

“五四”散文的白话化促进了散文主体与主体自由精神的滋长，由此，也建构起现代散文的文体美学。现代散文文体美学的内核自然应当对应于现代散文的精神品质。这种精神品格就本质而言就是主体自主性和本体的言志自由。与这种精神品格相应相生的是，在形态上体现出一种随意逞心的自然美。散文的文体命名中包含着随意自由的特性，而随意自由的获致，需要建立一种散文的言说机制，这种言说机制中应该包含着一种发乎性情，由乎自然的可能性，而以白话作为情志外化的语言工具，就使这种率性自然的表达可能性成为一种现实性。这种现实性可见于“随感录”“随笔”“小品文”等诸多的相关性文体称名，更见于“闲话体”“说话体”“美文体”风致的形成并凸现。“五四”作家普遍地认同将散文写作视作一种说话的方式，“说话”将传统散文写作中语言转换（言转换文）的环节去掉了，这样减少了作者思维的壅塞和表达的阻隔，使散文写作真正地进入了得之于心而笔之于手的一种畅达的自由写作的境界。散文的“说话体”模式的建构，接应的是域外现代的散文文体观念。厨川白村就将散文视作与好友“随随便便”的“任性闲话”。汉语白话无疑是使散文成为自由体的一种工具保障。

五 现代性生成的“合力”

由上分析可见，“五四”散文的现代性及其特征是突出而鲜明的。现代性的生成并得到凸现，这是多种历史性的“合力”共同作用的结果。其中主导性的原因当然关联着特定时代的社会历史条件。辛亥革命推翻了漫长的封建王朝统治，但革命的结果却未能建立起一个统一而具有强势的政制。这真是一个“王纲解纽”，主流意识形态塌陷的时代。当此时际，知识分子变得异常活跃。东渐的西风影响着中国的思想界，许多经受过西方现代文化洗礼的知识者将西方的现代性理念带回中国。一方面是封建政体已去，而封建文化依旧的社会现实；另一方面是西方文明富有力度的冲击，文明间的落差导致新思想文化运动不以人的意志为转移地兴起来了。“五四”运动，作为一次伟大的思想大解放运动，“总而言之，正如尼采所说的，‘重新估定一切价值’（Transvaluation of all values），这句话大概就可包括了我们这个运动的真义"。这是个"再造文明"的时期，"通过严肃分析我们所面临的活生生问题；通过由输入的新学理、新观念、新思想来帮助我们了解和解决这些问题；同时通过以相同的批判的态度对我国固有文明的了解和重建，我们这一运动的结果，就会产生一个新的文明来"①。不消说，胡适所描述的"五四"新文化运动就是创造着现代性的运动。"五四"的思想者兼散文家，他们部分地以散文的方式参与这种现代性的建构。时代所滋生的自觉了的主体性，贯注到他们的散文写作中，这样作品中的现代性景观就出现了，而具有现代特性尤其是现代思想品格的散文，直接地作用于"一个怀疑、批评、反抗的时代"。现代性的思想文化运动和现代性散文之间就具有了这样的一种互动性。

在谈及"五四"散文（或曰现代散文）所受到的影响时，"五四"新文学家鲁迅、周作人、刘大白、朱自清、郁达夫等都认为是受到外因的影响。朱自清认为："现代散文所受的直接影响还是外因的影响。"② 他似乎不太认同周作人"新散文的发达成功有两重的因缘，一是外援，一是内容"③ 的内外并重的观点。可以肯定地说，"五四"散文接受域外文化的影响是很明显的。这种影响既有散文主体思想情志的影响，也有对散文创作文体观念的影响，还有一些具体的写作方法的影响。这种多方面影响的产生，与"五四"散文作家的文化背景有着密切的关联。他们大都有过留学的经历，直接受到国外思想文化的影响。周氏兄弟留学过日本，陈独秀在日本、法国学习过，明显地接受过社会主义、民族主义、无政府主义的影响，思想上表现得比较激进（新文化运动前期的周作人也属激进派），这样在他们的作品中更多地表达社会批评和文化批评的主题。冰心、林语堂等留学美国，更多地浸润了个人主义、自由主义的思想，这在散文的写作中就更多地体现出自由率性的风格。"五四"散文作家所接受的日本思想文化，实际上是一种具有日本印记的西方思想文化。认同了西方现代思想并通过散文传播这种思想或西方现代思想渗透进散文写作，这

① 胡适：《胡适的自传》，陈金淦编《胡适研究资料》，北京十月文艺出版社 1989 年版，第 264 页。

② 朱自清：《论现代中国的小品散文》，《文存周报》1928 年第 345 期。

③ 周作人：《中国新文学大系·散文一集·导言》，上海良友图书公司 1935 年版，第 10 页。

些相对于中国传统的散文而言，就是一种异质，一种另类。由此可见，主体的西方文化背景是造就“五四”散文现代性的又一重要原因。

在言说“五四”散文现代性的生成原因时，报刊的因素是不应该被忽视的。报刊是散文发表的重要园地，从某种意义上说它促成了现代散文的兴起。周作人在论及《晨报》副刊对散文具有的意义时说：“《晨报》第七版不久改成副刊，是中国日报副刊的起首老店，影响于文坛颇大，因为每日出版，适宜于发表杂感短文，比月刊周刊便利得多，写文章的人自然也多起来了。”[①] 这里，周作人在比较分说，所以他特别提示日报副刊的作用。如果总起来看，那么报刊对散文的发展都是具有重要作用的。这种重要作用不仅具有显见的提供发表阵地的物质功能，而且更为重要的是以报刊作为聚集中心，形成现代知识分子的言说群落。像前期的《新青年》和《语丝》等刊物，差不多成了知识分子自由言说的论坛。这种论坛自由相生的构成，激活了群落成员间的情感思想表达欲念，直接培养了现代中国第一代散文作家。《新青年》《语丝》和梁启超的《时务报》《新民丛刊》很不相同，后者差不多是梁启超独家经营的“准党报”和“派报”，而文化的《新青年》和《语丝》，它们则被醒目地标以“自由”的旗帜。在自由的园地中生长着自由的风景。现代散文“出身”的这种“地缘”规定性，无疑对生成其自由精神——现代品格具有直接的定性作用。在言及散文与知识分子群落的关联性时，我们自然应该提到作为新文化运动中心的北京大学。如果从现代中国散文史的角度而言，北京大学或许可以被视为现代散文的主要的发祥地。蔡元培竭力调制出自由精神的北京大学，以其兼容并包的气度吸纳各色文化人，而怀具自由品性的文化人，如同一批候鸟迁徙于此间，在这里做自由的鸣响，引领着一时之思潮。文化保守主义的钟情者梅光迪在指说《新青年》同人时有言：“彼等之学校，则指为最高学府，竭力揄扬，以显其声势之赫奕，根据地之深固重大。甚且利用西洋学者，为之傀儡，以便依附取荣，凌傲于国人之前矣。”[②] 梅光迪对《新青年》同人及其所在的北京大学当然颇为不满，但

---

① 周作人：《中国新文学大系·散文一集·导言》，上海良友图书公司1935年版，第5页。

② 梅光迪：《评今人提倡学术之方法》，《学衡》第2期。

从这一段话的另一面我们可以感受到北京大学的意义。在这里聚集着陈独秀、胡适、李大钊、周作人、鲁迅等重量级的人物。他们为新文学、为新散文的发展，做出了最初的贡献。因而，北京大学在我看来是现代散文史上的一座永久的纪念碑。

恩格斯在分析现时存在物的生成时，曾做过历史唯物主义的判断："作为分工的一个特定的领域，都只有由它的先驱传给它便由此出发的特定的思想材料作为前提。"① 我们在观照"五四"散文现代性的生成时，也应秉持历史的观点，注意观察"五四"散文与此前散文之间可能存在的某种逻辑关联。我们讨论的是散文的现代性的课题，因此观察的基点应设置前后代散文在现代性生成中的联系。散文的现代性是现代散文相对于传统散文所具有的新品质，它主要指主体内怀的独立自主的主体性和由此生成的任性言说的文体自由精神以及表现形态。从总体上考察，中国传统文化，包括传统散文缺乏生成散文现代性的精神资源。但我们又不能无视现代性是一个行进中的过程的实际情况。从历史的实际看，"五四"散文现代性的前结构应是包括散文在内的具有近代性的晚清文化。径言之：晚清散文的近代性是"五四"散文现代性生成的一个重要的铺垫因素。对此，"五四"新文学家和现代学者早已有明确的指说。钱玄同认为："梁任公实为创设新文学之一人""论现代文学之革新，必数梁先生"。② 胡适指出了梁启超的影响力："梁启超当他办《时务报》的时代已是一个很有力的政论家；后来他办《新民丛报》，影响更大。20 年来的读书人差不多没有不受他的文章的影响的。"③ 周作人也证明了鲁迅接受过严复、林纾和梁启超的影响："在南京的时候，豫才就注意严几道的译书，自《天演论》以至《法意》，都陆续购读。其次是林琴南，自《茶花女遗事》以后，随出随买……最后是梁任公所编刊的《新小说》《清议报》《新民丛报》，的确都读过，也很受影响。"④ 梁启超影响"五四"新文学的主要

① 恩格斯：《致康·施米特》，《马克思恩格斯选集》第 4 卷，人民出版社 1995 年版，第 704 页。
② 钱玄同：《寄陈独秀》，《新青年》第 4 卷第 6 号。
③ 胡适：《五十年来中国之文学》，《胡适文存》第 2 集第 2 卷，上海亚东图书馆 1924 年版，第 125 页。
④ 周作人：《瓜豆集·关于鲁迅之二》，上海宇宙风社 1937 年版。

是由他力倡的“新文体”，“这种新文体，不避俗言俚语，使古文白话化，使文言白话的距离比较接近，这正是白话文学的第一步，也是文学革命的第一步。”[①]“新文体”是散文的新体，是对传统古文有史以来的最为重要的文体解放。它所影响“五四”散文的一是精神层面的。“新文体”其主旨是“新民”，“五四”散文，特别是《新青年》“随感录”等杂文宣扬的是“立人”的主旨，它们在启蒙主题的建构上有着关联性，尽管启蒙的内蕴与意义是不尽相同的。其二是在形式层面上的。梁启超“新文体”务求“自解放，务为平易畅达，时杂以俚语韵语及外国语法，纵笔所至不检束”[②]，虽然鲁迅说杂文古已有之，但“五四”散文的直接的文体之源当是晚清“新文体”。“新文体”“纵笔所至不检束”，而鲁迅等的杂文乃是一种自由的说话。“任意而谈，无所顾忌”，表达因思想的流淌而显得随意自如，体现出杂文作为一种自由体的特征。由此可见，“五四”散文现代性的根系是连接着晚清散文的。

---

① 陈子展：《中国近代文学之变迁·最近三十年中国文学史》，上海古籍出版社 2000 年版，第 207 页。

② 梁启超：《清代学术概论》，东方出版社 1996 年版，第 77 页。

第四章　“五四”散文的命名与义项

尽管散文是中国正统文学史的重要构成部分，源远流长，但是现代以前对这一文体的研究是很不充分的，因而原有的散文文体理论资源甚为贫乏。词汇学上的散文一词出现在南朝宋代，而有文体学意义的散文指称迟至南宋时期。此后确指性的散文理论批评也并不多见，而且大多是片言只语。晚清时期中国散文出现了一个重大的蜕变，冯桂芬、王韬、郑观应等都对散文的革新作出了解释，连桐城派“中兴”的代表人物曾国藩等，也对他们奉行的“义理、考据、辞章”的文统做了与时俱进的补充，增加了“经济”一项，以矫正传统桐城派的疏空之弊。最为重要的论述当属梁启超的“文界革命”论。所论包含了以内蕴的“欧系文思”和语言的“流畅锐达”对古代散文做革命性的改造，影响一时，而且其中包含的要义直接启发了“五四”的“文学革命”论。同时梁启超“文界革命”论的价值取向，也影响到了“五四”作家对于散文研究的基本理念。但是“文界革命”论也并不是散文的专论，而是梁启超的感兴之作。对散文文体进行直接的较为系统的论说是在“五四”时期。“五四”时期是一个命名的时代，新名词触目即是，有关散文的新名词，就有“美文”“纯散文”“絮语散文”等。此外在新的文化语境中，言说者对散文、小品文等已有的文体范畴，作出各自新的解释。这些命名和阐释，表达了“五四”作家试图建构现代散文话语系统的努力。

一 散文“艺术性的”命题

“美文”是周作人提出的一个散文概念。作为“五四”时期最重要的散文作家之一，周作人深怀散文情结。他不仅以很大的热情投入散文的写作，成为鲁迅以外现代另一个最重要的散文家，而且也积极参与散文的理论建设。1921 年 6 月 8 日他在《晨报副刊》发表了署名子严的短文《美文》。这篇文章虽然不足 500 字，却被视为中国现代散文理论建设的奠基之作。在我的视野中，以专论的形式讨论散文话题的，在中国文学批评史上周作人是第一个。同许多现代文论一样，《美文》并不是一篇基于严谨的逻辑推衍的论文，而是一篇包含着作者新见的“学术随笔”。在这篇随笔式的论文中，周作人对美文做了界定，并大体给出了这一体类的特征与内质。在周作人看来，美文并不是一种新的体式，“中国古文里的序、记与说等，也可以说是美文的一类”。而“这种美文似乎在英语国民里最为发达”。在这里，周作人看取的是美文里富有个人趣味的部分，是那种自由随心的性情文字。依据他的散文分类，美文当然不是“载道”的，而是“言志”的。

周作人是由外国文学导入对“美文”的命名的。“外国文学里有一种所谓论文，其中大约可以分作两类。一批评的，是学术性的。二记述的，是艺术性的，又称作美文。”在这简单的诠释中，周作人给出了两个关键词。“记述”指向的是语言表达方式，“艺术”意指的是文章的功能。周作人为什么要在 20 世纪 20 年代初给出“美文”这一概念呢？从《美文》我们可以知道，周作人认为“在现代的国语文学里，还不曾见有这类文章（美文）”，他希望“大家卷土重来，给新文学开辟出一块新的土地来”，“让新文学的人”“试试”这种“美文”文体。周作人的这种表述，是有所意指的。从现代散文的发生史可见，白话散文是应和了思想革命的需要而生成发展的。以“随感录”“杂感”为形式的议论散文，在新文化运动起始期得到了长足的发展，成为散文文类中的主要形式。这与晚清散文的格局和影响有关。实际上以梁启超为代表的“新文体”，是一种旨在“宣传”的论说体，这应和了当时的时代主题。晚清维新而“新民”，“五四”革命以“立人”。新文学家直接受到梁启超的影响，并且他们充分认知杂感文作为时代文体，在新文化运动中的独特价值，于是很多人致力于杂感的写作。陈独秀是“随感录”的主要作者，周作人本人也大量地写作杂感。议论散文是一种新的载道之文，它以在野之道去批判体制之道，对“五四”思想文化运动的推进具有重要的思想史意义。但从散文文体本身而言，以论议一体主导散文文类，这表明散文内部各体发展的失衡。从文学本体看，叙事抒情的散文应该成为散文的重要类别，而从现代初期的散文实际看，议论散文几乎是一枝独秀。“现代文学中最早出现的散文作品是以议论为主的杂感，着重在抨击和讽刺旧社会不合理现象，战斗的锋芒十分锋利。”① 这样的一种格局，使得人以为白话能做议论散文，而无法写作艺术的或文学的散文，因此，周作人认为“在现代的国语文学里”，也应该有“记述的”“艺术性”的美文。

周作人倡导美文也与他的思想变迁有关。新文化运动前期，周作人是封建文化的“叛徒”，以杂感参与了对旧文化的攻击。随着新文化运动的渐趋低潮，也由于自身的诸多原因，周作人则将自己处理成“隐士”。但周作人有着作为文学家自觉的职业意识，写作而不触及时事，闭门读书，以叙写草木虫鱼为自适，成为他所选择的一种最佳的生存方式和精神方式。基于这样的身份变异，所以，周作人倡言美文而加以实践，就显得十分地顺理成章了。

对于美文，周作人从多方面做了指说。首先是从表达方式方面，认为美文“里边可以分出叙事与抒情，但也有很多两者夹杂的”。他还认为，读好的美文“如读散文诗，因为他实在是诗与散文中间的桥”。周作人的这种表述，将美文与杂感的话语方式做了区别。杂感多以论议臧否天下，指向社会现实，美文叙事抒情，倾向于表现自我。所谓“散文诗”，是指注重刻画描绘、融合主观情感、讲究语言诗美的一种文学化形态。将美文视为散文诗，强调的是散文作为重要的文学样式的艺术性。因此，美文实际上是文学散文的一种另称，是相对于论议散文的一种存在形态，是作为边缘文体的散文走近文学的一种体式。这一体式的倡导，为散文作家文学诉求的实现寻得了一种合适的方式。新文学散文由杂感至杂感与美文并存

① 王瑶：《中国现代文学史论集》，北京大学出版社 1998 年版，第 218 页。

再转偏至美文，表明了散文作家文学意识的自觉，从某种角度而言，也表示着散文文体的自觉。

其次，周作人强调美文要尊“我”求异。周作人认为美文的“条件，同一切文学作品一样，只是真实简明便好”。“简明”是由美文的格局体制所决定了的。美文考究语言的表现力，以简明求取丰富。周作人这里所说的“真实”，其实并非泛指，对此，他有说明：“我们可以看了外国的模范做去，但是须用自己的文句与思想，不可去模仿他们。”可见周作人的“真实”，意指美文要凸显“真我”。美文是关于“我”的文学，它的魅力在于有“我”，语言、思想、性情等一切“须用自己的”。“自己的”美文，亦即张扬个性的散文。这是散文现代性生成的一个最重要的标志。中国古代散文由于封建文化的总体规约，不可能在整体上尽情地显现出主体的精神内存。周作人将“自己的”这一品质规定置于美文的“文句与思想”之前，表明了他对美文文体品性有着深刻的理解。美文不同于小说。小说要求塑造出有个性的人物形象，而美文（散文）要求写出有个性的作者自我。因此“自己的”，对于美文而言是一种不可或缺的特质。

在周作人《美文》发表两年后，王统照在《晨报副刊·文学旬刊》1923 年第 3 号上发表了《纯散文》一文。王统照命名“纯散文”的理路大约与周作人是相似的。“纯”应合“美”，都是关于散文是“艺术”的意指。王统照提出“纯散文”的概念，与周作人一样也是因为其时这一类写作少有佳作。他以为，新文学中“小说、诗，就比较上说都有一点成就，虽然不能说是很完善”，而“独有纯散文（pureprose）的佳者，却不多见”。“用白话作纯散文的，不要说怎样的好，就是修词上风格上讲究一点，使人看了易于感动而不倦的，在今日的作者中，你们能找得出几个来?”王统照所说的大致上是符合文学史实际的。在《纯散文》发表之前，小说早有鲁迅的《狂人日记》《阿 Q 正传》等推出，以思想的深刻与艺术的精湛，立定了小说在现代文学开局中的重要地位。新诗也有胡适 1920 年出版的《尝试集》、郭沫若 1921 年出版的《女神》等，为新诗开创出一个新的时代，而文学散文中很多名篇都在五四落潮后发表，与小说、诗歌有明显的时差，如朱自清《背影》写于 1925 年，《荷塘月色》写于 1927 年，周作人《故乡的野菜》写于 1924 年，《乌篷船》写于 1926

年，鲁迅的《从百草园到三味书屋》写于1926年。

基于当时这样的情形，王统照特别标示了“纯散文”的写作，强调所谓“纯散文”就是要使读者“阅之自生美感”。在王统照看来，有无“美感”，是“纯散文”与其他类型散文相区别的一个关键点，而要使散文增强“美感”，那么就“总不免带有点文学的成分在内”。在中国的散文传统中具有文史哲不分的特点，文本内部的互文性构成了文章的多种形态。因此，古代散文其实是一个包容繁杂的文体系统。现代将文学分为小说、散文、诗歌、戏剧四种基本文体，这是受西方文学分类影响的做法，着眼的是文体的表达功能和表达方式的差异。但散文是一种很特殊的文体，它游移于文学与非文学之间。晚清的新文体和“五四”的“新青年”体偏于议论说理，文学淡化。这在周作人、王统照等看来，是散文的一种不足。所以他们有“美文”“纯散文”等倡言。与周作人相比，王统照更直接地强调散文的纯化，看重散文中文学元素的贯注，突出散文的美感生成，这表明王统照散文的文学意识比周作人更为自觉。这种自觉实际上反映了当时文坛的一种基本倾向。

《纯散文》一文主要内容是解说这一文类的特征。王统照没有直说主旨，而是采用以反求正的方法说明对象。他指出：“纯散文没有诗歌那样的神趣，没有短篇小说那样的风格与事实，又缺少戏剧的结构。”王统照通过与诗歌、短篇小说、戏剧的比较，来显示“纯散文”的特征，他采用“排除法”求证所言说事物的性质。诚然，纯散文在整体上没有由诗语造就诗境、诗情、诗意所得的“神趣”，它也不追求写实，不追求叙事的完整性，它也更没有以戏剧的矛盾冲突组织剧情的结构。那么，在王统照这里纯散文自身应有的体性在哪里？细读《纯散文》，我们就可以感知“有”在“无”处。王统照在分析纯散文为什么“难作”的原因时共列四条：“我想，（1）思想没有确切的根据。（2）辞技及各种语势不得有灵活的用法。（3）太偏重理智的知识，没有文学上的趣味。（4）以新文学的趋势，没有对纯散文加以提倡。”在这四条中，除第四条外，从前三条的否定表述中，我们可以推导出纯散文应有要素，即要言之有物（“有确切的根据”），不作空泛无物的言说；表述力戒老套呆板，讲求因势生文，随性用语，灵活构篇；内容的构成上不重诉诸智性的论议为文，而重具体形象的叙写与感悟，以人、事、景、情、意的有机融合生成文本的美感，求取的是“文学上的趣味”。综合周作人《美文》和王统照《纯散文》所给出的要点，我们大约可以感知艺术散文本体（“美文”或“纯散文”）的一些基本质性了。

二 “个人的”和“最自由的”

在周作人、王统照之后，胡梦华于《小说月报》1926年第17卷第3号上，发表了题为《絮语散文》的文章。如文题所示，这篇文章主要解说“絮语散文”的文体风格和文体特质。文体风格涉及作品的取材和作者叙写对象的价值取向、表达艺术等。就取材而言，胡梦华认为絮语散文对“国家政闻、社会舆论不大说的，有时也许讨论得着，但不是严词正意地有头有序地记出来，只是散漫地零碎地写着”。“至于它的内容虽不限于个人经历、情感、家常掌故、社会琐事，然而这种经历、情感、掌故、琐事确是它最得意的题材。”这里，胡梦华明确地提出了絮语散文在题材方面所具有的日常性和个人化的特点，这一特点与作为社会批评、文明批评的杂文有了重要的区别，而且它还显示出重要的散文史意义。“正是在表达人生的叙述话语上边，可见出传统的中国散文与近代英国乃至欧美散文的基本分野。在传统的中国散文中，无论‘载道’还是‘言志’，都很少关注日常经验中的人生状态。”① 絮语散文对日常人生经验的关注，是对过往散文史的一种改写，凸显出中国散文现代性生成的基本要素，也表示了中国现代散文与欧美的趋近，体现着世界散文某种共同的指向。

“絮语散文”的“絮语”是一个有形态也可感的语词。“絮语”实际上有着软性、温和、闲适的意思在内，它和刚硬、凌厉、严正等相对。“絮语”与散文表现内容的日常性和个人性有关，它是对散文宏大性言说的一种反拨。在“文以载道”的总体规约中，不是说中国散文没有“絮语”类作品，而是说没有这样的传统，“絮语”散文被排斥在散文主流之外。就“五四”散文而言，基于思想启蒙的宏大主题，前期散文多以批

① 李庆西：《梁遇春：摆脱旧话语的一种途径》，《中国现代文学丛刊》1993年第1期。

判性杂感为主，这是一种有硬度的写作样式。即便是后来以“隐士”的姿态倡导美文的周作人，其前期也作为封建文化的“叛徒”写作了不少浮躁凌厉的杂感。此后文随时迁，美文之类的散文被文学自觉的散文作家等鼓吹并多有实践。胡梦华命名的“絮语散文”，他所用的“絮语”形象地表示了这一类散文的基本价值取向和作者叙说的态度，即不是用以直接的教训的，而是得之于具体的人事物理的感受。“它不像批评文或理论论文带着很庄严的态度，令人看了好像纸上露着肝火很旺的样子，怒目咬牙的形状。它乃如家人絮语，和颜悦色地唠唠叨叨地说着”；“好像看到或听到什么琐事，围着桌子低声细语地讲给你的慈母、爱妻或密友听，就好像你们常经验过的茶余酒后的闲谈”；好像是“茶馆里、浴室里、公园里”“那般浪漫文士的谈话”的“笔录”。胡梦华用了一系列可以唤起作者体验性回忆的譬说，强化絮语散文应有的闲适、温和、自由的风致。他告诉我们的是，絮语散文无意于公共话语的表达，不运用社论语体，不求取直接教化的功能，它只是作者就个体经验与读者所做的一种亲近言说。“说话”是絮语散文写作或是它审美生成的基本方式。

由絮语散文题材择取的倾向和作者叙说态度的设定，胡梦华进一步揭示了这一文类的特质。个人化是表述絮语散文特质的核心关键词。作者是从“作者和作品的关系”中看取絮语散文个人化要义的。他说：“我们仔细读了一篇絮语散文，就可以洞见作者是怎样一个人：他的人格的动静描画在这里面，他的人格的声音歌奏在这里面，他的人格的色彩渲染在这里面，并且还是深刻地描画着，锐利地歌奏着，浓厚地渲染着。所以它的特质是个人的（personal），一切都是从个人的主观发出来，所以它的特质又是不规则的（irregular）、非正式的（informal）。”从周作人美文须用“自己的文句与思想”，到胡梦华絮语散文“是个人的”，反映出现代研究者对散文文体特性认知的演进。文学应是作家以个人经验（体验）反映人类存在的一种方式。文学的现代性，从某种角度上说，就是它的个人性。个人性的尊重以至张扬，表明现代民族国家精神的成熟。中国现代作家对散文个人性的表达，既昭示了他们作为主体自我意识的自觉，又表示了他们对于散文特性有着正确的理解。胡梦华强调主体人格对散文写作的影响。人格是反映作者气质修养、价值取向、性情志趣等具有个体特征的精神符号。散文要凸显作者的人格，而人格成为散文精神品格的内蕴。人格的个人化决定了作品的个人化；个人的，即是异他的，所以胡梦华说是“不规则的”。而这种“不规则”正是散文成为文学的一种极其重要的质素。因此，胡梦华有将絮语散文推至极致的表述，他说：“我们大概可以相信絮语散文是一种不同凡响的美的文学。它是散文中的散文，就同济慈（keats）是诗人中的诗人。”在胡梦华看来，造就絮语散文为“散文中的散文”的最关键之处，就在于作品在表现“家常絮语”题材时，能从中凸显作者个人的特质。这种特质，即为散文的“美质”。

发表于1928年10月10日《新月》上的《论散文》，是梁实秋研究现代散文的重要成果。这篇文章从题目上看，不同于周作人、王统照、胡梦华对散文所做的命名释义性文字，论者试图对散文进行更具有学理色彩的论说。梁实秋操持的散文观念和周作人、胡梦华等是近似的。他以为：“散文是没有一定格式的，是最自由的，同时也是最不容易处置，因为一个人的人格思想，在散文里绝无隐饰的可能，提起笔来便把作者的整个的性格纤毫毕现的表示出来。”梁实秋强调散文对作者人格思想的“全真”映照。之所以能够达成“全真”，是因为散文是“最自由的”文体，这种“最自由”是由作者的精神自由造就的。将散文视为“最自由的”文体，这在现代似由梁实秋最早提出，深得现代散文的精神本旨。

梁实秋的《论散文》，并没有对散文文体做整体性的论述，主要涉及的是散文创作论的一些具体问题。梁实秋独到地指出：“一切的散文都是一种翻译。把我们脑筋里的思想情绪想像译成语言文字。”其实，从总体上说，一切的写作都是翻译。这是由写作的基本规律所决定了的。写作由观察感知（物）至内思构想（意）再至语言物化（文）三个基本环节构成。由意及文的“翻译”是必不可少的。散文“翻译”的特殊在于，它的语言物化的表现力体现为“把作者的整个的性格纤毫毕现地表现出来”。做到这一点，也就如作者所谓便形成了个人的“文调”。“文调的美纯粹是作者的性格的流露，所以有一种不可形容的妙处。”但“文调”又是具体的，可以言说的。“散文的文调应该是活泼的，而不是堆砌的——应该是像一泓流水那样的活泼流动。要免除堆砌的毛病，相当的自然是必须保持的。用字用典要求其美，但是要忌其僻。文字若能保持相当的自然，同时也必须显示作者个人的心情，散文要写得亲切，即是要写得自然。”

具体而言，从散文叙事看，作者应求取一种“简单”。“散文的妙处多端，然而最高的理想，也不过是‘简单’二字而已。简单就是经过选择删芟以后的完美的状态。”散文的形态格局见小，精神世界见大，讲究尺幅兴波，方寸之中得大旨。梁实秋深知散文写作习见的几种“毛病”，“太多枝节；太繁冗；太生硬；太粗陋”。在梁实秋看来，“散文的美，不在乎你能写出多少旁征博引的故事穿插，亦不在多少典丽的辞句，而在能把心中的情思干干净净直截了当地表现出来。散文的美，美在适当”。“适当”是散文审美的一种尺度，过或不足与“适当”都是不符的。而从散文写作的实际看，主要的问题在于“过”。过犹不及，美就被毁损了。从散文语言看，语言应当真实地“翻译”作者的情思。梁实秋说：“平常人的语言文字只求其能达，艺术的散文要求其能真实——对于作者心中的意念的真实。”对散文语言的真实，梁实秋例说细微，他以为“字的声音，句的长短”，“都是艺术上所不可忽略的问题。譬如仄声字容易表示悲苦的情绪，响亮的声音容易显出欢乐的神情，长的句子表示温和弛缓，短的句子代表强硬急迫的态度，在修辞学的范围以内，有许多的地方都是散文的艺术家所应当注意的”。梁实秋对艺术的散文不做泛论，而从语言表情达意的具体性，强调散文作为语言艺术应注意的一些特殊要求。从作品的内在看，梁实秋反对理性的偏至，而倾向于那种“感情的散文（impassioned prose）”。他认为：“散文绝不仅是历史哲学及一般学识上的工具。”他引用希腊时代批评家的观点，说：“散文的功效不仅是诉于理性，对于读者是要以情移。感情的渗入，与文调的雅洁……便是文学的高超性的来由。”散文是融合文学与非文学各种因素的具有跨文体特性的特殊文类。偏重于理性的散文与偏重于情感的散文相比，它少有一些文学的情趣和感染力。梁实秋《论散文》所论偏于文学的散文，所以，他对散文写作中“感情的渗入”尤为看重。

“五四”时期对于散文的命名或指称，除美文、纯散文、絮语散文等，还有一个名称就是小品文，简言小品。小品一词源于佛经，“释氏《辨空经》，有详者焉，有略者焉，详者为大品，略者为小品”。小品指佛经缩写本，后转指散文或散文中的一种类型。如《明十六家小品》《现代十六家小品》等。“五四”后期至40年代小品文一词用得较多，钟敬文曾说：“现在小品两字，则用得更其广滥。”① “五四”时对小品文的研究，将重点放在对小品文的作法与特质的讨论上。1926年8月开明书店出版了夏丏尊、刘熏宇合著的《文章作法》，其中有专谈小品文作法的，所谈具体，涉及五个方面：一是取材，作者认为“作小品文必须注目于事物的细处”，“从许多断片的部分的素材中，选出最可寄托情感的一点拿来描写，这是作小品文的秘诀”。这可以说给出了小品文的一大特点，即小品文的取材倾向更关注的是“小”的材料，而不是“大”的材料，但“小”从“大”中取出，以小见大。二是重视表现主体的感受。小品文并不是一种重再现生活事实的文体，而是侧重于表现主体情思，凸显“我”的存在的文体。作者指出：“我们与事物相对时，心情中必有一种反应或感觉，这普通称为印象。”小品文“就是要把印象写出”。三是强调作品的表现力。小品文作为一种文学样式，它不必将所写直白地写出，而是“用了部分去暗示全体，才会有余情”。在作者看来，“暗示是小品文的生命”，“暗示”是构成小品文滋味的要素，而所谓“暗示”重要的就是要用富有表现力的语言形象生动地叙写对象。四是作品叙写要有“中心”。“没有中心，文字就要散漫无统一”，而“散漫无统一的文字断不能动人”。但作者所说的“中心”，并不局限于事项，“事项虽不前后联络，只要情调心情上能统一时，仍不失为有中心的文字”。这一表述近似后来所说的“形散神不散”。五是笔法的“机智”。“小品文如奇兵，平板的笔法断难制胜，非有机智不可。”这五个方面虽然说的是小品文的基本作法，但是实际上也归结了这一体类的重要特质。

分析“五四”时期言说散文的一些关键词，可以看出其理论生成的背景与要素在不同程度上是借鉴欧美和日本的。周作人的《美文》是以“外国文学里有一种所谓论文”开篇的，其中介绍到爱迭生、兰姆、欧文、霍桑、高尔斯威西、吉欣、契斯透顿等“英语国民里”的“美文的好手”。王统照在《纯散文》中，用以对照中国纯散文的佳者是不多见

① 钟敬文：《浅谈小品文》，《文学周报》第349期。

的，是“西洋文学家”，他以为詹姆斯、斯密塞耳、柏格森、麦考莱等人“他们的著作却都是纯散文的”。胡梦华的《絮语散文》，全篇包含“概论”“孟田”“孟田以后”“蓝穆和韩士立”“余论”等五个部分，文章的主要篇幅用以介绍法英等国作家的散文创作。朱自清在《论现代中国的小品散文》中认为“现代散文所受的直接的影响，还是外国的影响”。这一观点，不仅适用于散文创作，而且更适用于散文的理论批评。这是从背景来看“外国的影响”。

另外，我们再来看理论要素的影响。厨川白村，是日本文艺理论家，他以为文艺创作是“自己生命的表现，也就是个性的表现”①。他的文艺观明显地受到柏格森、弗洛伊德等人有关学说的影响。1924 年到 1925 年鲁迅将厨川白村的《苦闷的象征》《出了象牙之塔》等译介给了中国读者，厨川白村带有西方学说浸润的观念开始影响中国的文艺界，对中国现代散文的影响更为直接。厨川白村在《出了象牙之塔》中设有专节“Essay”，描述与解释现代散文。其中主要的内容有两个方面：一是散文类似于“随随便便，和好友任心闲话”，“想到什么就纵谈什么”，“托于即兴之笔”，这里强调主体精神的自主自由和文本形态的不拘一格。二是在散文中，“比什么都紧要的要件，就是作者将自己的个人底人格的色彩，浓厚地表现出来”。厨川白村的这些观点，深得经过“五四”新文化运动洗礼的现代作家的认同。对此郁达夫在《中国新文学大系·散文二集导言》中曾有指认：“鲁迅先生所翻厨川白村氏在《出了象牙塔》里介绍英国 essay 的一段文章，更为弄弄文墨的人，大家所读过的妙文。”对照胡梦华等人有关散文的表述，我们可以明显地发现其中的有些重要的表述是受到了厨川白村的影响的。

① 厨川白村：《苦闷的象征出了象牙之塔》，鲁迅译，人民文学出版社 1988 年版，第 9 页。

第五章　晚清“五四”媒体生态与散文现代转型

散文是中国文学史的基本而重要的存在。但在历史的运衍中，文随世移，一代又一代的文学，在清代文学史的总体格局中，小说一体更具突出的位置；散文文体本身的发展也是峰谷相替，一代有着一代的面貌。清朝的散文主要由“桐城派”散文主导，但“桐城派”散文奉守义理辞章考据，疏离时代和人生，终究因“奄奄无生气”[①]走向式微。在“五四”文学革命中，桐城派成为“革命”的对象，“今日吾国文学，悉承前代之敝。所谓‘桐城派’者，八家与八股之混合体也”[②]。这样的散文，“与其时之社会文明进化无丝毫关系”[③]。虽然陈独秀的论语不免有些偏激片面，但“桐城派”散文在与时俱进的时代语境中成为一种“过去式”，却是不争的事实。作为清代散文标志的“桐城派”散文，与“五四”散文之间存在着巨大的代际落差。它们分属古代和现代，因此自然有着历史的断裂；但却又是相邻而居的两个时代，其间必然存有特殊而又具体的联系：“当我们论证那关键性的‘断裂’时，断裂正是一种深刻的联系，类似脐带的一种联系。”[④]

“断裂正是一种深刻的联系”，揭示的是文学流变中真实的历史逻辑。

① 郑振铎：《梁任公先生》，《中国文学论集》，开明书店 1934 年版，第 167 页。

② 陈独秀：《文学革命论》，《新青年》第 2 卷第 6 期。

③ 同上。

④ 黄子平等：《论“二十世纪中国文学”》，《文学评论》1985 年第 5 期。

“转型”是这种历史逻辑的另一种表述。中国散文的现代转型，正是现代散文与古代散文“断裂”中的联系，是“五四”散文在接续晚清散文中因时而化的创造。促成中国散文由古代、近代向现代转型的推力有很多，同样也是各种历史因素共同作用产生的结果。因此，中国散文现代转型的研究应该有多种路径和视角。比如时代生活与散文新变、西学东渐与散文文体新质、散文主体的身份建构与散文的现代性生成、白话运动与散文文体的转型、“文界革命”与“文学革命”等，这些话题可从不同的角度，研究散文现代转型这一总的课题。学界注意到了媒体对散文存在与发展的影响，但所开展的研究大多还只是局部的、零碎的，侧重于单个报刊或某一媒体作家与散文的关联，而且所研究的刊物主要集中在“五四”时段。我们在这里给出媒体生态的视角，是对媒体与散文关联进行系统性、整体性的研究。近现代发展起来的媒体，其存在与变化关联着诸多方面。媒体生态是一个巨大的历史场域。通过对晚清至“五四”时期有意味的媒体生态场域的呈现，可以深入分析媒体独特的文化生态的建构，观照媒体生态与散文之间存在的逻辑联系，由此进一步探寻中国散文现代转型的文化机理和实现路径。

一　媒体生态与散文的基本关联

“媒体生态”既是我们研究的基本对象，同时也关涉研究的基本方法。媒体广义上泛指使事物之间发生关系的介质或工具，现在通常是指用以传递信息与获取信息的载体、工具或技术手段等。在本文的论域中，所谓媒体主要是指晚清至“五四”时期的报刊。作为文字书写和传播的载体，文字媒体的演化直接连接了中华文化史、文明史的演进。同时也影响着文体的变化。我国发现的最早、体系较为完整的文字是甲骨文，是商代后期刻写在龟甲和兽骨上用于王室占卜记事的文字。差不多同时的金文是指铸刻在青铜器上的文字，也叫钟鼎文。甲骨文和钟鼎文的生成方式，决定了所记文字的简略性和传播的有限性。竹简是造纸术广泛使用前最主要的文字书写载体，较之于甲骨、钟鼎，书写和传播自然方便得多了。但我们从“韦编三绝”的另一个角度，可以想见竹简媒体依然存有的诸多局限。古代先人看到了媒体的优化，对于推进人类文明所具有的重要意义，从来就没有停歇过对此的创造。中国古代四大发明指南针、造纸术、印刷术、火药，其中的造纸术和印刷术就是直接关于媒体的两大发明。造纸术的发明和不断改进，印刷由雕版印刷到活字印刷再到近代机械印刷，媒体技术的进步，有力地推动着中华文化的发展，促进了中国文学的多形式繁荣。具体到晚清至“五四”时期，这时的报刊不同于传统的“邸报”官报，而成为进入社会公共领域、具有大众传播性质的新的媒体。这一深刻的改变，使之成为特殊的社会信息场，成为影响社会视听的一种独特的力量。正如麦克卢汉所指出的，新的媒体不仅“为我们创造了幻觉世界，它们还是新的语言，具有崭新而独特的表现力量”[①]。同时，多量的信息需求和具有特殊指向的读者意识，刺激着为报刊而写作的文体的生成和发展。比如“报章文体”（“时务文体”）就是随近代报刊的兴起应运而生的。当时、当事之人梁启超就说过：“自报章兴，吾国之文体，为之一变。”[②] 方汉奇做了具体的指认：“‘时务文体’在七十至九十年代资产阶级改良派的办报活动中诞生，在戊戌维新运动前后得到进一步发展，它不仅风靡一时，对辛亥革命时期乃至五四运动以后的报纸文风也有很大影响。”[③] 媒体对于散文现代转型的推动是全方位的，“可以这么说，没有报馆这个‘传播文明新利器’，中国文章不可能在短短几十年间发生如此巨大的变革。强调报馆改造文体的重要性，最简单的例证是，20 世纪中国的散文，绝大部分首先作为报刊文章而流通，而后才结集出版。这种生产方式，不能不影响其文章的体式与风格”[④]。其实为媒体而写作的散文生产方式，不只是外在地影响着它的“体式与风格”，更主要地是由媒体的价值取向规定或部分地规定了散文的主题设置。正是这种主题设置，直接导致了文章体式和风格的变化。由媒体生成的新的生产方式和传播方式，是中国散文跨越古代、走向现代的“革命性”的力量。在晚清至“五四”时期，媒体不只是散文生产赖以存在的一种载体，同时也是对它产生全面影响的生态。

---

① 麦克卢汉：《麦克卢汉精粹》，南京大学出版社 2001 年版，第 407 页。

② 梁启超：《中国各报存佚表》，《清议报》第 100 册，1901 年 12 月 21 日。

③ 方汉奇：《中国近代报刊史》（上），山西人民出版社 1981 年版，第 146 页。

④ 陈平原：《中国散文小说史》，上海人民出版社 2004 年版，第 193 页。

“生态”业已成为被泛化使用的一个话语。其实生态就其原本，简言之即生物的生存状态、生物之间以及个体生物与环境之间相互关联、相互制约的关系。这里，生态只是一个借喻，取其核心的意指，即动态的、系统的关联。这是生态作为一种迁移性的研究方法，其中应有的核心命意。“媒体生态”具有复杂的多义性，在不同的语境中具有不同的含义。在新闻传播学中，大体上它包括媒体本体的组织机制、媒体本体与信息受体的关联、体制的媒体规约以及社会经济政治文化对媒体的影响等基本层面，其核心的义项为以信息生产传播为中心的媒体本体、媒体与受体、媒体与社会的多维的结构关联。在我们具体的论域中，媒体生态主要关联着晚清至“五四”媒体、媒体作家与媒体散文等这些要素。这样的研究是为了避免孤视独论，尽可能地将研究对象安置于具体的历史场景中进行某种“还原”，以求取历史存在的本真。从这一点来说，所谓“生态”就是“场”“现场”，或谓历史的场域；我们意欲求取的是真实地呈现中国散文现代转型的某种历史场域。

需要认知的是，媒体生态本身是一个多维丰富的存在，而置于多质杂糅的晚清至“五四”这一独特的历史场域，媒体生态就更具复杂性。作为一种整体性的系统建构，这一时期的媒体生态就其取向和影响而言，有主流与支流之分。主流媒体生态体现出应时而生的开放求新的现代姿态，以其特殊的方式直接参与社会思想文化的建设，主流媒体生态中有一些媒体既具有思想史的意义，又具有文学史或文化史的价值。而相对于主流媒体生态的支流媒体生态，并不汇入时代思想大潮或顺应社会发展大势，其中有的自行其旨，或在某些方面致力倡言，如大量的知识类、专业性报刊和旨在商业化的游戏消遣的文艺类报刊等；有的则逆向而动，以报刊新的媒体形式寻觅复古的旧梦，成为新思想、新文化传播的羁绊。这些状况正是当时复杂多质的社会生态的反映。基于媒体生态与中国散文现代转型论题的逻辑设定，我们这里着重探索晚清至“五四”主流媒体生态对于中国散文现代性生成的影响因素。

媒体生态可以分为媒体外部生态和媒体内部自生态。两个部分各有具体的指向又关联互动。媒体的外部生态包括媒体发生发展的存在空间、媒体与社会存在的互动关系等。社会政治文化环境直接影响着媒体的存在，具有大众传播意义的报刊在近代出现并发展，是与当时的社会生态紧密相关的。曾经夜郎自大、闭关锁国、皇权至上的中国在被迫纳入世界大局时，舆论环境开始有所松动，办报办刊便有了可能。社会相对开放，人们思想渐趋活跃，报刊业就应运而生。就微观来看，比如从《循环日报》办于香港、《时务报》办于上海、《新民丛报》办于日本、《新青年》活跃于北京大学等具体事实中，可以发现地缘文化与媒体存在及其价值实现的关联。这是很有意味的媒体外部生态。媒体内部的自在生态，主要包括媒体定位、宗旨的设定，媒体内部组织结构、媒体社群（主编、编辑、作者、作者群）、媒体特色与媒体主导文体等。《申报》是国外商人创办的近代至民国存续历史最长、影响很大的报纸，其在《论本馆作报本意》中，开宗明义："夫新报之开馆卖报也，大抵以行业营生为计。"① 说明报纸商业赢利的性质。"本馆之开馆……亦愿自伸其不全忘义之怀也。所卖之报张皆属卖与华人，故依恃者惟华人""劝国使其除弊，望其振兴，是本馆所以为忠国之正道……以为国为民方为忠国忠君利民之事也。"② 这与其说是办报的宗旨，不如说是办报的一种策略。此外，《申报》办报推行"大众路线"，既考虑"士大夫"读者所需，更从内容安排、语言表达等方面满足"工农商贾"之求，声言"现今报纸上所刊登之文章，叙述简而能详，文字通俗，不只为士大夫所赏，亦为工农商贾所通晓。报纸内容有国家政治、风俗变迁、中外交涉、商贾贸易以及一切可惊可喜之事。使人不出户庭而能知天下之事"③。与《申报》以新闻性为主的定位明显不同，梁启超流亡日本创办的刊物《清议报》则"联合同志，共与清议报，为国民之耳目，作维新之喉舌"④，具体以"倡民权""衍哲理""明朝局""厉国耻"⑤ 等价值求取，所以《清议报》的政治色彩特别显著，文体也相应以论说为主。

媒体社群在媒体内部生态关联中起着重要的作用，它直接影响到媒体

---

① 《论本馆作报本意》，《申报》1875 年 10 月 11 日。

② 同上。

③ 《本馆告白》，《申报》1872 年 4 月 30 日。

④ 梁启超：《〈清议报〉叙例》，《清议报》第 1 册，1898 年 12 月 23 日。

⑤ 梁启超：《本馆第一百册祝辞并论报馆之责任及本馆之经历》，《清议报》第 100 册，1901 年 12 月 21 日。

特色和价值生成。在晚清至“五四”时期的语境中，非官方报刊占了多数。一些后来在文化史、文学史上卓有声名的刊物，其实是一些同人刊物，比如《新青年》《语丝》等。《新青年》基于“自由的而非奴隶的”“世界的而非锁国的”“科学的而非想像的”等对于青年之“新”的期待，倡导“以科学与人权并重”①，主张“拥护那德谟克拉西（民主）和塞因斯（科学）两位先生”②，“认定只有这两位先生，可以救治中国政治上、道德上、学术上、思想上一切的黑暗”③，成为五四新文化运动时期新思想的重要“发生器”。《新青年》原由陈独秀主编，也发外稿，后改由陈独秀、钱玄同、高一涵、胡适、李大钊、沈尹默、刘半农、周树人等人轮流编辑，著译由编辑部同人自己担任，不另购稿。这样一种特殊的内部结构，加上同人协力，使前期《新青年》杂志形成了一个层级很高的写作社群。以“随感录”为集体性写作项目的《新青年》作家群，成为现代杂文写作的有生力量。《语丝》杂志以其“语丝派”的创造，在现代散文史上独具价值。《语丝》得以成派，重要原因之一也是因为有较为稳定的作者群体，主要撰稿者有周作人、孙伏园、鲁迅、林语堂、江绍原等 10 多人，刊物承继前期《新青年》的指向进行“文明批评”与“社会批评”，但有所开拓，形成自身“任意而谈，无所顾忌”④、泼辣幽默、亦庄亦谐的风格。《语丝》除重视刊发杂文外，还致力于推动小品美文的创作，使杂文和美文双流并开。

二　民族国家想象中的媒体与散文现代性

论述媒体生态与散文现代转型之间关联的逻辑性，需要大体明确散文的“现代”意涵。现代散文之“现代”，不仅言指时间意义上的外在“时序”，更意指其内在的品格和表达形态。要言之，现代散文的“现代性”体现为，以现代的语言方式和现代的价值尺度，表达主体新的经验、情感、思想等。不同于古代散文以文言的方式代圣人立言，现代散文以现代

---

① 陈独秀：《敬告青年》，《青年杂志》1915 年第 1 卷第 1 期。

② 陈独秀：《本志罪案之答辩书》，《新青年》1919 年第 6 卷第 1 期。

③ 同上。

④ 鲁迅：《我和〈语丝〉的始终》，《萌芽》1930 年第 1 卷第 2 期。

汉语表达作家的思想理念和个性禀赋。在晚清至“五四”时期，“欧西文思”中所包含的科学、民主、自由、平等、法制等思想，是人类共同的价值追求，也是当时中国革新图强需要借取的思想资源，因而成为其时散文书写的基本主题。现代散文是一种需要自由、也表达自由的文体，当自由成为社会普遍认同的一种价值尺度时，散文作家的个性表达就有了可能。这样一种可能得到现代散文作家的确认：“现代的散文之最大特征，是每一个作家的每一篇散文里表现的个性，比从前的任何散文都来得强。”① 而所谓个性表现，就是能用自己的语言方式，表达自己的情志思想。

晚清至“五四”时期，媒体与散文的现代性之间具有多方面的联系。近现代媒体本身就是一种现代性的产物，在封建统治漫长而深广的中国，批量地产生报刊新闻业，这是社会渐趋开放的直接结果。戊戌变法期间，光绪在大臣有关改时务报为官办的奏折上做御批：“报馆之设，所以宣国是而通民情，必应亟为倡办。……各报体例，自应以指陈利害，开扩见闻为主，中外时事，均许据实昌言，不必意存忌讳。”② 尽管后来因为戊戌政变的发生未能实行，但它释放的政治信息势必会产生影响。从戊戌政变后慈禧的相关谕书中，可以看到“报馆林立”的景象：“莠言乱政，最为生民之害，前经降旨将官报局《时务报》一律停止。近闻天津、上海、汉口等处，仍复报馆林立，肆口逞说，妄造谣言，罔洽顾忌，亟应设法禁止。”③ 晚清至“五四”，史无前例地形成一种特殊的媒体氛围。具有现代传播意义的报刊媒体，是一种舶来之物。“从 1815 年到 19 世纪末，外国人在中国一共创办了近 200 种中、外文报刊，占当时我国报刊总数的百分之八十以上。”④ 外国人在华开办报刊，不只是进行文化侵略渗透，也在客观上扩大了中国读者对报刊的认知，激发了我国报刊事业的开创。“中国官绅广泛创办报纸。这一种情势，在中国而言，纯为开辟创新的行动，不但自古数千年来所未有，就是在 1895 年以前，也少有先例。……而在

① 郁达夫：《中国新文学大系・散文二集・导言》，上海良友图书公司 1935 年版，第 5 页。

② 孙家鼐：《改上海时务报为官报摺》，见张静庐辑注《中国出版史料补编》，中华书局 1957 年版，第 54—56 页。

③ 戈公振：《中国报学史》，岳麓书社 2011 年版，第 113 页。

④ 方汉奇：《中国近代报刊史》（上），山西人民出版社 1981 年版，第 10 页。

1895年—1900年之间，中国官绅在中国土地上创办的报纸至少有21种，在日本东京者一种。”[①] 至民国初年，“报纸之作用，已为一般人所审知。故一家庭有报，一学校有报，一商店有报，一工厂有报，一团体有报，一机关有报。其不能有报者，亦知借他报以发抒其意见。即就报界自身言，亦知经济独立之重要，而积极改良营业方针；知注意社会心理，而积极改良编辑方法”[②]。从晚清至“五四”时期报刊的发生史看，与报刊伴生的是显著地有别于传统社会的现代属性。具有这样质性的载体，需要传输与之相应的具有现代价值的信息。一方面，报刊的正常出版需要有源源不断的稿件支撑，从当时报刊文本的构成看，所需文稿主要是新闻类和散文类的作品；另一方面，报刊与文类需要在功能与价值达成某种协同。这些正是晚清至“五四”时期报刊与散文之间发生关联的基础性逻辑。

具有社会传播功能的报刊的近代发生，应和了时代之需。在这一关键点上，媒体的功能与散文的价值是高度一致的。在古代散文中，多是文以载道式儒家经典释义，或是格局很小的诗文序跋、亭台楼阁小记、山光水影游记等，有关民族国家的书写相对较少。在皇权体制内的报纸，更不可能为官绅士人提供思想言说的空间。在根深蒂固的封建统治中，民众的主体性普遍地被弱化或被遮蔽了。进入近代，中国封建统治的超稳定结构被彻底打碎，外侮日深，中华民族陷入前所未有的亡国灭种的全面危机中。在这样的局势面前，有识之士自然不能无动于衷、袖手旁观，他们的主体性得到激活，开始打破莫谈国事的禁忌。晚清的“危言”写作（郑观应《盛世危言》、邵作舟《邵氏危言》和汤寿潜《危言》，并称“三《危言》”），恰好反映了其时时局之艰和言者的“饮冰”之急。

这时官绅士人对于救亡图存的言说，不是自言自语而是一种社会发言方式，他们需要寻得一种可以使其思想传播最大化的载体，而近代兴起的报刊恰好具有这样的功能。“如果我们思考一下两种最初兴起于18世纪欧洲的想象形式——小说与报纸——的基本结构，就能够明白何以这个转

---

① 王尔敏：《中国近代思想史论》，社会科学文献出版社2003年版，第31页。
② 戈公振：《中国报学史》，岳麓书社2011年版，第169页。

型对于民族的想象共同体的诞生会是如此重要了。因为这两种形式为‘重现’民族这种想象的共同体，提供了技术上的手段”①，安德森的解释为我们揭示了报纸（刊）对于现代民族国家想象性建构的独特意义。报纸之所以能为“‘重现’民族这种想象的共同体，提供了技术上的手段”②，是因为它能促成信息的广泛传播。正是具有特殊的民族国家意向的信息的广泛传播，培育和确立了受众的民族国家意识。而能使报纸信息得以广泛地进行社会传播的关键是报纸的“印刷语言”。“印刷语言”意指基于机械化印制的报纸编印，这种编印由机械替代手工，使报纸的出版便捷化，有利于报纸的规模化印制，从而保证了它的大众传播功能的实现。安德森认为，“印刷语言……奠定了民族意识的基础。……通过印刷字体和纸张的中介，变得能够相通理解了”③，资本、科技和语言三者的“整合”，为“印刷语言”时代的到来提供了支撑。晚清中国引进国外先进的印刷机，极大地提高了报刊的印刷效率，直接扩大了报刊的传播功能。同时，为了满足社会传播的需要，媒体使用的语言更加通俗平易。

民族国家是现代国际政治体制中的一个重要范畴，其核心的要义是国家主权和国民主体。在中国，民族国家的思想是在晚清特殊的社会语境中发生的。梁启超参与了这一思想的创造。他在发表于1901年《清议报》的《中国积弱溯源论》中，明确指出：“国也者，积民而成。国家之主人为谁？即一国之民是也。”④ 其后在《论中国学术思想变迁之大势》中，梁启超又首先正式使用“中华民族”这一语词。“上古时代，我中华民族之有海权思想者，厥惟齐。故于其间产出两种观念焉，一曰国家观；二曰世界观。”⑤ 可以说，民族国家成为梁启超情思所系作文言说的基本话题，其《自由书》有《忧国与爱国》篇：“今天下之可忧者，莫中国若；天下之可爱者，亦莫中国若。吾愈益忧之，则愈爱之；愈益爱之，则愈益忧

---

① 本尼迪克特·安德森：《想象的共同体——民族主义的起源与散布》，吴叡人译，上海人民出版社2005年版，第23页。

② 同上。

③ 同上书，第43页。

④ 梁启超：《饮冰室合集·文集之五》第一卷，中华书局1989年版，第16页。

⑤ 梁启超：《论中国学术思想变迁之大事》，《新民丛报》1902年第5号。

之。既欲哭之，又欲歌之。”[①] 在《少年中国说》中，则以“美哉我少年中国，与天不老；壮哉我中国少年，与国无疆”[②] 之句，对少年中国做深情“歌之”。这种“哭之”“歌之”的情感方式，反映的是晚清基于前所未有的民族共同体认同而激发的时代情绪。救亡图存、新民自强，需要有一种特殊的载体来凝聚民族的情感与共识。报刊媒体正好承担了这样的时代使命。

报刊对于民族国家认知具有重要的意义。这一点对长期浸润着封建文化的中国尤为重要。以报刊“重现”民族想象的共同体，是晚清至“五四”时期的主流媒体，为中国现代性建设所作的特殊而重大的贡献。有学者指出：“从功能的意义上说，学校、报纸和结社，既是现代中国的公共网络，也是中国特殊的公共领域。现代中国的公共领域，与以市民社会为基础、以资产阶级为基本成员的欧洲公共领域不一样，其在发生形态上基本与市民社会无涉，而主要与民族国家的建构、社会变革这些政治主题相关。”[③] 晚清至“五四”时期，有识之士开办报刊，并不是一般地从事新闻事业，“创办报纸的行动，正反映出政治意识的普遍觉醒”[④]。他们将报刊作为“生产与再生产现代社会的公共舆论”[⑤] 的公共空间，以此阐释、讨论和传播关于时代与社会的重大主题。“非创一杂志，广译五洲近事，详录各省新政，博搜交涉要案，俾阅者周知全球大势，熟悉本国近状，不足以开民智而雪国耻。”[⑥] 《时务报》的创刊原委正好说明了这一点。由此可见，报刊“开民智而雪国耻”的使命与有识之士的思想主题达成了一致。

正是在这里，报人志怀、报刊功能和民族国家建构的时代主题之间，实现了有机的统一。同时，基于这三者的统一，报刊和作者对文体也就有了特别的选择。晚清至“五四”时期的主流报刊十分重视论说一体。这种论说大体上有所指向的时论，这与报刊的新闻属性相一致。所论的主题

---

① 梁启超：《饮冰室合集·专集之二》，中华书局 1989 年版，第 40 页。
② 梁启超：《少年中国说》，《清议报》第 35 册，1900 年 2 月 10 日。
③ 许纪霖主编：《公共空间中的知识分子》，江苏人民出版社 2007 年版，第 9 页。
④ 王尔敏：《中国近代思想史论》，社会科学文献出版社 2003 年版，第 31 页。
⑤ 许纪霖主编：《公共空间中的知识分子》，江苏人民出版社 2007 年版，第 17 页。
⑥ 丁文江、赵丰田：《梁启超年谱长编》，上海人民出版社 1983 年版，第 52 页。

有关国家民族存亡，是社会民众关注的热点。说到底，文体是时代的选择。晚清至"五四"时期，论议风行，杂感文成为一种时代文体。思想者和杂感体互为选择，杂感成为思想者表达思想的首选文体，杂感在思想者这里更能显示其独特的价值。报刊则为这种文体的写作和传播提供了平台。《循环日报》是近代中国人自办的重要报纸，"该报有一特色，即冠首必有论说一篇，多出自王氏手笔。取西制之合于我者，讽清廷以改革"①。王韬的《弢园文录外编》所收文章都刊发于他主编的《循环日报》。由此，《弢园文录外编》成为我国第一部报刊政论文集，王韬成为我国第一个报刊政论家，在文体史上具有重要的地位。此后梁启超更是热衷于报业，写了大量"笔锋常带感情"的论议之文。从由他主持的刊物《时务报》《清议报》《新民丛报》等的命名，可知梁启超所关注的要务是"时务"，其使命是"新民"，而其实现方式是"清议"。作为一个时代界碑的《新青年》，其特设专栏"随感录"，直接参与了五四新文化的建设，是现代杂文的重要渊薮。正如有论者特别指出的那样："作为一种报刊文体，杂文与现代传播有着血肉般的联系；人们说起杂文，特别是鲁迅的杂文，总是要联想到'五四'时期的《新青年》《语丝》《莽原》《京报副刊》《晨报副刊》，30年代的《萌芽》《太白》《文学》《申报·自由谈》等等，这大概不是偶然的。在这个意义上，杂文是富于现代性的文体；或者说，它是现代作家（知识分子）通过现代传播媒介与他所处的时代、中国（以及世界）的社会、思想、文化现实发生有机联系的一个重要、有效的方式。"② 杂文与媒体的联结强化了它对于时代、社会的介入以及与此相关的思想表达。这从根本上生成了杂文的现代性。

这是一种世界性的景观。"启蒙是18世纪欧洲的一种影响极大的进步思潮。……启蒙运动带来了英国散文的新发展，散文家们表现出了启蒙主义精神，他们不仅推进了散文艺术而且开拓了散文创作新领域"③，"首先是报刊文章及文论。……报刊文章是这一时期散文的一大新品类，即议论散文，议论时事政治、社会风景、个人修养、科学发明、文艺奖赏等，

① 戈公振：《中国报学史》，岳麓书社2011年版，第103页。
② 钱理群等：《中国现代文学三十年》，北京大学出版社1998年版，第374—375页。
③ 赵秀明、赵张进：《英美散文研究与翻译》，吉林大学出版社2010年版，第196页。

无所不谈”[①]。在启蒙主义的语境中，报刊文章表达启蒙的时代精神而成为散文发展的新品类。议论散文因其“无所不谈”，对于思想启蒙者而言是一种需要优先选择的文体。中国的社会进程与英国有着明显的“时差”，但在报刊议论散文（杂感、杂文）的基本价值和发生的社会生态等方面有着许多相似之处。

三 媒体主题预设与晚清散文政治化

阿英在论及晚清小说兴盛原因时指出：“第一，当然是由于印刷事业的发达，没有前此那样刻书的困难；由于新闻事业的发达，在应用上需要多量产生。第二，是当时智识阶级受了西洋文化影响，从社会意识上，认识了小说的重要性。第三，就是清室屡挫于外敌，政治又极窳败，大家知道不足与有为，遂写作小说，以示抨击，并提倡维新与革命。”[②] 这一分析也适用于散文，并且就其中所言第一条、第三条原因而论，与散文更有直接的关联。从报刊所需和对于“维新与革命”的时代主题的表达看，散文在其时的多文体中突兀而出。小说的重要性需要“被认识”，而散文写作有感而发，便于直说，于是报章论说蔚然而成一种时代文体。这样一种情状决定了散文别于往古的现代性本质。但在散文中现代性又是具体的，这就是说，基于不同的社会生态、媒体生态，作为媒体散文其现代的质性和表现方式有着不同的体现。总体上看，这种现代性是进行性的。晚清的散文中包含了许多现代性的元素，但是不完整、不完善、不成熟的。五四时期的散文，其中的现代性从内质和形态诸方面已发育成熟，并且成为现代中国文学的最为重要的构成部分。而仔细观察，会发现即使在同一个历史时期，不同的时段媒体散文的面貌也是差异显见的。王韬的《弢园文录外编》尽管涉及的内容很多，但明显地可以看出洋务时期的时代印记，作者所议的重点是与洋务有关的物事，如卷二有《洋务上》《洋务下》，卷三有《设领事》《练水师》《制战舰》《建铁路》等。郑观应的《盛世危言》与《弢园文录外编》近似。作者“触景伤时，略陈利弊，随

① 赵秀明、赵张进：《英美散文研究与翻译》，吉林大学出版社 2010 年版，第 196 页。
② 阿英：《晚清小说史》，人民文学出版社 1980 年版，第 1 页。

所见闻，频登《申报》”[①]。以实业为务的郑观应更关注民族自强的实务，论说中多有《论税务》《论商务》《论开矿》《论邮政》《论船政》诸类文章，重心留在器物实业的层面。到梁启超时期，报刊文章的主题与时俱进地发生了重大的转变，论者从洋务运动的失败中，感知中国的积弱受辱并不只是因为船炮不如列强，更主要是制度设计和思想文化方面滞后，因此开始注重从文化的深层思考救亡图强之计。梁启超的《新民说》是一个典型的例证。他以为“欲维新吾国，当先维新吾民”[②]，强调新民为当时中国的第一急务。《新民说》其中的细目有“论公德”“论国家思想”“论进取冒险”“论权利思想”“论自由”“论自治”“论自尊”“论义务思想”“论政治能力”[③] 等。很明显，王韬、郑观应，特别是梁启超等的散文，取材和立意大不同于古代的写作，所论西学之意如自由、自治、自尊、平等、权利、民主等，更是世界现代的文明思想，对于普通读者因为充满新意而“别有一种魔力”。

与这种新的文化思想的传输和阐释相应，晚清的媒体散文满目是新名词。我们从反对者的反应中，可见“变体”的现代意义及其特征。“自梁启超、徐勤、欧榘甲主持《时务报》《知新报》，而异学之诐词，西文之俚语，与夫支那、震旦、热力、压力、阻力、爱力、抵力、涨力等字，触目鳞比，而东南数省之风，日趋于诡僻，不得谓之词章。”[④] 更有甚者以为输入外国文体和语词，对中国文学是一种破坏：“文学既衰，故日本文体因之输入于中国。其始也，译书撰报，据文直译，以存其真。后生小子，厌故喜新，竞相效法。夫东籍之文，冗芜空衍，无文法之可言，及时事所趋，相习成风，而前贤之文派，无复识其源流，谓非中国文学之厄欤？”[⑤] 其实与刘师培他们的认知刚好相反，新名词所表达的是新的时代生活内容，新的思想理念，是一种不以个人意志为转移的文学潮流，并非

① 郑观应：《郑观应集》（上），上海人民出版社 1982 年版，第 5 页。

② 梁启超：《本报告白》，《新民丛报》1902 年 2 月 8 日。

③ 《新民说》，《新民丛报》1902 年 2 月至 1906 年 1 月连载。

④ 叶德辉：《长兴学记驳议》，见苏舆辑《翼教丛编》，（台北）台联国风出版社 1970 年版，第 255 页。

⑤ 刘师培：《论近世文学之变迁》，见徐中玉主编《中国近代文学大系・文学理论集・一》，上海书店出版社 1994 年版，第 298 页。

“中国文学之厄”，而是中国文学的历史性发展。

晚清报刊散文的基本取向是政治的。周作人在评价梁启超的报业活动时就曾指出，梁启超“所主编的刊物，先后有《时务报》，《新民丛报》，《清议报》和《新小说》等，在那时的影响都很大，不过，他是从政治方面起来的，他所最注意的是政治上的改革，因而他和文学运动的关系也较为异样”①。这里，周作人不是说梁启超的报业与文学无关，而是说“关系也较为异样”。“异样”正是当时报刊与文学关系的一种真实写照。政治优先是当时报业报人的议程预设。梁启超对此作有注释：“吾二十年来之生涯，皆政治生涯也。”“惟好攘臂扼腕以谈政治，政治谈以外，虽非无言论，然匣剑帷灯。意固有所属，凡归于政治而已。”② 在这种心理的支配下，一般而言晚清的报刊散文有一种论议的偏至，在文学的本体性方面是有缺失的。虽然散文兼有审美与实用等跨文体特性，但散文也应有自身的文学规定性。

当然，晚清的情况也不是一律的，像梁启超的写作有时能进入自由得意的境界。“每有所触，应时援笔，无体例，无次序，或发论，或讲学，或记事，或抄书，或用文言，或用俚语，惟意所之。”③《呵旁观者文》将旁观者分为“浑沌派”“为我派”“呜呼派”“笑骂派”“暴弃派”和“待时派”，别有意趣，一个“呵”字形象地见其声气。《少年中国说》更是取比设喻，排比铺张，语势情势激荡而来，极具感染力。但这样的作品在晚清报刊论说文是不多见的。“后期经世派的作家群中，冯桂芬的《校邠庐抗议》、容闳的《西学东渐记》、薛福成的《筹洋刍议》、马建忠的《适可斋纪言纪行》、郑观应的《盛世危言》、陈炽的《庸书》、王韬的报刊政论论文等研讨时务的著作或文章，不为古文、骈文、时文所限，条分缕析，明白畅达，虽然过于质朴，略少文采，但由于新的思想、新的意境，具有振聋发聩的力量，因而流行极广，影响很大。”④ 任访秋对冯桂芬、王韬、郑观应等的散文评价是正面的、写实的。而“过于质朴，略

① 周作人：《中国新文学的源流》，河北教育出版社 2002 年版，第 49 页。

② 梁启超：《吾今后之所以报国者》，《大中华》1915 年 1 月 20 日。

③ 梁启超：《饮冰室自由书·叙言》，《清议报》第 25 册，1899 年 8 月 26 日。

④ 任访秋：《中国近代文学大系 1840—1919·散文·导言》，上海书店出版社 1991 年版，第 5—6 页。

少文采”这样的委婉之语，指的就是这一时期报章散文的普遍不足。

梁启超描述的“新文体”的语言特点是：“平易畅达，时杂以俚语、韵语及外国语法，纵笔所至不检束。”① 与传统的古文相比，新文体语言的杂糅和平易显得非常另类。在中国文学的序列中，诗文是正宗，表现在语言上有许多规制，对散文则特别强调语言的雅驯有致。在白话小说已流行很久的晚清，只有非主流的局部的白话散文出现，正式的散文通行的是文言写作。就是“平易畅达”的“新文体”，从其基本的语言系统来看，实际上仍是一种平易简化的文言，属于变异了的古代汉语写作。此外，有些散文家开放了的思想理念与保守着的语言逻辑，形成内在的矛盾，使得散文现代性在质与形上显示出某种悖论。典型的例子是严复，作为成就卓越的翻译家，他译介了不少西方重要的学术名著，为中国的思想界输入了许多西学精神元素；作为重要的报章政论家，他写作了《论世变之亟》《原强》《救亡决论》等主张维新图强、传播西学要义的论说名篇。但严复的语言文学观念是守旧的。他的报章论说和译作都是以古雅的“先秦体”写就，言和意显示出并不协称。梁启超曾提出批评：“吾辈所犹有憾者，其文章太务渊雅，刻意摹仿先秦文体，非多读古书之人，一翻殆难索解。夫文界之宜革命久矣，欧美、日本诸国文体之变化，常与其文明程度成正比例……况此等学理邃赜之书，非以流畅锐达之笔行之，安能使学童受其益乎？着译之业，将以播文明思想于国民也，非为藏山不朽之名誉也。文人结习，吾不能为贤者讳矣。”② 严复对此并不接受，认为“文界革命”之说不能成立：“文界复何革命之与有？持欧洲晚近世之文章，以与其古者较，其所进者在理想耳，在学术耳。其情感之高妙，且不能比肩乎古人，至于律令体制，直谓之无几微之异可也。”③ 并且反击梁启超倡言的“新文体”，“若徒为近俗之辞，以取便市井乡僻之不学，此于文界，乃所谓陵迟，非革命也”，“言庞意纤，使其文之行于时，若蜉蝣日暮之已化，此报馆之文章，亦大雅之所讳也”④。严复的用词是颇为极端的，

---

① 梁启超：《清代学术概论》，东方出版社 1996 年版，第 77 页。
② 梁启超：《绍介新著〈原富〉》，《新民丛报》1902 年 2 月 8 日。
③ 严复：《与〈新民丛报〉论所译〈原富〉书》，《新民丛报》1902 年 5 月 8 日。
④ 同上。

这反映了他对文体进化大势认识的不足。从这一点观察可知，晚清散文现代性的生长是不健全的。

晚清的亦古亦今、亦中亦外、亦旧亦新，造成了它的巨大的历史复杂性。这种复杂性同时也成就了其特殊的历史魅力。从晚清与“五四”的文学关系而论，新文学的许多种子在晚清播种，而真正的收获却在“五四”。就这一点而言，晚清的特殊意义在于“蕴育”。五四新文学的一些领军者，本身就是晚清的“过来人”。他们的媒体经历成为五四新文学的一种独特资源，也使他们在五四新文学的建设中更有所作为。《竞业旬报》是反清革命党人创办于1906年的白话旬报，胡适参与了它的编辑工作，并成为重要的撰稿者：“这几十期的《竞业旬报》，不但给了我一个发表思想和整理思想的机会，还给了我一年多作白话文的训练。……我不知道我那几十篇文字在当时有什么影响，但我知道这一年多的训练给了我自己绝大的好处。白话文从此成了我的一种工具。七八年之后，这件工具使我能够在中国文学革命的运动里做一个开路的工人。”① 胡适的自述证明了他的晚清媒体经验的意义。

四　媒体生态协力与散文文体自觉

胡适20世纪20年代在谈到刊物与时代的关系时曾说：“二十五年来，只有三个杂志可代表三个时代，可以说是创造了三个新时代：一是《时务报》；一是《新民丛报》；一是《新青年》。”② 胡适是从社会运动和思想史的角度，给出这三个刊物并加以评价的。《时务报》之于变法维新，《新民丛报》之于启蒙新民，《新青年》之于现代思想文化的全面开创，确实具有“创造时代”的价值。这里，我们对三个刊物的历史意义不做全面的评价，只从文学的角度，从媒体与散文现代性生成的关联，呈现《新青年》等五四时期媒体的历史性作为。

从文学演进的史程看，周作人认为甲午后的文学“真好像是上一个时代的结尾，下一个时代的开端”③。而“新的时代所以还不能即时产生

---

① 胡适：《四十自述》，中国文联出版公司1993年版，第66—67页。

② 胡适：《与高一涵等四位的信》，《努力周报》1923年第75期。

③ 周作人：《中国新文学的源流》，河北教育出版社2002年版，第52页。

者”，在周作人看来，是因为“只欠东风”。“所谓‘东风’在这里却正改作‘西风’，即是西洋的科学，哲学和文学各方面的思想。到民国初年，那些东西都以渐渐输入得很多，于是而文学革命的主张便正式的推出来了。”① 周作人所说不无道理，但并不完整、到位。事实上，晚清之季“西风”吹得不可谓不劲，但这时还只是一个输入期，并不为社会普遍自觉接受并为主体内化。差不多就在《新民丛报》终刊之时，鲁迅写了《文化偏至论》等文章，汲取西学中人学思想的要义，提出了“立人”的时代命题。现代文学是“人的文学”，“立人”立定现代文学的根基和精神。但是，其时鲁迅的这一思想未获更多的响应，晚清的社会存在没有给“立人”的实现提供相应的条件，只有到了《新青年》时代，全面而深刻的新文化运动，在荡涤封建文化中，建构全新的现代文化精神，这为人的个性自由和全面发展，创造了种种现实的可能。

文学的存在和发展与时代的社会生态相关。晚清不是一个文学自觉的时期，因政治变法、新民启蒙而文学，显示出文学对于宣传价值取向的追寻；虽然五四新文学也有明显的政治化倾向，但更多的是因文学而政治，并且开始走向文学现代化的自觉。正如蔡元培所比较的：“民元前十年左右，白话文也颇流行……但那时候作白话文的缘故，是专为通俗易解，可以普及常识，并非取文言而取代之。主张以白话代文言，而高揭文学革命的旗帜，这是从《新青年》时代开始的。”② 《新青年》是新文化的大本营，但讨论文学成为其优先考虑的议题，第二卷第五期胡适《改良文学刍议》、第六期陈独秀《文学革命论》，第三卷第三期刘半农《我之文学改良观》，第四卷第一期傅斯年《文学革新申议》、第四期胡适《建设的文学革命论》，第五卷第六期周作人《人的文学》，第六卷第四期朱希祖《白话文学的价值》等，从不同方面对新文学进行设计和阐释。另外，《新青年》第三卷第一期开设“通信”栏目，发表了钱玄同和陈独秀关于“新文学”、常乃德和陈独秀关于“文学革命”的通信。此后这一栏目成为基本栏目，发表了大量讨论文学的文字。发表于1918年12月15日的

① 周作人：《中国新文学的源流》，河北教育出版社2002年版，第52页。
② 蔡元培：《中国新文学大系·总序》，《蔡元培全集》第8卷，浙江教育出版社1997年版，第117页。

周作人的《人的文学》，是新文学最重要的文论之一。在这篇文章中，周作人呼应十年前鲁迅《文化偏至论》中的“立人”说，明确地提出：“我们现在应该提倡的新文学，简单的说一句，是‘人的文学’。”[①] 在他看来，“人的文学”应当表现“人的灵肉二重的生活”，表现真实的人性，“兽性与神性，合起来便只是人性”。而“用这人道主义为本，对于人生诸问题，加以记录研究的文字，便谓之人的文学”[②]。这篇文章表现出新文学已经具有相当的理论自觉。与理论的自觉相应，其时许多刊物倡导对于人性人生的反映，对于个性和自由的尊重，显示着对于主体精神与价值的自觉追寻。《新潮》是北京大学学生主办的刊物，办刊人“本志主张，以为群众不宜消灭个性；故同人意志，尽不必一致”。“既已批评为精神，自不免有时与人立异。”[③] 其个性精神、批评精神与《新青年》是一致的，虽然存在时间不长，但它对新文化、新文学发展的贡献是显见的。《语丝》在中国现代散文史上是一个重要的站点，周作人他们“创刊这张小报，作自由发表的地方”[④]，所举旗帜上鲜明地写着“我们并没有什么主义要宣传……我们这个周刊的主张是提倡自由思想，独立判断，和美的生活”[⑤]。差不多同时创刊，但立场有异于《语丝》的《现代评论》，陈西滢他们也宣言“本刊的精神是独立的，不主附和；本刊的态度是研究的，不尚攻讦”[⑥]。可见，虽然这些刊物主事者的志趣不一，刊物的面目也有所不同，但刊物宗旨在“个性”“独立”和“自由”等方面多有一致与近似。而这些正是散文现代性生成所必需的基本品格。

有论者认为：“如果说诗歌是一时代情感水平的标志，那么，散文则是一时代智慧水平（洞见、机智、幽默、情趣）的标志。散文的发展显示出一时代个性的发展程度和文化素养程度。”[⑦] 纵观中国文学史，这样的推论是成立的。先秦时期，是一个主体的思想个性充分发育的时代，也

① 周作人：《人的文学》，《新青年》1918 年第 5 卷第 6 期。

② 同上。

③ 《新潮发刊旨趣书》，《新潮》1919 年第 1 卷第 1 期。

④ 《〈语丝〉发刊词》，《语丝》1924 年第 1 期。

⑤ 同上。

⑥ 《本刊启事》，《现代评论》1924 年创刊号。

⑦ 黄子平等：《论“二十世纪中国文学”》，《文学评论》1985 年第 5 期。

是一个散文的时代。诸子百家的著述，融通文史哲、博大精深、奇异瑰丽，建构了浩大的中国古代思想文化的精神宇宙，其中庄子、老子和孔子等的言说，不仅成为开启国人智慧的元典，同时也作为标刻中国散文高程的基本存在，显性地进入文学史的叙事。“五四”也是一个思想的时代，一个散文的时代。五四知识分子远承历史千古的回响，在西学东渐中，张扬科学与民主的旗帜，唤醒沉眠的个体生命意识，演绎异彩纷呈的个性。这是一个散文家灿若星辰的时代。鲁迅、周作人、陈独秀、李大钊、林语堂、冰心、朱自清、俞平伯、许地山、郁达夫、徐志摩等作家的创作，为现代散文开创了精彩的新局面。不同于先秦的是，“五四”更是一个文学自觉的时代，是一个散文文体走向自觉的时代。

在一个散文文体自觉的时代，媒体普遍重视现代散文文体建设的研究，出现了在中国文学史上前所未有的散文研究热。这种研究热的出现，一方面是由于散文创作繁盛的激发，另一方面与新文学家对于现代散文文体探索的热情直接相关。重要的研究文章有刘半农《我之文学改良观》、傅斯年《怎样做白话文》、周作人《美文》、王统照《纯散文》和《散文的分类》、胡梦华《絮语散文》等。刘半农的《我之文学改良观》虽然不是散文专论，但是这篇文章最具价值的是其中第三部分“散文之当改良者三”。作者提出，“文学的散文”第一要“破除迷信”，第二“文言白话可暂处于对等的地位”，第三“不用不通之文字”①。在新文学诸多论说中，刘半农较早地注意到了作为文学大类的散文的改良，并以此细化了文学改良的具体设计，所说“破除迷信”是散文现代转型的关键，具有文体创新的意义。傅斯年的《怎样做白话文》，是中国文学史第一篇关于白话散文的专论，文章从语言生成的角度，具体研究白话散文写作的语言问题。作者以为“新文学就是白话文学”，而“白话散文的凭借——，留心说话，二，直用西洋词法”。“留心说话”，意谓散文语言应该言与文一致，取“说话”的自然平易生动，这样可使“白话文成就了文学文”。“直用西洋词法”，则承接梁启超“新文体”的“外国语法”，在这里傅

① 刘半农：《我之文学改良观》，《新青年》1917年第3卷第3期。

斯年明确为“国语欧化”[1]。这既可使口语书面化、雅化，更促成表达“精密的思想”。周作人的《美文》、王统照的《纯散文》和胡梦华的《絮语散文》等篇言说的意域近似相关。“美文”的命名可以看出论者的意向，“记述的，是艺术性的，又称作美文”；“纯散文”相对的是“杂感文”，所谓“纯散文”读者“阅之自生美感”。“艺术性”和“美感”是周作人和王统照对散文发展的一种期待，从另一个角度说，也是对杂感文一枝独树的反拨。理想的散文格局，在他们看来应是美文和杂文的并联共荣。这种意想在当时是很有针对性的，因而所论的价值就更为重要。“絮语散文”是对“美文”“纯散文”的细化，从题材上，这类散文“至于它的内容虽不限于个人经历、情感、家常掌故、社会琐事，然而这种经历、情感、掌故、琐事确是它最得意的题材”[2]；在叙说姿态上，“它乃如家人絮语，和颜悦色地唠唠叨叨地说着”[3]。这样就从杂感散文的政治化、严正性向小品散文的生活化、闲话风偏移，使散文实现其多种功能，呈现多样的风致。上述这些散文论说，涉及散文现代性建构相关的思维品格、题材内容、书写类型、语言生成等多个方面，较为完整地反映了新文学作家对现代散文的整体设计，体现出他们对于现代散文文体理论的某种自觉。

自觉是一种内化。五四时期的散文作家，如周作人、鲁迅、刘半农、林语堂、俞平伯等，体现了理论主体和实践主体相统一融合的自觉，他们既是散文理论自觉的主体，又是散文创作自觉的主体，理论与创作的有机互动，是促成“五四”散文在较短的时段内实现其现代性飞跃的关键因素。周作人从“人的文学”的设计到“美文”的倡导，从“叛徒”到“隐士”的角色转换，从批评讽喻的杂感到闲适冲淡的小品散文，他在多个方面为现代散文做出了特殊的贡献。鲁迅基于“立人”的思想和改造国民性的宏愿，致力于现代杂文的写作，成为这一文体的重要标志性作家。蔡元培以《语丝》为例，说明了周氏兄弟殊异的作为：“《语丝》——为周树人、作人兄弟等所主编，一方面，小品文以清俊胜；另一方面，讽

---

① 傅斯年：《怎样做白话文》，《新潮》1919 年第 1 卷第 2 期。

② 胡梦华：《絮语散文》，《小说月报》1926 年第 17 卷第 3 期。

③ 同上。

刺文以犀利胜。”[1] 总体上，在散文从晚清至“五四”的转型中，鲁迅和周作人开拓了现代散文的基本格局，立定了现代散文的基本体式。鲁迅虽在《语丝》发表后来结集为《野草》的散文诗，在《莽原》推出“旧事重提”的“忆语”叙事散文，但他于现代杂文的建设更具价值。作为杂文家，鲁迅与他的同事，以《新青年》《语丝》等为写作基地，变晚清“政治”的“清议”为“文艺”的“随感”，建立了现代杂文“杂”成一体的逻辑。这一逻辑正如俞平伯所描述的：“驳而不纯正是‘杂’字的确诂。叙事之与议论，描写之与解释，诗的风与文的风……在无论哪一种单型的文体中都以兼收并蓄为病的，而在此独例外。”[2] 在思维上，兼具形象思维和逻辑思维，在表达上巧于结构，精于形象设计，语言滋味丰富而作品思想深刻犀利。与鲁迅相反，虽然周作人写有大量的社会批评、文明批评的杂感，但具有散文史意义是他的“美文”。周作人不仅提出了“美文”“记述的，是艺术性的”的审美定性，而且以《乌篷船》《初恋》《喝茶》《故乡的野菜》等作品，给出了“美文”注重个人经验表达、个体生命体验和人与自然对话等书写形态，与新文学作家一起建构了现代散文“美”的范式。

正是在新文化运动的大背景中，有赖于主体对于文学现代性和散文现代性的自觉追寻，现代散文作家以自己卓有实绩的创造，完成了从晚清开始启动的散文的现代转型。在这重大的历史演进中，媒体具有多方面的作用。从外在的表达工具看，《新青年》作者从自己做起以白话写作。钱玄同致信陈独秀提出：“我们绝对主张用白话体做文章，则自己在《新青年》里作的，便应该渐渐的改用白话。我们这次通信起，以后或撰文，或通信，一概用白话。”[3] 1918 年第 4 期的《新青年》，就全部采用了白话写作，这对其他报刊散文的白话化是一种切实的示范。更重要的是“五四”时期的主流报刊，形成一种宜于散文现代转型的良好的生态。这时的媒体关系人，集多种身份于一身，既是报刊的主编、编辑，办刊的参与者，又是主要撰稿者；报刊既有某种同人刊物的形式，而又不是纯为

---

① 蔡元培：《蔡元培美育论集》，湖南教育出版社 1987 年版，第 226 页。

② 俞平伯：《剑鞘序》，《文学周报》1924 年 12 月 15 日。

③ 陈独秀：《独秀文存》，安徽人民出版社 1987 年版，第 734 页。

“同人之论坛”，而是“同人及同人的朋友与读者的公共论坛”①。这样就使现代散文的创作形成一种具有活力的“协力”，而正是这种协力推动了现代散文的茁壮成长。《新青年》《语丝》而外，《晨报副刊》是一方散文沃土，周作人开设过“雨天的书”专栏，冰心“《寄小读者》系列”和瞿秋白“旅俄游记”等，也刊发在这里。《小说月报》虽以“小说”为名，但并不排拒散文，它所刊载的小品散文中“颇有一二清新之作，将来于此栏中当有出色的文字也”②。其实早在浦江清作此评说之前多年，《小说月报》就发表了冰心的《笑》、许地山的《空山灵雨》等“出色”的散文。凡此种种，现代散文的生长空间广阔而多姿，散文作家星光璀璨。见证这一场景的胡适，就认定“这一类作品的成功，就可彻底打破那‘美文不能用白话’的迷信了”③。胡适在做出这一判断前，还在同一篇文章中指出：“长篇议论文的进步，那是显而易见的，可以不论。”④ 其实，不仅是长篇议论文，更主要的应是杂文的蔚然可观。“五四”美文、杂文的成功，标志着中国散文现代转型的达成。

综上所述，晚清至“五四”的媒体生态对于中国散文现代转型至少有三重意义：一是在工具的层面上，媒体为散文的写作与传播提供了新的载体和方式，为满足社会传播的需要，媒体散文的语言更多地趋向平易通俗，散文的形式得以随意自由。二是在价值的层面上，特定历史语境中的媒体价值设置影响着散文的价值取向，主流媒体倡导的“新民”“立人”等新思维，成为媒体散文表达的基本主题，为散文开新变异提供现代性要素。三是在话语空间的层面上，面向社会传播的媒体，作为一个开放的公共空间，同时也创设了散文开放的话语空间，散文的话题、体式、作者个人风格等的多样性由此而成为可能。这三个方面包含了中国散文现代性的基本义项。

---

① 《本刊启事》，《现代评论》1924 年创刊号。

② 浦江清：《王静安先生之文学批评及评〈小说月报〉第十八卷》，见《浦江清文史杂文集》，清华大学出版社 1993 年版，第 55 页。

③ 胡适：《五十年来中国之文学》，《胡适全集》第二卷，安徽教育出版社 2003 年版，第 343 页。

④ 同上。

第六章　“公共空间”与晚清散文的开新

法国哲学家、文学家保罗·萨特曾经说过：“写作的自由包含着公民的自由，人们不为奴隶写作。散文艺术与民主制度息息相关，只有在民主制度下散文才保有一个意义。”[①] 晚清的时代远不是一个民主的时代，但“王纲解纽”的社会存在，为知识分子的“自主民主”创造了条件。所谓“自民主”，就是说这种民主并不是来自体制内的自上而下的“给予”，而是知识分子在特定的社会历史背景中，基于本我主体性的自觉，感受着民族困境的深度刺激而生成的一种思想自主言说的精神样态。晚清的主流散文——以宏大的时代话语作为基本的言说要素的散文，无疑是其时散文作家（很多是以启蒙为其职志的知识分子）进行“自民主”的一种重要的存在方式。晚清散文作家“自民主”的实现，有赖于他们自身“非自奴化”的精神空间的拓展和文体传播的物质空间的建立。

一　“公共空间”与公共知识分子

言及晚清散文的精神空间与物质空间，我们容易联想到哈贝马斯所谓的“公共领域”或“公共空间”。诚然哈贝马斯使用的概念是有具体指涉的，“不能把它和源自欧洲中世纪的‘市民社会’的独特发展历史隔离开来，使之成为一种理想类型（Ideal type），随意应用到具有相似形态的历史语境当中”[②]。但择其概念的基本意义用以描述或借指某种存在物，也

---

① 萨特：《为什么写作》，收录戴维·洛奇编《二十世纪文学评论》（下），上海译文出版社1993年版，第29页。

② 哈贝马斯：《公共领域的结构转型》，曹卫东等译，学林出版社1999年版，第1页。

不是不可以的。“哈贝马斯的‘公共领域’恰好是现代——启蒙的产物。所谓‘公共领域’，就是私人聚在一起，议论、讨论公共事务，形成意志，达成共识”；“是指政治权力之外，作为民主政治基本条件的公民自由讨论公共事务，参与政治的活动空间”①。

晚清中国虽然并没有生成欧洲式的“市民社会”，但知识分子类群的出现，由于他们自身的某种身份规定性，必然地会营构公共的“活动空间”，以“议论、讨论公共事务”。对晚清知识分子类群的“活动空间”或“活动空间”的一种，李欧梵有具体的指说：“自晚清（也可能更早）以降，知识分子如何开创各种新的文化和政治批评的‘公共空间’？所谓‘公共’，这里指的不一定是‘公民’的领域，而是梁启超的言论——特别是所谓‘群’和‘新民’的观念——落实到报纸而产生的影响。换言之，我认为晚清的报业和原来的官方报纸（如《邸报》）不同，其基本的差异是：它不再是朝廷法令或官场消息的传达工具，而逐渐演变成一种官场以外的‘社会’声音。”② 在李欧梵看来，作为大众（社会）传播媒体的报刊，正是晚清诸种“公共空间”中的一种重要的存在形式。“谈天的空间、舆论的空间与印刷的空间逐渐构成了所谓公共领域。从哈贝马斯的立场来讲，公共领域的造成基本依靠的仍旧是印刷媒体——报纸和小说。”③

晚清报纸，作为一种公共空间，或者作为一种营造公共空间的公共空间，它的出现不只是中国新闻史上一个重大事件，而且在中国思想史、文学史上都具有重要的意义。在中国根深蒂固的封建专制体制中，作为体制之外的民间自由言说的机制并不存在。因此，尽管中国有世界上最早的报纸形态邸报，但我们从它的命名之中就可以知道，它是在封建机构与官吏之间流通的用以传播朝政信息的“官报”，与近代作为大众（社会）传播媒介的报刊并无关涉。中国近代报业的兴起导源于西方传教士和商人在华办报行为的刺激。教会的报刊占了很大的比例。据统计，从

---

① 张汝伦：《哈贝马斯和帝国主义》，《读书》1999年第9期。

② 李欧梵：《中国现代文学与现代性十讲 · “批评空间”的开创》，复旦大学出版社2002年版，第128—129页。

③ 同上书，第8页。

19世纪中叶到90年代，先后出版的报刊有七八十种，其中“十之六系教会报”①。而商业报纸中影响显著者有《上海新报》《申报》等。西方传教士和商人在华开办报刊，他们当然怀着各自的目的，但同时在客观上为近代中国输入了西方报刊的形态模式，增强了久于闭关自守的中国人士的新闻意识，其中有的报纸则成为当时议论公共事务的“公共空间”；进而中国开始形成自己的报业，一种非官方的可以传播各种信息的载体，其中像《循环日报》《时务报》《新民丛报》等成为近代中国知识分子的自由论坛。这些报纸，作为最为重要的“公共空间”，它一方面聚合起了知识分子的类群，另一方面又为他们的价值实现提供了必要的物化条件。知识分子往往通过向社会发言来实现他们参与社会事务、建立公共价值观念的职志。这样，作为社会传媒的报纸，不仅激发了他们思想的机能，而且为他们思想的表达提供了阵地。晚清的主流散文，一种思想性写作的形态，无疑其中很大部分就来自于知识分子在报纸这一“公共空间”的言说。这样一种特殊的情况，部分地生成并决定晚清散文的若干特质。因此，我们研究晚清散文，就不能不关注报纸对散文所产生的影响。

我们可以显见的史实是，晚清报刊是晚清散文得以存在并发展的最为重要的渊薮。散文写作的方式在晚清时发生了带有某种根本性的变化。传统的散文写尊君卫道释经讲义、文人雅好诸类的题材。以刻印等方式，主要在文人圈子内流通，散文写作成为文人之为文人的一种身份象征。这种写作在晚清仍然存在着。但另一种面向社会，作为大众传播的新的写作方式，顺应了时代的需要应运而生了。这样的写作中包含着特定社会的重要的主题词和时代内容，作家通过对社会现实的观照、对时代宏大话语的阐释，表示对国运民生的关注，对社会思想文化启蒙工程的参与。因此，寻求一种可供作广泛的社会传播的载体，就成为这一类“公共写作”实现其价值最大化的关键之所在。与此同时，近代的新闻媒体，主要是报刊，它要产生足够广泛的影响力，从而获得预设的商业目标，它也必须注意导入足以影响读者注意力的有关民生国运的核心要素。这样主体的写作意旨与媒体发展的设计之间就有了一种可以对接的相生关系。一方面散文写作

① 李提摩太：《中国各报馆始末》，《时事新论》卷一，上海广学会1898年版。

的效值因得媒体之便而被扩大化，另一方面媒体也因刊发独具信息强势的散文，而成为受众瞩目的焦点。正因为如此，晚清很多散文就发表在报刊上，而很多报刊也热衷于刊发散文。

二　散文天地:《申报》和《循环日报》

《申报》是一份对近现代中国报业产生重要影响的报纸。创刊于清同治十一年（1872）的《申报》，其创办者是英国商人美查（Ernest Major）。作为商人，营利是他办报的目的。“本报之开馆，余愿直言不讳焉，原因谋业所开者耳。”（《本馆作报本意》，《申报》1875 年 10 月 11 日）具有商业头脑的报人美查生财有道，他注意到贴近中国的实际，策划《申报》的措置。他用华人主持偏务：“本馆虽西人开设，而秉笔者则华人，其报系中西人所共成者。”（《主客答问》，《申报》1875 年 1 月 28 日）《申报》的目标读者也明确为华人：“所卖之报，皆属卖与华人，故依恃者惟华人。”（《本馆作报本意》）据此，《申报》取事报道十分注意读者的现实关切。因此，《申报》所载从一个侧面反映出其时中国社会演进的史程和时代的状貌。在 1901 年 2 月 14 日出版的《申报》上，刊有《本报第一万号记》的文章，内称《申报》“历二十余年如一日，未敢有失坠之时，盖报虽非中国所有，而大至朝章，小至庶事，记载详尽，传播四方，足以开人之智慧，广人之见闻。揭上下蒙蔽之情，通内外隔阂之弊。化成天下，报其一端”。这一段文字中自然有庆祝报纸出版一万号的自夸成分，但检视《申报》的林林总总，我们不难发现其中所具有的某种真实的历史价值。

即从《申报》发表的散文就可以认为它参与了晚清中国社会主流话语的建构。《申报》在 1872 年 4 月 30 日的创刊号上刊出《本馆条例》，公开征集可以免费发表的文类，一类为文艺作品：“如有骚人韵士有愿以短什长篇惠教者，如天下各地区竹枝词及长歌纪事之类，概不取值。”另一类为言论文章：“有名言谠论，实有系乎国计民生，地理水源之类者，上关皇朝经济之需，下知小民稼穑之苦，附登斯报，概不取值。”《申报》所刊散文有记事写人的，如刊于 1878 年 4 月 19 号的《豫行日记》，也有如《静安寺游记》的状物写景之作，论议类散文占有很大的比重。这与晚清散文的基本格局是相一致的。《申报》重视言论的刊发，在其编排体例中专设论说一栏，且往往置于头版首条。由此可见，论说一体在《申报》中的分量。“报纸者舆论之公言也”（《说报》短评，《申报》1909 年 9 月 19 日），《申报》声言：“褒贬必秉至公，论断悉衷于一是。无偏无党，有物有恒。”（《新闻纸缘始说》，《申报》1890 年 1 月 26 日）由于《申报》主持人的立场倾向所决定，它的言论不可能尽是“至公”的“公言”，但我们也应该承认它所刊载的论说散文，评议国家事务时有精论，抨击邪恶丑陋可见正义公理。

学西学，变成法，图自强，成为《申报》言论的基本主题。《申报》论者像当时许多有识之士一样，对中国旧有的教育模式多有否定，主张引入西学的内容以教授培养人才。《申报》1874 年 3 月 23 日刊《书论创设格致书院后》一文，批评中国的“制艺取士”无所裨益，认为当学习“西国取材”之法，使“聪明之士，皆尽心竭力于有用之学，而不愿为空虚无益之事”。而对当时洋务运动取法西学存在的舍本求末的做法也持有异议，有论以为：“诚欲挽回大局以与强大争衡，岂在兵精粮足，船坚炮利之间?”而“兴学术、培人才、移风俗、新制度、核名实、任贤哉、改科举、扩商务”等也只是“治标之善策，但恐小小补苴，无补于国家盛衰之大计”。在持论者看来，要使中国从根本上改变内弱外患的危境，走上富强鼎盛的道途，必须进行政治体制的改革：“必也设立上下议院，一如英德等国之君民共国，法制相维，庶上下之情相通，合中国五百兆人之心为一心，合中国五百兆人之力为一力，利害与共而忧乐与同。”“欲中国之富强，当自参民政始!”（《论重民则国以富强》，《申报》1888 年 7 月 8 日）对西方议会制的称誉的文字，早在《申报》开办初期就可见诸报端，1873 年 5 月 9 日有《论创行议院事》一篇，说“议政院一举，泰西及美洲诸国固创行已久”，“国家政治即民人亦得参与其间焉”。

《申报》的言论不做空泛玄说，往往从内外形势的大端中，选择具体的论题言说。《申报》1884 年 3 月 31 日有一篇论说文字《论闽防不宜缓防》，此篇从中法战争后走势的把握中，针对闽防松弛的问题，提出闽防应予加强的观点。作者在文中指出：“中法战争后，广州为第一重要门户，其次则是福州，愚以为闽与粤防同也，今值海防告惊，福州当道竟在操兵打靶时误伤多人。统兵者如此无能，他日设有战事，能用以拒敌乎！”在此文发表半年后，法军果然袭击福建，守军大败。事情竟为论者所言中，由此可以看出，《申报》论说体所具有的特殊意义了。《申报》作为西人所办报纸，在一定程度具有某种言论自由的便利。所以它有时能言人所未言，人所未敢言，正如它所标示的那样，“凡事之有损于国家者，不辞苦口，不惮逆耳，为文劝阻，虽批逆鳞，触忌讳，在所不辞”。（《新闻纸之益》，《申报》1886 年 8 月 1 日）《申报》某种“直言”的结果，在客观上影响着当时中国的舆论环境。

在 19 世纪 90 年代以前，中国人自办的对其时散文发展具有特别重要贡献的报纸当是《循环日报》。《循环日报》1874 年 2 月 4 日创刊于香港，为香港中华印务总局所有，“总司理”是陈蔼廷，“正主笔”为王紫诠。印务总局告示称“本局创设循环日报，所有资本及局内一切事务，皆我华人操权，非别人新闻纸馆可比。”（《本局布告》，《循环日报》1874 年 2 月 12 日）《循环日报》对近代散文的发展作用颇著，其中特有关联者就是它差不多形成了一个报章政论的中心，参与创造了中国报章体政论散文，并直接造就了王韬这位重要的政论散文家。美国学者柯文在论及近代中国报纸的特点时曾说：“在中国近代新闻业初期，出版报纸仅是为了获利，很少对某问题表态或影响群众舆论。王韬的报纸却是少见的例外。经常刊登社论，且多出自王韬本人手笔。”① 近代中国自办的报纸自然不如《申报》那样有更多的言论自由，而《循环日报》的例外，这与主持人的文化立场、报纸所处的地理位置有关。主持人王韬是一个在封建文化生态中未曾遂意且遭朝廷通缉的士人；同时他又较多地参与中外文化的交流，在不同文明形态的比较中，更能深刻地洞察到晚清中国的种种症结。这些情况，使王韬有了更多的言说的冲动；而《循环日报》是他自己为自己置备的言说平台，这样他言说的冲动就能方便地形诸文字，得以刊布。此外，《循环日报》报址在香港，这是一个天高皇帝远的地方。且多西风浸染，皇朝统治的余威在这里很难发挥其本有的禁锢作用。这是一个易于自由言说的处所，是一个可以构建理想的“公共空间”的处所。所谓“公

① 柯文：《在传统与现代性之间——王韬与晚清改革》，江苏人民出版社 1993 年版，第 75 页。

共空间”应该是一个“自由空间”。王韬借一个相对少了束缚的“公共空间”《循环日报》得以如意地表达。

王韬在主持《循环日报》的十年间，写作了大量的政论。从1874年到1884年，《循环日报》刊发了800多篇论说文章，其中绝大多数出自主笔王韬之手。1882年王韬自编《弢园文录外编》，共12卷，185篇文章。这些文章的大部分是作者居港期间所写的倡言变法，鼓吹洋务，论议时政的报章体论文。因其地缘关系和作家的独立的持奉，王韬的论说更具有批判性以及由此生成的言论力度。他批判专制的封建统治，“惟知耗民财，殚民力，敲‘骨’吸髓”（《弢园文录外编·重民下》），“夫设官本以治民，今则徒以殃民；不知立官以卫民，徒知剥民以奉官”。王韬不无讽刺意味地指出：“今观中国之所长者无他，曰因循也，苟且也，蒙蔽也，粉饰也，贫罔也，虚骄也。”这样的批判入木三分，淋漓尽致，显示出作者的胆量与见识。学者对王韬在《循环日报》所发议论的结集《弢园文录外编》评价甚高。戈公振曾说《弢园文录外编》它“集该报（即《循环日报》）论文之精华而成。其学识之渊博，眼光之远大，一时无与甚”①。我们可以这样论定，没有一张特异的报纸《循环日报》，就没有一个特异的报章政论家王韬。当然，反过来说也是，没有特异的王韬，也就没有一个特异的《循环日报》。这两者是相得益彰的：一张近代化的报纸，运作在一个具有启蒙主义思想质素的人手中，这就创造了一种两者相得的机缘。一方面《循环日报》使得王韬进行思想探索、政治鼓吹和文体实验有了一个阵地或载体；另一方面《循环日报》因着王韬的创造而具有了某种信息库或思想库的功能。

作为一个报人散文家或散文家的报人，王韬在晚清是一个具有普泛意义的典型。散文写作之于报人，实际上是报人职业分内的一项工作。所谓报人并不是纯粹做管理的人，他们往往主持笔政并且自己直接从事写作。报纸往往设有社论或论说专栏，社论或论说又被视为报纸的灵魂，因此，此类写作常常由主笔自己承担。晚清报纸的主笔，许多是启蒙主义思想家或具有启蒙主义思想倾向。具有这样的思想品质的报人，有一种通过言说

① 戈公振：《中国报学史》，生活·读书·新知三联书店1955年版，第154页。

而做思想启蒙的渴望。这样，论说性文体，这种便于激扬文字、鼓吹思想的文体，就成为他们写作的首选，所以晚清的报章政论就显得特别丰富可观。我们说报纸是晚清散文存在的渊薮，究其实是因为晚清的不少报纸从某种角度来看是散文家的报纸。王韬以外，康有为、梁启超、严复、谭嗣同以及后来的革命派章士钊、章大炎、秋瑾等也都是散文家报人。

晚清散文家王韬、梁启超等有为于报业，并在有为报业中有为于散文，这与他们所禀具的新闻思想有关。近代以前中国并没有有关新闻的思想资源。近代报人关于新闻的观念，一方面取自于对西方新闻的了解，另一方面来自他们对自身办报实践的体认。王韬在《弢园文录外编》中有《论日报渐行于中土》一篇，专门介绍欧美新闻和在华刊行的华字报纸，他对“泰西日报”“持论蜂起，无一不为庶人之清议，”“其立论一秉公平，其居心务期诚正”，“国家有大事，皆视其所言以为准则”的情况很是推崇。王韬还撰有《论各省会城宜设新报馆》《论中国设西方日报之利》等文章，论说办报的作用，并在《重民》《变法自强》等篇论及新闻的意义。可以说，王韬的办报和他的报章政论写作是他新闻观念的一种积极而成功的实践。散文家郑观应算不上是报人，但他在《盛世危言》中有《日报》一题，分上下两篇而作，从通达民情、变法自强、纠正西方报刊的歪曲事实等方面论说了报纸的作用，他以为“欲通之达之，则莫如广设日报”（《日报上》）；“欲变法自强，宜令国中各省、各府、各州、各县设报馆”（《日报下》）；遇中外“交涉不平之事，据理与争，俾天下共评曲直”（《日报下》）也宜开设报馆。郑观应的写作没有王韬那样有自编自写的便利，但他的一些文章也刊发于报纸，《盛世危言》的雏形稿本《易言》也由香港印务总局1880年出版，王韬为其写有《杞忧生易言跋》。郑观应对自己的写作情况曾有说明：“蒙向与中外达人哲士游，每于耳酣酒热之余，侧闻绪论，多关安危大计，且时阅中外日报所论安内攘外之道，有触于怀，随笔札记。历年既久，积若干篇，犹虑择焉不特，语焉未详，待质高明以定去取。而朋好见辄持去，猥付报馆及《中西闻见录》中。曾将全作邮寄香港就正王紫诠广文，不料竟为付梓，旋闻朝鲜、日本亦经重刊。”（《盛世危言初刊自序》）由此可见，郑观应的写作与报刊也是有着渊源的。

三 “觉世之文”：维新与革命

到了19世纪90年代以后，中国自办报业发达了起来。报纸多了，报人也多，随之报人散文家也众。报业对于散文发展的推动作用愈加显著，许多重要的散文刊发于报纸，产生重要的舆论影响。1895年，严复在德国人在天津开办的《直报》上发表了《论世变之亟》《原强》《辟韩》《救亡决论》等系列文章，主张学习西学，变法图存，更生自强。1897年10月，严复与夏曾佑等在天津创办《国闻报》，以求“通上下之情”，“通中外之情”，以达成“吾之群强”，“吾之国强”（严复《国闻报缘起》，《国闻报》1897年10月26日），成为其时维新派的重要舆论阵地。严复自己在《国闻报》上发表了不少论说文字。19世纪90年代中国思想界舆论界的主题话语是维新变法。维新变法并不只是一个历史事件，而且也是一个历史的进程，以报纸作为维新变法鼓吹的舆论阵地，对这一进程的推动起到了特别的作用。维新变法的核心人物是康有为、梁启超。他们深知报业对于实现其政治理想深有关系。康有为向朝廷奏请要为报业取得合法的地位，在《公车上书》中，康有为条陈变法的建议，其中就有“宜纵民开设”报馆一条，言说新闻“见土风”“通时务”“裨政教”等好处：“近开报馆，名曰新闻，政俗备存，文学兼述，小之可观物价，琐之可见土风。清议时存，等于乡校；见闻日辟，可通时务。外国农业、商业、天文、地质、教会、政律、格致、武备各有专门，以为新报，尤足以开拓心思，发越聪敏，与铁路开通，实相表里。且纵民开设，并加奖劝，庶裨政教。”

此外，康梁着手营建维新变法所亟须的公共空间——学会和报纸。对设学会、办报纸如何措置，康梁以为“先以报事为主”。康有为说：“中国风气，向来散漫，士夫戒于明世社会之禁，不敢相聚讲求，故转移极难。思开风气，长知识，非合大群不可，且必合大群而后力厚也。合群非开会不可。”“办事有先后，当以报先通其耳目，而后可举会。”[①] 梁启超也有同感：“欲开会非有报馆不可，报馆之议论既浸渍于人心，则风气之

---

① 《康南海自编年谱》，光绪二十一年条，中华书局1992年版。

成不远矣。”① 于是《万国公报》先于强学会于1895年8月17日在北京创刊，强学会于1895年11月在北京成立。《万国公报》后更名为《中外纪闻》，作为强学会的机关报于1895年12月16日在北京出版。后强学会在上海设分会，分会机关报《强学报》于1896年1月12日在上海创刊。“专录中国时务，兼译外洋新闻，凡于学术治术有关切要者，巨细毕登。”（《上海强学会章程》）“广人才，保疆土，助变法，增学问，除舞弊，达民隐。”（《强学报》第一号）康梁集团致力于报纸和学会的建设，在当时对于改善思想文化环境，开拓知识分子的公共言说平台等具有重要的意义。散文，特别是讨论公共事务的论说类散文，它的发展特别需要有一种可以自由言说的文化生态条件。证之于后来梁启超等人散文新文体写作的实绩，充分证明康、梁此时对于知识分子公共空间营构的历史价值。士人，同时拥有学会和报纸，在此前的中国历史上是没有的。这作为具有标志性意义的历史事件，表征了中国知识分子作为一个类群，他们集体地成长。知识分子走向社会的前台，做集体的亮相，演绎他们思想的姿势，这表明或预示着一个思想的时代的到来。而一个思想的时代，往往就是一个散文的时代。

梁启超被公认为近代中国第一报人，同时又被视为晚清散文新文体的最重要的代表作家。“第一报人”对于近代中国新闻事业的发展做出了多方面的贡献。梁启超参与或主持的报纸很多，其中有影响很大的《时务报》《清议报》和《新民丛报》等。对于《时务报》，梁启超颇为自傲：“数月之间，销行至万余份，为中国有报以来所未有，举国趋之，如饮狂泉。”（《本馆第一百册祝辞并论报馆之责任及本馆之经历》）而《清议报》《新民丛报》也获得了很大的成功，获得社会的广泛称誉。黄遵宪曾致信梁启超，认为：“《清议报》胜《时务报》远矣，今之《新民丛报》又胜《清议报》百倍矣。惊心动魄，一字千金，人人笔下所无，却为人人意中所有，虽铁石人亦应感动，从古至今文字之力之大，无过于此者矣。”“吾辈……惟其合掌膜拜而已。”② 其实，与其说是梁启超所主持的

① 丁文江等编：《梁启超年谱长编》，上海人民出版社1983年版，第40页。
② 同上书，第274页。

报纸的成功，倒不如说是梁启超本人写作的成功。《时务报》昌言鼎新革故，梁启超的《变法通议》大约可算维新派改革纲领的宣示，于《时务报》刊载二十多期，声势颇足，自然有不同凡响之功效。郑孝胥致信《时务报》经理汪康年，称“《时务报》灿然而出，如挈白日，照耀赤县，可谓杰哉。梁君下笔，排山倒海，尤有举大事、动大众之概”①。通俗小说家包天笑在其回忆录中，对当时《时务报》和梁启超的文章的影响记忆犹新：“《时务报》在上海出版了，这好像是开了一个大炮，惊醒了许多人的迷梦，尤其像我们那样的青年，最喜欢读梁启超那样通畅的文章，不但是梁启超的文章写得好，还好像是他所说的话，就是我们蕴藏在心中所欲说的一般。”②《时务报》期间梁启超的文名不胫而走，而《清议报》《新民丛报》时期他又以《少年中国说》《呵旁观者》《新民说》等挟情入理的论说文字，召唤着读者的阅读注意力，成为牵引当时舆论风向的精神领袖式的人物。梁启超实现了一个报人散文家所期望实现的“双赢”目标：报纸因文章的魅力而成为人们一时关注的信息中心，而文章又借助报纸而广泛流布，使作者的写作价值有了一种极大化的可能。从某种意义上说，是新闻造就了梁启超，而梁启超又造就了新闻。这样一种情由，可能昭示着启蒙主义时代，知识分子作家价值实现的捷径。以思想启蒙为己任的作家，自然设计启蒙优先的话语策略，在审美与宣传的选择中，他们会取宣传而弃审美。这样他们与新闻合成就成为必然。梁启超的一段话对此做了注释。他说：“吾辈之为文岂其欲藏之名山，俟诸百世之后也。应于时势，发其胸中所欲言。”（《三十自述》）这里梁启超表达了写作意在传播的思想，“应于时势”的写作观念是吻合新闻的基本精神的。“应于时势”不仅表示写作取材的现实方位，而且也表示写作旨在社会传播的价值期待。

晚清的散文写作大致分为两种类型，即文人的自在写作和知识分子的公共写作。一些文人，仿佛有些遗世独立，在写作园记、楼记、山水游记、人物琐记和诗文序跋等活动中，守着属于他们自己的岗位；而知识分

① 《汪康年师友书札》，上海古籍出版社 1986 年版，第 2971 页。

② 包天笑：《钏影楼回忆录》，香港大华出版社 1971 年版，第 150—151 页。

子型的作家以社会作为他们的写字间，在“应于时势”的写作中，履行着他们作为“应时者”所肩负的社会责任。晚清中国社会的特殊情形，需要或规定着作家的写作更多求取现实的功利性。正是这样的历史语境，造就了人数可观的报人散文家的队伍。当社会的主题由维新变成革命，当维新派作家蜕化为保守派作家，开始从历史的舞台上淡去的时候，新起的革命派同样认识到新闻之于革命的重大意义。辛亥革命胜利后，孙中山在《民立报》为他举行的欢迎茶会上致辞时，曾对报纸对于革命所起的推进作用给予了高度的评价：“此次革命事业，数十年间屡仆屡起，而卒成于今日者，实报纸鼓吹之力。报纸所以能居鼓吹之地位者，因能以一种之理想普及于人人之心中。其初虽有不正当之舆论淆惑是非，而报馆记者卒抱定真理，一往不渝，并牺牲一切精神、地位、财产、名誉，使吾所抱之真理，屹不为动，作中流之砥柱。”（《民立报》1912 年 4 月 17 日）革命派主持或开办许多以“革命排满”为宗旨的报纸，相应地也出现了不少报人散文家，其中最著名的要数章太炎了。章太炎是 20 世纪初年以文章排满的一员骁将。他是“苏报案”的主角之一，遭到清廷的监禁。章太炎之所以遭受清廷迫害，是因为他在《苏报》刊发《驳康有为论革命书》等文章昌言革命，嘲骂清廷，并且为邹容的《革命军》作序推介。1906 年 6 月，章太炎出狱，东渡日本，加入了同盟会，并接任同盟会机关报《民报》的主编。在此期间，章太炎为《民报》写作近 60 篇文章，其中时评、论说 40 多篇，有《演说录》《中华民国解》《讨满洲檄》《排满平议》《国家论》等，鼓吹民族主义、民权主义，进行革命的宣传，成为卓尔不群的报刊政论作家。在报人散文家中还有一位“鉴湖女侠”秋瑾，也是不应该被我们遗忘的。秋瑾的文学贡献主要在诗词方面，但于散文也有建树。她的散文主要刊发于她创办的《白话》《中国女报》上。《白话》创刊于 1904 年日本东京，出版 6 期，《中国女报》1906 年创办于上海。秋瑾的散文主要有《敬告中国二万万女同胞》《敬告姊妹们》《中国女报发刊辞》等，这些作品差不多用白话表达了批判现实，争取女权的基本主题。

四　新文体：从冯桂芬到梁启超

考察晚清散文史，我们已发现报纸对于这一时期散文史的构成深有关联。报纸成了晚清主流散文赖以存在并蔚然可观的主要载体，报人成了这种类型的散文的主要写手，报人散文家被用以指称主体复合化的一种身份。晚清散文主体与载体所具有的特殊的因素，加上散文所反映的独特的时代内容这诸多的特异集合起来，作用于其时的散文本体，无疑会形成不同于前代散文的文体特征。这样一种新的散文形态在晚清生成了。

梁启超对晚清新的散文形态有一描述，并给出了“新文体”的来历：“启超夙不喜桐城派古文，幼年为文，学晚汉魏晋，颇尚矜炼。至是自解放，务为平易畅达，时杂以俚语、韵语及外国语法，纵笔所至不检束。学者竞效之，号新文体，老辈则痛恨，诋为野狐。然其条理明晰，笔锋常带感情，对于读者，别有一种魔力焉。”① 梁启超这里并没有指出“新文体”的具体命名者，他揭示新文体之“新”的关键所在。新文体，是对旧文体，对桐城派古文束缚的“解放”，是一种没有规矩的（“纵笔所至不检束”）的自由的文体。思想上解放，精神上自由，可以视为新文体区别于传统古文的最主要的特质。对于新文体有人喜欢，“竞效之”，也有人“痛恨”，视为“中国文学之厄”的表征。我们也可以从否定者的述说中，看到新文体的特点。刘师培的《论近世文学的变迁》中，对晚清以来的文坛状况颇为不满：“近岁以来，作文者多师龚、魏，则以文不中律，便于放言，然袭其貌而遗其神。其墨守桐城文派者，亦囿于义法，未能神明变化。故文学之衰，至近岁而极。文学既衰，故日本文体，因之输入于中国。其始也，译书撰报，据文直译，以存其真。后生小子，厌故喜新，竞相效法。夫东籍之文，冗芜空衍，无文法之可言，乃时势所趋，相习成风，而前贤之文派，无复识其源流，谓非中国文学之厄欤？”刘师培特重散文文派的渊源承绍，所以对“后生小子，厌故喜新”而创的没有源流的文体多有微词。新的文体中有日本文体的元素，但显然刘师培对此是否定的。

基于不同的视角，对新文体有着不同的命名。从它内存的品质因素和外在形态不同于传统散文这一点看，它被指称为“新文体”。而从这一类文章的话题选择、话语设置来看，它更多地关注现实社会的重大的公共时

① 梁启超：《清代学术概论》，东方出版社 1996 年版，第 77 页。

务，因此，又被命名为“时务文学”或时务文体。陈子展就说：“谭、梁诸人为了鼓吹‘维新’的缘故，常常做点宣传文章。这种文章系当时一种独创的‘新文体’，因为它是从八股文、桐城派文、骈文里面解放出来，中间夹杂些他们所知道的外来的新知识、新思想。他们用这种文体来向当道上书，来向报馆投稿，来向人家讲富强之学，来谈一切时务，故可以说这种文章为‘时务文学’。”① 除“新文体”“时务文体”外，谭嗣同将晚清刊载于报纸的文章称为“报章文体”。谭嗣同撰有《报章文体说》（一名《报章总宇宙之文说》，发表在《时务报》第29、30册上）。谭嗣同作此文章是为了回应“乡党拘墟之士”对报章文体的责难：“居今之世，吾辈力量所能为者，要无能过撰文登报之盖矣，而遇乡党拘墟之士，辄谓报章体裁，古所无有，时时以文例绳之。嗣同辨不胜辨，因为一《报章总宇宙之文说》以示人，在湘中诸捷给口辨之士，而竟无以难也。”② 谭嗣同以为在民族救亡图存的时代大局中，“撰文登报”以作舆论的鼓吹，是士人以尽社会责任的主要方式。守旧人士因为报章体的“古所无有”而无以用旧有的“文例绳之”，由此而生指责。有鉴于此，谭嗣同的《报章文体说》驳诘“乡党拘墟之士”对报章体的责难，从古今文体的流变中，论说报章体出现的必然性和它的诸多文体优长，认为文体种种，“其斯事体大，未有如报章之备哉灿烂者也”。

论及晚清新文体，学界是颇为看重梁启超的，或将“梁启超”作为新文体的定语词，称“梁启超的”新文体，如游国恩的《中国文学史》认为“梁启超的新体散文，对一切传统古文是一次猛烈的冲击，为晚清的文体解放和‘五四’的白话文运动开辟了道路”③。或径言梁启超创立了新文体，如袁行霈的《中国文学史》指认梁启超“创造”了“新文体散文”④。不少论著也都这样认定。《中国近代新闻思想史》有这样的表述：“梁启超在创办《时务报》时期……创立了‘时务报章文体’，进而在主办《新民丛报》时期使这种文体臻于成熟并固定下来，实现了近代

① 陈子展：《中国近代文学之变迁·最近三十年文学史》，上海古籍出版社2000年版，第70页。
② 《致汪康年》（三），《谭嗣同全集·增订本》下册，中华书局1981年版，第494页。
③ 游国恩主编：《中国文学史》第4册，人民文学出版社1979年版，第344页。
④ 袁行霈主编：《中国文学史》第4册，高等教育出版社1998年版，第481页。

中国报界的第一次新闻文体变革。”① 最近出版的《晚清报业史》也有类似的观点：“梁启超在当时的影响，主要是通过报章文字来实现的。在介绍西方新思想和阐发自己的政治主张时，他创造了一种‘新文体’。”② 许多学者之所以这样高评梁启超，首先是因为梁启超“新文体”写作的实绩确实卓然不凡，其次也是受到了梁启超有关新文体描述的影响。梁启超自述中有一种独揽新文体创体之功的嫌疑。毋庸置疑，就影响而言，梁启超是晚清新文体的第一大家。新文体，或曰报章体、时务文体，经梁启超的成功实践而立定了在文坛的地位，因此，梁启超是新文体写作中最具有标志性意义的代表作家。但是，如果将新文体的创体之功归为梁启超一人，这既不符合晚清散文发展的史实，也不符合文体发生的一般规律。文体的创始或如一角冰山，可见的一角底下是一个硕大的基础，它虽然不为人所看见，但它却顶托着冰山。晚清新文体的发生发展是一个历史的过程，它由一代散文家集体创造而成，梁启超是这一文体的完形者。

在我看来，晚清散文新文体其内在的文体精神是主体的独立，思想的解放，是近代启蒙主义思想家或具有思想者品质的作家进行政治鼓呼的一种特殊的方式。所谓特殊的方式是指散文以报纸这种社会媒体为载体并以此进行传播，而其外在的体征则呈现出对传统古文的束缚化解后所具有的某种随意性和开放性，明确了这一点，再将新文体置于特殊的历史语境中加以观照，我们就可以比较容易梳理出新文体运行的大致线索。

新文体的文体精神是思想自主自由。因此，从总体上看，这一文体的发生需要有一种主体争取思想自由，思想是可以自由和能够自由的社会文化生态。晚清封建统治面对外压内乱的局面其势大弱，地主阶级的开明派、资产阶级的维新派，一切有识之士自主自由的思想意识潜滋暗长，逐渐汇成社会思潮。基于这样的认识，我们在研究晚清新文体的生成时，甚至不能忘却了龚自珍。梁启超曾说：“语近世思想自由之向导，必数定庵。吾见并世诸贤，其能为现今思想界放光明者，彼最初率崇拜

---

① 胡太春：《中国近代新闻思想史》，山西人民出版社 1987 年版，第 87 页。
② 陈玉申：《晚清报业史》，山东画报出版社 2003 年版，第 131 页。

定庵，当其始读《定庵集》，其脑识未有不受其激刺者也。”（《论中国学术思想变迁之大势》）作为新文体的主创者，梁启超所说的应该是有说服力的。梁启超这里不便将自己指认为“现今思想界放光明者”，其实也不必自己指认，事实当是如此。因此梁启超的这一段话，我们可以视之为现身说法。

新文体，或曰时务体、报章体，从语言表达形式上看它是一种论说体，所论为时务，关系经国政治之事，因此，新文体也可名之为报章政论体，政论在这里是一个中心词。我们以梁启超为新文体高端极点，由此向前回溯，可见晚清时期有创作政论的散文家为数不少。王韬、郑观应诸人，他们以政论写作名世，尤其是王韬，“他是中国历史上以报纸为讲台，宣传变法图强的第一人，也是中国新闻史上第一个报刊政论家”①。而“谭嗣同虽殉戊戌维新运动而死，但他的思想，可以代表那时从旧思想解放出来的大胆的思想；他的文章也可以代表那时从旧文学解放出来的特创的文体”②。可以说他们这些政论作家是推动新文体发展的中坚力量。而再往前检索，便可以发现冯桂芬无疑是新文体萌生期的重要的奠基者。对冯桂芬的散文业绩，有些恃才傲物的梁启超也有持平之论。他以为：“《校邠庐抗议》一书，虽于开新条理未尽周备，而于除弊之法，言之甚详，亦我国政论之稍佳者也。”③ 由以上的梳理可见，从冯桂芬到王韬（郑观应）到梁启超，他们以觉世为旨的政论，其文脉是相通的，他们分别代表了晚清散文新文体演进过程中的三个站点：冯桂芬居于起始点，王韬、郑观应处于推进点，梁启超则站在了新文体的高端。

从他们政论的基本内容看，其中也有相承应合处。冯桂芬的《校邠庐抗议》更多的是“破旧”，揭露诸多弊端，以引起疗救，此为“问题政论”。王韬的《弢园文录外编》，郑观应的《盛世危言》，于“破”中立“新”。在他们为社会改良所设计的方案中，西学的分量明显增多。而梁启超作为近世重要的启蒙主义思想家，他的政论将人的精神性存在的

---

① 王凤超：《中国的报刊》，人民出版社 1988 年版，第 39 页。

② 陈子展：《中国近代文学之变迁·最近三十年中国文学史》，上海古籍出版社 2000 年版，第 70 页。

③ 《中国近代史资料·戊戌变法》（二），上海人民出版社 1957 年版，第 40 页。

改良视为要务，“新民”是其新文体散文的一个关键词。再看他们对古文的态度和他们自身写作的形态，也多有相通共同之处。冯桂芬“独不信义法之说”，以为“文之佳者……不烦绳削而自合，称心而言，不必有义法也”，公开表示了对桐城派文则的拒绝。他的政论以“抗议”命题，有不惧怕，不苟合，尊重主体思想的意思在内，其政论虽有古文味，但明显已不受古文法所拘了。王韬对于“古文辞之门径则茫然未有所知”，而“知文章所贵在乎纪事述情，自抒胸臆”（《弢园文录外编·自序》），因此，他的政论已疏离古文，显现出一种新的面目。梁启超“夙不喜桐城派古文”，“纵笔所至不检束”，所以他的政论古文味甚少，俨然自成一体了。

五　新文体的新景观

以“新”概括梁启超等晚清散文家创造的文体特征，是非常得体的。文体的“新”质导源于社会新的存在，作家新的角色身份，文本新的传播方式等。分而言之，新文体的文体特征体现为选材的时务关注，立意的“欧西文思”，语言的平易求新以及文体型态上的论议偏至等。

从新文体所涉及的话题可知，这一类写作不是一般的文人写作，它并不指向纯粹的个人生活空间和泛化的人类生命景象，而是指向社会现实，言说的是公共题材，是社会成员所普遍关注的时务。无疑，晚清的时务是救亡图存，维新自强，革命排满。新文体作家大多是以这些时务为其写作题材的。他们的写作应于时势，着重于经世致用，而不像传统的散文致力于对义理的阐释，往往玄虚踏空。如《校邠庐抗议》，卷上、卷下凡42篇，每篇以“议”命题，所议无不有具体所指而又事关大局，如《公黜陟议》《汰冗员议》《免回避议》《原养廉议》《许自陈议》《易胥吏议》等是有关吏治的论说；《变科举议》《改会试议》《广取士议》等是有关人才选拔的献计；《制洋器议》《善驭夷议》《采西学议》涉及洋务西学。《盛世危言》取材视野较之于《校邠庐抗议》开阔，涉及“通论”“礼政”“吏政”“刑政”“户政”“兵政”“工政”等，作为近代重要的工商家，郑观应更多地关注“盐务”“银行”“商务”“海防”“边防”“铁路”“技艺”等有关强国卫国的具体事务，同时也有“道器”“议院”“日报”等篇，表达了他对中西文化的态度，对西方某种政治制度的推崇。

时代不同，时务自然也有异。到维新变法及以后的世纪初年，梁启超等人的文章更多地从体制、人的精神建构等层面选题论议，尤其是重视对“新民”的思考。在《新民说》的总题下，梁启超分别从“公德”“国家思想”“自由”“私德”“自尊”等具体的角度论说民何以“新”的道途。此外，他还针对国民中的“旁观派”“浑沌派”“为我派”“呜呼派”“笑骂派”“暴弃派”“待时派”等所表现出的精神状态做了批评。梁启超之所以亟亟于新民之说的设计，是因为在他看来“欲其国之安富尊荣，则新民之道不可不讲”（《新民说·叙论》）。“今日欲抵挡列强之民族帝国主义，以挽浩劫而拯生灵，惟有我行我民族主义之一策，而欲实行民族主义于中国，舍新民末由。”（《新民说·论新民为今日中国第一急务》）由此可见，在梁启超这里“新民”即是时代的“急务”。晚清新文体与时务的这种密切关联，是由写作主体的报人散文家的独特角色所决定的。报人散文家是一种公共知识分子的类群。这一类群通过（借助）公共领域（报纸）来表达他们对公共事务的看法。这里有着双重的必然，一方面公共知识分子深具现实关怀的情结，这是他们身份的必然；另一方面，近代报纸，作为社会传播媒介，它的存在与发展，也必然需要关注现实，以此营造舆论的中心，以影响视听。

新文体立意的“欧西文思”自然与取材的时务关注有关。晚清中国的问题，史无前例的国家民族危机，是在与世界的关联中被凸显出来的。新文体作家在为濒危的晚清建言献策的时候，并不能从中国的传统中获得更多的思想资源，而以一种开放的心态和国际的视野，从西方文化中借取可以为我所用的精神元素，同时也对国际时势做出中国人的评判。“欧西文思”首先表现为作家的写作有一种世界视角，他们往往从世界的背景中观照中国的问题，以对西方现代文明的参照，来解析中国变法自强的理路。在言说改良中国政制时，新文体作家大多对西方的议院设置多有肯定；对于开通言路，他们对欧美的日报推介甚多；对于人才培养的设计，他们又多否定八股取士之法，以为应引入西学作为士人学习、考核、选拔的重要内容；对于国民精神的塑造，他们也注意借取欧美伦理道德的价值观念。新文体作家大多具有一种自觉的开放意识，他们以为：“时至今日，泰西通商中土之局，将与地球相始终矣。至此时而犹作深闭固拒之计，是直妄人也而已。”（王韬《弢园文录外编·睦邻》）

其次，“欧西文思”表现为作家对西方现代自由精神的接受。接受了西方现代自由精神影响的新文体作家，获得了作家应该而且可以自由言说的意识和机能，他们的政论常常论当所论，议当不可不议。论议国事，原先为中国封建统治的规约所不允，但在晚清政论家这里已全无这样的规矩，他们的论议对象涉及政治、经济、文化、教育、军事、外交等各个方面，而且往往能够直陈现实的种种弊端，以至做出深刻的批判，有时直接批判皇朝最高的统治者。由于晚清政论作家普遍地具有批判意识，所以，“批判”显著地成为新文体的重要价值。此外，获得了西方自由精神浸润的作家，精神解放而使原来被压抑的情感得到释放，作用于写作，使行文中充盈着一种情势。激情洋溢，融情于论，情助理胜，是梁启超政论的一大特点。胡适曾说：“梁先生的文章，明白晓畅之中，带有浓挚的热情，使读的人不能不跟着他走，不能不跟着他想。”（《四十自述》）梁启超自己也认为：“我是感情最富的人，我对于我的感情都不肯压抑，听其尽量发展。”（《“知不可而为”主义与“为而不有”主义》）“笔锋常带感情”，他的《少年中国说》为这些说法做了例证。篇末写道：“红日初升，其道大光；河出伏流，一泻汪洋……前途似海，来日方长。美哉我少年中国，与天不老！壮哉我少年中国，与国无疆！”文章中有着一种挟情入理的气势，给读者一种激动不已的感染。这种情状实与主体精神的放逸相关。

语言的平易求新是新文体显见的表达景观。传统的散文主要在文人之间流通，用文言表达，语言追求古雅。新文体主要是一种报章文体，其写作的旨归与传播的方式等已大不同于古文。新文体大约可以视为一种思想启蒙的文体，作者借此向更为广泛的受众传播新的思想信息。这样，纯粹采用文言表达就不容易实现这种写作的应有的功能。当时的有识之士认识到文言的诸多不便，配合改良维新，革命排满的政治运动，利用开办白话报，兴起颇有规模的白话运动。裘廷梁主办《无锡白话报》，撰写《论白话为维新之本》的文章，发表在《苏报》，从维新的高度言说推行白话的意义，认为“愚天下之具，莫文言若；智天下之具，莫白话若”，“文言兴而后实学废，白话行而后实学兴；实学不兴，是谓无民”。《无锡白话报》发刊前一年，1897年有《演义白话报》创办于上海，其第一号《白话报小引》有云：“中国人要想发愤立志，不吃人亏，必须讲究外洋情形，天下大势；要想讲究外洋情形、天下大势，必须看报；要想看报，必须从白话起头，方才明明白白。”新文体作家以启蒙为担当，因而他们中的多数人有一种追求语言通俗自然的自觉，虽然他们所写的作品并不是纯然的白话，发表在白话报，但他们写作的是报章体，为新闻一类。“盖新闻者，浅近之文也。增人智慧，益人聪明，明义理以伸公论，俾蒙蔽欺饰之习一洗而空。”［郑观应《盛世危言·日报》（上）］“浅近文学”的某种规约，也促使作者写作尽可能地如梁启超所说的“务为平易畅达”了。平易之外，新文体语言中多有新名词出现，这既关涉文章反映对象的趋新，又表示作者求新意识的增强。王韬的政论中有“民主”“电气”“公司”等词语，梁启超的作品中新名词更多，如“民族主义”“帝国主义”“社会主义”“国民”“人权”等，这些也给新文体增添了新的色彩。

新文体，从表达形式上看是一种论说体散文。由于它被赋予了更多的启蒙使命，因而作者往往注重求取其“觉世”的宣传功能，而忽视其审美因素的灌注。这样文章在整体上就有某种思想偏至的倾向，离审美的散文有着相当大的间距。“传世之文，或务渊懿古茂，或务沉博绝丽，或务瑰奇奥诡，无之不可。觉世之文，则辞达而已矣。当以条理细备，词笔锐达为上，不必求工也。”（梁启超：《湖南时务学堂学约》）从新文体的形态看来，它不属“传世之文”诸类，而是一种“辞达而巳矣”的“觉世之文”。我们虽不能说它言而无文，但是应当说从总体看新文体文采并不郁然可观，这种情况并不表示新文体作家缺乏文学的意识。这种情况的出现实由他们所出演的时代角色所规定了的。“在近代中国，由于公共领域的建构直接与救亡和变革这些政治问题相关，因此，致力于公共领域建构的新型士大夫，不是以文学而是直接以政治作为中介聚焦起来。其讨论的主题，不是所谓公共的文学艺术问题，而是民族国家的建构和传统制度的改革。中国的公共领域，从一开始就表现出明显的政治性质。”[①] 从这一点看来，晚清新文体作家，也就是我们所说的报人散文家，或可谓之报人思想家、政治家，他们的写作有思想或政治的偏至，应当是题中应有之义。

---

① 许纪霖：《中国早期现代化中的公共领域》，《光明日报》2003 年 1 月 21 日。

第七章 "报章体"散文的历史方位和流程

"报章体"是中国散文由古代向现代转型的重要连接件。基于新载体的新的写作方式、传播方式，必然使"报章体"散文，在写作的主体、本体和受体等方面，形成不同于传统散文的景态和特质。文学史界对其评介甚高，以为"是中国近代散文发展的最高阶段，它代表了近代散文变革的最高成就"[①]。"变革"正是"报章体"文学史价值生成的根本之所在，革旧开新，启动一个全新的文学时代的到来。"报章体"语言的平易，形式的脱羁，内质的现代，"正是文学革命的第一步"[②]。

但对"报章体"这样重要的历史存在，学界对其的认知还不是完全清晰，还没有准确地给出"报章体"具体的历史方位，完整地给出它的历史流程。主要表现为，一是忽视了"报章体"的形成是一个历史过程，将这一新文体归为梁启超一人所创，或者只论及梁启超的写作，看不到梁启超之前"报章体"的发生和其后这一文体的变化。二是由于对"报章体"历史定位的偏颇，对相关的名称概念在表达上显得模糊。如方汉奇就说："在近三十年的改良派的报刊活动中，涌现了一大批有影响的报刊政论家。其中著名的有王韬、郑观应、梁启超、麦孟华、徐勤、欧榘甲、唐才常、谭嗣同等。通过他们的实践，创造了一种新颖的政论文体，当时人称为'新文体''报章文体'或'时务文体'。"[③] 如果从宽泛的意义上

---

① 冯光廉等：《中国近百年文学体式流变史》（下），人民文学出版社1999年版，第40页。

② 陈子展：《古文的演变与新文体的发生》（上），周红莉编《中国现代散文理论经典》，苏州大学出版社2007年版，第122页。

③ 方汉奇：《中国近代报刊史》（上），山西人民出版社1981年版，第142页。

说，“新文体”“报章文体”“时务文体”或“新民体”等是可以置换指称的。但实际上每一个具体的指称都具有独特的内涵。“新文体”意指其在形态和内存方面的取新特征，“报章文体”突出的是它的载体和传播方式，“时务文体”和“新民体”，既可实指梁启超所主笔的“时务报”体和“新民丛报”体，也可统说此类文体的题材和题旨特点。因此，从严格的学理意义上说，这些概念不可以随意置换使用。由此可见，进一步确定“报章体”的历史方位，梳理“报章体”完整的历史流程，是很有意义的。

一 “报章体”，报刊与论说

学界之所以将新文体视为梁启超一己之功，这或与梁启超的一段著名论说有关联。梁启超曾自言：“启超夙不喜桐城派古文，幼年为文，学晚汉魏晋，颇尚矜炼。至是自解放，务为平易畅达，时杂以俚语韵语及外国语法，纵笔所至不检束。学者竞效之，号新文体。老辈则痛恨，诋为野狐。然其文条理明晰，笔锋常带情感，对于读者，别有一种魔力焉。”这段文字出自梁启超的《清代学术概论》。这一著作写成于 1920 年，1921 年由商务印书馆出版。后来的相关研究多有引用。陈子展 1930 年上海太平洋书店初版的《中国近代文学之变迁·最近三十年中国文学史》有“古文的演变与新文体的发生”专门章节论述新文体，并认为梁启超“是近代文言散文—‘新文体’的开山祖师。他是文学革命的先驱者”[①]。梁启超关于新文体的自得之说，大体给出了这一文体的特点，他的写作可以说代表了新文体写作的最高水平，可以认为表示着新文体散文的成熟，但这并不意味着新文体只是梁启超的一人之事。

回到梁启超新文体写作的高峰时期，我们可以寻见他对新文体是如何指说的。1901 年年底，梁启超在《中国各报存佚表》中说：“自报章兴，吾国之文体，为之一变。汪洋恣肆，畅所欲言，所谓宗法家法，无复问者。”[②] 这里他强调了报章对于文体解放、文体变革的意义，间接言及了

---

① 陈子展：《古文的演变与新文体的发生》，周红莉编《中国现代散文理论经典》，苏州大学出版社 2007 年版，第 121 页。

② 梁启超：《中国各报存佚表》，《清议报》第 100 册，1901 年 12 月 21 日。

报章之体的话题。同时，在《本馆第一百册祝辞并论报馆之责任及本馆之经历》中，梁启超例说自己写作的价值：“有《少年中国说》《呵旁观者文》《过渡时代论》等，开文章之新体，激民气之暗潮。”① 他特别指出《少年中国说》等论说文章对于“开新体”“激民气”所具有的特殊意义。

其实在晚清直接专门作文以体论文的不是梁启超，而是谭嗣同，我们现在所说的“报章体”，就源于谭嗣同的《报章文体说》（又名《报章总宇宙之文说》②）。有学者认为，谭嗣同这篇“关于报章文体和文风的论说”，“远远超过了同时代的梁启超。它成了狂飙突进的中国近代第一次办报高潮中‘时务报章文体’的理论基石”③。将《报章文体说》视为时务报章文体的“理论基石”，可能有点言过其实，因为这篇文论所含的理论要素并不为多。文章很大部分的篇幅用以述说“天下文章的体例”：“今为疏别天下文章体例，去其词赋诸不切民用者，区体为十，括以三类。曰：‘名类’，曰：‘形类’，曰：‘法类’。”“名类得四体”，“一曰纪”“二曰志”“三曰论说”“四曰子注”；“形类得三体”，“五曰图”“六曰表”“七曰谱”；“法类得三体”，“八曰叙例”“九曰章程”“十曰计”。在此基础上，谭嗣同说明报章“总宇宙之文”的题旨：“乃若一编之中，可以具此三类十体，而犁然各当、无患陵躐者，抑又穷天地而无有也。有之，厥惟报章，则其体裁之博硕，纲领之汇萃，断可识已。胪列古今中外之言与事，则纪体也；缕悉其名与器，则志体也；发挥引申其是非得失，则论说体也……”“信乎经国之大业，不朽之盛事，人文之渊薮，词林之苑囿，典章之穹海，著作之广庭，名实之舟楫，象数之修途。”“斯事体大，未有如报章之备哉灿烂者也。”由此可见，《报章文体说》的主要理论价值是在于对这一文体的正式命名，在于对这一文体包容诸体的“汇总”性的指认。报章作为一个硕大的平台，可以承载三类、十体各种文字。很显然，谭嗣同所说的报章文体，是一个广义的概念，为“泛报章”体，而不是指因报章而生的独具报章特质的狭义的报章文体。

---

① 《清议报》第100册，1901年12月21日。

② 《时务报》第29、30册，1897年6月10日、21日。

③ 胡大春：《中国近代新闻思想史》，山西教育出版社1987年版，第81—82页。

在我们的论域中，“报章体”特指由报章而伴生的文体。这一类写作所赖以存在的载体是报刊，而且是具有大众传播意义的近现代报刊，其基本的功能是传播新闻信息和思想信息。“报纸者，报告新闻，揭载评论，定期为公众而刊行者也。”① 与此相应，生成消息报道、通讯、报告文学和时评等新闻文体。在这些文体中“报告新闻，揭载评论”的报道和评论，又是报章最为重要的文体，它们直接定位了报刊的特性和价值。再从梁启超等人“报章体”的写作实际看，所谓开新体的也正是《少年中国说》《呵旁观者文》等这一类文章。其影响很大的就是刊发于《时务报》《清议报》《新民丛报》等报刊的论议文字。“《清议报》胜《时务报》远矣。今之《新民从报》又胜《清议报》百倍矣。惊心动魄，一字千金。人人笔下所无，却为人人意中所有，虽铁石任意应感动。从古至今文字之力之大，无过于此矣。”② 因此，从实际的历史存在看，“报章体”所指应是时评论说。这一文体的关键词有两个，一是报章，二是论说，前者是后者发生的载体，又规定了它的特性。

在“报章体”之前，论说之文古已有之。先秦诸子言说和辩士游说之辞等，可谓论说文体的渊源。刘勰《文心雕龙》设有“论说”，梳理这一文体的流变，对其体性进行精要的阐释：“圣哲彝训曰经，述经叙理曰论。论者，伦也；伦理无爽，则圣意不坠。”“论也者，弥纶群言，而研精一理者也。”“原夫论之为体，所以辨正然否；穷于有数，追于无形，迹坚求通，钩深取极；乃百虑之筌蹄，万事之权衡也。”而“说者，悦也。兑为口舌，故言咨悦怿”。其要义在于以辞服人，使人心悦诚服。但“报章体”论说文明显不同于古代的一般论说文。古代论说多谈要言妙道，而少直接指说现实的时论。特别是清代封建管制更严，官绅士人的言论空间更为逼仄。正如龚自珍所说，“避席畏闻文字狱，著书都为稻粱谋”（《己亥杂诗·咏史·金粉东南十五州》）。一直迟至19世纪初期，这种情势才开始发生变化。这一时期中国封建社会末世晚景，“日之将夕，悲风骤至，人思灯烛，惨惨目光”（《尊隐》）。“履霜之屩，寒于坚冰；

---

① 戈公振：《中国报学史》，岳麓书社2011年版，第5页。

② 黄遵宪：《致饮冰室主人书》，见丁文江、赵丰田编《梁启超年谱长编》，上海人民出版社1983年版，第340—341页。

未雨之鸟，戚于飘摇；痹痨之疾，殆于痈疽；将萎之华，惨于槁木。”（龚自珍《乙丙之际箸议》第九）有识之士，面对列强崛起觊觎，民族风雨飘摇的危局，开始复活主体的思想机能，质疑现存的秩序，思考变革图强的方略，由此时务策论之风兴起。“睁眼看世界”的魏源著有《海国图志》，其中卷一、卷二“筹海篇”有“议守”“议战”“议款”。冯桂芬的《校邠庐抗议》则是一部意含“位卑言高”的策论专集，《汰冗员》《变科举》《制洋器》《采西学》《均赋税》《上海设立同文馆》等40多篇论说，选题广泛，比较全面地论述了国家变革的系统思想。

与此同时，近代报刊应运而生，先是外报大量开办，后续国人自办报刊兴起。较之以前的“邸报”，近代报刊作为社会传播的方式，是一种开放的公共空间。诚如李欧梵所说：“我认为晚清的报业和原来的官方报纸（如《邸报》）不同，其基本的差异是：它不再是朝廷法令或官场消息的传达工具，而逐渐演变成一种官场以外的‘社会’声音。”[①] 这样，需要发出“社会声音”的主体与能够传输“社会声音”的载体之间就达成共需互动的连接。其时报刊是一种市场行为，读者的需求，刺激着报刊版面的设置和文类的安排。这样一种社会文化生态，为“报章体”的生成发展创造了适宜的空间。重视言论类文字，成为其时报刊的共识与公选。《察世俗每月统纪传》有新闻消息，也有论说言论。《申报》在创办之初，就在《申报馆条例》中明确征稿取向：“如有名言谠论，实有系乎国计民生，地利水源之类者。上关皇朝经济之需，下知小民稼穑之苦，附登新报，概不取酬。”20世纪初年发行的《时报》特别重视时评，在《发刊例》中对“论说”体多有强调，“第一本报论说，以公为主”；“第二本报论说，以要为主”，“凡所讨论，必一国一群之大问题”；“第三本报论说，以周为主”：“第四本报论说，以适为主”，“适于中国今日社会”。《时报》时评，虽不及梁启超《时务报》《清议报》《新民丛报》的论说影响广泛，但也成为当时牵动舆论，对读者极具吸引力的一种体类。胡适在《十七年的回顾》中，就曾回忆到它的特点和影响力：“《时报》与学校，就成了不可分离的伴侣了。”“我现在回想当时我们那些少年人，

① 李欧梵：《中国现代文学与现代性十讲》，复旦大学出版社2002年版，第129页。

何以这样爱恋《时报》呢?”我想有两个主要原因:“第一,《时报》的短评,在当时是一种创体;做的人也聚精会神的大胆说话,故能引起许多人的注意”。“我们试看这种短评,在这十七年来,逐渐变成了中国报界的公用文体,这就可见他们的用处与他们的魔力了。”[①] 这里,胡适用“公用文体”形容时评,时评实际就是“报章体”,说明这一文体的流行一时。

时评之类是一种时代文体,顺应了当时的社会思潮;也是体现报刊基本特点,实现其价值的重要置备。因此报刊的主办者或主笔对言论一栏特别重视。戈公振考察报刊史,发现“当时主笔之职责,以报首论说为重要。每星期中,某人轮某日,预为认定。题则各人自拟,大概采取本报所载时事,或论、或说、或议、或书后”[②]。《循环日报》的王韬就亲力亲为,“冠首必有论说一篇”,大多出于王韬的手笔。梁启超更是这样,在其主笔的《时务报》《清议报》和《新民丛报》等,发表大量的论说文章。这样的作为,既体现了主编主笔职责之所在,也可获得相应的稿酬激励。“报刊社论也是较早获得稿酬的报刊文体。晚清像《申报》《清议报》等许多报刊的论说一般是由报馆主笔或同人包办,报馆按月支付薪水。”[③] 当然,“报章体”根本的推力来自读者的需求和社会的需要。《时务报》改为《昌言报》,梁启超退出编撰,读者担心的是论说从此会有所逊色,因此建议征招外稿以期弥补。《汪康年师友书札》中就记载读者黄庆澄的书札:“尊报改为《昌言报》甚善,惟此后论说宜悉招外稿。果能得朴实痛切之作,且可按篇酬润,则所费者少,所得者多矣。”[④] 可见读者对于报刊论说的关注。为了满足读者的需要,也为了营造重视言论的某种氛围,《时务报》等还开展专题性的论说征文。如《时务报》在1897年1月13日出版的第17册上,进行以“论中国不能变法之由”等为题的征文,在同年9月7日第38册《时务报》上公布获奖结果。同期又出征文两题:“问泰西日报维新以前一切弊政与中国今日多相类者,能条举之

---

① 《胡适全集》第二卷,安徽教育出版社2003年版,第404页。
② 戈公振:《中国报学史》,岳麓书社2011年版,第93—94页。
③ 张天星:《报刊与晚清文学现代化的发生》,凤凰出版社2011年版,第60页。
④ 《汪康年师友书札》,上海古籍出版社1986年版,第2317—2318页。

否?”和“《中东战纪本末》读后”。“报章体”在晚清特有的时代语境中，演化成一种强势的文体，甚至影响到科举考试。据姚公鹤《上海报业小史》载：“当戊戌四五月间，朝旨废八股改试经义策论，士子多自濯磨，虽在穷乡僻壤，亦订结数人合阅沪报一份。而所谓时务策论，主试者以报纸为蓝本，而命题不外乎是。应试者以报纸为兔园册子，而服习不外乎是。书贾坊刻，亦间就各报分类摘抄刊售以牟利。”[①] 尽管后来戊戌变法未能即时成行，但“报章体”的影响已是不可阻遏。这倒不是说“报章体”本身有多么强大的社会推动力量，而是说它反映了一种顺应时代发展的社会价值。

二 “报章体”，从发生到高点

无疑，“报章体”是一种历史生成物。“历史”在这里意指“报章体”生成的历史条件，它印证了文随世移、因时而化的文体史基本规律；同时也表明“报章体”的存在是一个历史的过程。梁启超使“报章体”走向了成熟，以其名字命名“报章体”（“时务文体”“新民体”），只能表示他对这一文体做出了特殊的贡献，是这一文体写作的主要代表性作家，而不能忽视梁启超之前和之后的关联性写作。正如方汉奇所指出的：“‘时务文体’在七十至九十年代资产阶级改良派的办报活动中诞生，在戊戌维新运动前后得到进一步发展，它不仅风靡一时，对辛亥革命时期乃至五四运动以后的报纸文风也有很大影响。”[②] 这里所说的“时务文体”更确切地说是“报章文体”。方汉奇将其置于从19世纪70年代至20世纪20年代半个多世纪的史程中考察，清晰地给出了关于“报章体”发展的历史脉络。这反映了治史者具有自觉的历史意识，所说是符合研究对象的实际的。如果以报刊作为这一史程中的里程碑，那么，可以说王韬的《循环日报》是“报章体”的起点，梁启超的《时务报》《清议报》《新民丛报》是其成熟的标志，陈独秀的《新青年》、周氏兄弟的《语丝》，是由晚清“报章体”转型为现代杂文的主要站点。

---

① 姚公鹤：《上海报业小史》，《东方杂志》1917年第14卷第6号。

② 方汉奇：《中国近代报刊史》（上），山西人民出版社1981年版，第146页。

“报章体”为论说体，其价值要素是识见、思想，因此从直接的思想关联看，龚自珍、魏源、冯桂芬等是“报章体”作家的启发者。“从龚自珍到冯桂芬这些三十至六十年代的地主阶级的开明思想家，的确正是七十年代至九十年代地主资产阶级改良派思想家的‘前驱先路’。他们是改良派思想家的真正的血缘亲属，为改良派积累了大量的思想资料，开辟和指引着走向资本主义思想的新方向。所以，如果说，龚自珍给较远的晚清（19 世纪 90 年代至 20 世纪初年）煽起了浪漫的热情；那么，魏源就给紧接着他的七八十年代留下了现实的直接主张。而冯桂芬的特点在于：他承上启下，是改良派思想的直接的先行者，是三四十年代到七八十年代思想历史中的一座重要的桥梁。”[①] 龚自珍对现实的怀疑和批判、魏源的“师夷长技以制夷”的开放思维和冯桂芬从中外大势的了解中对王朝变革的设计，这些为“报章体”作家提供了思想方法、精神品格。他们的思想元素在王韬、郑观应、梁启超等人的文章中多有可见。

“报章体”的载体自然为报刊，因此从直接的文体联系看，王韬在《循环日报》所刊论说、《申报》等报刊的论说，都是“报章体”发生期的重要构成。《申报》重视言论，这从其初创时大量刊发这一体类可以看出。据徐载平、徐瑞芳统计，“《申报》自公元一八七二年四月三十日创刊起，一个月中共登论说文二十四篇。基本上每天一篇，也有一天登两篇的”[②]。稍晚于《申报》创办的《循环日报》开设述论、京报选录、羊城新闻、中外新闻等栏目，将论说置于突出的位置，使这一日报显示出鲜明的政论色彩。王韬十年间在《循环日报》发表近千篇政论文字，成为中国历史上第一个报章政论家。与王韬同时的政论家郑观应，有《救时揭要》《易言》和《盛世危言》等著述，三部著作是依次逐步发展完善而成的。而郑观应的论说文字其写作传播的基本载体也是报刊，如作者自述：“蒙向与中外达人哲士游，每于耳酣酒热之余，侧闻绪论，多关安危大计，且时阅中外日报所论安内攘外之道，有触于怀，随笔札记。历年既久既若干篇，犹虑择焉不精，语焉未详，待质高明以定去取。而朋好见辄持

---

① 李泽厚：《中国思想史稿》（中），安徽文艺出版社 1999 年版，第 377—378 页。

② 徐载平、徐瑞芳：《清末四十年申报史料》，新华出版社 1988 年版，第 10 页。

去，猥付报馆及《中西闻见录》。曾将全作邮寄香港就正王紫诠广文，不料竟为付梓。”[①] 因此，郑观应《盛世危言》也是晚清“报章体”的一种存在。

“报章体”作为一种“体”，其体征特性的形成有一个历史的过程，并不是一朝一夕而成。现在学界所论，大体是由梁启超在《清代学术概论》中对于“新文体”的自述而来。胡适认为，“梁启超最能运用各种字句语调来做应用的文章。他不避排偶，不避长比，不避佛书的名词，不避诗词的典故，不避日本输入的新名词。因此，他的文章最不合‘古文义法’，但他的应用的魔力也最大”[②]。胡适具体分析梁启超散文“魔力”的来由，指出“这种魔力的原因约有几种：一、文体的解放，打破一切‘义法’‘家法’，打破一切‘古文’‘时文’‘散文’‘骈文’的界限；二、条理的分明，梁启超的长篇文章都长于条理，最容易看下去；三、辞句的浅显，既容易懂得，又容易模仿；四、富于刺激性，‘笔锋常带感情’”[③]。这里分析几种原因，其实给出的是成熟期“报章体”的基本特征。陈子展则从“求实用，去空谈”“文体的解放”“文字逐渐通俗化”“文法的讲求”等四个方面，分别解析了“报章体”内容、形式、语言、文法的特点。[④]

归结这些有关“报章体”特点的论述，我们可以知道它的生成，与报章这一特殊载体紧密相关。尽管在“报章体”的发生时期，这些特点表现出的程度有所不同，但其基本的要素是近似的。“报章体”具有某种新闻的属性，因此它需要更多地介入时务，以现实话题作为论说的题目。《申报》刊行第一个月，发表的论说中有《议建铁路引》《炮局议》《医论》《开矿论》《论西人电讯、保险、拍卖行等业务》等。郑观应则以《通使》《自强论》《日报》《条约》《商务》《银行》等为题论说。选题大多关乎洋务、实业等，在内容上与讲究义理、考据辞章的“桐城派”

---

① 郑观应：《〈盛世危言〉自序》，《盛世危言》，中州古籍出版社 1998 年版，第 51—52 页。

② 《胡适全集》第 2 卷，安徽教育出版社 2003 年版，第 286 页。

③ 同上。

④ 陈子展：《古文的演变与新文体的发生》，周红莉编《中国现代散文理论经典》，苏州大学出版社 2007 年版，第 125—126 页。

散文大不相同。“报章体”起时，西学东渐，欧西文思渐入这一文体的写作。虽然王韬、郑观应的写作，不像梁启超那样更为“革命”，字里行间满是新名词，有规模地传输西学思想，但他们特殊的人生经历和写作的价值取向，决定了他们对于西学的选择和表达。郑观应有《西学》篇，重在介绍阐释声光化电物器方面的“西学”。他还写有《议院上》《议院下》，解说评论欧美的政治制度。王韬虽然没有直接以西学为题论议，但在《变法》《重民》《洋务》等篇中，对西学的内容多有涉及。在《变法自强下》中，王韬以日本之例说明取西学变法图强的意义：“日本海东之一小国耳，一旦勃然有志振兴，顿革平昔因循之弊。其国中一切制度，概法乎泰西，仿效取则。”

这些早期的“报章体”，在表达形式和语言运用方面，远没有后来梁启超的写作体现出显见的“文体的解放”和语言的“平易畅达”，而依然有着传统古文的痕迹，有些文章在结构上注意起承转合，在语言上雅驯文言的比重较大。但是，新的书写内容和用以传播的新的写作方式，必然会改变原有的写作模式。像王韬奉持“文章所贵在乎纪事述情，自抒胸臆，俾人人知其命意之所在，而一如我怀之所欲吐，斯即佳文”[①] 的为文观念。这样“报章体”在古文的氛围中蜕变已成一种趋势。正是王韬等“报章体”新的文体因素的潜滋暗长，为梁启超《少年中国说》《呵旁观者文》《过渡时代论》这些“纵笔所至不检束”的“解放文体”，奠定了基础，这也成为《新青年》时代建构“随感录”类现代杂文的直接发轫。

三 “报章体”，从晚清到“五四”

学界研究“报章体”，通常或以梁启超《时务报》《清议报》和《新民丛报》时代的写作为主，或至此为止而不见来者。前者失之于以偏概全，后者隐去历史的流脉，使人不得观照完整的“报章体”。事实上梁启超时期的“报章体”是这一文体发展中的一个高点，但它并没有戛然而止，而对后续的“五四”时期的“随感录”体产生直接的影响。有学者

---

① 王韬：《弢园文录外编·自序》，中州古籍出版社1998年版，第31页。

就认为："梁启超《自由书》中的'随感录'，直接开启了"五四"时期'随感录'创作道路。"① 其实不只是《自由书》，还有《新民说》等，都与"新青年体""语丝体"等有关。"五四""随感录"体也是"报章体"，是"报章体"的现代杂文转型。

我们可从三个方面论说它们之间的关联。

一是两个时期报刊理路的连接。"中国知识者大量介入新兴的报刊事业，是戊戌变法前后方才开始的。《新青年》的作者群及编辑思路，与《清议报》《新民丛报》《民报》《甲寅》等清末民初著名报刊，有着千丝万缕的联系。"②《清议报》《新民丛报》和《新青年》等，基本上都是同人刊物，参与其事的编者、作者，以"清议"的方式进行社会批评和文明批评，刊物成为知识分子向社会发声的"公共空间"，在特定的时代对社会思想文化产生了重大的影响。

二是梁启超的写作成为《新青年》作家群写作取向的示范和重要精神资源。从胡适、陈独秀、鲁迅、周作人等的言谈和对写作的价值追求中，就可看出晚清"报章体"对他们产生的影响。《周作人日记》1902年七月初三有记："夜向同学黄君明第借得《新民丛报》十一号（六月朔出）阅之，内好书甚多，率皆饮冰子所著。看至半夜不忍就枕，善哉善哉！令我有余慕矣。"③ 这里可见，周作人对于梁启超所著的情感取向。周作人虽然后来退为"隐士"，大量写作冲淡闲适的随笔小品，但其前期作为封建文化的"叛徒"，所写杂文有感而发，也具有深刻的思想力量。周作人这些写作的路径与晚清"报章体"是相近的。陈独秀是《新青年》的创办者，也是"随感录"的重要倡导者和写作者。他对杂感和长篇论说写作的热衷，关乎他对写作价值的选择。在《独秀文存·自序》有这样的表述："我这几十篇，原没有什么文学的价值，也没有古人所谓著书传世的价值。但是如今出版界的意思，只要于读者有点益处，有印行的价值便印行，不一定要是传世的作品；著书人的意思，只要有点心得或有点

---

① 冯光廉等：《中国近百年文学体式流变史》（下），人民文学出版社1999年版，第48页。

② 陈平原：《思想史视野中的文学——〈新青年〉研究》，收录陈平原、山口守编《大众传媒与现代文学》，新世界出版社2003年版，第188页。

③ 《周作人日记》（上），大象出版社1996年版，第344页。

意见贡献于现社会，便可以印行。至于著书传世藏之名山以待后人这种昏乱思想，渐渐变成过去的笑话了。我这几十篇文章，不但不是文学的作品，而且没有什么有系统的论证，不过直述我的种种直觉罢了；但都是我的直觉，把我自己心里要说的话痛痛快快的说将出来，不曾抄袭人家的说话，也没有无病而呻的说话，在这一点，或者有出版的价值。”[①] 将陈独秀的这段表述和梁启超相关所说加以对照，我们可以发现两人对于写作价值的求取是一样的。梁启超早在1897年撰写的《湖南时务学堂条约》就曾说，“学者以觉天下为己任，则文未能舍弃也。传世之文，或务渊懿古茂，或务沉博绝丽，或务瑰奇奥诡，无之不可。觉世之文，则词达而已，当以条理细备、词笔锐达为上，不必求工也”[②]。在“觉世”与“传世”之间，陈独秀和梁启超一样，选择了“以觉天下为己任”“有点心得或有点意见贡献于现社会”的写作价值。陈独秀在《新青年》《新潮》《每周评论》刊发的大量随感和论说，也许并不能在文学史上流传致远，但对于新文化的建设却有特别的意义。

三是从文体本身看，从王韬、郑观应到梁启超，再到《新青年》作家的写作，五十年因时流变，但有基本的逻辑线索贯穿其中。他们的写作都以具有社会传播功能的报刊为载体，由此也规定了作为体类的基本特征。体现在内容主题表达上他们的写作在取材上重视时务关注，写作的主题设置紧扣时代的重大主题。“变法”“洋务”是王韬、郑观应政论中的主题词，“维新”“新民”是梁启超文章中所热衷鼓吹的思想，而《新青年》作家则高举“科学”“民主”的旗帜，致力于“立人”的思想文化建设。与题材主题相应，写作的结构渐趋开放。新的内容、新的思想需要有新的表达方式。王韬的写作强调“自抒胸臆”，到梁启超的时候，“文界革命”旗帜张起，散文的新变已蔚然成风。像梁启超写作《自由书》，“每有所触，应时援笔，无体例，无次序”，“惟意所之”[③]。王韬“自抒胸臆”更多的还只是一种写作理念和理想，梁启超的“惟意所之”这时已是写作的一种现实，他的文章体现出更多的随意缘情由性而为的自由形

---

① 《独秀文存·自序》，上海亚东书局1922年版，第1页。

② 梁启超：《湖南时务学堂条约》，《饮冰室文集之二》，中华书局1988年版，第27页。

③ 梁启超：《饮冰室自由书·叙言》，《清议报》第25册，1899年8月26日。

态，《自由书》的命名也可见其写作的心态。但梁启超的表达工具还是文言，只不过是一种通俗平易的文言，因此还不能做到真正的自由写作。而到《新青年》作家这里，在新文化运动的语境中，对于个性的追求不只是一种“人学”之需，而且也体现在具体的写作活动中，陈独秀、李大钊、胡适、鲁迅、周作人、钱玄同、吴虞等的杂感，风格意味各有不同。“报章体”散文，载体的社会传播功能，需要语言面向更多的受众；文本主题的启蒙功能，也需要语言易于接受。这样，必然导致它与传统古文语言景观的不同。“报章体”初期，散文的文言传统秩序没有根本动摇，但这一体式的出现开始启动文言的通俗化。到梁启超这时尽管散文的整个语言系统还是文言的，但“新民体”的语言已是文言与白话结合的“过渡语言”。至“五四”时期则实现了语言的白话化。由上分析可见，“报章体”发生演进的前后关联十分清晰。其中置前的端点，为后续的发展创设了基础。从总体看，无论是王韬、郑观应的政论，还是梁启超的《自由书》《新民说》，都“宣传”的是一种直接的论说体。自然细分来看，梁启超的文字“笔锋常带感情”，而且像《少年中国说》等篇章也不乏文采。事实上，这也为“五四”时鲁迅、周作人等现代杂文文体的确立做了过渡性的铺垫。不同于晚清“政治的”“报章体”，“五四”具有标志性的“报章体”是“文学的”，这时论说体转型为兼容了逻辑思维与形象思维的杂文。特别是鲁迅的杂文亦庄亦谐，自成一体。讽刺深刻，又多幽默智趣，调动种种杂文修辞，服务于思想的言说。可以说，这代表了“报章体”的最高成就，表示“报章体”发展到了一个新的阶段。

四　主体身份·欧西因素·工具之便

李欧梵在谈到晚清文化、文学与现代性的话题时，对晚清报刊生成的意义颇多关注，并且由报刊推及活动在这一新的特殊领域中的人。公共领域“其所借助的印刷媒体，如报章杂志，在晚清种类繁多，这又不禁使我们关注为这些报章杂志写稿的人”①。的确，报刊传媒与“报章体”作家的互动，无论是在新闻史上，还是在散文的流变史程中，都是很值得研

① 李欧梵：《中国现代文学与现代性十讲》，复旦大学出版社2002年版，第13页。

究的存在。两者之间之所以能发生积极的互动，其前提就在于具有现代传播功能的报刊与“报章体”作家实现了某种“双向的选择”，也就是说两者之间存在着价值的同构相谐。“报章体”为报刊社会传播功能的最大化与散文作家社会价值的实现，提供了现实而有效的方式。“现代传播媒体为知识分子批评时政的议论性文章提供了适当的空间，从梁启超的‘时务文体’到《新青年》的‘随感录’，以政论为主的报刊文体正是适应了现代知识分子争取公共空间的话语要求。”① “报章体”作家的价值角色不是传统意义上注重演绎个人情志的文人，而是襟怀天下、以社会进步为职志的知识分子。报刊成为他们向社会发声的便捷的平台，报刊论说既是媒体自身吸引读者的要素，又是具有知识分子职志的，为报章杂志写稿的人的首选文体。这就是报章之物与“报章体”之人联结的重要逻辑。

从写作主体的角度观察“报章体”，我们可以发现写作者具有基本的知识分子的自觉。这就是说，选择“报章体”的写作，大体上也就选择了人文知识分子的写作立场和价值取向。这里有一个主体自觉的问题。中国漫长而严格的封建统治，无法从整体上生成主体公共性、思想性、批判性等机能，但晚清之际这种局面被种种因素改变了，知识分子开始有了主体角色的自觉。“对于身份立场，他们的自我认识，是有几项原则的条件，认为必然属于知识分子行为的表征。也就是他们身份责行的自省。其一，有开拓并延续民族文化的使命。所谓‘为往圣继绝学，为万世开太平’。其二，有担负国家政治的责任和过问政治的兴趣。所谓‘学而优则仕’。其三，有谋致全民幸福乐利的抱负，所谓‘穷则独善其身，达则兼善天下’。其四，有悲天悯人之情怀，淑世之热肠，所谓‘先天下之忧而忧，后天下之乐而乐’。”② 晚清“报章体”作家王韬、郑观应、严复、康有为、谭嗣同、梁启超等，他们的政治立场和思想理念等，并不完全相同，有的甚至相去甚远，但大致上集合了知识分子这些身份自觉的条件，他们胸怀民族，放眼世界，忧患时局，关注时务，为救亡图强而激扬文字。王韬的“愁忧”（《弢园文录外编·自序》中有“独居深念，愁然忧

① 周海波、杨庆东：《传媒与现代文学之间》，中国社会科学出版社2004年版，第179页。

② 王尔敏：《中国近代思想史论》，社会科学文献出版社2003年版，第82页。

之”语)、严复的“救亡”(《救亡决论》)、郑观应的“危言”、梁启超的“新民”等，都特征性地反映了他们特有的心态和言说的品格。《新青年》作家更是如此，他们中的领军人物陈独秀，写作对于他而言实际是一种社会行为。蔡元培在《独秀文存·序》中，非常到位地指出了他作为《新青年》作家的价值：“这部文存所存的，都是陈君在《新青年》上发表过的文，大抵取推翻旧习惯，创造新生命的态度；而文笔廉悍，足药拖沓含糊等病；即到今日，仍没有失掉青年模范文的资格。”[①] 鲁迅与陈独秀不同，他更主要的是一位文学家。写作了《狂人日记》《阿Q正传》等小说的鲁迅，显示着卓越的创作才华，依理更应潜心于传世的小说创作。“早就有人劝我不要发议论，不要做杂感，你还是创作去吧！因为做了创作在世界史上有名字，做杂感是没有名字的。”[②] 但鲁迅以为，“现在是多么迫切的时候，作者的任务，是在对于有害的事物，立刻给予反响或抗争，是感应的神经，是攻守的手足。潜心于他的鸿篇巨制，为未来的文化设想，固然是很好的，但为现在抗争，却也正是为现在和未来的战斗的作者，因为失掉了现在，也就没有了未来”[③]。这里鲁迅明确了他对于写作价值的选择。选择“报章体”进行写作的作家都是这样，他们对于身份的自觉，决定了他们社会担当的自觉，这样时代的主题也就成了他们写作的主题。

“报章体”是一种新的文体，言其新，不只是它依凭的载体是新式的，更重要的是它所传输的其中包含了许多新的思想因素。这些新的思想因素，在中国传统的思想资源库中并不存在，而是“报章体”作家从现代西方思想资源中汲取而得的。这就需要写作主体具有开放的思想品格，善于从域外借取思想的工具，用以对中国问题的思考和论说。观察“报章体”作家的个人经历，我们不难发现他们大多有留学海外的经验。这样他们不仅从一些经典的文本中，获得对于西方现代文明的认知，而且也能从亲历中获得相应的体验，从而加深对于西方文明生成逻辑的理解与把握，并且将此内化为一种学以致用的思想资源。王韬因理雅各“招往泰

① 王观泉编《〈独秀文存〉选》，贵州教育出版社2005年版，第34页。
② 鲁迅：《关于知识阶级》，《鲁迅全集》第八卷，人民文学出版社1981年版，第192—193页。
③ 鲁迅：《且介亭杂文·序言》，《鲁迅全集》第6卷，人民文学出版社1981年版，第1页。

西佐译经籍，遂得遍游域外诸国，览其山川之诡异，察其民俗之醇漓，识其国势之盛衰，稔其兵力之强弱”。“三年中，老民以孤身往还数万里”，后又“作东瀛之游”，“居江户者十旬，遍交其贤士大夫”①。王韬的这种经历和经验，使得他能超越前人，在更为广阔的背景中进行观察和思考。这样才使他以《弢园文录外编》的卓识异见，成为近代第一位报章政论家。梁启超无疑是20世纪初中国最具影响的启蒙思想家。他启蒙的旨归在于“新民”，而何以“新民”，梁启超的回答是“一曰淬厉其所本有而新之；二曰采补其所本无而新之”。而从他的《新民说》所论如《论进取冒险》《论自由》《论义务思想》等看，许多属于“采补所无”的论说。正如梁启超自己所说，“故今日不欲强吾国则已，欲强吾国，则不可不博考各民族所以自立之道，汇择其长者而取之，以补我之所未及”。梁启超特别强调：“采补所无以新我民之道，不可不深长思也。”②“五四”新文化运动是以“科学”“民主”而为其“新”。作为主将陈独秀在1901年至1914年间四次留学日本，系统地研习西方现代政治学说。他在《新青年》上发表的《敬告青年》《东西民族根本思想之差异》等论说文字，以进化论、民主主义等理论学说论事析理。鲁迅作为现代杰出的启蒙主义文学家，他的文学的主要价值在于改造国民性。不同于梁启超基于国家意识、公民素养的“新民”，鲁迅以“个人的自大”的“立人”思想为启蒙旨归，为国民性改造的目标。“中国人向来有点自大——只可惜没有‘个人的自大’，都是‘合群的爱国的自大’。这便是文化竞争失败之后，不能再见振拔改进的原因。”“‘个人的自大’，就是独异，是对庸众宣战。”“这种自大的人，大抵有几分天才——照Nordau等说，也可说就是几分狂气。他们必定自己觉得思想见识高出庸众之上，又为庸众所不懂，所以愤世嫉俗，渐渐变成厌世家，或‘国民之敌’。但一切新思想，多从他们出来，政治上宗教上道德上的改革，也从他们发端。”③鲁迅的这种“个人的自大”思想，很明显取之于西方的核心价值观。

我们在研究“报章体”作家主体特征时，还有一点是不可无视的，

---

① 《弢园老民自传》，《弢园文录外编》，中州古籍出版社1998年版，第384—385页。

② 《释新民之义》，《新民丛报》1902年第1号。

③ 《热风·随感录三十八》，《鲁迅全集》第1卷，人民文学出版社1981年版，第311页。

这就是他们得媒体的工具之便。检视晚清“五四”骨干“报章体”作家的身份情况，可以发现他们大多具有媒体经验。王韬《循环日报》；严复《国闻报》；谭嗣同《湘报》；陈独秀《安徽俗话报》《新青年》；周作人、鲁迅《语丝》，梁启超更是一代报人。有了这种工具之便，写作在他们这里既是一种工作，又是他们表达自身职志的一种事业。“晚清的思想家们如梁启超、谭嗣同等，都将学堂、报纸和学会，看作开发民智和社会改革的三个最重要的途径。虽然他们不曾意识到这是即将出现的‘知识人社会’的基础性建构，但已经将之视为新士大夫得以发挥社会影响的重要管道。”① 梁启超他们自然无法意识到报刊等对于建设“知识人社会”的意义，但他们已经认知它对于开发民智、改革社会的巨大作用。王韬借论欧西报纸主笔的影响，说明报纸对于人心的牵引：“其立论一秉公平，其居心务期诚正。如英国之泰晤士，人仰之几如泰山北斗，国家有大事，皆视其所言以为准则，盖主笔之所持衡，人心之所趋向也。”② 郑观应和严复则从求通去塞、变法图强的角度论说办报大要“若日报一行，则民之识见必扩，民之志量必高……今如欲变法自强，宜令国中各省各府各州各县俱设报馆”③。“《国闻报》何为而设也？曰：将以求通焉耳。夫通之道有二：一曰通上下之情；一曰通中外之故。如一国自立之国，则以通下情为要义。塞其下情，则有利而不知兴，有弊而不知去；若是者，国必弱。如各国并立之国，则尤以通外情为要务。”④ 而谭嗣同将报纸视为“民之史”“国之口”，言之至极：“不有报纸以彰民史，其将长此汶汶闇闇以穷天，而终古为喑哑之民乎？吾见《湘报》之出，敢以为乡民庆，曰诸君复何忧乎？国有口矣。”⑤（《湘报后叙下》）到了“五四”时期办报刊已是寻常事，主事者一般不再高调极言。像《语丝》，“创刊这张小报，作自由发表的地方”⑥。这里的“自由”恰好说出了作者所得的报刊之便。

① 许纪霖：《重建社会重心：现代中国知识分子与公共空间》，收录许纪霖主编《公共空间中的知识分子》，江苏人民出版社 2007 年版，第 8 页。

② 王韬：《论日报渐行于中土》，《弢园文录外编》，中州古籍出版社 1998 年版，第 311 页。

③ 郑观应：《日报上》，《盛世危言》，中州古籍出版社 1998 年版，第 117 页。

④ 严复：《〈国闻报〉缘起》，戈公振《中国报学史》，岳麓书社 2011 年版，第 125 页。

⑤《湘报后叙下》，《谭嗣同全集》下册，中华书局 1981 年版，第 418 页。

⑥《〈语丝〉发刊词》，《语丝》1924 年第 1 期。

第八章　《新青年》与现代散文精神

《新青年》杂志，作为新文化运动的一个标志将被永久地载入史册。《新青年》的意义是这样重大，它被视为开启一个时代的重要存在。蔡元培指认"《新青年》杂志为五四运动时代之急先锋"，胡适则认为"《新青年》是中国文学史和思想史上划分一个时代的刊物"。美国约克大学历史系教授陈志让在论及1895年至1920年从改良运动到五四运动历史演进时，也持有这样的观点："1915年9月，一种由著名的激进主义者、人文学科教授陈独秀主编的杂志《新青年》创刊。它的出版正式开创了中国新文化运动。"① 在现代中国，还没有哪一个杂志像《新青年》这样具有划时代的意义。

一　散文史中的《新青年》

《新青年》的划时代意义体现在多个方面。概而言之，主要体现在文化革命与文学革命两端。毛泽东曾回忆说："《新青年》是有名的新文化运动杂志，由陈独秀主编，当我还在师范学校读书的时候，我就开始读这一本杂志。我特别爱好胡适、陈独秀的文章。他们代替了梁启超和康有为，一时做了我的模范。梁、康二人我早已舍弃了。"② 毛泽东在这里主要是言指《新青年》所倡导的思想革命对他产生的影响。《新青年》刊发

---

① 见费正清主编《剑桥中国明清史》（上），中国社会科学出版社1993年版，第444页。

② 埃德加·斯诺：《西行漫记》，新华出版社1984年版，第129页。

了胡适的《文学改良刍议》、陈独秀的《文学革命论》，成为鼓吹文学革命的重镇。《新青年》在新文学史上是不可或缺的。正如司马长风所说的那样，《新青年》“在新文学诞生期（1918—1921），它是文学革命的司令塔，尽了播种育苗的使命，它集中了当时最优秀的作家，刊载了最具影响的作品”①。“像胡适那篇离经叛道的文章，除了‘新青年’可能找不到其他刊物发表。其后几篇响应的文章以及新文学最初的试作也都是在‘新青年’上发表的；可以说‘新青年’是新文学的温床，也是新文学的产婆。”②

就具体的文类而言，新文学的倡导者将《新青年》作为他们进行富有新质的文体实验的一处场所。鲁迅刊发于《新青年》1918 年第 4 卷第 5 号的小说《狂人日记》以“忧愤的深广”“表现的深切和格式的特别”③成为开启一个文学新时代的具有标高意义的作品。新诗体，《新青年》早在 1917 年第 2 卷第 6 号就刊载了胡适的“白话诗八首”，戏剧则有胡适的《终身大事》，发表于《新青年》1919 年第 6 卷第 3 号。论及散文，言者往往将《新青年》与现代议论性散文的发轫关联起来。俞元桂就说：“《新青年》创办初期，陈独秀、李大钊等人的一些议论文，思想新颖，激情充沛，又写得生动活泼，平易畅达，可说是白话散文的一种最初形式。该刊从 1918 年 4 月号起开辟‘随感录’专栏，专登短小泼辣的议论文字。这些具有文学意味的杂感短评便是后来统称为‘杂文’一类作品的先导。”④

要之，《新青年》既是新文化运动的主阵地，也是新文学运动的“产婆”。但在我们的论域内，更感兴趣的是这一杂志对于新文学创造的意义。“我们在考察‘新青年社’时，应首先视其为一个文学社团——一个既具有文化功能，但更重要的是又具有文学功能的新文学作者群体……以该社团为组织形式的一个文学团体——一个在中国文学史上靠团体的力量

---

① 司马长风：《中国新文学史》（上），香港昭明出版社 1980 年版，第 78 页。

② 同上书，第 41 页。

③ 鲁迅：《中国新文学大系·小说二集导言》，上海良友图书公司 1935 年版。

④ 俞元桂等：《中国现代散文十六家综论》，华东师范大学出版社 1989 年版，第 4 页。

完成了一项重大历史使命的作家群体。"① 具体到散文这一文体，我们更关注《新青年》与现代散文之间的某种关联。就这一课题而言，我们可以发现以往的研究者比较多的是涉论了这一杂志对议论性散文的直接造就。林非在《五四以来散文发展的轮廓》一文中指出："在现代散文史上，议论性的散文创作是最早发端的。它起源于《新青年》1918 年第 4 卷第 4 号开始设立的'随感录'这个栏目。"王瑶也持同样的观点。他认为"现代文学中最早出现的散文作品是以议论为主的杂感，着重在抨击和讽刺旧社会不合理现象，战斗的锋芒十分锋利"②。最先倡导这类杂感的就是《新青年》，"《新青年》设《随感录》始于 1918 年第 4 卷第 4 期，当时在这一栏写杂感最多的是鲁迅、陈独秀、钱玄同等人；从开始起这种文体就是进行文化战斗的有力武器"③。许志英、倪婷婷的论析更为具体：

> 现代散文，尤其是议论性散文，也是在新文化运动扫荡旧思想、旧文学的声浪最早问世的文学样式。《新青年》创刊后，适应着反封建思想革命的需要，不断刊登如陈独秀的《抵抗力》、李大钊的《青春》等说理明晰，激情澎湃的议论散文，鼓动民众奋起除旧创新。从第四卷第四号起，《新青年》又开辟"随感录"栏目，发表短小精悍、锋芒锐利的杂感，以在新文化运动中充当冲锋陷阵的尖兵，与"桐城谬种""选学妖孽"直接形成对立。④

以上的指说据于史实，因而无疑是正确的。鲁迅自己也将他写作杂感的起始点定在《新青年》。他说："我从在《新青年》上写《随感录》起，到写这集子（指《且介亭杂文二集》——引者注）里的最末一篇止，共历十八年，单是杂感，约有八十万字。"⑤ 但是，以往的研究多数囿于

① 张光芒：《决绝与新生——五四文学现代化转型新论》，中国文联出版社 1999 年版，第 18 页。

② 王瑶：《中国现代文学史论集》，北京大学出版社 1998 年版，第 218 页。

③ 同上书，第 11 页。

④ 贾植芳主编：《中国现代文学社团流派》，江苏教育出版社 1989 年版，第 37 页。

⑤ 鲁迅：《且介亭杂文二集·后记》，《鲁迅全集》第 6 卷，人民文学出版社 1981 年版，第 451 页。

形而下的具体视角，只是观照到表象的文体存在，未得对象本质性的形而上的意义。《新青年》对于中国现代散文至少有两方面的贡献。一方面如我们已经指说的实体性的贡献，即《新青年》刊布的“随感录”等议论性散文，成为现代散文的先导；另一方面应该视之为更重要的一端，就是《新青年》营造的精神氛围从根本上滋生着现代散文的文体之魂。简而言之，《新青年》对于现代散文既有实体性的意义，又有精神性的价值。而后一方面，尤其不应该被我们忽略不计。

现代散文的精神是什么？这是一个应有多解的有意义的问题。我以为郁达夫《中国新文学大系・散文二集导言》中的一段表述，对现代散文的精神特质的揭示是颇有启发意义的。他认为：“现代散文的最大特征，是每一个作家的每一篇散文里所表现的个性，比以前的任何散文都来得强。”“我们只消把现代作家的散文集一翻，则这个作家的世系、性格、嗜好、思想、信仰以及生活习惯等等，无不活泼地显现在我们的眼前。这一种自叙传的色彩是什么呢？就是文学里最可宝贵的个性的表现。”创作的个人性或曰个人化，无不关联着特定时代的独特的文化生态。散文作家对于创作个人性的追寻以及文本独特个性的凸显，这正是散文“现代性”实现所不可短缺的构成要素。从某种意义上说，散文的现代性也就是它的个人性。而个人性的实现导源于主体精神自立。因此，情志自由可以视为是现代散文的一种文体精神。

现代散文这一文体的特异之处有多端显现。而不应该被我们所忽视的是，散文实际上作为文人或曰知识分子的某种精神居所，是他们一种“自由与朴素的存在方式”①。个人性的散文需要有主体丰裕的精神存在与之相应。而这又必须置备一方得以放飞思想的自由言说的精神空间。自由、自主是现代散文生成的前置条件。作为现代散文主要创造者之一的周作人，他的指说是很有意味的。“小品文是文学发达的极致，它的兴盛必须在王纲解纽的时代。”这样的时代，“处士横议，百家争鸣，正统家大叹其人心不古，可是我们觉得有许多新思想好文章都在这个时代发生”。“王纲解纽”与小品文发达之间具有某种因果关系。在周作人看来，“小

① 王尧：《乡关何处——20世纪中国散文的文化精神・引言》，东方出版社1996年版。

品文则在个人的文学之尖端，是言志的散文，它集合叙事说理抒情的分子，都浸在自己的性情里”①。散文由个人的性情酿造而成，而个人性的存在需要拒绝社会的思想禁锢与自我泯灭的“非我”心理。

精神自由是散文之魂。对此，中外学者有着一致的指认。德国学者洪堡特将“精神”作为诠释现代散文的关键词。他指出：“诗歌只能够在生活的个别时刻和在精神的个别状态之下萌生，散文则时时处处陪伴着人，在人的精神活动的所有表现形式中出现。散文与每个思想、每个感觉相维系。在一种语言里，散文利用自身的准确性、明晰性、灵活性、生动性以及和谐悦耳的语言，一方面能够从每一个角度出发充分自由地发展起来，另一方面则获得了一种精微的感觉，从而能够在每一个别场合决定自由发展的适当程度。有了这样一种散文，精神就能够得到同样自由、从容和健康的发展。”② 在这里，“精神”意指主体情志的超逸，不为所拘。作家的精神自由造就散文文体的人文品格，而作者、读者由此也能获得某种精神的自在。这正是现代散文要旨之所在。

显然，在中国的历史传统中，有关自由自主的精神资源是十分匮乏的。对个人性的抑制与排拒，本是封建政治的伴生之物。历史进入近代，封建王朝开始在风雨飘摇中“解纽”。西风东渐，域外自由民主的思想逐渐影响人心。但这是一个颇为艰难的历史过程。辛亥革命是一个影响历史发展的重大事件，然而正如许华茨所说：“中国的辛亥革命常常被认为是‘表面的’。它没有引起社会的革命。”③ 这里所说的“社会的革命”，意指更为普泛，更具深度的社会思想文化革命。辛亥革命虽然推翻了漫长的封建统治，但是封建思想依然根深蒂固。不过历史毕竟不同往昔。一些得风气之先怀抱使命的自由知识分子正在20世纪初的中国社会中生长。他们掀起的新文化运动的浪潮，以“民主”与“科学”相号召。思想革命，求取的是思想的解放与精神的自由。正如李大钊所说：“我以为一切解放的基础都在精神解放。”④ 五四新文化运动的重大历史意义就在于它促进

① 周作人：《知堂序跋·〈近代散文抄〉序》，岳麓书社1987年版。

② 转引自林贤治《五十年：中国与自由的一种观察》，《书屋》2000年第1期。

③ 见费正清主编《剑桥中国晚清史》（上），中国社会科学出版社1993年版，第470页。

④ 《李大钊选集·精神解放》，人民出版社1959年版，第309页。

了中国人前所未有的精神解放。而这正是《新青年》所提倡的，是它贡献于现代中国的最重要的精神质素。就散文而言，它直接滋养了这一文体所需的自由精神。

我们这样评价《新青年》，需要对《新青年》做一界定。《新青年》创刊时名为《青年杂志》，1915 年第 1 卷第 1 号发行于上海，为 16 开本月刊，文化类综合性刊物。由陈独秀编辑，上海群益书社发行。出至第 1 卷第 6 号，休刊半年。1916 年 9 月 1 日复刊，标为第 2 卷第 1 号，更名为《新青年》，并成立青年杂志社，由陈独秀主撰。1916 年 12 月，陈独秀应北京大学校长蔡元培之聘，任北大文科学长，杂志社随之迁往北京。1918 年 1 月《新青年》宣布所有撰译悉由同人担当，实行编辑集议制，陈独秀、胡适、李大钊、钱玄同、沈尹默、吴虞等参与其事。至 1919 年初出版第 6 卷时，实行轮流主编制，由陈独秀、钱玄同、高一涵、胡适、李大钊、沈尹默 6 人分任主编。1920 年夏，陈独秀到上海筹建共产主义小组，杂志社随迁至沪上。杂志社实际上成为上海共产主义小组的机关，《新青年》成为机关刊物。1923 年 6 月改出季刊，由瞿秋白任主编，杂志成为中共中央委员会主办的理论性机关刊物。1926 年 7 月 25 日终刊，总计出版 63 期。从《新青年》行世 10 余年历程中，我们可以看出，自创刊至 1920 年初，《新青年》大体上是一种知识分子的文化刊物；此后至终刊则演变为一种由党派主持的具有阶级色彩的政治刊物。1920 年，是《新青年》队伍分化的时期。陈独秀、李大钊更多地参加实际的政治斗争。刘半农、钱玄同则致力于学术研究。胡适、高一涵倡导整理国故，呼吁组建“好人政府”，只有鲁迅、周作人等仍在文学的园地耕耘。这样一种状况，使《新青年》的面目与此前有了大不同。我们言说《新青年》对现代散文具有实体性与精神性的双重意义，主要是就作为知识分子的文化刊物的《新青年》而言的。

现代散文的个人性由禀具自由精神的主体所造就。在纲常名教主宰个体言行的传统社会中，人的精神自由几成奢望，个性遭致泯灭。社会进入现代的时域，对主体精神自主的诉求就成为人的一种普泛而又强烈的渴望。《新青年》的创刊与自由知识分子的成长密切相关。在笔者看来，激进知识分子在特定的历史语境中，是自由主义知识分子的一种代表。激进正是自由的一种表现，而自由生成激进。《新青年》的风行，与其拥有一方自由主义的生态环境有关。

北京大学是中国酿造自由主义精神的摇篮。在由近代思想向现代思想嬗替的历史进程中，北大是一个至关重要的站点。有学者曾指出“中国思想转变时期的背景，已有几个必要的发展阶段”，而列其首者就是北大，“首先是北京大学（一般简称北大）已建设成为现代化的高等学府”①。而北京大学的“现代化”与蔡元培的赴任有关。这位民国首任教育总长于1917年担任北大校长。由于他的出现，使这所曾是朝廷诏办的京师大学堂开始与西方现代高等教育接轨。美国著名的汉学家格里德博士在论及中国“五四”文学革命时，认为“国立北京大学”就是“这场生机勃勃的反传统运动之物质的与精神的中心”，而蔡元培“任北大校长，他为把北大提高到其学术上和思想上的杰出地位做出了重大贡献。他的愿望是把北大建立成一所真正自由的学校，一所能容忍所有观点的学校。由于他本人就是某种意义上的激进派，一位转向革命的古典学者，所以毫不足怪，北大在他的主持下很快就成了怀疑派和反抗者的聚集之地”②。蔡元培办学奉行“兼容并包主义”：“弟在大学，则有两种主张：一、对于学说，仿世界各大学通例，循思想自由原则，取兼容并包主义。……无论有何种学派，苟其言之成理，持之有效，尚不达自然淘汰之运命者，虽彼此相反，悉听其自由发展。二、对于教员，以学诣为主；……其在校外之言动，悉听自由……”③

历史的发展有着其不以人的意志为转移的规律，但其中有些细节却不无某种偶合因素。蔡元培之任校长，陈独秀之被聘任，《新青年》社之北迁，既有着其必然的一面，同时也有偶然的契机。设若《新青年》不居于自由知识分子栖息的北京大学，没有一批怀具自由主义情志的北大教授唱和鼓吹，则《新青年》后来的发展就未必如历史已然

① 许华茨语。见费正清主编《剑桥中国晚清史》（上），中国社会科学出版社1993年版，第470页。

② 格里德：《胡适与中国的文艺复兴——中国革命中的自由主义（1917—1937）》，江苏人民出版社1996年版，第85—86页。

③ 转引自《胡适文萃》，作家出版社1991年版，第10页。

如斯。北大滋育了《新青年》，而《新青年》作为自由主义知识分子自我实现的一个论坛，从某种意义上说，又成为北大的一个标志，构成并丰富了北大的精神——自由的精神，而这种精神成为造就现代散文品格的精魂。

二 新思想建设中的“人的文学”

《新青年》提倡新道德，反对旧道德。其同人对自由自主的倡扬，成为这一刊物的基本主题。理性的自由自主，是人之为人的要旨，是构成人的主体性的要素。长期的封建统治，使中国人成为异化之物，他们的主体性逐渐被剥离。因此，中国之强，关键在于立人，这也是思想革命、文学革命的要义。鲁迅在《文化偏至论》中指出：“欧美之强，莫不以是炫天下者，则根底在人，而此特现象之末，本原深而难见，荣华昭而易识也。是故将生存两间，角逐列国事务，其首在立人，人立而后凡事举；若其道术，乃必尊个性而张精神。”[①] 这种“尊个性而张精神”的“立人”思想，在《新青年》这里得到了回应与强化。正如鲁迅所说：“最初，文学革命者的要求是人性的解放。”对个性自由的召唤，成为《新青年》的一项基本的使命。

《敬告青年》是《青年杂志》的开篇，是一份昭告这一刊物大旨的宣言。陈独秀“属望于新鲜活泼之青年，有以自觉而奋斗耳！”为此“谨陈六义”：“自主的而非奴隶的”，“进步的而非保守的”，“进取的而非退隐的”，“世界的而非锁国的”，“科学的而非想象的”。在这里陈独秀运用是非对举取是舍非的句式，泾渭分明地表达了他所求取的价值观念。列于“六义”之首的是“自主的而非奴隶的”一条，这表明了陈独秀对人的精神独立所具有的意义的看重。对“自主”而非“奴隶”，陈独秀作有自己的阐释。他以为“脱离夫奴隶之羁绊，以完其自主自由的人格”，具有这种人格的人，“一切操行，一切权利，一切信仰，唯有听命各自固有之智能，断无盲从隶属他人之理”。陈独秀在《今日之教育方针》中陈列了“现实主义”“唯民主义”“职业主义”“兽性主义”等教育观念。其中的

---

① 《鲁迅全集》第1卷，人民文学出版社1981年版，第33页。

“兽性主义”，就关涉主体自主的体格与人格的创构：“兽性之特长谓何？曰：意志顽狠，善斗不屈也；曰：顺性率真，不饰伪自文也。”[①] “兽性”在这里或可谓之自主的代称。“兽性”之操持者，既能不为自然力量所役，不能直立于彷繁复杂的社会。“顺性率真”，无须“饰伪自文”，正是人的精神独立自由的一种表征或境界。在《一九一六年》这篇重要文章中，陈独秀在谈到青年“思想动作，果何所适从乎”这一问题时，特别强调应该“尊重个人独立自主之人格，勿为他人之附属品”[②]。

新文化运动中的思想精英高擎“民主”与“科学”的大旗。胡适也呼吁发展人的个性。他认为过往“社会最大的罪恶莫过于摧折个人的天性，不使他发展”，而“社会是个人组成的，多救出一个人，便是多备下一个再造社会的分子”。“救人”也就是“立人”，就是要将被“摧折的个人的天性”加以恢复，加以发展。在他看来，“发展个人的个性”，最关键是“须使个人有自由意志”[③]。他们对民主情有独钟。而民能自主、主国，就必须使民获得一种精神的自由。中国社会缺乏有关民主自由的思想资源。因此，思想者在借取西风之时，更多地关注域外具有现代性特质的思想。高一涵这位在日本接受过西方观念陶冶的政治学家，是《新青年》的重要作者。他的文章传输西方现代的政治理念。在高一涵看来，个体的自由是这种理念的核心。“共和国家，毕竟平等，一切自由，无上下、贵贱之分，无束缚、驰骤之力。凡具独立意见，皆得自由发表；人人所怀之意向、蕲求、感情、利害，苟合于名学之律，皆得尽量流施，而无所于惧，无所于阻。”“民情舒放，活泼自如，绝不虞抑郁、沉沦，以销磨其特性，而拘梏其天机。”[④] 王叔潜在论述“新旧问题”时，对“新”作有界说，将“新”直接与西洋文化关联起来。他说：“所谓新者无他，即外来之西洋文化也，欧美现今一切之文化，无不根据于人权、平等之说，人生之观念变，于是乎尊重自由，而人类之理性始得完全发展。”[⑤] 这里显

① 陈独秀：《今日之教育方针》，《青年杂志》1915 年第 1 卷第 2 号。
② 陈独秀：《一九一六年》，《青年杂志》1916 年第 1 卷第 5 号。
③ 胡适：《易卜生主义》，《新青年》1918 年第 4 卷第 6 号。
④ 高一涵：《共和国家与青年之自觉》，《青年杂志》1915 年第 1 卷第 1 号。
⑤ 王叔潜：《新旧问题》，《青年杂志》1915 年第 1 卷第 1 号。

见，在新文化创造者的视界中，“人权”“平等”是西方文化的基本内核。应该说西方文化的内涵林林总总，并不能一言以蔽之。王叔潜等将其作出简化的表述，这反映了他们根据自身的体认，对当时所需建构的人文精神作出选择与强化的价值取向。

值得注意的是，《新青年》时期阐释的自由观念与晚清梁启超等人的理解有着不同的指向。梁启超所说的自由，更多地强调集体的自由。他明确指出：“自由云者，团体之自由，非个人之自由也。”① 一些人将团体（国家）的自由与个体的自由视为相斥的矛盾物：“个人不可太自由，国家要得到完全自由。到了国家能够行动自由，中国便是强盛国家，要这样做，便要大家牺牲自由。”② 与团体自由观不同的是，《新青年》的同人所意指的自由更多的是一种个人性的存在。这样的理解比较接近西方文化语境中自由的意蕴。陈独秀的《东西民族根本思想之差异》，专论东西文化之间存有的异质性，其中有言：“西洋民族以个人为本位，东洋民族以家庭为本位。”在对“个人本位”与“家族本位”的比较中，作者取舍的倾向是十分明确的。陈独秀以为西洋是“彻头彻尾个人主义之民族也”。“举一切伦理、道德、政治、法律、社会之所向往，国家之祈求，拥护个人之自由权利与幸福而已。思想言论之自由，谋个性之发展也。法律之前，个人平等也。”他指出以家族为本位的宗法制度所具有的“恶果，盖有四焉：一曰损坏个人独立自尊之人格；一曰窒碍个人意思之自由；一曰剥夺个人法律上平等之权利……一曰养成依赖性，戕贼个人之生产力”③。由陈独秀对泯灭个人性的宗法制度的抨击，可见他对“个人主义”的倾心。这里陈独秀所秉持的自由观是偏于个人的，而非集体的。

这种反传统的观念，在《新青年》这一论坛上差不多成为一种通识。李亦民主张“顺人性之自然，以个人主义为前提，以社会主义为利益个人之手段”④。在这里个人与社会的关系被倒置了，作者强调的是“顺人胜之自然”。高一涵也持相同的观点，认为：“社会集多数小已而成者也，

---

① 《梁启超选集》，上海人民出版社 1984 年版，第 227 页。
② 孙中山：《三民主义·民权主义第二讲》，1924 年 3 月 16 日演讲。
③ 陈独秀：《东西民族根本思想之差异》，《青年杂志》1915 年第 1 卷第 4 号。
④ 李亦民：《人生唯一之目的》，《青年杂志》第 1 卷第 4 号。

小已为社会之一员，社会为小已所群集。故不谋一己之利益，即无由致社会之发达。”“一己之天性，完全发展，即社会之一员，完全独立。”[①] 个人与自我被做了史无前例的强化。易白沙径以《我》为题作文，直截了当地声言“‘我’之性质，即独立的性质”，认为“西方哲人，所以能造化世界、造化国家者，无佗，各自尊重其我而已矣”。因此，易白沙指出中国的当务之急“救国必先有我”[②]。《新青年》对自我个性的这种特别的激扬，对五四时期形成个性主义的社会思潮起到极大的促进作用。

对《新青年》所具有的总体性文学史意义，我们已有了很多的论说。胡适的《文学改良刍议》、陈独秀的《革命文学论》等重要的文章对新文学的建设从形式到内容都做出革命性的设计。“活”的文学和“人”的文学，是新文学的建设者对文学革命目标的一种设定。胡适、陈独秀等人在《新青年》上发表的文学思想，其中有不少成为现代散文的重要理论资源，直接作用于现代散文精神的生成。这是很值得现代散文研究者所重视的。

陈独秀与胡适声气相应，策动文学革命。与胡适偏重于形式改良的“八事”有所不同的是，陈独秀在《文学革命论》中大书特书吾革命军三大主义：“曰，推倒雕琢的、阿谀的贵族文学，建设平易的、抒情的国民文学；曰，推倒陈腐的、铺张的古典文学，建设新鲜的、立诚的写实文学；曰，推倒迂晦的、艰涩的山林文学，建设明了的、通俗的社会文学。”[③] 对文学革命的内容做有陈述。研读陈独秀的这篇文章，我们可以发现作者在对“三大主义”做展开阐释的时候，是将古代散文作为重要论据的。一方面，陈独秀对“韩、柳崛起，一洗前人纤巧堆朵之习”的文学史意义给予高度的评价，以为“俗论谓昌黎文章起八代之衰，虽非确论，然变八代之法，开宋元之先，自是文界豪杰之士”，另一方面又对韩愈在文学史上造成的负面影响做有揭示：

吾人今日所不满于昌黎者二事：一曰，文犹师古。虽非典文，然

---

① 高一涵：《共和国家与青年之自觉》，《青年杂志》第 1 卷第 1 号。

② 易白沙：《我》，《青年杂志》1916 年第 1 卷第 5 号。

③ 陈独秀：《文学革命论》，《新青年》1917 年第 2 卷第 6 号。

> 不脱贵族气派，寻其内容，远不若唐代诸小说家之丰富，其结果乃造成一新贵族文学。二曰，误于“文以载道”之谬见。文学本非为载道而设，而自昌黎以讫曾国藩所谓载道之文，不过抄袭孔孟以来极肤浅、极空泛之门面语而已。余尝谓唐宋八家文之所谓“文以载道”，直与八股家之所谓“代圣贤立言”，同一鼻孔出气。

陈独秀对韩愈的部分否定，反映了他新的文学理念。在他看来文学应当是时代的言志的，他呼唤那种“目无古人、赤裸裸的抒情写世、所谓代表时代之文豪”。“文以载道”是封建时代对文学的一种普遍的规约，而所载之“道”当然不是“人道”，而是对儒学教义的一种阐释。这种教义其基本的功能在于通过对个体性情的扼杀，去维护封建统治的纲常秩序。在各体文类中，散文的“载道”之功是最为彰显的。流敝久远，以至晚清乃至民初，“桐城派”散文等依然为文坛主流之一脉。“今日吾国文学，悉患承前代之敝。所谓‘桐城派’者，八家与八股之混合体也；所谓‘骈体文’者，思绮堂与随园之四六也……”这些文章“所谓宇宙，所谓人生，所谓社会，举非其构思所及”。据此，陈独秀对桐城派散文的价值存在进行了全面的颠覆：“归、方、刘、姚之文，或希荣誉墓，或无病而呻，满纸之乎者也矣焉哉。每有长篇大作，摇头摆尾，说来说去，不知道说些什么。此等文学，作者既非创造才，胸中又无物，其伎俩惟在仿古欺人，直无一字有存在之价值。虽著作等身，与其时之社会文明进化无丝毫关系。”陈独秀对桐城派散文的否定，其本旨在于对卫道文统的排拒，对个性文学的倡导。他所说的“赤裸裸的抒情写世”文学，正是一种充盈着人性的激扬着主体生命意识的文学。尽管后来陈独秀的文学主张或实践与《文学革命论》中的观点有所变化，但他在这里所表达的思想，对散文文体的解放不无积极的意义。

胡适的《文学改良刍议》，“言文学改良，须从八事入手”。其论“八事”，偏重于形式一端，可谓具体而微。他以为新的文学“须言之有物”“不摹仿古人”“须讲求文法”“不作无病之呻吟”“务去烂调套语”“不用典”“不讲对仗”“应避俗字俗语”。其中列其首的“须言之有物”一条，关乎写作的内容。对于“物”的含义，胡适做有说明。“吾所谓

‘物’，约有二事：（一）情感……（二）思想。”在胡适看来，旧文学的大敝在于“既无高远之思想，又无真挚之情感，文学之衰微，此其大因矣”①。胡适的这种解说不免有些语焉不详，从字面上看也没有直接指说散文，但其精神则与散文密切相关。散文一体如无情思之物为其经纬，纯然作丽词秀语的铺排，则无异于文字游戏。“高远之思想”，“真挚之情感”绝不是被设定的公共性的存在，而有赖于个体思想的自由与性情的放逸。这正是散文主体应拥有的一种理想境界。

傅斯年这位当时还是北京大学文科学生的文学革命的积极参与者，他的《文学革新申义》，虽不若胡适、陈独秀的宏论称名一时，但作者从容迈步于漫长的文学发展历史，纵横捭阖，激扬文字，挥洒着他的智识与才情。其中有一部分论说直接批判桐城派散文。傅斯年畅言无隐，指出：“桐城家者，最不足观，循其义法，无适而可。”他以为桐城派“言理则但见其庸讷而不畅微旨也，达情则但见其陈死而不移人情也，纪事则故意颠倒天然之次序以为波澜，匿其实相，造作虚辞”。在傅斯年看来，桐城一派“桎梏拘束”，“托辞曰‘庸言之谨’，实则戕贼性灵以为文章耳”。这种“桎梏心灵，戕贼性情之矩矱”，是应该“首先斩除”② 的。《从这里，我们可以发现傅斯年所认同或倡导的散文是“畅旨”“达情”“移人情”的文体，其“畅”，其“达”，则源于作者心灵的自由，性情的自在。他的这种散文观念与陈独秀、胡适等所秉持的是一致的。

周作人，这是新文学运动中不可或缺的一位理论家。他刊发于《新青年》第5卷第6号上的那篇《人的文学》，可以视为新文学运动中最为重要的理论成果之一。所谓“人的文学”，其要旨在于一个“人”字。人的存在，在中国的传统社会里常常是被漠视的。因此，周作人认为“现在却还讲人的意义，从新要发见‘人’，去‘辟人荒’”。而所谓“人性”，就是人灵与肉的结合。“兽性与神性合起来，便只是人性”，“人的文学”，就是“用这人道主义为本，对于人生诸问题，加以记录研究的文字”。人道主义在不同的语境中具有不同的意义。在这里周作人“所说的

① 胡适：《文学改良刍议》，《新青年》1917年第2卷第5号。

② 傅斯年：《文学革新主义》，《新青年》1918年第4卷第1号。

人道主义，并非世间所谓‘悲天悯人’或‘博施济众’的慈善主义，乃是一种个人主义的人间本位主义”。周作人强调：“我所说的人道主义，是从个人做起。”文学的人道主义就是文学的个人主义或个性主义。以此作为评价尺度，周作人认为：“中国文学中，人的文学本来极少，从儒教、道教出来的文章，几乎都不合格。”因为这些文章“全是妨碍人性的生长”的东西。周作人的“人的文学”的理论言说的是文学的整体。但其要旨无不关系文心，如前所述，个人性是现代散文的重要特质。而这样一种特质，正是散文作者独特的主体性的一种投影。“人的文学”这一命题在散文这一文体中，其关键是在于作者对自我——作为一个特立独行的生命个体的发现与演绎。散文语境中的“人的文学”，或可解为关于作者自我的文学。

三　自由精神与散文文体品格

《新青年》作为一个张扬文化（文学）个性主义思想的论坛，它对生成具有现代意识的散文家，其意义特别重大。哲学上的个性主义，使散文作家开始建构新的价值评价体系，文学上的个性主义，又影响他们写作的态度以及方法。可以认为，《新青年》直接造就了现代中国第一代散文家。这些散文家将《新青年》作为他们某种自由情志宣泄的精神家园。如果从文体角度分析《新青年》刊发的文章，那么散文类的著述无疑是占了多数。这样我们或可指称“散文《新青年》”了。而“散文《新青年》”，它所意指的就是精神自由。《新青年》作为一份自由知识分子操持的刊物，它以自由召唤一代知识分子的思想精英，自由的思想需要有一种自由的文体加以传载。散文成为这些知识分子思想表达首选的一种方式。《新青年》散文的意义主要是精神性的，尽管当时不少散文还是用文言写，尚不具有现代散文的形制，但因其内含思想的新颖而具有某种现代意味，如果没有思想主体特异的情志，那么也就没有《新青年》散文内蕴的创意。作者精神的自主造就作品思想的精警。《新青年》凸显着一代思想者独立言说、无拘由性的风采。

《新青年》于1918年第5卷第4号首开“散文”一栏，但其后没有再做专栏标明。《新青年》刊载的属叙事抒情类的散文，只有胡适的《归国杂感》《旅京杂记》，高一涵的《皖江见闻记》等很少篇什，大量的是议论体文章。其中很多是重逻辑推演的论理文章。鲁迅在《现代小说导论》中曾说：“凡是关心现代中国文学的人，谁都知道《新青年》是提倡‘文学改良’，后来更进一步而号召‘文学革命’的发难者。”“《新青年》其实是一个论议的刊物，所以创作并不怎样看重。”鲁迅这里的“创作”，主要是指小说创作。《新青年》的“论议”，是它的同人精神世界的物化方式，呈现了作为一个综合性文化刊物的显性特征。在论议的文类中属议论性散文的主要有两类，一类是情理兼容的散文，一类是杂感体散文，即“随感录”。这些议论性散文的内核主体是卓然的思想，这种思想当然不再是某种“道”，而是由时代新风洗礼而得的现代理念。特异的思想表征着思想者个性的超拔。而思想的表达又能借象取形，出情入味，别有一种理趣。因此议论散文每每反映着作者各自不同的个性。

陈独秀，作为《新青年》的主持人，他无疑是一个最重要的作者，他在《新青年》上发表了大量的议论文字。“文如其人”，陈独秀其人其文是一个有说服力的个例。有学者说：“（陈独秀）先生书无不读，又精通日文、法文。故其读，求无不精；其文，理无不透；雄辩滔滔，长于言才。无论任何问题，研究之，均能深入；解决之，计划周详；苟能专门致力于理论及学术，当代名家，实无其匹。”“其个性过强，凡事均以大无畏不顾之一切之精神处理之。无论任何学说，必参己意以研究之，无迷信崇拜之意。”[①] 陈独秀的“雄辩滔滔，长于言才”，源于他弃绝迷信崇拜走向自觉的现代知识分子的品性。陈独秀特立独行的个性在新的历史生态中有了相宜的生成并凸显的条件。他“个性的过强”，精神的“大无畏”，在他的文章中都有清晰的投影。鲁迅称“独秀随感究竟爽快”[②]。

快意畅情是陈独秀论说性著述的一个主要的特征，这是作者思想无拘、情感冲突的一种外化。作者无意做一个传世的文学家，他刻意求取的文章价值在于觉世。他曾说：“著书人的意思，只要有点心得或有点意见贡献于现社会，不一定要是传世的作品。”他评论自己的写作，“不但不

---

① 王森然：《近代二十家评传》，书目文献出版社 1987 年版，第 223—224 页。

② 鲁迅：《两地书·书信·致周作人》，《鲁迅全集》第 11 卷，人民文学出版社 1981 年版，第 391 页。

是文学的作品，而且也没有什么系统的论证，不过直述我的种种直觉罢了；但都是我的直觉，把我自己心里要说的话痛痛快快的说出来，不曾抄袭人家的说话，也没有无病而呻的说话”①。正是在这里，陈独秀的写作精神与现代散文的精神关联了起来。只有“痛痛快快”地说“自己心里要说的话”，才能最大限度活泼泼地凸显出作者与众不同的个性。陈独秀的文章重在说理，内容涉及十分广泛，但不外通过借取域外的新思想，抨击中国的旧道德、旧文学，倡扬文化文学的革命，以创建民主、科学的社会思想文化。正如他自己所说其著作“是社会思想变迁的产物”②。因此，陈独秀的论说文所具有的价值主要体现在思想文化史方面。但他的许多论说文并不是一般的关于思想文化的论文，而是一种具有情势的议论性散文。《敬告青年》一篇对青年的人格进行具有现代品质的全新塑造，主张青年应该成为“自主的而非奴隶的”主体，呼唤青年能真正地“青年”其身心。文章的开篇言说青年的意义并不做抽象的言说，而是借象取譬，显得生动而煽情：“青年如初春，如朝日，如百卉之萌动，如利刃之新发于硎，人生最可宝贵之时期也。青年之于社会，犹新鲜活泼细胞之在人身。”作者用五个比喻共同修饰描写论说的对象，本体与喻体之间的关联在于活泼涌动不可扼制的生命本性，在于求新辞旧的进取之理。

《新青年》一篇可以视为陈独秀议论性散文的代表作。文章着重剖析青年“新”与“旧”的本质差异，据此，论说“青年之精神界”应予关注的基本问题。一如作者其他的论说文字，作为一种思想性的表达方式，原有的那种散文写作规范荡然无存。思想由性而出，语言如同行云流水，行当所行，止于不可不止，体现着一切性情文字的特色。全篇以“青年何为而云新青年乎”的设问紧扣文题而领起全文。在陈独秀看来，“新青年与旧青年”之别，主要在于体魄与精神两端，尤其指后者“旧”青年“美其貌，弱其质……悉秉薄柳之资，绝无桓武之态。艰难辛苦，力不能堪”。“一旦与世周旋，做官发财思想之触发，无不与日俱深。”这样“青

① 陈独秀：《独秀文存・自序》，上海亚东图书馆 1922 年版，第 1 页。
② 同上。

年堕落，壮无能为”。而“新”的青年当“斩尽涤绝……腐败堕落诸青年”的各种腐朽思想，“精神上别构真实新鲜之信仰”。只有这样，青年“始得谓为新青年而非旧青年，始得谓为真青年而非伪青年”①。《新青年》这样的文字绝少论理文那种滞涩沉闷之感，作者不常用注重内在逻辑关联的长句、复句，而好用挟着情势的短句。短句与作者思想的跃动相应。

李大钊也是《新青年》杂志的重要作者，他的《青春》《“今”》等篇什是质文兼得之作。《“今”》这一篇深获司马长风高评。司马长风在《中国新文学史》中将李大钊这篇文章与现代“美文”关联起来予以评析。他说：“在诗和小说，我们都很容易找出和鉴定第一批或第一个婴儿，可是散文就相当困难了，若论时间最早应推胡适的‘旅京杂记’（‘新青年’一九一八年二月号），但以文字严谨，具周作人所说‘美文’的风味，李大钊写的那篇‘今’，应算是最初的一篇散文，虽然是说理形式，但含有抒情成分，刊于一九一八年四月号‘新青年’上。”② 《新青年》倡导文学革命，主张文学形式的变革，但在一段时间内所刊文章仍是用文言写的，只不过是浅近的文言罢了。因此，钱玄同在致陈独秀的信中，指出《新青年》的作者应该身体力行地用白话写作：“我们既然绝对主张用白话体做文章，则自己在《新青年》里面做的，便应该渐渐的改用白话。我从这次通信起，以后或撰文，或通信，一概用白话，就和胡适之先生做《尝试集》一样的意思。并且还要请先生，胡适之先生，和刘半侬，都来尝试尝试。此外别位在《新青年》里面撰文的先生，和国中赞成做的白话文章的先生们，若是大家都肯‘尝试’，那么必定‘成功’。‘自古无’的，‘自今’以后一定会‘有’。”③

经由《新青年》同人的“尝试”，至1918年4月15日，杂志出至第4卷第4号时，所有著述全部采用白话。李大钊的《“今”》就刊发在这期《新青年》上。《“今”》的题旨是关于时间的哲学。作者以为“世间最可宝贵的就是‘今’，最可丧失的也是‘今’”。“过去”“现在”“未

---

① 陈独秀：《新青年》1916年第2卷第1号。

② 司马长风：《中国新文学史》（上），香港昭明出版社1980年版，第69页。

③ 《新青年》1917年第3卷第6号。

来”构成时间的链环，“一掣现在的铃，无限的过去、未来皆遥相呼应”。文章运用含有滋味的语言解说原本颇为抽象的时间范畴，并且通篇以白话分析深邃的哲理，显得畅达通脱。《青春》[①] 一篇更是格局寥廓，气象浩大。开篇以自然之象起，呈现一幅广远可人的春之景：“春日载阳，东风解冻，远从瀛岛，反顾祖邦，啸杀郁塞之象，一变而为清和明媚之象矣：冰雪沍寒之天，一幻而为百卉昭苏之天矣。”尔后转至人生社会：“致我为青春之我，我之家庭为青春之家庭，我之国家为青春之国家，我之民族为青春之民族。”全篇活动着一种跃然激扬的青春意识。“青春”成为经纬文章的一个核心意象，其中所蕴的正是一种生命的意识。作者面对浩瀚无垠的宇宙，检索逝者如斯的历史，思考生命的真谛。这里的生命，首先是个体的生命，自我的生命，所谓“宇宙无尽，即青春无尽，即自我无尽”。而无尽的自我“立于旋转簸扬、循环无端之大洪流中，宜有江流不转之精神，屹然独立之气魄”。同时也关联国家民族：“人类之成一民族一国家者，亦各有其生命焉。有青春之民族，斯有白首之民族；有青春之国家，斯有白首之国家”。青年与国家民族攸关：“青年之于社会，殆犹此种草木之于田亩也。从此广植根蒂，深固不可复拔，不数年间，将见青春中华之参天蓊郁，错节盘根，树于世界。而神州之域，还其丰穰，复其膏腴矣。则谓此菁菁茁茁之青年，即此方复开敷之青春中华可也。”在《青春》中，我们可以发现李大钊的意域是相当开阔的，而激情又始终洋溢其间。这两者都是由作者情志无所阻滞而生成。以意为主而能情意相生，使《青春》给受众以阅读的快意：

> 青年……进前而勿顾后，背黑暗而向光明。为世界进文明，为人类造幸福，以青春之我，创建青春之家庭，青春之国家，青春之民族，青春之人类，青春之地球，青春之宇宙，资以乐其无涯之生。乘风破浪，迢迢乎远矣……

议论风发，助之以情；情之所至，行文便有了一种气势。从某种角度

① 《新青年》1916 年第 2 卷第 1 号。

上观察，中国现代散文的意义也许主要不在于它的文学一面，而在于它所具有的思想文化史价值。从现代散文中，我们可以照见写作主体的精神形态、人格特征，特别是其中的杂文更是如此。杂文以深刻的思想为根底，而深刻的思想又来源于主体丰裕有容的精神存在。《新青年》与现代散文的关联，从具体的文体而言，主要就是杂文。《新青年》是现代杂文最为重要的一个原点。杂文，在《新青年》这里别有一个称名，即“随感录”。“随感录”是一个栏目的名称，首开于1918年出版的第4卷第4号《新青年》上，这一期刊发了由陈独秀、陶履恭、刘半农撰写的7篇论议性文字。这一栏目一直保留到1922年第9卷第6号。四年间，《新青年》发表了133篇随感录。其作者有陈独秀、陶履恭、刘半农、钱玄同、周作人、鲁迅、陈望道等10多人，写作数量最多的是陈独秀，共55篇，其次是鲁迅（唐俟）27篇，再次是钱玄同14篇。周作人也发表了5篇。“随感录”是由“新青年精神”所孕育的一种成果。作为主体精神的一种物化形式，它见证了一代思想自主者襟怀天下，万事任我评说的社会评论家的风采。“随感录”的规模化推出，是现代知识分子开始走向主体自觉的一个显性标志。主体的自觉关键在于主体成为精神自由的思想所有者与表达者。由《新青年》所倡导的“随感录”很快风行一时。《每周评论》每期都设有“随感录”专栏，由瞿秋白主持的《新社会》从第4卷起增设“随感录”一栏，《晨报副刊》则自1919年9月起开出“杂感”一栏。

这是一个告别“万马齐喑究可哀”无言局面而见论议沸扬之景的新时代。军阀的割据混战，造成国家统治的某种弱势，欲思想禁锢而不得。而言说自由蔚然成风，最根本的还在于言说者有一种内在的思想表达的冲动，而这又得之于言说者将言说作为他们价值实现重要方式的功利驱动。在现代知识分子这里，通过自由言说进行社会文明批评，正是他们自设的一种角色或职志。由《新青年》所生成的“随感录”热，正可作其时知识分子渴望实现其社会职志的某种表征解。许多时候，知识分子往往是理想主义者，而当他们的理想与其身处的现实发生严重反差时，社会批判就成为他们履行职志的一种基本手段。在《新青年》上发表随感录的作者，大多留学过海外，接受过西方现代思想的影响。中国与世界先进国家历史进程中所存在的落差，使这些具有新思想的人变得沉重难耐，在寻找造成巨大落差的原因时，他们发现中国的社会体制与文化传统存有严重的缺失。中国要与世界现代文明同行，就必须进行社会改造与思想革命。在这样一种背景中，社会批判、文化批判就成了五四时代一种影响深广的时潮。搅动这一时潮的主要是一批思想文化精英。这样，他们所倚重的一些刊物，自然也就呈现出某种批判的价值取向。

茅盾在《现代小说导论》中揭示了《新青年》批判的特性。他说："民国六七年的时候，好像还没有纯然文艺性质的社团。那时的《新青年》杂志自然是鼓吹'新文学'的大本营，然而从全体上看来，《新青年》到底是一个文化批判的刊物，而新青年社的主要人物也大多数是文化批判者，或以文化批判者的立场发表他们对于文学的议论。"茅盾用"文化批判"给《新青年》及其同人定性，是颇有见地的。而随感录就是用以"文化批判"的利器，在诸种文体中，随感录尤其适用于履行批判的使命。鲁迅在致许广平的信中，曾指出许广平的"那一首诗，意气也未尝不盛，但此种猛烈的攻击，只宜用散文，如'杂感'之类"①。鲁迅之所以好作并善作"杂感"一类的文字，是因为他以为"杂感"最便于用作"猛烈的攻击"。鲁迅将发表于《新青年》的 17 篇随感录与发表在孙伏园主编的《晨报副镌》的 14 篇杂论合辑为《热风》。茅盾在涉论《热风》时，指出:"杂感集第一的《热风》大部分是剜剔中华民族的'国疮'。"② 由此可见鲁迅作为文化批判者的意义了。

"随感录"的称名寻常素朴，但它得其形神。"随感"者，有感而发而矣，故取材什色，行文随意，无忸怩作态之色，有直面人生社会的真意。作者观照所及，感念所兴，思考所得，形诸文字，便就有了随感录。无所顾忌，任意而谈是随感录呈现出的一种基本特征。鲁迅在谈到自己写作这一类文体的情由时曾说："有的是对于扶乩，静坐，打拳而发的；有的是对于所谓'保存国粹'而发的；有的是对于上海《时报》的讽刺画而发的。"③ 作者之所以能这样任意"而发"，是因为他有一种自由言说的

① 鲁迅：《两地书·三二》，《鲁迅全集》第 11 卷，人民文学出版社 1981 年版，第 97 页。
② 茅盾：《鲁迅论》，《小说月报》1927 年第 18 卷第 11 期。
③ 鲁迅：《热风·题记》，《鲁迅全集》第 1 卷，人民文学出版社 1981 年版，第 291 页。

可能与必要。由随感录所反映出的一代知识分子的精神状态，至今依然为人们所津津乐道。他们怀具入世的精神，勇于任事，独立建言，担当起思想启蒙文化重建的历史使命。

鲁迅无疑是随感录作者中最具分量的，他的 20 多篇论议文字思想之锐敏异于时辈，表达之智性则高人一筹，成为中国现代杂文的奠基之作。鲁迅随感录的题旨大多关涉其时思想文化领域中的重要课题。如《随感录三十三》，针对“最恨科学”者“把科学东扯西拉，羼进鬼话，弄得是非不明，连科学也带了妖气”的捣乱之举，辩说真伪科学，揭露扶乩迷信的种种本相。《随感录五十七》驳斥“高雅的人”对白话的鄙薄，认为他们“明明是现代人，吸着现在的空气，却偏要勒派朽腐的名教，僵死的语言，侮蔑尽现在，这都是‘现在的屠杀者’”。而《随感录三十五》则运用生动的比喻，将守旧派“保存国粹”论予以正中要害的痛击：

> 什么叫“国粹”，照字面看来，必是一国独有，他国所无的事物了。换一句话，便是特别的东西。但特别未必定是好，何以应该保存？
>
> 譬如一个人，脸上长了一个瘤，额上肿出一颗疮，的确是与众不同，显出他特别的样子，可以算他的“粹”。
>
> 然而据我看来，还不如将“粹”割去了，同别人一样的好。

这里，作者只用一种十分寻常的现象譬说所谓“保存国粹”的悖理，言近而意远。“国粹”，实则是封建文化的别称，鲁迅作为反对封建文化的斗士，他对“国粹”的拒绝正是为了“保存我们”。“保存我们，的确是第一义。只要问他有无保存我们的力量，不管他是否国粹。”鲁迅的这种论议，直奔问题的关键。他抓住的是有关对象推演的理路，因而使文章显示着一种令人信服的逻辑力量。

“随感录”最为紧要的是作者思想之“随”。思当所思，言当不可不言，无所挂碍，无所惧怕，一切可随心所言。因此，“随感录”别是一种“自由态”。着一个“随”字，便将“随感录”与现代散文的精神贯通了。日本的厨川白村可以说是中国现代散文作家的启蒙者。鲁迅于 1924

年到1925年翻译出版了他的《苦闷的象征》和《出了象牙之塔》，《出了象牙之塔》中对散文的体性作有散文化的描述：

> 如果是冬天，便坐在暖炉旁边的安乐椅子上，倘在夏天，则披浴衣，啜苦茗，随随便便，和好友任心闲话，将这些话照样地移在纸上的东西，就是essay。兴之所至……想到什么就纵谈什么，而托于即兴之笔者，是这一类的文章。①

厨川白村强调的是散文作者应有从容的精神空间与放任自适的心态。“随便”既是散文作者的人生态度，更是他们的一种精神方式。“随便”并不是胡为，而是主体因着精神存储的丰赡与思想的自主而臻至的一种境界。《新青年》“随感录”作者精神的“随便”，直接造就了这一体式的不受矩矱。这样的“随便”仿佛是一颗种子，播种在五四散文的苑圃里，生长出一种令人向往的文学风景。

《新青年》是酿造现代散文精神的一个渊薮。作为一个精神源头，它倡扬的个性主义的立人思想，为现代散文作家构建了全新的人文观念，为他们确立自身的主体性获得了一种理性的支撑。人的发现与确认，使文学的现代性呈现成为可能，而于散文意义更为直接。萨特曾经指出：“写作的自由包含着公民的自由，人们不为奴隶写作。散文艺术与民主制度休戚相关，只有在民主制度下散文才保有一个意义。”② 萨特的表述意指散文与主体的精神自主的内在关联。民主的精神，从某种意义上说也就是一种自由的精神，而自由精神正是现代散文最为重要的文体精神。《新青年》对个性主义的崇尚，滋养的正是有利于促成现代散文作家成长的自由精神。这种精神经由周氏兄弟薪传得以发挥光大。

鲁迅与周作人亲自参与了《新青年》自由精神的创建，并且他们又以在《新青年》上的写作实践张扬了这种精神。周氏兄弟后来二水分流，走向不同的文学道途。但他们又各自成为中国现代散文史上的领军人物。

---

① 厨川白村：《苦闷的象征·出了象牙塔》，鲁迅译，人民文学出版社1988年版，第113页。

② 萨特：《为什么写作》，收录戴维·洛奇编《二十世纪文学评论》（下），上海译文出版社1993年版，第29页。

鲁迅的钟情于杂感，周作人的偏爱于美文，应是各得其所的选择，这原是联通着《新青年》的基本精神的。鲁迅将思想之自由施之于外，以杂文作文化批评的方式，尽着一个作家的社会责任；周作人从“叛徒”演化为“隐士”，致力于从容的个体精神世界的建构，以美文来调制生活的滋味。鲁迅与周作人的方式，体现了现代散文的多样性的形态。而作家个人性的被强化正是造就这种多样性散文形态的主要原因之一。这样我们所见的现代散文就如朱自清所说的那样，“确是绚烂极了”：

> 有种种的样式，种种的流派，表现着，批评着，解释着人生的各面，迁流漫衍，日新月异：有中国名士风，有外国绅士风，有隐士，有叛徒，在思想上是如此。或描写，或讽刺，或委曲，或缜密，或劲健，或绮丽，或洗练，或流动，或含蓄，在表现上是如此。[①]

① 朱自清：《论现代中国的小品散文》，《文学周报》1928年第345期。

第九章　《语丝》，现代散文文体的自觉

《语丝》周刊，它的命名带有些游戏的色彩。主事者之一的周作人曾说："刊物名字的来源是从一本什么人的诗集中得来，这并不是原就有那一句话，乃是随便用手指一个字，分两次指出，恰巧似懂非懂的还可以用。"[①] 但正是这样的一个刊物，成为中国现代散文发展史上的一个重要的生长点，使散文成为风景亮丽的苑圃。《语丝》文备众体，诗歌、小说、戏剧等各种样式都有刊发，但散文类的文字无疑占了其中的多数。《语丝》促成了散文的发展，而散文生成了《语丝》的文学史价值。

如果说《新青年》于散文而言，主要在于它酿造孵化了生成散文现代性所需的某种精神，具有某种精神性的意义，那么《语丝》就在整体上使这种散文成为一种可观的实在，使精神性物化为一种具体可感的形态，具有一种重要的实在性价值。《语丝》是促成中国现代散文走向成熟的一个创作基地。它以规模化的散文创作的优势，充分显示着新文学运动的实绩。《语丝》的存在，表明散文由古典形态向现代形态转型进程的完成。《语丝》集聚成一个规模相当壮大的作家群体——"语丝派"。在《语丝》第 3 期中缝曾标示了撰稿的阵营："本刊由周作人、钱玄同、江绍原、林语堂、鲁迅、川岛、斐君女士、王品清、衣萍、曙天女士、孙伏园、李小峰、淦女士、顾颉刚、春台、林兰女士等长期撰稿。"就实际情

---

① 周作人：《〈语丝〉的回忆》，收录贾植芳主编《中国现代文学社团流派》（上），江苏教育出版社 1989 年版。

形看，如鲁迅所说，所谓“语丝”社员并不十分固定，“中途出现的人，则在中途忽来忽去”[①]，由此可见与《语丝》有关的作家是相当多的。他们中的许多人，由《语丝》时期的散文创作而使其成为现代散文史上的不可或缺的作家。阿英1935年3月由上海光明书局出版的《现代十六家小品》，入选对象与《语丝》作家有关者就有周作人、俞平伯、朱自清、钟敬文、鲁迅、林语堂等。发表于《语丝》的散文作品《鸟声》（周作人）、《执政府大屠杀记》《太湖游记》（钟敬文）、《论“他妈的”》《再论雷峰塔的倒掉》《纪念刘和珍君》（鲁迅）等被作为代表作录入《现代十六家小品》中。由赵家璧主编，于1935年8月初版的《中国新文学大系》，内含两集散文，分别由周作人和郁达夫选编。入选作家33人，收录作品202篇，其中半数作家与《语丝》有所关联。

一 “自由说话”与“语丝体”

《语丝》的创刊是一件偶然之中蕴有必然之意的文学史事件。就其表象而言，带有某种偶然性。这种偶然性与孙伏园直接相关。对此孙伏园在《京副一周年》中曾有具体的叙述。孙伏园任《晨报副刊》的编辑，鲁迅“是由他个人来约，投些稿件的人”，因为鲁迅与孙伏园有着师生关系，所以鲁迅“似乎也颇受优待”，“稿子一去，刊登得快”[②]。但1924年10月间，因为已经排成大样的鲁迅的《我的失恋》被抽掉，孙伏园“少年的火气，实在有些按捺不住了”，便与代理总编辑刘勉已发生冲突，由此，孙伏园“便辞去《晨报副刊》的编辑了”。《我的失恋》如鲁迅所说，“不过是三段打油诗”，“是看见当时‘阿呀阿唷，我要死了’之类的失恋诗盛行，故意做一首用‘由她去罢’收场的东西，开开玩笑的”[③]。

但《语丝》的创刊又是必然的。《语丝》诸类可以视作知识分子建构自己话语权力的一种象征。现代作家与古代作家的价值生成方式有着诸多的差异。现代作家不再以一种藏之名山，以俟来者的心态去写作，求取自给自足式的写作价值。报纸、期刊等媒体，在现代作家创作价值实现的诉

---

① 鲁迅：《我和〈语丝〉的始终》，《萌芽》1930年第1卷第2期。
② 同上。
③ 同上。

求中具有特别重要的意义。言说，是知识分子身份的一种证明，但这种言说并不是一种私语，其功能在传播的过程生成。这样，现代作家就特别需要有一方适宜他们言说的论坛。五四是一个生风起潮的年代，但风潮渐息。这对于曾经思想过的或向往着自由思想的文化人而言，是一个难耐的时段。鲁迅对此的体验是非常深切的。他说：“在北京这地方——北京虽然是‘五四运动’的策源地，但自从支持着‘新青年’和‘新潮’的人们，风流云散以来，1920 年至 1922 年这 3 年间，倒显着寂寞荒凉的古战场的情景。”① 《新青年》等报刊曾是知识分子放飞精神的居所，但社会演进所产生的引力使得它的同人朝着各自设定的方向行进，由此文化的《新青年》也随之解体。孙伏园主持的《晨报副刊》对失去话语园地的文化人具有一种补偿功能，但孙伏园的突然辞职，使得这一种补偿被搁置。这一事件在鲁迅这里“心上似乎压了一块沉重的石头”。这不仅因为事关自己，自有一种歉意，而且更在于丢失了话语载体而致一种落寞。这种看似寻常的事件，却在当事人与相关人心中造成了深度的震荡。“这在二十年代的中国文坛上，是件大事。”② 由此可见，话语阵地的构筑对于作家所具有的特殊意义了。

正因为这样，鲁迅、周作人他们在孙伏园辞职不久，就立即支持他创办新的刊物。鲁迅表示“愿意竭力‘呐喊’”，周作人、钱玄同等直接参与了《语丝》的筹办，孙伏园、李小峰、川岛则“夹着《语丝》沿街叫卖”。他们的这种热情很大程度上来源于对“自办”刊物的看重。因为言说自由本是现代作家的一种夙愿。孙伏园的辞职与其说是一种遗憾，倒不如说是为作家走向独立的主体创造了一种机遇。“在孙伏园辞去《晨报副刊》的编辑以后，有几个常向副刊投稿的人，为便于发表自己的意见不受控制，以为不如自己来办一个刊物，想说啥就说啥。于是由伏园和几个熟朋友联系……决定出一个周刊，大家写稿，印刷费由鲁迅先生与参与者分担。”③ 就这样，一个将对现代散文史产生重要影响的刊物应运而生了。

---

① 鲁迅：《中国新文学大系·小说二集导言》，上海良友图书公司 1935 年版。

② 孙伏园：《京副一周年》，《京报副刊》合订本第 13 册。

③ 川岛：《说说〈语丝〉》，见《和鲁迅相处的日子》，四川人民出版社 1979 年版。

《语丝》的创刊及其存在，表征着现代散文开始走向一个自觉的时代。《新青年》前期新文学运动的贡献更多地在于对旧文学的破坏；充分显示新文学实绩的，则在1920年以后，整体上的新文学建设由此发端。从语言工具而言，白话的运用已为大家普遍接受，报刊相继都改用了白话文。白话文学不仅在数量上相当可观，而且质的提升也可显见。“一九二一年以后的新文学作品，已脱出文学革命时期的粗造滥制，幼稚芜杂，量的扩展已达到饱和，开始致力于质的提高。可以说是顺利成长的时期。”[①]单就散文一体视之，这个时期现代的文体意识渐次生成。《语丝》时代，散文体的意识不再仅是少数“先觉者”所具有，而为一定的群体所觉悟体认。这不是我们的一种臆想，而是由“语丝”派对“体”的讨论的史实而昭示的。“语丝社同仁对‘语丝体’展开了讨论，这是在20世纪里散文批评家第一次自觉地、有意识、有目的地围绕现代散文的‘体’所进行的批评活动。”“对‘语丝体’散文的评论，表明了散文批评家的‘体’意识强化和对散文的尊重……‘语丝体’散文的讨论标志着中国现代散文批评也进入了自觉时代。”[②] 范培松的这种判定揭示了史实所蕴含的史意。需要指出的是参与“语丝体”讨论的散文批评家，并不是局外的研究者，而是“语丝体”的创建者。因此他们的讨论不仅表示了现代散文批评进入了自觉的时代，而且也是现代散文创作走向自觉时代的一个重要标志。批评家对“体”的意识的自觉导源使他们作为散文作家对这一文类质性获得了深切感悟与体认。批评的自觉基于创作的自觉。

“语丝体”的讨论是由孙伏园引起的。他于1925年10月27日，也就是差不多在《语丝》创刊一周年的时候，给周作人写信提出“语丝体”的命题。信以《〈语丝〉的文体》为题刊发于《语丝》第52期上。孙伏园以编辑的职业敏感首先发现《语丝》杂志“体”的存在。他以为：“《语丝》并不是在初出时有若何的规定，非怎样怎样的文体便不登载。不过同人性质相近，四五十期来形成一种《语丝》的文体。”它“只是一种自然的趋势”。孙伏园并没有直接给出有关语丝体征的命名或描述，这

① 司马长风：《中国新文学史》（上），香港昭明出版社1980年版，第12页。

② 范培松：《中国散文批评史》，江苏教育出版社2000年版，第19—20、22页。

大约是为展开讨论留出足够的空间罢了。不过从其间透露出的信息，我们还是可以知晓孙伏园所体认的《语丝》做法的。他认为，在《语丝》这里，“我们最尊重的是文体的自由，并没有如何规定的”。“我想先生的主张一定与我是一样的。先生一定说：那一位爱谈政治，便谈政治好了，那一位爱谈社会，便谈社会好了；至于有些人以为某种文体才合于《语丝》，《语丝》不应登载某种文体，都是无理的误会。”将孙伏园的这些表述做化简处理并提炼其中的要意，我们可以得知：自由随意便是孙伏园认知的“语丝”体征。

自由随意的体征，在我看来，正是《语丝》同人实践创刊初衷的一种结果。感受着不自由之不快的创刊者，对自主自由的求取显得特别的强烈。这从由周作人执笔的《发刊辞》中可以发现这一点。这一篇《发刊辞》就其大旨而言，无疑就是一群作家，文化人发出的关于自由的宣言：

> 我们几个人发起这个周刊，并没有什么野心和奢望。我们只觉得现在中国的生活太是枯燥思想界太是沉闷，感到一种不愉快，想说几句话，所以创刊这张小报，作自由发表的地方。
>
> 我们并没有什么主义要宣传，对于政治经济问题也没有什么兴趣，我们所想做的只是想冲破一点中国的生活和思想界的昏浊停滞的空气，我们个人的思想尽自不同，但对于一切专断与卑劣之反抗则没有差异。我们这个周刊的主张是提倡自由思想，独立判断，和美的生活。

由上申明可以知道，“自由思想”“独立判断”“美的生活”，正是《语丝》同人对于理想中的人格与文体的一种设定和预约。“自由思想”与“独立判断”，反映了经过“五四”洗礼的知识分子，他们对自身现代性内涵的理解与求取；“美的生活”则表明刊物对于文学艺术的亲和，对于纯然的政治经济话语的远离，对读者提示着《语丝》的性质。这里最重要的就是对于自由的求取。

大体说来，“体”的生成表示着某种风格的形成，或可认为是一种文体成熟的标志。在孙伏园提出“语丝体”的话题后，周作人、林语堂随即就作出了回应。他们的表述自然有着差异，但对“语丝体”的特质——“语丝”精神的指认却是近似的。周作人在病弱中回复孙伏园的来信。复信以《答伏园论“语丝”的文体》为题刊发于《语丝》第54期上。他强调《语丝》“的目的只在让我们可以随便说话，我们的意见不同，文章也各自不同，所同者只是要不管三七二十一地乱说”。周作人没有从学理的层面上对“语丝体”作出界定，而是以散文化的语言对其作出可以意会的描述：“《语丝》还只是《语丝》，是我们这一班不伦不类的人借此发表不伦不类的文章与思想的东西，不伦不类是《语丝》的总评，倘若要给他下一个评语。”周作人给出了“不伦不类”一词论评《语丝》之人之文。“不伦不类”其内蕴的意义就是不受矩矱，随心而为，因而它可以被“自由”一词置换，其所意指的也就是“随便说话”。周作人似乎并不关注“语丝体”的形式特征，他最为着意的是“语丝体”的内在精神品质。文体的精神品质实际上也就是主体的精神品质。周作人看重的是主体人格的独立与由此生成的精神风度。在周作人看来，主体只有秉持了独立的人格，他在写作时才会“大胆与诚意”。“大胆与诚意”是无所羁绊的散文作家具有的一种精神风度。散文实际上是作家精神风度的一种语言物化形式。

林语堂也参与了“语丝体”的讨论，他在《插论〈语丝〉的文体——稳健，骂人，及费厄泼赖》一文中，先引述周作人文章中的要点，表示对此的认同，继而“插说”自己对“语丝体”的阐释。对于“语丝体”体征精神的认识，林语堂与周作人、孙伏园并无二致。他“插说”的要旨是分析《语丝》文体形成的“二大条件”，并由此强化文学个人化的意义。林语堂以为刊物要成为作者得以自由言论的说苑，就应该兼容作者种种的“偏见”。在他看来，“惟有偏见乃是我们个人所有的思想，别的都是一些贩卖，借光、挪用的东西。凡人只要能把自己的偏见充分地诚意地表示都是有价值，且其价值必远在以调和折中为能事的报纸之上”。据此，他主张“《语丝》的朋友只好用此做充分表示其‘私论’，‘私见’的机关”。林语堂将通常视作贬义词的“偏见”反转做褒义的处理。“偏见”的褒义化，是林语堂从“偏见”中取出了“个人性”的内涵。这里的“偏见”

表示着因自由而得创见，表示着话语主体对公共话语的规避，对私人话语的求取。“语丝体”的随意并不是从俗，而是意指作文的自出机杼，排拒庸言。因此，这一等值于“个人性”的“偏见”，从一个独特的角度解析了包括“语丝体”在内的现代文学应具有的现代性品格。

除操守“偏见”外，林语堂认为《语丝》文体形成的第二个条件就是“我们绝对要打破‘学者尊严’的脸孔，因为我们相信真理是第一，学者尊严不尊严是不相干的事。即以骂人一端而论，只要讲题目对象有没有该骂的性质，不必问骂者尊严不尊严”。林语堂所示第二个条件与前者所谓“偏见”的条件之间有着内在的关联。偏见的禀具需要言者有一个个人的立场；而个人立场的坚守就需要主体有一种我爱吾师，我更爱真理的理性精神。只有破除了迷信、盲从的心理，言者才会取得属于他个人的“偏见”。因此，这种“偏见”应是持之者由精神自主自由而得的一种结果。

鲁迅是在《语丝》差不多自动停刊的时候，对“语丝体”特征作出归结的。他写有《我和“语丝的始终》一文，对这一刊物的起讫变化的情形进行比较具体的叙述。论及《语丝》的特色时，鲁迅说：“这刊物本无所谓一定的目标，统一的战线；那十六个投稿者，意见态度也不相同……但同时也在不意中显了一种特色，是：任意而谈，无所顾忌，要催促新的产生，对于有害于新的旧物，则竭力加以排击。”“任意而谈，无所顾忌”这八个字是对“语丝体”特色所作的非常贴切的概括。鲁迅的这一概括其要意和周作人、孙伏园、林语堂所指认的是一致的。由此可见，在这些《语丝》派同人的意域中，没有比精神自主对于散文作家更为重要的了，他们对现代散文的基本精神有一种认同。我们之所以指认《语丝》为现代散文走向自觉的标志，是因为在我们看来《语丝》作家普遍地具有一种明晰的现代散文观念。

二　作为以“批评为主”的周刊

《语丝》作为作家的一个自由论坛，散文作为作家精神之流的一种载体，两者是颇为相得的。这种相得，使现代散文在《语丝》时期获得了全面的发展。这种全面发展表现在散文文体的类型方面，《语丝》建构了现代散文的基本格局，杂感形态与美文形态成为散文格局中的两种主要的存在形式。《语丝》的《发刊辞》中明确地表示："周刊上的文学大抵以简短的感想和批评为主，但也兼采文艺创作及关于文学美术和一般思想的介绍与研究。"由于《语丝》作家的积极实践，杂感与美文同时得到了长足的发展。

《语丝》无疑是一份注重进行社会批评和文化批评的周刊，所以，杂感一体的写作自然更为作家所重，《语丝》作家发表了大量的杂感，鲁迅计有 70 多篇，周作人有 100 多篇，林语堂、钱玄同、刘半农、章衣萍、川岛等也是《语丝》重要的杂感作家。鲁迅所说的"任意而谈，无所顾忌"，指的主要就是杂感写作。《语丝》上的杂感，在精神上继承了《新青年》的"随感录"，《语丝》对新事的催促，对旧物的排击，对"一切专断与卑劣"的反抗等，无不承接了《新青年》的基本品格。这种承接对于《语丝》杂感作者而言是十分自然的事情。因为鲁迅、周作人、钱玄同、刘半农等本来就是《新青年》"随感录"的主要的或重要的作者。《语丝》对杂感的重视，体现在栏目的设置上，像《新青年》一样也设有"随感录"，且栏目设置的时间很长，始设于创刊时的第 2 期，终刊前两期，即第 5 卷第 50 期还发表随感录 2 篇。在"随感录"栏中发表的文章总计 230 篇以上。此外，《语丝》还推出"我们的闲话""大家的闲话"专栏，分别刊载本社同人和社外作者的杂感，另有"闲话集成""闲话拾遗"等。对于杂感的着力倡导，使这一体式的写作颇成气候。

作家对文体的择取，并不只是对某种形式的选择，它实际上关涉着作家对写作价值取向的认定，对一定的意识形态的主观倾向。从某种意义上说，作家选择杂感（杂文）这一文体，也就意味着他取重的是写作的"觉世"功能，意味着他对现实意识形态，特别是主流形态持一种批评的态度。现代杂文文体的重要源头应是晚清风行一时的"报章体"政论，其时梁启超亲炙这一文体，写作了大量的"别有一种魔力"的论评性文字，"开文章之新体，激民气之暗潮"。梁启超通过这种写作，宣泄着一个改良主义思想家的一腔政治激情。《新青年》时期陈独秀、鲁迅等大量写作"随感录"，以此表示知识分子对现实社会的关注，表示对当时社会主流意识形态进行解构的努力。由杂感的文体流变史中，我们可以发现这一文体已被附加了某种意识形态的质性。

《语丝》作家充满热情地写作杂感，这说明他们注意从写作与社会的沟通关联中实现自身的价值。杂感之“感”从作者观察社会、人生，思考现实、历史中得来，写作杂感需要作者怀具一种社会责任感。杂感又不应是一种包蕴甜味的文体，文体的意义在作者论议批评对象的过程中生成。它是一种应有风骨的文体。《语丝》的杂感作者与梁启超、陈独秀、李大钊等有所不同，他们只是作家，是一群文化人，而不是政治家或具有政治激情的人。他们更多的是站在作家或者人文知识分子的立场进行社会批评、文明批评，这种批评是个体的，而不是阶级的、集团的，是自由知识分子对社会作出的一种自由言说。同时，因为是在写作杂感，所以他们不能像艺术派作家可以远离政治，营造个人艺术天地；作为社会派、人生派作家对社会政治进行观察、思考。政治往往是社会现实存在中的节点，杂感作家往往有一种试图打开这种结点的驱动力。

《语丝》杂感就取材题旨而言，约有社会批评、文化批评两类。前者主要针对现实中的政治性事件进行论议，后者侧重于对思想文化领域的情由作出批评。

作社会批评的杂感，体现了作者鲜明的反对封建主义和帝国主义的态度。钱玄同的《恭贺爱新觉罗·溥仪君迁升之喜并祝进步》、周作人的《致溥仪君书》等篇是就末代皇帝出宫所发的议论，内中洋溢着因反封建取得胜利而感觉到的喜悦之情。在他们看来，溥仪出宫不只是他本人“回到自由的天地里去”，更是封建政制终结的一个标志，他们与其说是恭喜“爱新觉罗·溥仪从此超出帝籍，恢复他固有的人格和人权了”，毋宁说是在庆祝反封建大业的成功。《关于反抗帝国主义》《日本人的好意》等感触的也是政治话题。钱玄同有感于“五卅惨剧”的发生，为如何保国图存而激扬文字：

> 不爱中华民国，国必亡！甘愿托庇于“洋大人”之胯下，国必亡！守住已死的“鸟国粹”，国必亡！拒绝现代的文化，国必亡！要不亡国，除非由有脑筋的人们尽力去做“唤醒国人”的工作，使国

人把这种亡国的心理反过来。[①]

周作人对日人《顺天时报》对李大钊烈士的恶意中伤加以驳诰。《顺天时报》的短评诬称李大钊不肯“自甘淡泊”而“作非分之想”，结果“担了许多的罪名，有何值得”。李大钊与周作人曾是《新青年》的同人，周作人对李大钊被害自有一种痛悼之情，而见烈士遭致污蔑，便有一股怒不可遏之气了：“《顺天时报》上也登载过李大钊身后萧条等新闻，但那篇短评上又有‘如肯自甘淡泊，不作非分之想’等语。我要请问日本人：你何以知道他是不肯自甘淡泊，是作非分之想？如自己报上的记载是事实，那么身后萧条是淡泊的证据，还是不甘淡泊的证据呢？日本人的汉字新闻造谣鼓煽是其长技，但像这样明显的胡说霸道，可以说是少见的了。”“日本人不妨用本国的文字去发表谬论或非谬论，但决用不着他们用了汉文写出来教训我们。”[②]《日本人的好意》以严辞厉句直逼对象，体现出周作人作为斗士一面的精神。论议的“无所顾忌”正是“语丝体”特色的写照。周作人后来成为汉奸为人不齿，但周作人也曾抨击过日人的悖谬。这就是历史的种种了。

《语丝》作家对于专制的抗争，最为可圈可点的篇章，是他们对于“三·一八”惨案制造者段祺瑞执政府暴行的批判。这是《语丝》作家的一次集体出场，张定璜的《檄告国民军》、林语堂的《悼刘和珍杨德群女士》、鲁迅的《纪念刘和珍君》《无花的蔷薇之二》、周作人的《关于三月十八日的死者》《新中国的女子》、朱自清的《执政府大屠杀记》，鲁迅的《纪念刘和珍君》，陆晶清的《从刘和珍说到女子学院》等大量的文章，彰显牺牲者的品行，揭露专制者的残暴，具有很强的战斗性。在这些文章中，作者与被害的烈士一样表现得无所畏惧，把批判的矛头直接指向专制独裁者。张定璜直截了当地点出戕害年轻生命的凶手：“在首都里，在光天化日之下……洁白的青年饮弹而死了，死在堂堂的中华民国国务院前面，死在中华民国政府的卫兵手里！”林语堂指骂统治者是“亡国官僚

① 钱玄同：《关于反抗帝国主义》，《语丝》1925年第31期。

② 周作人：《日本人的好意》，《语丝》1927年第131期。

瘟国大夫”，朱自清则以激语表达一腔愤懑：“我们国民有此无脸的政府，已何以自容于世界！——这正是世界的耻辱呀！”历史事件本身似乎已被尘封，但《语丝》作家的这些文字所见证的一代知识分子守望正义批判邪恶的精神却依然风采照人。

《语丝》杂感中，旨在进行文化批评的占了多数。《语丝》原是一班文化人的天下。文化人对于各类文化现象有一种职业性的敏感，他们所奉行的自由言说的主张，使他们得以比较从容随意地论说文化人物、文化事件。这足以体现出他们对文化的某种关怀精神，而这种关怀对于当时的文化界（知识界）来说是十分需要的。正如在场者林语堂所说的那样：“记得民国六七年，《新青年》时代，我们的知识界是一致革命的，不打算荏苒十载，今日已是民国十五年，不但思想革命没有弄成功，知识界方面自己软了腿，一方面讲革命，一方面正在与旧势力妥洽。”① 由这个背景可以看出，《语丝》同人对于文化批评的执着，是因为这些《新青年》时代的前卫或受其时新思想洗礼过的知识者有意于以推进思想革命为己任。因此，文化批评类的杂感其基本主题就是对封建旧文化、旧道德及其相关者的批判。

对封建文化的批判，在鲁迅这里是一如既往的。发表在《语丝》创刊号的《论雷峰塔的倒掉》是一杂文名篇。鲁迅由雷峰塔倒掉的新闻展开联想议论。作者巧妙地从民间传说的演绎中，提取出反对专制，倡扬反抗的精神。《看镜有感》一篇由“翻衣箱，翻出几面古铜镜子来”的琐事起兴，从“海马葡萄镜”的由来，“遥想汉人多少闳放”的开放求新的气魄。鲁迅以“镜”作为回溯历史的线索，展开历史的情境并与现实的某些景况相对照，其显见的用意在于批评文化保守主义。当时文化上的复古倾向触目皆是。“许多雅人，连记年月也必是甲子，怕用民国纪元。”而在鲁迅看来，“要进步或不退步，总须时时自出新裁，至少也必取材异域，倘若各种顾忌，各种小心，各种唠叨，这么做即违了祖宗，那么做又像了夷狄，终生惴惴如在薄冰上，发抖尚且来不及，怎么会做出好东西来。所以事实上，‘今不如古’者，正因为有许多唠叨着‘今不如古’的

---

① 林语堂：《讨狗檄文》，收录张梁编《〈语丝〉作品选》，人民文学出版社 1988 年版。

诸位先生们之故”。鲁迅认为应该“放开度量，大胆地，无畏地，将新文化尽量地吸收”①。

三 “语丝”杂感的艺术化

《语丝》之于杂感有一种定体的意义，这是可以显见的。杂感在《新青年》那里发轫，当时的作者也不少，而以鲁迅的成绩为最著。但整体上还没有形成一种体的风格。《语丝》同人讨论“语丝体”，以自由随意作为“语丝体”的基本精神。这里所说的“语丝体”，实际上主要是指“任意而谈，无所顾忌”的杂感。仅就这一点而言，《语丝》杂感与《新青年》同类文字的内在精神是相贯通的。在笔者看来，《语丝》对于杂感所具有的定体意义，在于由这一文体内在精神而衍化出了一种基本的文体风格。在《新青年》时期，“随想录”一类的文字，更多的是一种议论，而到《语丝》时代，它已成为艺术化了的论议，成为一种呈现着某种风格的文体存在形式。这种风格概而言之就是泼辣与幽默。泼辣与幽默风格的形成，使杂感差不多成为一种文学化的体式。

对《语丝》杂感的这种风格，文学史家陈子展在《最近三十年中国文学史·文学革命运动》一节中已有指称，他认为，“语丝文体”“有生辣的深刻的批评文”，这些文章“最富于俏皮的语言，和讽刺的意味”。曹聚仁有大意近似的表达。他说：“《语丝》在北京创刊之初，也只是那一伙人的一时即兴之作，没有一定的文艺形式。到了周年纪念增刊上，他们才想到《语丝》的文体，他们那一伙人，有意无意之中形成了一种文章风格，比较注意风趣，对社会人生，采取了讽刺批评的态度，其间，就有着幽默的文字。”②《语丝》上的杂感文作为一种社会批评、文化批评的文字，它当然需要体现出批评的深刻。但这种深刻不同于纯粹的思想家或政治家的文本主要依靠逻辑推演的方式实现，而是以一种作家的方式展呈的。《语丝》杂感的“泼辣”或“生辣”，既意指这一文类内含的深刻，思想的犀利，又表示其表达上所形成的一种风致。作者对讽刺幽默等手法

---

① 鲁迅：《看镜有感》，《语丝》1925年第16期。

② 曹聚仁：《我和我的世界》，转引自施建伟《中国现代文学流派论》，陕西人民出版社1986年版，第175—176页。

的娴熟的运用，又直接作用于《语丝》杂感“泼辣”风格的生成。讽刺不仅是一种表达的形式，更显现着主体的一种态度，在将“批评”作为基本功能的杂感中，讽刺就变得不可或缺了。但这种讽刺不应该是骂街式的，而应该成为作家智慧的表征，就是说讽刺作为一种艺术存在着。从“语丝派”的杂感中，我们可以看出他们已经做出了努力。讽刺与幽默的相生，既反映出作者基本的价值取向，又凸显着他们的精神形态。

《语丝》杂感是战斗的，鲁迅的写作对此是极好的注解。文学的功能有种种，作家的生存方式也不一而足。但是作家存在的重要意义就在于他们是作为人类正义、人道的代言人、守望者而出现的。他对人类基本精神的诉求，需要其对一切反人类、反人性的邪恶做出批判。鲁迅作为这一类作家中的一个典型，以对反动的主流的意识形态的颠覆以及对一切戕害人性自由、践踏人道规范的抨击作为自己的使命。这些使他成为一个知识分子类型的作家。鲁迅的“语丝”杂感塑造了作者这样的一种形象。如下《无花的蔷薇之二》中的文字：

> 中华民国十五年三月十八日，段祺瑞政府使卫兵用步枪大刀，在国务院门前包围虏杀徒手请愿，意在援助外交之青年男女，至数百人之多。还要下令，诬之曰“暴徒”，如此残虐险狠的行为，不但在禽兽中所未曾见，便是在人类中也极少有的，除却俄皇尼古拉二世使可萨克兵击杀民众的事，仅有一点相象。①

鲁迅在这篇文章的末尾对写作日期做了特别的标注：“三月十八日，民国以来最黑暗的一天，写。”所谓“最黑暗的一天”，也就是军阀统治者残害年青生命的一天。面对专制的淫威，种种人士或缺席退避，或缄默沉寂。甚至有人性异化者诬陷无辜，为独裁者鼓舌。这是一个亟须良知公理出场的时刻。《语丝》作家集体登台了，他们以极其沉郁而犀利的笔墨抨击军阀政府的天良沦丧。鲁迅在这里表现了战将的无私无畏的精神。面对专制暴行已无丝毫怯懦，有的就是不吐不快的入木三分的揭露。这些文

① 《语丝》1926年第72期。

字，将鲁迅作为一代人文知识分子杰出代表的品格雕刻得棱角分明。

《语丝》杂感又是艺术的。作者普遍运用讽刺幽默的手法论事析人，这样不仅使读者感受到作者思想之剑的锐利，而且也由作者思想表达的机巧而生出无限的趣味。就内容而言，“语丝体”大多是比较严肃的，但许多时候作者能从中调制出一种所谓的“幽默味”来，对《语丝》的幽默化，曾有人持有异议，对此周作人却颇不以为然。他在与一位叫伯亮的通信中说：“来函说《语丝》大多滑稽分子，有变成《晶报》之虑，盛意可感。有好些人都这样说，所以你的话大约是对的，但是我却不是这样想。我以为滑稽不论多少，都没有什么妨碍，只要有人会说，有人会听。我只觉得我们不很能说‘为滑稽的滑稽’，所说的大抵‘为严正的滑稽’……”[①] 周作人所说的“严正的滑稽”正好道出《语丝》幽默的性质。

《语丝》同人对幽默有一种偏好。这是与他们的艺术志趣密切相关的。其中的林语堂是以倡导散文幽默而出了名的。同时又与《语丝》这一群体的构成是分不开的。《语丝》同人是一群自由知识分子，他们创办《语丝》是因为他们认为“自由发表文字的机关之不可少”，有了自由的论坛，他们就有了“随便说话”的方便。幽默是主体性情的放射，是其情志丰腴从容的表征。鲁迅曾对幽默颇有微词，但他反对的是那种“为笑笑而笑笑”的幽默，是在“风沙扑面，狼虎成群的时候”，将幽默小品作为“小摆设”的做派；[②] 对“严正的滑稽”，鲁迅不仅认可，而且在写作中多有践行。他在《从讽刺到幽默》一文中对幽默的发生做了说明：“人们谁高兴做‘文字狱’中的主角呢，但倘不死绝，肚子里总还有半口闷气，要借着笑的幌子，哈哈的吐他出来。笑笑既不至于得罪别人，现在的法律上也尚无国民必须哭丧着脸的规定，并非‘非法’，盖可断言的。”[③] 这一段表述本身也够幽默的了。

周作人是娴熟于运用幽默手法的高手。《上下身》可谓周作人幽默杂

---

① 《语丝》1925 年第 8 期。

② 鲁迅：《南腔北调集·小品文的危机》，《鲁迅全集》第 4 卷，人民文学出版社 1981 年版，第 576 页。

③ 《申报·自由谈》，署名何家干，1933 年 3 月 7 日。

感中的代表作。这篇文章的主旨是讽刺“贤人”的假正经，批判封建礼教的荒唐悖谬。人的身体本是一个不可分割的整体，但“贤人必强分割之为上下身——大约是以肚脐为界”。“上下变而为尊卑，邪正，净不净之分了：上身是体面绅士，下身是‘该办的’下流社会。”作者竭力将此作荒诞化的处理：“平时沐浴时候（幸而现在贤人们还不很多），要备两条毛巾两只盆两桶水，分洗两个阶级，稍一疏忽不是连上便是犯下，深于德化有妨。”① 这里周作人设置了颇具喜剧效果的情景。荒诞的情景是虚拟的，而礼教的荒唐却是实然存在的。读者从作品幽默快意的感悟中获得联想，思考“圣道”“德化”的可笑可鄙。林语堂于幽默的运用，常常是信手拈来，涉笔成趣，而趣中又有深意。《谬论之谬论》② 文题就含有幽默的意味。作者针对“遗老与遗少反对学生爱国运动的论调”进行驳论。遗老或遗少者言，学生应该“勿谈政治”“闭门读书”“读书救国”，林语堂的驳论不作逻辑文的三段论式的推理状，而是用一种近似说笑的方式，将驳诘对象的某种“非理”性状凸显出来，从而收到类似于“归谬”论证的效果：

> 学堂是学堂，人生是人生，学生“唯一的职务”是闭门读书，“人们”才可以闭门救国。“人们”犹如田鸡，学生犹如 tadpole（蝌蚪），“人们”犹如一种灯蛾，学生却只是一种 larva（幼虫），这些“拉微哀”于未成灯蛾时也只好听其“拉微哀”而已。所可虑者灯蛾仍旧要由“拉微哀”变来，倘是未毕业的学生可以“闭门念书”，除非 continunity of personality（人体的连续发语）忽然停止……

作者在这里表达的本意是不该人为地限定哪类人可谈政治，哪类人不可谈政治。但他并不直说，而是取譬述理。在他看来人为地划分人的类别无异将人视作田鸡、蝌蚪、灯蛾、幼虫。调侃中自有一种讽刺的意思。

① 《语丝》1925 年第 12 期。

② 《语丝》1925 年第 52 期。

四 “语丝”与现代散文的格局

我们指认《语丝》为现代散文文体自觉的代码，这不仅在于《语丝》散文展呈了主体自主自由的现代性的精神内质，而且也因为《语丝》完整地建构了现代散文的格局。《新青年》时期散文以议论体为主，这大约是应思想革命之运而生的一种特点。现代散文由议论体向叙事体、抒情体发展，并形成多体共荣的局面，则表示着这一文类在现代的完形。胡适在《五十年来中国之文学》中论及五四散文：“白话散文很进步了，长篇议论文的进步，那是显而易见的，可以不论。这几年来，散文方面最可注意的发展，乃是周作人等提倡的‘小品散文’。这一类的小品，用平淡的谈话，包藏着深刻的意味，有时很显笨拙，其实却是滑稽。这一作品的成功，就可彻底打破那‘美文不能用白话’的迷信了。”[①] 胡适对新文学运动中散文的成绩给予很高的评价，这大体上是符合文学史的实际情形的。周作人的“美文”观念及其实践，在当时获得了初步的成功。但是我们可以注意到胡适的评价是讲究分寸的。“这一作品的成功，就可彻底打破那‘美文不能用白话’的迷信了。”这一句使用的是假设性语式，“就可彻底打破”这一委婉表达，意味着当时的美文（1922 年）已有卓然可观的成绩，但尚未获得完全的成功。《语丝》的时代是一个美文的时代，许多报刊倡导这一体式，如《晨报副刊》《小说月报》《现代评论》等，而《语丝》无疑是一个展示美文风景的重镇。

作为《语丝》主持者之一的周作人，是最早生成现代散文文体意识的。他于 1921 年 6 月在《晨报副刊》上发表了《美文》，首次将散文中“记述的，是艺术性的”一类的作品，命名为“美文”，认为这种美文“可以分出叙事与抒情，但也很多两者夹杂的”。周作人强调美文“须用自己的文句与思想”。由此可见，他已从文体之形之心两端说明美文的体征内质。这对后来散文作家文体意识的普遍自觉具有重要的启发意义。在现代散文文体的格局中，周氏兄弟是“双柱”，分别代表了杂文（杂感）与美文创作的最高成就。在《语丝》这里，是以杂感为主的，但美文类

① 《五十年来中国之文学》，《胡适全集》第二卷，安徽教育出版社 2003 年版，第 343 页。

的写作也颇受重视。鲁迅《秋夜》等自称为“散文诗”的20多篇作品发表在《语丝》上，后来结集为《野草》。周作人不仅是美文的倡导者，而且更是这一文类的实践者。刊发于《语丝》的《乌篷船》《喝茶》《鸟声》等名篇，成为其美文创作的重要代表作。作为一方美文的天地，《语丝》同人在大量写作杂感的同时，也发表了很多叙事抒情性的散文，祖正的《山中杂记》、江绍原的《小品》、绿漪的《我们的秋天》、缪崇群的《南行杂记》等，以连载的形式刊发。韦素园有《春雨》、钟敬文有《太湖游记》、向辰有《捕萤》、蹇先艾有《雨夕》、章衣萍有《第一个恋人》《暮春》《夜夜曲》、评梅有《雪夜》、许钦文有《在湖滨》《石榴花下》、川岛有《溪边漫笔》等，一时美文的写作蔚然可观。

杂文与美文的写作表示着现代散文作家精神存在的两种不同的向度与形态。散文作家之被冠于“现代”，主要在于他们成为思想独立精神放逸的主体，其为文不是为了代言释道，而是为了写心倾吐。他们写作杂感，部分地体现着作为人文知识分子的本性，在将写作与社会的关联中履行社会职志，实现自身存在的价值。他们写作美文，则又体现着他们作为文化人、知识者对本我生命的关注、尊重与某种意义上的自我肯定与欣赏。这两种存在并不矛盾，它们往往能在主体的写作中得到统一。这种统一归源于精神的独立自主，至于写作形式的选择，是杂感还是美文，这主要由作者写作的社会需要与个人趣味所决定。一般来说，选择杂感，就意味着选择对社会、对文化的批判；选择美文，则意味着更多地通过对作家个体生活际遇情感流变等记叙，对自然的人文的风情的描写获得一种心灵的自适或自省。批判与自适都是需要的，鲁迅主张杂文，但也写美文，周作人钟情美文，而又不弃论议之好。这种情况，在《语丝》周刊上也得到了统一。这种统一体现出《语丝》的兼容性。正是这样的兼容，才成就了它的丰富。

《语丝》的美文有着自己的旨趣，是一种偏重于个人的文学，其题材较多地关乎知识者个人化的生活领域。与杂感的浮躁凌厉比，这里的美文有一种浓淡相宜的中和与雅尔舒然的从容。这是作家将生活艺术化所得的一种成果。闲适是其中最为重要的滋味。周作人的《喝茶》《乌篷船》等可以视为美文的标本，其取材题旨与现实社会保持着间距，亲近的是一种寻常的但具有文化味的生活。《喝茶》“所想说的，只是我个人的很平常的喝茶罢了”。其中所写是作者经验中的“茶道”，“我的所谓喝茶，却是在喝清茶，在赏鉴其色与香与叶，意未必在止渴，自然更不在果腹了”。“喝茶当于瓦房纸窗之下，清泉绿茶，用素雅的陶瓷茶具，同二三人共饮，得半日之闲，可抵十年的尘梦。”[①] 这种“茶道”反映的是文化人的一种闲情逸致。《乌篷船》一篇其精神与《喝茶》相通，这并不只是写出一种文化味见浓的乡俗，作者对乌篷船的叙写实则反映出他对放达由性的自然境界的神往：“在船上行动自如，要看就看，要睡就睡，要喝酒就喝酒，我觉得也可以算是理想的行乐法。”天人合一，在人与自然和谐的交响中，获得一种生命的趣味：“夜间睡在舱中，听水声橹声，来往船只的招呼声，以及乡间的犬吠鸡鸣，也都很有意思。”[②] 这种交响不啻是一种天籁。

论及这样的美文，往往有内容空疏，没有多少社会意义之类的评语。这样的评价差不多是反散文的。散文作为反映作者精神存在的一种方式，对主体个人性的呈现是颇为重要的。主体的个人性既展示在主体对现实社会观察思考方面，同时也体现在他对自身存在的关注与体认方面。如果说杂文更多地给人以深刻的思想启发，那么美文更多地给人以闲适的艺术享受。将美文置于现代散文演进的史程中观察，我们更可发现这种写法“也有漂亮和缜密的”体式，显示着“对于旧文学的示威”的价值，“在表示旧文学之自以为特长者，白话文学也并非做不到”[③]。美文的重要意义在于它以艺术的形制反映着散文作家丰富心灵世界中的一个重要的存在。“漂亮”的形态，显示着美文无限的艺术魅力。

《语丝》上的美文，作为一种艺术的文学，它们最值得我们品赏的是作者善于运用多种笔调创造出各色的意境、情景。这种情景或意境有着一种极强的审美召唤力，令人流连陶醉。周作人的《喝茶》《乌篷船》的那种情景有这样的魅力，钟敬文的《太湖游记》、石评梅的《雪夜》、徐祖

---

① 《语丝》1924 年第 7 期。

② 《语丝》1926 年第 107 期。

③ 鲁迅：《南腔北调集·小品文的危机》,《鲁迅全集》第 4 卷，人民文学出版社 1981 年版，第 576 页。

正的《山中杂记》诸篇也各具意境。如下是钟敬文笔下的鼋头渚的春景：

> 桃花方盛开，葱绿若碧海，风过时，树声汹涌如怒涛澎湃。渚上多奇石，突兀俯偃，形态千般。我们在那里徘徊顾望，四面湖波，远与天邻，太阳注射水面，银光朗映，如万顷玻璃，又如一郊晴雪。

桃花、奇石、湖波、春阳，风景如画，令人心旷神怡。《雪夜》则呈现出“如梦似真的艺术化的世界”。粉妆玉琢的街市，幽美清冷；“新栽的小松上，满缀了如流苏似的雪花，一列一列远望去好像撑着白裙的舞女”。雪的世界伴奏着“悠远清灵的钟声”，将作者的情思牵引得很长很长。这样的文字显示出的大约就是美文的风致了。

美文着意将日常生活艺术化，以诗意洗涤庸常的鄙俗，营造一方作者自适的精神空间。这样的精神空间或表示与现实紧张的社会关系做消极对抗，是所谓“苦中作乐”之法；或体现散文作家禀具的一种自然无拘的心态，美文成为现代散文作家放飞自我的彩色的风筝。

第十章 《小说月报》:散文的诗意私语

《小说月报》是民国时期历时最为长久的文学刊物。1910 年 8 月 29 日创刊于上海的这一刊物，原为“鸳鸯蝴蝶派”所控制。1920 年 11 月沈雁冰接任《小说月报》主编。自 1921 年第 12 卷第 1 号起，刊物的面貌发生了根本性的变化。这一期刊发了由茅盾撰写的《改革宣言》，表达了改革发展的意旨：“小说月报行世以来，已十一年矣，今当第十二年之始，谋更新而扩充之，将于译述西洋名家小说而外，兼介绍世界文学界潮流之趋向，讨论中国文学革进之方法。”并且申明：“将文艺当作高兴时的游戏或失意时的消遣的时候，现在已过去了，我们相信文学是一种工作，而且又是于人生很切要的一种工作。”由此，《小说月报》成为由文学研究会骨干所主持的文学刊物。主编除茅盾外，另有郑振铎。1927 年 6 月至 1928 年 12 月郑振铎旅欧期间，由叶圣陶代编。撰译者多数也是文学研究会的成员。《小说月报》于 1931 年 12 月终刊，历时 21 年，共出 258 期，另有号外 3 册。

这是一个对新文学建设具有独特贡献的重要刊物。如刊物名称所示，小说一体是该刊的主项。小说在《小说月报》上取得卓然可观的实绩。鲁迅的《社戏》《在酒楼上》，庐隐的《海滨故人》，叶圣陶的《潘先生在难中》，丁玲的《莎菲女士的日记》，茅盾的《幻灭》《虹》，老舍的《老张的哲学》，巴金的《灭亡》等重要作品都发表在《小说月报》上，它富有成效地促进了现代小说的长足发展。大约是为小说业绩之辉煌所遮蔽，为刊物名称所掩盖，除了少数新文学见证人外，学者对《小说月报》于新文学其他门类所产生的影响关注甚少，语焉不详。这里，我们试图回到《小说月报》的历史现场，去看取生长于斯的散文风景，去品味其散文的意蕴，对《小说月报》与现代散文发展的关联做一考察与评估。

一 “小说”之名下的散文园地

朱自清作为一个重要的历史在场者，他在1928年7月31日发表的《论现代中国的小品散文》① 中论及出版业对散文发展所起的推动作用，其中就提到《小说月报》：

> 最发达的，要算是小品散文。三四年来风起云涌的种种刊物，都有意或无意地发表了许多散文。这一年这种刊物更多，各书店出的散文集也不少。《东方杂志》从二十二卷（一九二五年）起，增辟《新语体》一栏，也载有许多小品散文……去年《小说月报》的“创作号”（七号）也特辟小品一栏。小品散文，于是乎极一时之盛。

朱自清对1922年第7号（即第18卷第7号）的《小说月报》印象特别深刻。因为就在这一期刊物上，发表了他的散文《荷塘月色》。其实在此之前，一些在现代散文史颇为有声的作品就在《小说月报》上发表了。如冰心的《笑》《往事》，许地山的《空山灵雨》《落花生》等。

《小说月报》的编者与作者，一度对文体的分类并不经意。这既说明当时他们的文体意识并不自觉，同时也表明短小说与散文之间存在着跨文体或互文体的现象。一般来说，散文重设色置景抒情，其述事不求完整而常取片断，而小说则注意通过相对完整的叙事表现人物。但五四时期的短小说与散文之间存有同构的质素，所以一篇作品往往既被指称为小说，又被指称为散文。冰心的《笑》刊发于改革后的《小说月报》第12卷第1号的“创作”栏，发表时未标明作品的文体所属。作者在三十年代所写的《全集自序》中，将《笑》视作小说。她说1921年“文学研究会同

① 朱自清：《论现代中国的小品散文》，《文学周报》1928年第345期。

人，主持《小说月报》。我的稿子也常在那上面发表。那时的作品，仍是小说居多，如《笑》《超人》《寂寞》等”①。但阿英在编选《现代十六家小品》时，将《笑》录入。文学史家王瑶、吴福辉等都将《笑》认定为散文。王瑶指出：“冰心的《笑》，就是‘五四’初期影响很大的一篇抒情散文。这篇文章虽然收于她的小说集《超人》中，其实内容完全是抒情散文。”② 吴福辉对作为散文的《笑》所具有的文学史意义作有揭示，认为：“冰心的《笑》，发表于一九二〇年革新后的《小说月报》上，是现代文学史上第一篇引人入胜的美文作品……很多人认为，冰心的散文实比她早年的问题小说和小诗更获成就。”③ 同在《全集自序》中，冰心将在《小说月报》发表时标注为小说的《梦》《到青龙桥去》等作品归入“散文之部”。“散文之部，有《遥寄印度哲人太戈尔》《梦》《到青龙桥去》，《南归》等十一篇，附《往事》三十则，《寄小读者》的信二十九封，《山中记事》十则。”像这种“重体”的现象，在当时是相当普遍的。正如王瑶所说：“其实不只《超人》一书，还有不少小说集也收有一些散文随笔，庐隐的《曼丽》，冯文炳的《竹林的故事》都是例子。就是《呐喊》中所收的《兔和猫》《鸭的喜剧》和《社戏》，文体与《朝花夕拾》相似，其实也可以称为散文。”④

《小说月报》与《新青年》《语丝》等杂志不同，它是一个纯文学的刊物。在文学的格局内，改革后的《小说月报》设置了论评、研究、译丛、创作、特载、杂载等栏目，其中创作一栏受到特别重视：“同人以为国人新文学之创作虽尚在试验时期，然椎轮为大辂之始，同人对此，盖深愿与国人共勉，特辟此栏，以俟佳篇。”⑤ 第12卷第1号创作栏内刊出冰心女士《笑》、叶绍钧《母》、许地山《命命鸟》等7篇作品，作品未表明文体。创作栏的作品被标注文体类属始于第12卷第3号。在新诗的名

---

① 冰心：《全集自序》，收录阿英《现代十六家小品》，上海光明书局1935年版，第149页。

② 王瑶：《“五四”时期散文的发展及其特点》，收录《中国现代文学史论集》，北京大学出版社1998年版，第220页。

③ 《中国现代文学三十年》，上海文艺出版社1987年版，第128页。

④ 王瑶：《“五四”时期散文的发展及其特点》，收录《中国现代文学史论集》，北京大学出版社1998年版，第221页。

⑤ 茅盾：《改革宣言》，《小说月报》1921年第12卷第1号。

目下，发表了叶绍钧的《感觉》《成功的喜悦》《琐闲的生活》3首诗。但其余作品的文体名未注。至第12卷第8号，创作栏内的所有作品都有了文体分类，计有庐隐女士《两个小学生》等小说4篇，朱自清《旅路》诸诗7首。第13卷第2号创作栏内发表的作品首次被标识为“散文”。这一期发表了周作人的《西山小品》，含《一个乡民的死》《卖汽水的人》，编者将它们归为“散文”一体。由此可见，创作栏内的作品并不一律是小说体，其中也有散文。

毫无疑问《小说月报》是重视小说创作的，但自第18卷第7号起散文的地位开始得到提升。这一期首开“小品”一栏，并且以较大篇幅推出数量可观的散文作品。丰子恺的《东京某晚的事》《楼板》《女生》，佩弦的《荷塘月色》，戴菊农的《海塘上》都在栏内刊发。第18卷第8号开出“随笔”栏，发表了俞平伯的《眠月》《雪晚归船》，懋琳《我的邻》，丰子恺《艺术三昧》。在《小说月报》的后期，“随笔”成为一个经常性栏目。如第20卷第1、2、3号都有“随笔”一栏，署名为MD（茅盾）的《叩门》《卖豆腐的哨子》《雾》《虹》《红叶》等相继发表。“随笔”一栏开设至第20卷第11号，栏内刊出孙福熙《海天闷》《新嘉坡的茶点》等8篇作品。检视《小说月报》发表的作品并进行合适的辨体，我们可以发现散文是《小说月报》的一个重要的存在。据1984年书目文献出版社出版的《〈小说月报〉索引》（1921—1931）统计，“散文、杂文”类属的作品有200多篇。而这一索引将《笑》《空山灵雨》《往事》《寄天涯一孤鸿》（庐隐）归入“小说”。因此，实际上《小说月报》所刊发的散文作品比这一数字更为可观。

二 散文创作的“美文”自觉

《小说月报》散文的形态与意蕴，在整体上有别于《新青年》和《语丝》的作品。《新青年》散文以杂感为主。这原是一种思想革命的载体，社会批评、文化批评是其大旨。《语丝》上生成美文的风景，但随感录一体依然风行。而在《小说月报》这里，像周作人《苍蝇》这样的杂文并不多见，散文已从论议之体——艺术化的论议，演化成叙事抒情之体——美文成了《小说月报》散文的主类。散文被视为创作，作为文学的一种样式而存在着。《小说月报》上的散文作家,“对于为艺术的艺术与为人生的艺术,两无所袒”[①]。创作的主旨关乎人生,而创作作为一种文学活动,他们自然也重视艺术的生成。他们操守着为他们所认定的文艺观。

在《小说月报》作家如冰心、庐隐、朱自清、叶圣陶等看来,文学应当真实地反映种种人生;真实的人生是独特的人生,作家应该创造性地从自我的经验出发反映这样的人生。一言以蔽之,文学就是一种真实的个性化的自我色彩鲜明的创造。庐隐在《小说月报》上发表了题为《创作的我见》[②] 的短文,她对创作的品格作了揭示。她以为:“足称创作的作品,唯一不可缺的就是个性——艺术的结晶,便是主观——个性的情感,这种情感绝不是万人一律的……因个性的不同,所以甲乙二人同时观察一件事物,其所得的结果必各据一面,对于其所得的某点,发生一种强烈的联想和热情,遂形成一种文艺,这种文艺使人看了,能发生同情和刺激,就便是真正的创作。”对于个性的关注与否,是区别文学非文学的一个重要的尺度,而文学个性的获得关联着文学创作的主体。冰心认为个性的文学应当是“能表现自己”的文学:“‘能表现自己’的文学,是创造的,个性的,自然的,是未经人道的,是充满了特别的感情和趣味的,是心灵里的笑话和泪珠。这其中有作者他自己的遗传和环境,自己的地位和经验,自己对于事物的感情和态度,丝毫不可挪移,不容假借的,总而言之,这其中只是一个字‘真’。”在这里,“真”已等值于“个性的”。“真”是无所羁绊,随心所欲的一种“原象”。拥有这样的一种“真”的境界,主体及其文本就满溢“个性”的了。冰心对“真”的文学,亦即“个性”的文学的状态作有描述:“‘真’的文学,是心里有什么,笔下写什么,此时此地只有‘我’……只听凭着此时此地的思潮,自由奔放,从脑中流到指上,从指上落到笔尖。微笑也好,深愁也好,洒洒落落自自然然的画上……文学家你要创造‘真’的文学么?请努力的发挥个性表现自己。”[③] 对于冰心的“求真”文学观,叶圣陶、朱自清等表示认同。

---

① 茅盾:《改革宣言》,《小说月报》1921 年第 12 卷第 1 号。
② 《小说月报》1921 年第 12 卷第 7 号。
③ 冰心:《文艺丛谈》,《小说月报》1921 年第 12 卷第 4 号。

叶圣陶强调："我们作文，要写出诚实的，自己的话。"① 朱自清明确地指出："我们所要求的文艺，是作者真实话。"他借用法朗士的观点并作申说："法朗士甚至说，一切文艺都是些自叙传。这些大约就因为力求逼近真实的缘故。作者唯恐说得不能入微，故只拣取自己的经验为题材；读者也觉作者为别人说话，到底隔膜一层，不如说自己的话亲切有味。这可叫做求诚之心。"②

庐隐、冰心、叶圣陶、朱自清的这些表达，虽然并不直接具体地意指散文创作。但他们所持的文艺思想，无不影响他们的包括散文在内的写作实践。并且，就他们上述文艺观念而言，实际上更联通着散文的文体精神。如果说真实与个性是文学应予恪守的通则，那么它们更是散文主体品格造就的前提与要素。有言道：散文姓散，名真，字自我。形态之散，导源于主体精神的放逸；真诚于散文，犹如流经沙漠中的小溪，它生成作品灵动鲜亮的生命色彩。而真诚的散文，无不文中有"我"，有"我"的生存感受，生命体验，"我"的情思意念。因此真正的散文更应当是展示"真"我风采的个性化的文学品类。

基于"我"为原点的创作理念，《小说月报》散文的内存普遍地呈现出一种"个人化"的倾向。题材的主体自我观照成为一种显性特征，题旨更多表现的是人生，而不是社会历史。《小说月报》第 16 卷第 7 号刊有西谛（郑振铎）的《街血洗去后》和叶圣陶的《五月三十一日急雨中》等散文。这些作品叙写的是 1925 年发生的"五卅"事件，作品中讴歌爱国者的英勇，抨击大屠杀制造者的残暴。但这种反映重大社会政治题材的散文相当少见，散文的个人化成为《小说月报》散文的主调。这种情况的出现，一方面与刊物的性质相关，文学类刊物对创作个人性的追求或许会更关注，另一方面与散文作者的文学观念相关。如上所述，冰心等十分强调通过对主体性的凸显，去创造真实而有个性的文学。许地山提出过创作的"三宝说"。"智慧宝"，"这就是创作的第一宝"。所谓"智慧宝"是"创作者个人的经验，是他的作品的无上根基"③。其意旨与冰心

① 叶圣陶：《诚实的，自己的话》，《小说月报》1924 年第 15 卷第 1 号。

② 朱自清：《文艺的真实性》，《小说月报》1924 年第 15 卷第 1 号。

③ 许地山：《创作的三宝和鉴赏的四依》，《小说月报》1921 年第 12 卷第 7 号。

等的观点是一致的。而他们对创作个人性的强调，从根本上说，反映着现代作家自我意识的自觉与强化。

《小说月报》散文的个人化存在，获得了理论的支撑。胡梦华在第17卷第3号的《小说月报》上发表了一篇文论《絮语散文》。全篇包括“概论”“孟田”“孟田以后”“蓝穆和韩士立”“余论”五个部分。在概论部分，胡梦华对“絮语散文”的性质作有诠释：

> 这种散文不是长篇阔论的逻辑的或理解的文章，乃如家常絮语，用清逸冷隽的笔法所写出来的零碎感情文章……它不象批评文或理论文带着很庄严的态度，令人看了好象纸上露着肝火很旺的样子，怒目咬牙的形状。它乃如家人絮语，和颜悦色的唠唠叨叨地说着。……至于它的内容虽不限于个人经历，情感、家常、掌故、社会琐事，然而这种经历、情感、掌故、琐事确是它最得意的题材。

胡梦华用“家常”一词修饰“絮语散文”，给出了这一类散文形态与意蕴的独特。“家常”的散文，虽然远离社会现实的前沿，但它却走近了日常的人生风景，以个人化的笔墨描绘了个性化的生命踪迹。正如胡梦华所说的那样：“我们仔细读了一篇絮语散文，我们可以洞见作者是怎样一个人：他的人格的动静描画在这里面，他的人格的声音歌颂在这里面，他的人格的色彩渲染在里面……所以它的特质是个人的（personal），一切都是从个人的主观发出来。”文学的个人性在中国传统文学的体制中是稀有的。絮语散文对于个人化领属的表现，丰富了新文学现代性的存在，体现了散文作为文学品类的价值。因此，胡梦华将絮语散文称为“一种不同凡响的美的文学”，“是散文中的散文”。

三 自叙与自诉的话语方式

《小说月报》散文是其作者所禀具的文学观的一种实践成果。这一类散文着意展示写作主体的私人生活空间。主体的自我发现、自我表现等，构建了与之相应的独特的话语类型。

自叙是《小说月报》典型的话语方式。自叙的内容关于作者日常生活。这些生活是琐屑的、边缘的，更具有个人性。我们不妨将叙写这类生活情形的散文，称之为某种私人的生活档案。这样深广的社会生活场景并不常有，但凡人生活的另一种滋味却尽在其中，人性的某种原生样态清晰可见。许地山《空山灵雨》的写作方式表示着这一组作品对个人生活以及主体心灵世界的亲近。睡与非睡，成为写作发生的一种特殊的情景："在睡不着时，将心中似忆似想的事，随感随记；在睡着时，偶得趾离过爱，引领我到回忆之乡，过那游离的日子，更不得不随醒随记。"[①] 这种写作情景自然容易进入最为个人化的生活天地。《笑》是《空山灵雨》中的一则短章。所写极寻常，但正是在这种寻常之中，有着一种可人的生命馥郁。"我从远地冒着雨回来，因为我妻子心爱的一样东西让我找着了，我得带回来给他。"作品开篇为下文摄取的主要生活场景的推出，提供了一个合适的背景。构成主要生活场景的有素兰，并肩坐在一张紫檀榻上的"我们"，"我们"的对话："到底是兰花的香，是你的香？"核心细节是妻子"她说时，亲了我一下。小丫头看见了，掩着嘴笑，翻身揭开帘子，要往外走"。作者将心灵底片上有关笑的一景取出，让这种生命的动人成为永恒。

朱自清与丰子恺有同题作品《儿女》刊于《小说月报》第19卷第10号上。由题目可见这是两篇写家常事儿女情的散文。丰子恺一篇由送别一群儿女后，独处而悬念他们的事写起，叙说中颇见亲情之感人。作者整理空寂的房间，把种种物事尽数送人，"只有四双破旧的小孩子的鞋子（不知为什么缘故），我不送掉，拿来整齐地摆在自己的床下，而且后来看到的时候常常感到一种无名的愉快"。这一细节描写是白描的，但真意弥漫于字里行间。这里极其真实地写出了只有父亲或母亲才会有的行为和对亲情的那种特有的体认。现实的孤寂使得作者更向往有着一群孩子在的热闹：

我领了四个孩子——九岁的阿宝、七岁的软软、五岁的瞻瞻、三

---

① 许地山：《〈空山灵雨〉弁言》，收录阿英《现代十六家小品》，上海光明书局1935年版，第261页。

岁的阿韦——到小院中的槐荫下，坐在地下吃西瓜。夕暮的紫色中，炎阳的红味渐渐消减，凉夜的青味渐渐加浓起来。微风吹动孩子们的细丝一般的头发，身体上汗气已经全消，百感畅快的时候，孩子们似乎已经充溢着生的欢喜，非发泄不可了。

作者在这里为我们描摹了一幅夏夜父子同乐图，他是以一种欣赏的心情去看这幅图画的。与丰子恺笔下情趣满溢的欢畅不同的是，朱自清的《儿女》让人感受到生活的苦涩味。这本是那个时代作家生活的一种滋味。“一个媳妇，跟着来了五个孩子；两个肩头上，加上这么重一副担子，真不知怎样走才好。”生活中有太多的不如意处，所以作者将儿女视为一种折磨。“孩子们的磨折，实在无法奈何；有时竟觉着还是自杀的好。这虽是气愤的话，但这样的心情，确也有过的。后来孩子是多起来了，磨折也磨折得久了。”基于这样的心态，所以常用体罚和叱责的方式去“征服”孩子。朱自清叙写的是生活的一种实景，没有任何粉饰。但作品让读者心动的并不只是沉重的生活，更多的来自于作者作为父亲的自责及蕴藉其间的至爱之情：

近来差不多是中年的人了，才渐渐觉得自己的残酷；想着孩子们受过的体罚和叱责，始终不能辩解——象抚摩着旧创痕那样，我的心酸溜溜的。

朱自清是用一种近似检讨的口吻记述自己对待儿女的种种“野蛮”的，而自责之中更可见人类的真感情。生命不能承受之轻，作者对儿女施行“野蛮”，这本源于生活的无奈。而人类的天性，让作者反省自己，发愿“只希望如我所想的，从此好好地做一回父亲”，这朴素的真情的表达，叩人心扉。

与自叙的话语方式同在的，是自诉。自叙者是述记个人的生活故事，是外在的见形的一种存在。而自诉，它更多的是有关主体内在的情思与感念，是心灵化的一种生成。这类散文往往清晰地显现了作家颇为独特的心态，或可视为主体的精神图式的一种影像。散文更多地关注主体自我，尤其是将主体心灵的存在作为审美对象加以倾心的表现，这是五四时期文坛所出现的有意味的一景。受制于“文以载道”的规约，传统的散文总体上规避了对自我的反映；即便是所谓的性灵小品，对自我心灵的展呈也颇多节制，未曾肆达。晚清时际，散文被维新派或革命派视为启蒙或宣传的器具，作者的话语立场基本上是政治化的，这样公共性也就成了其时散文的一种话语模式。五四时期，杂文和美文奠定现代散文的基本格局。杂文基本是以个人的方式，即自由知识分子基于对理性精神的秉持，进行社会批评与文化批评；而美文则成为作家——知识分子自我审美化的一种载体。作为审美对象的主体自我，不是一种模式化的作为集体类型的个案，而是个性化了的生命实体，这样的情形，导源于时代精神的沐浴洗礼。个性主义成为五四时代的社会思潮，得风气之先的作家不仅求取鼓吹自由之主体精神，而且也以自己独特的方式实践这样的精神。就散文一体而言，不只是有载道意旨，而且更有表现自我的情志。散文需写出作者的个性，正如周作人所说，美文“须用自己的文句与思想”，不可模仿他者。对于散文的表现自我，叶圣陶在 1924 年出版的散文集《剑鞘》中颇多强调，他以为作家的“工作完全表现”自己：

> 我不希望你们说人家说烂了的应酬话，我不希望你们说不曾弄清楚的勉强话，我更不希望你们全不由己纯受暗示而说这样那样的话。如其如此，我所领受的只是话语的公式，是离散的语言文字，是别人家的话语，而不是你们的心的独特的体相。[①]

在笔者看来，美文的意义正在于以艺术的富有情致的形式凸显了作家“心的独特的体相”。作为《小说月报》的重要散文作家，朱自清也径言自己的作品是“意在表现自己”[②]。《小说月报》的散文大多是美文化的。自叙自诉的美文表征着作家对于自我的发现、关怀，尤其是自诉式的心灵化的美文，不仅拓展了散文的话语空间，而且有效地深化了作品对于主体

---

① 叶圣陶：《读者的话》，收录佘树森编《现代作家谈散文》，百花文艺出版社 1986 年版，第 31 页。

② 《文学周报》1928 年第 345 期。

的表现。

《荷塘月色》是一篇典型的自诉式的美文，朱自清写的是“心语”。作品以“这几天心里颇不宁静”开篇，奠定了全篇叙述的基调。缘何心中热躁，是社会的还是个人生活的，作者对此并无交代。他只是选择一种适合于自诉的情景，在独处中展开心灵的对话：

> 路上只我一个人，背着手踱着。这一片天地好象是我的；我也象超出了平常的自己，到了另一个世界里。我爱热闹，也爱冷静；爱群居，也爱独处，象今晚上，一个人在这苍茫的月下，什么都可以想，什么都可以不想，便觉是个自由的人。

这种话语方式，宛若作者在自言自语，也有如知己在静听着作者的诉说。“诉”是主体情绪的一种宣泄，而宣泄正是文学的意义之一。正是在这里，自诉类的散文体现着文学本有的重要价值。作者通过“诉”或在“诉”的过程中，获得对自我心理秩序的调整。

冰心是一位倾诉型作家。她的这种心理质素使得她更适宜写散文。对此，冰心有自知之见：“我知道我的笔力，宜散文而不宜诗。”① 另外似也不宜小说，学者有冰心散文成绩在小说之上的论评。与自己的情绪类型相应，冰心选择“通讯”体裁作为散文写作的方式。这里所谓的“通讯体裁”并不是指新闻的样式，而是指书信体。冰心对这种体式情有独钟，是因为它最适合于作者做倾诉的抒写。冰心曾说：“一九二三年秋天，我到美国去。这时我的注意力，不在小说，而在通信。因为我觉得用通讯体裁来写文字，有个对象，情感比较容易着实。同时通讯也最自由，可以在一段文字中，说天真话的。”②《寄小读者》就是显见的“通讯”体作品，作者在其间标有“通讯”的称名。其实在笔者看来，作品是否属于“通讯”体，并不在于是否标示其名，而在于它是否具有倾诉或谈话的意味。冰心的有些散文，如《往事》虽然未有“通讯”其名，然而是有其风致

① 冰心：《全集自序》，收录阿英《现代十六家小品》，上海光明书局 1935 年版，第 151 页。
② 同上书，第 149 页。

的。“通讯”味是冰心散文的一种特征。《往事（一)》先于《寄小读者》，刊于1992年第13卷第10号《小说月报》《往事（二)》则发表于《小说月报》1924年第15卷第7号。

《往事》由若干片断组合而成，它所摄取的是作者“生命历史中的几页图画”，拓印的是镂刻在作者“心版”的一些照片。作品叙写的重点并不如题目所言是过往的故事，而是追忆人生历程时所作的关于生命的畅想。因此可以将作品视作作者心路历程的记录。《往事》中的许多短章，没有基本的情节线索，串联篇章的是作者的意念，遐思和与之相关的想象。这是《往事（一)》开篇的一段文字：

> 将我短小的生命的树，一节一节的斩断了，圆片般堆在童年的草地上。我要一片一片的拾起来看；含泪的看，微笑的看，口里吹着短歌的看。

这样的行文为《往事》定了一个言说的模式，即是表现的而非再现的，是抒情写意的而非陈述叙事的。基于这样一种模式，作者采用自诉的方式展示主体丰富而有意趣的内心世界。与《寄小读者》有明确的言谈对象有所不同的是，《往事》的述说对象是不明确的、复合的。其中有“假如生命是无味的，我不要来生。假如生命是有趣的，今生已是满足的了”的独白，那是来自作者心灵深处的对话，更多的是对虚拟的听者的述诉，她所表白的是经过咀嚼后所得的人生况味，这种表白反映的是操守“爱的哲学”的一类知识分子对人生哲学的感悟与理解。

自诉一类的散文，是向往自由的作家对精神的一种恣意演绎，是对他们自由情志的惬意放飞。许地山有言：“生本不乐。”身，受诸多的羁绊多有不便，但心，精神至上者对于心灵自由的求取却是本能的。所以朱自清在《荷塘月色》中以“什么都可以想，什么都可以不想”为快，而冰心则视通讯为“最自由”的表达形式。这样自诉类的散文直接体现着现代散文自由的精神。

四 意象思维与散文的诗化

与心灵化的自诉相关的，是《小说月报》散文作者注意对主体情思做对象化的处理，即借物设景以融入情理。冰心、朱自清、俞平伯等是对散文美化做出努力的作家，他们有丰赡的精神存在，对此常做直白的抒情，但对于散文美的求取，使他们更愿意以一种借象的方式，艺术化地表达自我的意念情愫。作为散文家，他们考究散文作为语言艺术的特性，语言成为关联主体与表达对象的诗性载体。作家的心灵诗化着——非粗鄙的，而是精致的，非庸常的，而是卓异的，相应地展示这种心灵的语言也就有诗化的色彩。俞平伯曾说："作者有了一种心境，就应当有一种相当的文字去表现它，词藻，文学的色泽，也是应付某种需要而生，并非无聊地东涂西抹，专以炫人耳目为业的。"① 用以凸显作者"心境"的语言，外取景物之形，内得主体之神，是一种意象化的语言。不同的意象，演绎着散文作家不同的精神世界，而意象之美，则构成了意象散文共同的审美景观。这样，所谓的"漂亮"就成了冰心散文的一种特征。沈从文在《习作举例》推崇俞平伯、朱自清的散文，以为"'五四'以后谈及写美的散文的，常把俞、朱并举"，他们的一些创作，"代表当时抒情散文的最高点"。赵景琛称丰子恺的散文"自然有一种美，文字的干净流利和漂亮，怕只有朱自清可以和他媲美"。而冰心散文的亮丽则更是有目共睹的。阿英在《现代十六家小品序》中，评析新文学运动初期"漂亮、缜密、紧凑"一类的小品文时，首先举出的就是《笑》。"提起这一阶段，我想谁都会想起冰心女士《笑》的……虽说被放在'创作'内，实际上是一篇小品文，就是后来一般作家所认为的正统小品。"② 冰心的散文是自成一体的，而所谓"冰心体"的散文，是诗与画合一的意象散文。冰心散文的这种特点，从某种程度上可以视为《小说月报》散文的一个特点。

意象散文体现着作者的意象思维。这种思维或可名之为借象思维，它

① 俞平伯：《近代散文钞·跋》，《杂拌儿之二》，开明书店 1932 年版。

② 阿英：《现代十六家小品序》，上海光明书局 1935 年版，第 3 页。

有多种形式，融情入景，借事寓理是常见的一种；另外还有总体性的象征等。意象有单个独立的，还有多个意象叠加的，形态各式，意趣也有殊。《荷塘月色》是因景生情，情景相生的一篇。作者热躁的心态因着月下荷光清幽之景过滤而得以净化。眼前景，实为作者精神向往之所在。这样，作品所写，已不是自然实景，而是蕴藉了主体性的心景。朱自清刻意用画境表现心境，给人以不胜其美的快意。朱自清对以文作画的写法颇为欣赏。他在为孙福熙《山野掇拾》所写的评论中，特别地彰显孙福熙散文创作中的画意。

> 孙先生是画家。……他的文几乎全是画，他的作文便是以文字作画！他叙事，抒情，写景，固然是画，就是说理，也还是画。人家说“诗中有画”，孙先生是文中有画；不但文中有画，画中还有诗，诗中还有哲学。

在朱自清这样的论评中，正包含了他自己的散文美学思想。其作品如《背影》《绿》《荷塘月色》等无不具有一种“文中有画”的意境在。《荷塘月色》注意运用远、中、近、特写等不同景别，工笔写景而极具层次感，染色融情的语言联通人的不同感觉，烘托出“光与影有着和谐的旋律”这种宁静而致远的情景。

月的意象为《小说月报》的散文作者所习用。朱自清外，俞平伯有《明月》，庐隐有《月下的回忆》，冰心有《笑》，其中多有月的关联。月华如水，牵引人之思。“床前明月光，疑是地上霜。举头望明月，低头思故乡。”月，已成为一种具有文化色彩的意象。月有一种被约定俗成了的思之意。在《眠月》等散文中，片断性的思忆构成了作品内存的主体。同时，月，又是一种诗化的象征物，月的意象与诗美实为共各。冰心的《笑》是一篇满盈着诗美的精致小品。作品的大旨是作者所操守信奉的博爱哲学。博爱的抽象由“笑”这一具象的情态加以阐释。这种阐释，并不一“笑”了之，而是“笑”而再三。作者用意象叠加的方法，展示内容有异，但主题同一的三幅意境，从而强化了对于“爱的哲学”的表达。月在作品中作为意境存在的背景，也作为串联三个不同场景的结构物。作

品开篇作者就着意制造雨止月见的情调:

> 雨声渐渐的住了,窗帘后隐隐的透进清光来。推开窗户一看,呀!凉云散了,树叶上的残滴,映着月儿,好似萤光千点,闪闪烁烁的动着。——真没想到苦雨孤灯之后,会有这第一幅清美的图画!

在这里,月成为起兴之物。作者不从正面直接描写月的光影,而取两个侧影,显示月的别趣与美意。窗帘后的"清光"是"隐隐"透进来,给出景象的清幽宁静,这为全篇定下了一个基调,与下文三次记写"微微的笑"是十分和谐的。从"残滴"的映照取景,这可显示出月的光影的灵动,由此强化作品美的主题。作者将背景做了设定,继之便次序推出三幅有关"微微的笑"的图画。其一是天使之笑:"这白衣的安琪儿,抱着花儿,扬着翅儿,向着我微微的笑";其二是孩童之笑:"他抱着花儿,赤着脚儿,向着我微微的笑";其三是老妇人之笑:"茅屋里的老妇人——她倚着门儿,抱着花儿,向着我微微的笑。"作者将"笑"的镜头做叠映处理,这就加大了作品意境设造的艺术张力。在冰心看来,博爱就是人类生命中的"微笑";博爱的微笑,是一种至纯至真至美的境界。"心下光明澄静,如登仙界,如归故乡。眼前浮现的三个笑容,一时融化在爱的调和里看不分明了。"《笑》的意境显现着散文诗美的一种极致。

当然,《小说月报》散文的诗美形态并不尽如《笑》和《荷塘月色》这样亮丽,像《落花生》,作者许地山在寻常的事象中提取出人生哲理;看似拙朴的叙述中,也贯注了感悟物理的一种诗意:"人要像花生,因为它是有用的,不是伟大、好看的东西。"①

要之,诗意的私语,是《小说月报》散文基本的话语类型。所谓诗意,也就是一种让生命感动、给人生启悟的精神美质;所谓私语,意指一种有关个人生活空间的存在,它并不直接关联着重大的社会现实。诗意的私语,是《小说月报》的一种独特,其意义也就存在于这种独特之中了。

---

① 许地山:《落花生》,《小说月报》1922年第13卷第8号。

第十一章　语言之维与中国散文现代转型

在中国文学由古代至现代全面转型的历史进程中，语言的变迁无疑是最为直观显示的要素。所谓文学的现代性，基础性的表征当是语言的现代性。对此，新文学的参与者基于自己的观察和亲验早有言说。“新文学运动和新文化运动以来，中国语在加速的变化。这种变化，一般称为欧化，但称为现代化也许更确切些。”① 朱自清将语言的“欧化”，直接指称为“现代化”，并且将其视作与新文学运动相生的重要特征，这是符合历史真实的描述。语言的“欧化”只能发生在现代汉语的系统中，而且“欧化”的语言方式实际上蕴含了现代西方的思维方式、思维内涵。这正是新文学语言有别于古代文学的特异之所在。因此，将新文学运动中语言“加速的变化”，直接表述为“欧化”，这非常简约而又把握到了核心。

新文学运动是由古代汉语文学革新为现代汉语文学的运动，从某种角度而言，是语言运动。胡适有言：“我们所倡导的文学革命，只是要替中国创造一种国语的文学。有了国语的文学，方才可有文学的国语。有了文学的国语，我们的国语才可算得真正的国语。”② 这里，胡适把“国语化”视作文学革命的关键环节。现代文学，是“国语的文学”，这是文学革命的重要目标和现实存在，同时文学和国语在现代语境中又有一种关联性的互动。所谓“国语”，是一种有别于古代汉语的现代汉语，它实际上是口

---

① 朱自清：《中国语的特征在哪里——序王力〈中国现代语法〉》，《朱自清全集》第 3 卷，江苏教育出版社 1996 年版，第 64 页。

② 胡适：《建设的文学革命论》，《新青年》1918 年第 4 卷第 4 号。

语、欧化词汇、古汉语词汇等的混合物，是适合于现代社会交流之需而应运而生的。“古文不宜于说理（及其他用途）不必说了，狭义的民众的言语我觉得也决不够用，决不能适切地表现现代人的情思，我们所要的是一种国语，以白话（即口语）为基本，加入古文（词及成语，并不是成段的文章）方言及外来语，组织适宜，且有论理之精密与艺术之美。”[①] “国语的文学”就是以这样的现代语言作为书写工具的文学形态。正是由于文学语言的现代转型，生成了中国现代文学的诸多变化。因此，观照文学语言的变迁，是我们研究现代文学发生发展十分有效的路径。一方面文学的现代演进，促成了语言的变异；另一方面语言系统的更新，助推着文学的变革。我们说“五四”文学革命，首先是文学语言的革命。现代文学的“一切”，从形式到内容都和语言的“现代”密切相关。语言是现代文学发生的前提，也是现代文学发展成熟的标志。

一　汉语散文：文与言的流变

通常而言，语言是“器”，又是“道”。在展开语言的变化与中国现代散文文体生成这一话题时，我们所说的语言意义指向三个维度。一是作为形式的工具语言，二是具有思想本体性价值的语言，三是设置散文文体的功能语言。

工具论语言观将语言作为人类表情达意的交流工具，这是一种先在的经由普遍认知的观点。“语言是一种表达观点的符号系统……思想离开了词的表达，只是一团没有定形的、模糊不清的浑然之物。”[②] 现代散文与古代散文最直接的区别就是语言工具，前者为文言，后者是白话，现代散文是现代白话散文、现代汉语散文，这种散文基本上是用口语经过书面化处理的言与文合致的语言作为表达工具的。因此，现代散文不会因为语言的古奥雅驯而给读者造成接受的困难。现代汉语散文的建设是一个行进流变的过程。传统的中国文学史，散文是作为文体中心而存在的，散文主要是一种文人与士大夫阶层的写作形式，追求文言以古雅成为这一文体写作

① 周作人：《理想的国语》，《国语周刊》1925 年第 13 期。

② 索绪尔：《普通语言学教程》，商务印书馆 1980 年版，第 37 页。

的基本守律。这与小说有着很大的不同。小说话叙街谈巷议，贴近市民社会，话本一类口白而生。而古代散文写作的定制，将散文语言设置成文人雅士的身份符号，言与语的分离将散文圈围成一个封闭的话语系统。“古文之体，忌小说，忌语录，忌诗话，忌时文，忌尺牍。此五者不去，非古文也。”（吴德旋著、吕璜记述《初月楼古文绪论》）

世代推演，文与时移，晚清以来，散文的写作情状发生了许多重大变化。适应于新的表达需要，其时散文对古代散文的标准语言进行着改造。“知文章所贵，在乎纪事述情，自抒胸臆，俾人人知其命意之所在，而一如我怀之所欲吐，斯即佳文。……若于古文辞之门径则茫然未有所知，敢谢不敏。”[①] 趋新求变的新散文家漠视古文规范，制定自然通脱、求真写实的写作要义。晚清之际，西学东渐，维新风行，散文文体与时俱进。“中兴垂五十年，中外一家，梯航四达，欧和文化灌输脑界，异质化合乃孳新种。”[②] 中外文化的交流，域外的异质输入，瓦解着中国文化原有的稳定结构，对于外壳坚硬，一向以载道为本的古文也多有冲击，主导有清文坛的桐城派古文也不再被视作为文的圭臬，文体的变异已是大势所趋。最为突出的是梁启超，梁启超生性不喜墨守成规，政治上鼓吹维新变法，于散文则“夙不喜桐城派古文”，倡导“文界革命”，写作“务为平易畅达，时杂以俚语韵语及外国语法，纵笔所至不检束”。由梁启超对新文体的自我评价，我们可以看出这一文体的语言特点。所谓新文体，最为显著的就是新语言。由于作者对新文体功能有一种预置的自觉，加之自身特殊的知识背景，所以新文体语言求取“平易畅达”，且能导入民间语言因素和异质的“外国语法”，其面目已大不同于以往散文的语言制式。但是即便这样，就整体的语言系统而言，新散文仍没有越出文言的范式。我们检视梁启超、王韬、郑观应等新派的散文，可以看到所运用的大致是通俗易懂的、正在被改造的文言。直接地说，这种语言大体上是一种“白话”的文言、通俗的文言。尽管晚清开始了白话运动，但是文言并不像后来“五四”时被白话取而代之。作为见证

---

① 王韬：《弢园文录外编·自序》，中州古籍出版社 1998 年版，第 31 页。

② 黄人：《国朝文汇·序》，收录周红莉编《中国现代散文理论经典》，苏州大学出版社 2007 年版，第 15—16 页。

人的周作人曾说："光绪年间的所谓白话运动是主张知识阶级仍用古文，专以白话供给不懂古文的民众；现在的国语运动却主张国民全体都用国语，因为国语的作用并不限于供给民众以浅近的教训与知识，还要以此为文化建设之用。"[①]

作为语言工具，文言被白话置换是在五四时期。五四倡导新文化，反对旧文化，文言被视作旧文化的载体，遭到新文化志士的拒绝，而使用白话成为新时代的一种风格，被当作追求文化取新的一种象征。从散文语言看，经过晚清"新文体"新语言的铺垫，至此语言的白话表达已是水到渠成。在散文语言工具革命的整体性推进中，《新青年》及其作家群发挥了突出的作用。对于这一点，新文化和新文学的旗帜性人物是确认的。蔡元培在比较民元前后一段时间白话文的情况时指出："民元前十年左右，白话文也颇流行。……但那时候作白话文的缘故，是专为通俗易解，可以普及常识，并非取文言而代之。主张以白话代文言，而高揭文学革命的旗帜，这是从《新青年》时代开始的。"[②] 这里，蔡元培将《新青年》作为一个时代的冠名，可见其影响的重大。《新青年》前期作为一个文化或文学类刊物，对于新文化、新文学颇多创造之功，而于语言表达而言，它正式地开启了散文标准白话的时代。之所以这样说，是因为如鲁迅于 1922 年 8 月 21 日写给胡适的信里所指出的那样，"白话的生长，总当以《新青年》主张以后为大关键，因为态度很平正，若夫以前文豪之偶用白话入诗文者，看起来总觉得和运用'僻典'有同等之精神也"[③]。我们所说的正式开启散文标准白话的时代，其一是指《新青年》对于散文白话表达的自觉，其二指《新青年》作家群对于国语散文有着成功的实践。钱玄同是五四文化先锋，是《新青年》白话文体写作重要的倡导者和实践者，他在 1917 年夏天给陈独秀的信中明确地表示，"我们既然绝对主张用白话体做文章，则自己在《新青年》里面做的，便应该渐渐的改用白话。我从这书信起，以后或撰文，或通信，一概用白话，就和适之先生做

---

① 周作人：《汉字》，《夜读的境界》，湖南文艺出版社 1998 年版，第 773 页。

② 蔡元培：《中国新文学大系·总序》，《中国新文学大系·建设理论集》，上海良友图书公司 1935 年版。

③ 鲁迅：《致胡适》，《鲁迅全集》第 11 卷，人民文学出版社 1981 年版，第 413 页。

《尝试集》一样的意思。并且还要请先生、胡适之先生和刘半农先生，都来尝试尝试。此外别位在《新青年》里面撰文的先生，和国中赞成做白话文章的先生们，若是大家都肯‘尝试’，那么必定‘成功’。‘自古无’的，‘自今’以后，一定会‘有’。不知道先生们的高见赞成不赞成?”① 经钱玄同倡议，由《新青年》同人的“尝试”，至1918年第4卷第4号，《新青年》所有著述“成功”地实现了全面的白话转化。此后新文学作家历练新的语言方式，白话散文日臻成熟。20世纪二三十年代散文异军突起，开局即见精彩，成就了中国现代文学史上散文时代。至此散文语言的白话写作已是不可逆转，但由于写作主体、写作对象和写作功能等的不同，散文语言的面目在不同的时空背景中也各有差异。大致说来，五四时期的散文，语言趋向欧化，三十年代在文艺大众化的总体要求下，散文写作重视语言的中国化，通俗化。四十年代解放区文学的特殊使命和独特要求，促成散文的表达进一步向工农兵话语转型。不同的语言姿势，清晰地烙印了现代散文发展的履痕。

二 语言现代化与散文现代性

语言不仅是表达的工具，而且也指向表达本身，它是一种具有思想本体性的存在。通常将语言囿于文学形式的范畴加以研究，这至少是片面的。作为形式的语言与作为内容的语言具有同一性意指。主体作为工具的语言的选择，体现着他对语言功能的认知，体现着他对语言与对象之间特殊关系的理解。表达之需与表达内容并不是被动地适配表达工具，而是能动地影响着表达工具的选择和运用。散文语言在晚清时期发生重大的变化，至五四时期完成白话表达的转型，是特定时代所给出的特殊要求。在这一重要的历史时段，散文不再是传统意义上的文人士大夫的写作形态，而是在很大程度上作为一种面向社会的公共传播方式出现了，过往的文言制式显然不能适应新的更为广泛的读者群体。晚清报刊滋生，应和这种情势，报章体极一时之盛，而这种体式对于传统文体必然需要进行改造。

① 钱玄同：《通信》，《新青年》1917年第3卷第6号。

"自报章兴，吾国之文体，为之一变。"① 报章体变革文体，最为显著的是对于语言的革新，"清代文字，受桐城派和八股之影响，重法度而轻意义。自魏源、梁启超等出，绍介新知，滋为恣肆开阖之致。留东学子所编书报，尤力求浅近，且喜用新名词，文体为之一变"②。这里，戈公振特别标示了书报文章语言的浅近和新名词运用，对于变革晚清文体所具有的重要意义。而语言"力求浅近""喜用新名词"，不只反映语言表达外在的形式，更体现了写作主体新的思维逻辑。"人们可以把语言看做一种世界观，也可以把语言看做一种联系思想的方式。"③ 从人类主体性的存在看，语言和思维是不可分离的。"言语者，思想之代表也，故新思想之输入，即新语言之意味也。"④ 王国维是以晚清新文学新语言输入，言说语言与思想的关联的，推而广言，作者对于语言的选择，实际上内在地反映着作者对于某种思想取向的选择；而作者自主的写作意旨，也需要寻得相应的语言方式。

中国散文现代转型的重要切入点在于语言的转型。现代散文作家之所以要对传统的文言进行改造转换，正是为了寻得一种能够联系新的思想的语言方式。"文言文和白话文，实际上体现着两种不同的逻辑和思维方法。晚清以来，白话文之所以伴随西学浪潮而逐渐盛行以至渐成时势，恰是因为现代理性的逻辑系统难以用文言来圆满显现，甚至连西学的一些概念都无法在文言文中找到对应物。因而，用白话文替代文言文的'正宗'地位，不仅是一个语体形式的革命，而且也是一个创造新的语义系统的过程，其目的在于适应变迁了的现代社会心态以及与外部世界交流的需要。"⑤ 观察晚清五四的语用史实，我们可以清楚地发现新派的散文家，正是一些思想维新的人士，他们的思想表达需要构建一个全新的语义系统。白话这种不设语用障碍的开放的语言系统，应和了深受西学浸润的写作者的思维逻辑和表达之需。同时在新的语言实践中，白话也被注入现代

---

① 梁启超：《中国各报存佚表》，《清议报》第 100 册。

② 戈公振：《中国报学史》，中国新闻出版社 1985 年版，第 109—110 页。

③ 洪堡特：《论人类语言结构的差异及其对人类精神发展的影响》，商务印书馆 1997 年版，第 47 页。

④ 王国维：《论新文学语之输入》，《王国维文集》第 3 卷，中国文史出版社 1997 年版，第 4 页。

⑤ 许纪霖、陈达凯主编：《中国现代化史》第 1 卷，上海三联书店 1995 年版，第 311 页。

的意义元素。

梁启超新文体的语言还不是白话语言，而是平易的文言，它体现了“过渡时代”语言的基本特点，这种语言也正反映了“过渡时代”思想杂糅而取新的情势。很难想象，梁启超《论君政民政相嬗之理》《论政府与人民之权限》《少年中国说》《论自由》《论进步》《论公德》《论学会》《论立法权》等论说维新新民思想、包含了现代西学精神的系列文字，能以旧式的文言加以表达，因为其中需要表达的新的语义在纯文言的语言系统中是无法生成的。这样与其说是新语言，毋宁说是新思想，思想和语言达成了一致。梁启超在《新民说》中言及社会变迁与新语言的关系时，将两者的相应视为文明演进的一种必然。“社会之变迁日繁，其新现象、新名词必日出，或从积累所得，或从交换而来。故数千年前一乡一国之文字，必不能举数千年后万流汇沓、群族纷拏时代之名物、意境而尽载之、尽描之，此无可如何者也。言文合，则言增而文与之俱增。一新名物、新意境出，而即有一新文字以应之。新新相引，而日进焉。”[①] 这里所说的“新新相引”，不只是反映“新名物”“新意境”的“新文字”，而也意指着与此互动的新的思想。晚清五四时期语言主体正如傅斯年所说，是“负了借思想改造语言，借语言改造思想的责任”[②]。《新青年》所为恰是这种“双向改造”的典型例证。《新青年》是新文化的论坛，是新思想的发生器，同时也是新语言的实验场和演示之所。《新青年》的新思想表达需要有现代语言支撑，所以《新青年》大力助推白话的运用；而白话、欧化的自由语言又滋生着新的思想。新语言与新思想在《新青年》这里恣肆狂欢，相得益彰。我们看 1918 年出版的《新青年》第 4 卷第 4 号目次，这一期刊载的文章和作品有：胡适《建设的文学革命论》要，李大钊《今》，胡适《新婚杂诗》，沈尹默《雪》（诗），林损《苦——乐——美——丑》（诗），刘半农《灵魂》（诗）、《学徒苦》（诗），周作人《皇帝之公园》（翻译），胡适《老洛伯》（翻译），傅斯年《中国学术思想界之基本谬误》，王星拱《未有生物以前之地球》，陈独秀、陶履恭、刘半

① 梁启超：《新民说·论进步》，《新民丛报》1902 年第 10 号。
② 傅斯年：《怎样做白话文》，《新潮》1919 年第 1 卷第 2 号。

农三人7篇“随感录”，钱玄同、陶履恭、林语堂、陈独秀、胡适等人的“通信”，这些文字全部采用了白话。白话的语言置备，为新思想内容的言说提供了温床。胡适的《建设的文学革命论》是继他的《文学改良刍议》之后一篇关于新文学论说的重要文章，由“改良”到“革命”，由“破坏”到“建设”，强调的是要“替中国创造出一派新中国的活文学”。在胡适看来，“中国若想有活文学，必须用白话，必须用国语，必须做国语的文学”，而“活文学”的关键和落脚点是在于白话，在于国语，在于用说话代替文言。对于“说话”，胡适有四条具体的说明：“要有话说，方才说话；有什么话，说什么话；话怎么说，就怎么说；要说我自己的话，别说别人的话；是什么时代的人，说什么时代的话。”这里切入的是语言，但涉及的却是文学现代性的一些要义。傅斯年的《中国学术思想界之基本谬误》，通过比较中西学术的差异，批判中国学术传统中轻科学、重家学，抑个性创造、扬前贤成说，多玄虚凝固之论、少与时俱进察变之见等七个方面的问题，认为应去除中国学术的“基本谬误”，“收容西洋学术思想以为我用”。傅斯年的论说中用了不少新的说法，这些说法中体现了现代新的科学思想。这样的语言材料表明，五四之际在新的语言景观之中，呈现给我们的正是新思想的现实，语言思想本体性的存在昭然若揭。

晚清五四具有时代独特性的语言社会心理，集中地反映在三个方面，一是白话运动折射出的语言社会共享心理，二是新名词的大量运用所体现的社会取新意识。另外一个方面可能更值得我们关注，这就是语言的“欧化”，语言的欧化表征着语言模式对于主体思想的表达产生深刻影响。“就对中国文章体式的改造而言，显赫的‘新名词’其实不如隐晦的‘外国语法’更带根本性。前者扩大了文章的表现范围，后者则涉及中国人的思维方式与审美趣味。”① 陈平原的这一判断是值得我们重视的，所谓“更带根本性”，意指语言表象背后所蕴含的价值取向。由梁启超时的新文体“杂以外国语法”，再进到五四时作家文学语言的自觉“欧化”，这样的一种进展，表示写作主体接受现代西方语言伦理对于中国传统的语言

① 陈平原：《中国散文小说史》，上海人民出版社2004年版，第199页。

规制由外至内真正的告别。“欧化”在其时是一种进步，是一种语言革命。“欧化”的发生需要三个条件，一是书面语言的白话化，在文言内部是不可能产生“欧化”的，白话表达是“欧化”的前提；二是导入体现了西方人思维方式和情感方式的“外国语法”，这是“欧化”的核心；三是“外国语法”的接受，涉及“欧化”的主体行为，自觉的语言“欧化”需要思维“欧化”的作家实践才能完成。晚清，特别是五四时期，作家的域外经验较前有了整体性的重大拓殖。此种经验由通过阅读译介的名著间接获取，同时大量的人士走向世界，或留学，或游历，直接观察感知现代西方世界。重要的散文家无不亲历海外，梁启超行旅“新大陆”，胡适、冰心留学美国，陈独秀、周氏兄弟、郁达夫等东渡日本，徐志摩游学英国，林语堂更是“两脚踩中西文化”，辗转欧美。这种存在为“欧化”奠定了主体心理基础。此外成为生存与发展之需的中外交流，也使“欧化”成为必要。

“欧化”在沐浴西风、自得个性的“五四”散文家这里成为自觉和必然。“白话散文的凭借——一，留心说话，二，直用西洋词法。”“新文学就是白话文学：只有白话能做进取的事业。”“我们仅仅作成现代语的白话文，乞灵说话就够了，要是想成独到的白话文，超于说话的白话文，有创造精神的白话文，与西洋同流的白话文，还要在乞灵说话以外，再找出一宗高等凭借物。”“这高等凭借物是什么，照我回答，就是直用西洋文的款式、文法、词法、句法、章法、词枝（figure of sptech）……一切修辞学上的方法，造成一种超于现在的国语，欧化的国语，因而成就一种欧化国语的文学。”① 小说本有一种民间化的取向，表达的口语化早已成了这一文体的体征之一。诗歌语言的通俗化在古代就成为一些诗体的规制和许多诗人的追求。唐代诗人白居易作诗语言求取“老妪能解”（宋·惠洪《冷斋夜话》卷一：“白乐天每作诗，问曰解否？妪曰解，则录之；不解，则易之。”），形成了诗语自然通俗的重要特征，而散文一向讲求语言的雅驯，尤其是桐城派散文更重义法辞章，“去通俗化”成为散文写作的规则。因此，白话散文在散文文体发展史上成了一个重要的话题，散文语言

① 傅斯年：《怎样做白话文》，《新潮》1919年第1卷第2号。

由文言而白话的语言系统整体性的现代转换，是20世纪初年散文文体演进中最可关注的事项。傅斯年的言说，给出了白话散文生成与发展的两个基本条件，一是“留心说话”，就是达成言（说话）与文（书写）的统一。这是白话散文的基本层面。二是“直用西洋词法”，这指向白话散文的高级层次，既白话而又能采用“欧化”词法，形成一种雅致的具有现代理性特质和情趣的散文文体。这种散文语体是非实生活的通俗口语，是具有更多书卷气的、体现着现代作家志趣的精致的白话。这样的语言置备，表示了散文作为知识分子精神存在方式的建构。由此而言，“欧化”白话既是现代散文表达的载体，同时它也生成了特定的思想本体性。

转型期散文语言思想本体性的生成，与主体现代性的滋长紧密相关。在西学东渐的影响下，写作主体开始有了普遍的个性自觉。“现代的散文之最大特征，是每一个作家的每一篇散文里所表现的个性，比从前的任何散文都来得强。……现代的散文，却更是带有自叙传的色彩了，我们只消把现代作家的散文集一翻，则这作家的世系、性格、嗜好、思想、信仰以及生活习惯等等，无不活泼地显现在我们的眼前。”这“就是文学里所最可宝贵的个性的表现”①。现代散文作家自身的个性化以及对于个性表现的追求，需要获得一种更有利于个性自由表达的语言方式，这样原有的文言桎梏须得打破，言文一致的白话所构建的自由化的语言方式，更适合现代散文自由精神的表达。因此现代散文对于现代汉语的选择，既是时代取向的一种规定，又是现代作家的一种语言自觉。从一定意义上说，散文语言的现代转型，是语言工具的一次彻底更新，也是一场重要的新思想的实验。

三　语言方式和现代散文体式

语言之于散文，还有一种显见的定体立式的功能。所谓“文体是指一定的话语秩序所形成的文本体式”，“从表层看，文体是作品的语言秩序、语言体式，从里层看，文体负载着社会的文化精神和作家、批评家的个体的人格内涵”②。应该说文体自足的特征是由文本的“语言秩序”

---

① 郁达夫：《中国新文学大系·散文二集导言》，上海良友图书印刷公司1935年版，第5页。

② 童庆炳：《文体与文体的创造》，云南人民出版社1994年版，第1页。

“语言体式”等语言方式所构建的。诗歌、小说、戏剧和散文的分类，显在的是基于不同的语言方式而考虑的。与散文文体相关的一些命名直接关涉这一文体的语言样态。刘勰《文心雕龙·总术》：“今之常言，有文有笔，以为无韵者笔，有韵者文也。”散文当属“笔”一类文体，它的语言是无须押韵的。较为正式的具有某些文体意义的散文称名较晚，沈括《梦溪笔谈·补笔谈》卷下：“《召南》：‘彼茁者葭’，谓之初生可也。《秦风》曰：‘兼葭苍苍，白露为霜’。则散文言之，霜降之时亦得为之葭，不必初生。若对文须分大小之名耳。”这里的“散文”与“对文”相应，是指一种非骈偶的散体文字。罗大经《鹤林玉露》丙编卷二：“曾子固之古雅，苏老泉之雄健，固亦文章之杰，然皆不能作诗。山谷诗骚妙天下，而散文颇觉琐碎局促。”所列三大家，并不能兼擅各体，或长于文章，或独得诗骚。诗和文的语言体式不一样，它们对于写作者素质的要求也各有不同。我们现在通行的文学四分法，是五四时期新文学家依据现代西方文体分类的样态而提出的。他们将一切文字著述大类分为“文学之文”和“应用之文”，“文学之文”下分诗歌、戏剧、小说和散文。这样的分类，最为显在的是基于不同的体类对于语言方式的不同设置而划分的。因此具体到文体的细分，语言无疑是考量文体体征的重要标志。

散文是内在包含很多的一个大文类，由于其中表达功能的不同和语言模式的各有偏重，所以衍生出不同的子体。晚清五四是一个文化创造、文学纷呈的时代，也是一个文体创造的时代。“报章体”是一种创造，报告文学是一种创造，现代“美文”也是一种创造。“报章体”另称为“新民体”，“新文体”，这是与梁启超的名字关联的文体。“新民体”的命名既得自于梁启超主笔的《新民丛报》，又和这类文字“新民”的启蒙主旨应合。梁启超自称为“新民子”。“新文体”之“新”，是因为它与传统的散文，特别是桐城派散文在形与质等方面具有很大的差异。在古代散文与现代散文的演进中，“新文体”起着一种独特的过渡作用。“报章体”体征的生成与其传播方式、传播意图、接受对象的特设有关，与“报章”相关的一些规定，影响着这一文体语言表达模式的建构，形成了这一文体独特的语言景观。大体上说，“报章体”散文语言比较通俗平易，有一种演说的风味，所以在表达上体现出抒情化议论的倾向。“报章体”旨在新民发蒙，作者喜欢介绍阐释西学，所以多有新名词。梁启超1900年在《清议报》刊发的《少年中国说》，是一篇典型的“报章体”散文。“少年中国”是梁启超在内起危机、外侮深重之际，对民族国家的青春想象：“造成今日之老大中国者，则中国老朽之冤业也；制出将来之少年中国者，则中国少年之责任也。故今日之责任，不在他人，而全在我少年。少年智则国智，少年富则国富，少年强则国强，少年独立则国独立，少年自由则国自由，少年进步则国进步，少年胜于欧洲则国胜于欧洲，少年雄于地球则国雄于地球。红日初升，其道大光；河出伏流，一泻汪洋……美哉，我少年中国，与天不老；壮哉，我中国少年，与国无疆!”这样的文字已少有古体散文的味道，语言顺畅，语势激扬，语义通晓。“自由”“独立”“责任”“进步”“地球”等双音节的、具有现代西学色彩的语词，使行文平添了新景与新意。报告文学也是晚清民初发生的新文体，这种非虚构写作形式，其存在的前提是近现代具有社会传播功能的报纸。塞尔维亚报告文学研究者巴克指出：“报告文学的物质基础就是报纸，它的存在是为了给读者以新闻，读者在他早餐的时候需要有一个世界动态记录的日志，他要知道发生了些什么事，为何发生和如何发生等。”[①] 19世纪至20世纪嬗替时期，中国报业的发展已粗具规模，新闻文学应运而生。报告文学因其比新闻更具体更生动更有深度的叙写而为大众所期待。著名的报人梁启超、黄远生等是中国报告文学的奠基者，梁启超十万字的长篇《戊戌政变记》和黄远生的短篇《外交部之厨子》是发生期报告文学的重要代表作。这一文体以文学的方式反映具有新闻价值的人物和事件，在表达上更多地采用非虚构叙事，以记述、说明为主，以求客观的信度，有节制地使用描写、抒情、议论等主观化言说，逐渐形成了新闻的纪实、文学的具象和政论的透辟等基本的文体特点。

在中国现代散文发生发展史程中，“新文体”“随感录”和“美文”是三个相关的范畴。“新文体”以论议为主，可以说是现代杂文直接的起始。“随感录”作为《新青年》首开的栏目之名，其中刊载陈独秀、鲁

---

① 见《基希及其报告文学》，《论报告文学》，泥土社1953年版。

迅、钱玄同、刘半农、周作人等人的大量杂感。不仅《新青年》特设“随感录”，而且《每周评论》《新潮》《语丝》等也做应合，专设这一栏目或近似的栏目，杂感风行一时，成为这一时期散文文体主要的构成部分，它以“社会批评”和“文明批评”为务，担负了思想启蒙和新文化革命的使命。经由鲁迅等的创造，杂感成熟为现代意义上杂文。“新文体”和“随感录”在文体的主干上是相承的，后者在新的时代语境中实现了对前者的超越。这一文体的写作，当然有像鲁迅的杂文思想与艺术兼胜的“文艺性的论文”，但从总体而言具有一种思想偏至的倾向，“是教育的而非文学的”[①]，即长于思想生议，而于文学的生成明显不足，在语言表达上多逻辑推论演绎，少形象生动的勾画描叙，功能上指向宣传教育，审美的感染力偏弱。正是针对这样的状况，周作人在 1921 年 6 月提出了“美文”建设的倡言。在周作人看来，外国文学中有“美文”，“似乎在英语国民里最为发达”。中国古代文学也有，“古文里的序、记与说等，也可以说是美文的一类”。“但在现代的国语文学里，还不曾见有这类文章。”所谓“美文”是“记述的，是艺术性的”，“这里边可以分出叙事与抒情，但也很多两者夹杂的”[②]。由周作人对“美文”的界定，我们可以知道这一文体的语言制式。“艺术性的”，对“美文”的体性做了基本的规定。“艺术性”的体现需要表达的形象生动，并且其中应具有感动人心的情味。这样的艺术性是通过“记述”的语言方式（包括了叙事与抒情以及它们的浑成形态）而实现的。周作人不仅倡言“美文”，而且多有写作实践，发表有《乌篷船》《故乡的野菜》《喝茶》等颇多平和冲淡之味的艺术散文，鲁迅也有《藤野先生》《从百草园到三味书屋》等“朝花夕拾”式叙事之作，朱自清、俞平伯、冰心等各以自己的姿势在“美文”的园圃中播种。至此，现代散文开始荡起杂感与“美文”的双桨，建构起散文的基本格局。对此，鲁迅做过很高的评价：“散文小品的成功，几乎在小说戏曲和诗歌之上。这之中，自然含着挣扎和战斗，但因为常常取之于英国的随笔（Essay），所以也带一点幽默和雍容；写法也有

① 周作人：《中国新文学大系·散文一集导言》，上海良友图书印刷公司 1935 年版，第 1 页。
② 周作人：《美文》，《晨报副刊》1921 年 6 月 8 日。

漂亮和缜密的，这是为了对于旧文学的示威，在表示旧文学之自以为特长者，白话文学也并非做不到。”[①] 由鲁迅这段文字看，“成功”的散文小品是包括了杂文和美文两个体类的，所谓“成功”也即表示了中国散文由古代向现代转型的完成。从语言的角度判断散文的现代完型，一是工具层面的白话化，二是语义层面的“欧化”，三是语体层面现代杂文和美文的建构。这三个方面在“五四”散文中已是完备的了。

① 鲁迅：《小品文的危机》，《鲁迅全集》第 4 卷，人民文学出版社 1981 年版，第 576 页。

第十二章　“过渡语言”与晚清散文文体的变异

语言的存在和变化具有自身的逻辑。在一个常态的社会中，语言的发展体现出稳定的特点。但在一个社会重大转型期，语言会因为社会的深刻变动和主体语用的现实之需而发生显著的变化。无疑，晚清时期正是这样一个历史时段。生当其时、感受近切的梁启超将这一时段命名为“过渡时代”：“今日之中国，过渡时代之中国也。”对这一命名，梁启超做了形象而具体的譬说：“今日中国之现状，实如驾一扁舟，初离海岸线，而放于中流，即俗语所谓两头不到岸之时也。”这样的时代，“语其大者，则人民既愤独夫民贼愚民专政之政，而未能组织新政体以代之，是政治上之过渡时代也。士子既鄙考据辞章庸恶陋劣之学，而未能开辟新学界以代之，是学问上之过渡时代也。社会既厌三纲压抑虚文缛节之俗，而未能研究新道德以代之，是理想风俗上之过渡时代也”①。相应以上种种，汉语言因得“过渡时代”总体“过渡性”的规定，也体现出某种“过渡”的特点。我们或可指称晚清时期的汉语言为“过渡语言”。其语言的过渡性体现为，在一个既成的古汉语系统中，衍生出新的属于现代汉语的某些语言因素。就散文文体而言，它的书写方式，既不是传统意义上的典范文言，也不是标准的现代汉语，而是一种文白相间亦新亦旧的杂糅的“复式”语言。

---

① 梁启超：《过渡时代论》，《清议报》第82册。

所谓“过渡语言”，其前端接续的是古代汉语，其后端开启的是现代汉语。晚清的汉语言处在汉语言发展的“中间地带”。作为书面语言的古代汉语是文言的语系，而现代汉语是“书面化”的口语。“书面化”表示口语是经过“提纯”雅化的，以口语为主，又兼有方言、外来语、成语、文言等。在古汉语的系统中，文与言是二元建制的，作为书写工具的文字和作为口头说话的语言方式是不一样的。这种书写和说话的分置，形成两者之间的樊篱，直接影响了文字的普及和文化的交流。另外这种分离也规定了不同文体使用语言的规则。正统的文体如公务文体、散文诗歌等，是不能采入引车卖浆之徒语言的，它们有着自身特殊的语言规范。小说话本等具有某种世俗化倾向的文体，才可以白话作为表达工具。古汉语的这种二元结构，一方面与汉语的表意特性有关，另一方面也受到中国文化的影响。语言不仅是一种表达工具，而且象征着某种权力身份，抑或表示着等级。“思想统治是通过话语统治实现的，语言的背面是权力。”① 在封建统治的体制中，正式的书面语言的表达作为一种话语权力被掌控着，成为文人士大夫的特权和身份的一种符号。晚清语言的“过渡性”，从另一个角度看，就是从文与言的分离走向文与言一致的过渡。

一 “白话为维新之本”

语言变化真正的推力来自社会的深刻变动。晚清时期古老的中国在列强的蚕食侵略中，不堪一击，国门洞开，原有的超稳定封建社会结构，在被迫的与世界不平等的交流中，土崩瓦解，风雨飘摇。民族国家危在旦夕，有识之士饮冰沉思。开眼看世界，必然会反身考量中国的历史和现实。从“师夷长技以制夷”，运作洋务运动，到探究制度优劣，试图完善帝制，发动“戊戌变法”，再到沉潜内在的文化层面，反思中国文化的存在。救亡图存，启蒙新民，成为晚清时代的主调。要实现启蒙新民的社会使命，就必须寻得一种便于社会交流、传播新知的语言载体。正是在这里，言与文分离的古汉语成为实现新的语言社会功能的障碍。不少言说者

① 刘再复：《共鉴“五四”》，福建教育出版社 2010 年版，第 210 页。

开始对语言与民智开发、国家强盛之间存有的逻辑关联进行思考，将民众开化未达，国家积弱受辱，归咎于汉语言本有的特性。“我国言与文相离，故教育不能普及，而国不能强盛。”① 早在1887年，“诗界革命”的实践者黄遵宪就通过对中西语言的某些比较，明确指出了汉语的不足：“余闻罗马古时仅用腊丁语，各国以语言殊异，病其难用。自法国易以法音，英国易以英音，而英法诸国文学始盛。……盖语言与文字离，则通文者少；语言与文字合，则通文者多，其势然也。……泰西论者谓五部洲中以中国文字为最古，学中国文字为最难，亦谓语言文字之不相合也。”在黄遵宪看来，中国文字难学是因为语言文字的不相合，这样“通文者少”，势必有害于民众教化的推进和社会的进步。黄遵宪不仅指出汉语言文分离的弊端，而且也例说了言文和合一致的路径：“若小说家言，更有直用方言以笔之于书者，则语言文字几乎复合矣。余又乌知夫他日者不更变一文体为适用于今，通行于俗者乎！嗟乎，欲令天下之农工商妇女幼稚皆能通文字之用，其不得不于此求一简易之法哉！”② 黄遵宪以为小说家言，将口语（方言）径直作为书写语，这样语言和文字就变得“复合”了。有了这样的复合，民众就“皆能通文字之用”。

在晚清的时域中，言文合一的诉求已越出语言本身，上升到开民智图国强的宏大的国是层面。“夫我国不欲自强、不欲开民智则已，如欲开民智以自强，非使人人能读书，人人能识字，人人能阅报章，人人能解诏书示谕不可。虽然时至今日，谈何容易，非有言文合一，字母简便之法不可。”③ 正是看到了语言改革对于国强民智所具有的重大意义，并且这种认知逐渐推演成一种社会意识，所以晚清时期发轫的语言改革获得了巨大的推力，而且这也最终促成了“五四”新文化运动期间现代汉语的建立。晚清的语言改革的核心课题之一是“言文合一”。“把‘写’与‘说’的二元状态变成写与说同质的一元状态，这就改变了语言的权力结构，把语

① 朱文熊：《江苏新字母·自序》，《清末文字改革文集》，文字改革出版社1958年版，第60页。

② 黄遵宪：《日本国志·学术志二》，《中国近代文学大系·文学理论集一》（上），上海书店出版社1994年版，第56页。

③ 《上直隶总督袁世凯书》，《清末文字改革文集》，文字改革出版社1958年版，第35页。

言交还给社会大多数的老百姓。”① 这样的改变，降低了文言作为写作语言的话语权力，提升了白话作为书面表达方式的地位。“言文合一”的时代诉求，生成了晚清颇具规模的白话文运动。当然这一时期的白话文运动是“宣传”的，而不是“审美”的，主要是作为维新的宣传载体而被推行。裘廷梁的《论白话为维新之本》已经为其揭旨。首发于1897年《苏报》的《论白话为维新之本》是晚清白话文运动的宣言：“有文字为智国，无文字为愚国；识字为智民，不识字为愚民：地球万国之所同也。独吾中国有文字而不得为智国，民识字而不得为智民，何哉？此文言之为害矣。”“由斯言之，愚天下之具，莫文言若；智天下之具，莫白话若。”裘廷梁旗帜鲜明地提出“崇白话而废文言”，并且以为“白话为维新之本”。

应当说，晚清的白话文运动并不直接指向此间散文文体语言的革新，但是它所营造的“崇白话”的语言社会氛围，有利于促进传统散文语言的蜕变。同时散文文体具有某种独特性，它是书写者言志抒情纪事的文本。在一些思想开明、激进或本身就是维新人士的散文家那里，这一文体实际上已是一种新民启蒙的重要方式。由于表达功能的特殊需要，其语言的通俗化也就成为必然。这样负载着开民智图国强这种宏大使命的散文文体，其语言的应变正好是白话文运动的重要旨归或收获。

晚清白话文运动的气息是非常浓厚的。不仅发表了许多鼓呼言文一致，提倡白话写作的文章，进行舆论造势，而且大量推出白话报纸。在19世纪末至20世纪初就出版了《演义白话报》《中国白话报》《安徽白话报》《直隶白话报》《无锡白话报》等近200种白话报刊，白话写作有了很多阵地。清末民初主流的散文写作还没有白话化，但有不少体类采用白话写作，比如圣经的白话翻译影响很大。晚清时期在华圣经会特别重视圣经的出版传播，发行的译本多达上千万册。这样一种规模对于汉语写作的变革，对于中国文学的变迁等都是十分重要的。郭沫若例说近代翻译所具有的意义，指出：“翻译的文体对于一国国语或文学的铸造也绝不是无足轻重的因素。让我们想到佛经的翻译对于隋唐以来的我们中国的语言文

① 刘再复：《共鉴“五四”》，福建教育出版社2010年版，第210页。

学上的影响吧，更让我们想到《新旧约全书》和近代西方文学作品的翻译对于现行中国的语言文学上的影响吧。”① 而周作人更以《圣经与中国文学》为题作文，专门述说圣经与“国语”文学和新文化的关联。他认为“《马太福音》的确是中国最早的欧化的文学的国语”，并且确认：“在中国语及文学的改造上也必然可以得到许多帮助与便利，这是我们所深信不疑的。”② 圣经译本采用较为纯正的白话，流量巨大，它以宗教的宣传作为内力，同时伴生的是白话写作的广泛普及。圣经的白话译本所采用不是土白，而如周作人所说的是“欧化的文学的国语”，是一种逻辑的清畅的同时又是生动有致的规范白话，初步显示出白话作为一种较为正式的写作方式所具有的语言魅力。圣经的布道者为使圣经更广泛更有效地传布，以最为本土化大众化的语言作为翻译媒介。晚清事关开通民智强盛中国的时代主题，同样需要有一种更适合于做社会启蒙宣传的写作形式，因此旨在言文统一推行白话写作的白话文运动就顺势而出了。

二　观念开新和写作取向重置

就散文文体而言，影响晚清散文语言流变的因素有许多。在新的历史语境中，散文作家的散文观念正在变化。桐城派奉守义法：“《春秋》之制义法，自太史公发之，而后深于文者亦具焉。‘义’即《易》之所谓‘言有物’也，‘法’即《易》之所谓‘言有序’也。‘义’以为经而‘法’纬之，然后为成体之文。”（方苞《又书〈货殖传〉后》）作文重“义理”“辞章”“考据”，以阐释主流体制认可的经典为务，内容无关社会现实。但即便这样，到了曾国藩时期，对原先的文统也做了修正。曾国藩明确指出：“为学之术有四：曰义理，曰考据，曰辞章，曰经济。”（《劝学篇示直隶士子》）引入“经济”这一项，表明了桐城派散文也能应时而变。散文的经世济民，可避免散文内容的疏空陈腐，可使散文在对现实的关注中生成新意活气。同时由于书写对象的变化，也促成散文语言由重雅驯，求来历，寻章摘句，转为称心而言，朴实而为。

---

① 郭沫若：《沫若文集》第10卷，人民文学出版社1959年版，第56页。

② 周作人：《圣书与中国文学》，《小说月报》1921年第12卷第1号。

晚清是一个思想维新的时代，对于散文观念也由质疑“义法”到主张“文界革命”，形成了辞旧开新的变革氛围。写作了《校邠庐抗议》的冯桂芬“独不信义法之说”，直言：“窃谓文者，所以载道也。道非必‘天命’，‘率性’之谓。”“文之佳者，随其平、奇、浓、淡、短、长、高、下，而无不佳。自然有节奏，有步骤，反正相得，左右咸宜，不烦绳削而自合。称心而言，不必有义法也；文成法立，不必无义法也。”（冯桂芬《复庄卫生书》）自以“抗议”为言说品格的冯桂芬，必然不会信守散文既成的所谓“义法”，他所希望的写作状态是能“随”“自然”，在作者“称心而言”中达成主体的“率性”。较冯桂芬稍晚的王韬也有同调，他自述：“自少性情旷逸，不乐仕进，尤不喜帖括，虽勉强为之，亦豪放不中绳墨。”（王韬《弢园老民自传》）王韬也和冯桂芬一样提出了“佳文”概念，他以为：“文章所贵在乎纪事述情，自抒胸臆，俾人人知其命意之所在，而一如我之所欲吐，斯即佳文。”王韬自己“作文窃秉斯旨，往往下笔不能自休；若于古文辞之门径则茫然未有所知，敢谢不敏”（《弢园文录外编·自序》）。由此可见，冯桂芬、王韬等对传统散文作法都持排拒的态度，共同强调散文写作要尊重主体心性，有感而发。他们的主张虽没有直接指向散文语言的维新，但可以想见，无论是“称心而言”，还是“自抒胸臆”，都需要突破原有的语言规制。

在晚清对散文的变革更为身体力行的当是维新大家梁启超。思想的维新，需要有与之应和的传播方式，散文是维新思想家进行启蒙新民的一种便捷载体。维新的主体定位决定了他们对于帖括之类的厌弃，文本新的功能设置又促使他们不得不致力于开创新的文体。根据当时的情势，走出“乡下人”“国人”视阈局限而开始走向“世界人”的梁启超，在中外文情对比的刺激中，倡言中国的“文界革命”。1898 年“戊戌变法”失败后梁启超亡走海外，11 月在由日本而至夏威夷的航船中，“日以读书消遣。读德富苏峰所著《将来之日本》及《国民丛书》数种。德富氏为日本三大新闻主笔之一，其文雄放隽快，善以欧西文思入日本文，实为文界开一别生面者，余甚爱之。中国若有文界革命，当亦不可不起点于是也”（梁启超《夏威夷游记》）给梁启超“别开生面”之感的是导入了“欧西文思”的日本文。“欧西文思”对于原先的日本文章写作，自是一种现代性的异质，而“善以欧西文思入文”的日本文，对于当时的中国文界，自然也是前所未有的深有意义的参照。由梁启超提出“文界革命”的具体语境看，所谓“文界革命”其核心的要素是内质的“欧西文思”和文风的“雄放隽快”。而这在中国传统散文中是没有的。因此要实现散文的现代转换，就必须对已有的存在进行革命性的解构，引入全新的现代西方的价值理念。同时在梁启超看来，散文的变革不能以旧瓶装新酒的尴尬方式展开，而须有形质相应的“革命”性变化。严复作为晚清思想家其思想开明取新为人共知，但作为散文家却奉守桐城散文文制而不能与时俱进。他以正式的典雅的古文翻译西学名著，思想和形式显示出一种特别的悖论。梁启超在介绍严复新译《原富》时直言其文笔与内容的脱节：“文笔太务渊雅，刻意摹仿先秦文体，非多读古书之人，一翻殆难索解。夫文界之宜革命久矣！欧、美、日本诸国文体之变化，常与其文明程度成正比例。况此学理邃赜之书，非以洗畅锐达之笔行之，安能使学僮受其益乎？著译之业，将以播文明思想于国民也，非为藏山不朽之名誉也。”（《新民丛报·介绍新著〈原富〉》）在这里很明显的是梁启超的“文界革命”也针对“文笔渊雅”“殆难索解”的文章的语言表达风格。他以为语言作为思想表达的载体应求其洗练畅达、通脱平易，以有益于传播接受。由此可见，梁启超的“文界革命”实则包含了内质的“欧西文思”和语言表达的去古就今，他从质和形这两个维度给出了散文革命的基本路径。

晚清作为一个特殊的过渡时代，其文化是驳杂而多样的，散文也是这样。这一时期有《申报》等刊发了如《豫行日记》（1878 年 4 月 19 日）一类趋于白话的散文，也有像秋瑾等《敬告中国二万万女同胞》《敬告姊妹们》等完全白话的散文。但这些散文制式并不能代表晚清散文创作的主流。真正能表示晚清散文基本存在的是“后桐城派”和“新文体”。桐城派散文生成及其绵延 200 多年，所谓“后桐城派”是指以曾国藩为旗帜的、以吴汝纶等为骨干成员的晚清散文流派。这一派代表了散文正宗，名家又多，影响很大，严复、林纾等也被纳入其中。严复、林纾“以桐城文章翻译西学，绍介新知，别开生面，为桐城古文注入了新的生机和活力”[①]。虽然“后桐城派”在散文的精神上已不同于讲求“义理”“考据”“辞章”的前期桐城派，但散文的形制，特别是语言的基本范式还是既成的。“新文体”是晚清影响很大的散文新体类，这一文体的命名是和梁启超连在一起的。游国恩《中国文学史》认为“梁启超的新体散文，对一切传统古文是一次猛烈的冲击，为晚清的文体解放和‘五四’的白话文运动开辟了道路”[②]。袁行霈《中国文学史》也指认梁启超“创造”了“新文体散文”[③]。梁启超本人对新文体情有独钟：“启超夙不喜桐城派古文，幼年为文，学晚汉魏晋，颇尚矜炼。至是自解放，务为平易畅达，时杂以俚语、韵语及外国语法，纵笔所至不检束。学者竞效之，号新文体，老辈则痛恨，诋为野狐。然其条理明晰，笔锋常带感情，对于读者，别有一种魔力焉。”[④] 在梁启超的自述中，说明了自己写作散文所取舍承弃的学缘背景，着重表述了“解放”的新文体的特点和影响力，字里行间充满了作为新文体创造者的自得和欣喜。晚清新散文以梁启超冠名是符合史实而允当的，但是新散文的生成却并不是梁启超一人所为。在梁启超之前的王韬、郑观应等实际上也参与了新文体的创造。所谓新文体，别称报章体，它是以报刊为发表和传播载体的。和梁启超一样，王韬也是著名的报人，1874 年他在香港创办了《循环日报》。这是近代第一份由国人主办的深具影响的报纸。他的《弢园文录外编》是其在《循环日报》所发论说的结集，这是我国历史上第一本政论集。由此王韬也成了中国文学史上第一个政论散文家。他的写作及思想对郑观应、梁启超等影响很大。其后有郑观应的政论《盛世危言》刊行。《盛世危言》当然已不是文人的书斋文字，它体现了报章文体对于时务的关注，是一种感时之作：“蒙向与中外达人哲士游，每于酒酣耳热之余，侧闻绪论，多关安危大计，且时阅中外日报所论安内攘外之道，有触于怀，随笔札记。”而且所成文稿也以报刊而流播，“朋好见辄持去，猥付报馆及《中西闻见录》

① 吴微：《桐城文章的“别样风景”——以严复、林纾的翻译为中心》，《中国现代文学研究丛刊》2009 年第 2 期。

② 游国恩主编：《中国文学史》第 4 册，人民文学出版社 1979 年版，第 344 页。

③ 袁行霈主编：《中国文学史》第 4 册，高等教育出版社 1998 年版，第 481 页。

④ 梁启超：《清代学术概论》，东方出版社 1996 年版，第 77 页。

中。曾将全作邮寄香港就正王紫诠广文，不料竟为付梓”（郑观应《盛世危言·自序》）。由此可见，王韬和郑观应的政论散文，无论是写作的发生，还是文章的形制，大致和后来梁启超时定名的新文体是近似的。可以说，王韬和郑观应的写作成为新文体的重要奠基，后经梁启超的成功实践，形成了完整的新文体。

三 报章文体与报章语言

新文体是我们考察“过渡语言”与晚清散文文体异变关联的重要视窗。新文体之“新”很大程度上体现在它的载体不同过往。作为新文体别称的报章体，这样的称名表明这种“因报而为”的写作是一种面向社会传播的方式，其价值指向现实的“觉世”。谭嗣同写有《报章文体说》（一名《报章总宇宙之文说》），高谈报章价值“厕惟报章，则其体裁之博硕，纲领之汇萃，断可识已”，“信乎经国之大业，不朽之盛事，人文之渊薮，词林之苑囿，典章之穹海，著作之广庭，名实之舟楫，象数之修途”，以为“其斯事体大，未有如报章之备哉灿烂者也”。当然实际上并不是像谭嗣同所说“报章总宇宙之文”，但我们仅从散文一体的发展看，就可以发现由于传播方式和写作价值的别异，报章体对散文文体，包括对散文语言的变化产生着直接而重要的影响。正如陈平原所说：“可以这么说，没有报馆这个‘传播文明新利器’，中国文章不可能在短短几十年间发生如此巨大的变革。强调报馆改造文体的重要性，最简单的例证是，20世纪中国的散文，绝大部分首先作为报刊文章而流通，而后才结集出版。这种生产方式，不能不影响其文章的体式与风格。”① 报刊对于散文的影响很大程度上来自于市场。戈公振说过“开报馆者，惟以牟利为目标”②。这倒不是说报馆一定是唯利是图，而是说利益驱动是报馆存在的基本法则，特别是私人报馆其创办以及运作须得一定的经济支撑。报馆的“利”来自读者对于报刊的消费。这样报章散文必然因为媒体所具有的市场特性而产生自觉的读者意识。“为了介绍新知而选择‘报馆文章’，而‘报馆

① 陈平原：《中国散文小说史》，上海人民出版社 2004 年版，第 193 页。
② 戈公振：《中国报学史》，生活·读书·新知三联书店 1955 年版，第 101 页。

文章’必须适应一般读者而不是文坛领袖或主考官的要求，因而，必然冲破桐城义法与八股藩篱，日趋‘恣肆’与‘浅近’。这一点对晚清以及五四的文学革命影响极大”①。可以说面向一般读者、满足他们阅读需求的“报馆文章”写作策略，正是促成这一体类的散文发生重要变异的根本原因之一。

具体说来这种变异主要体现在三个方面。一是话题由论经讲史转为时务关注。新的载体，新的读者预期，新散文顺势而为地改变了原有的话题指向。新散文从表达类型看是一种论说文。它所论说的已不是玄虚无着的“古典”命题，而是有关国家民族现实的课题，具有鲜明的时代感和强烈的问题意识。“谭、梁诸人为了鼓吹‘维新’的缘故，常常做点宣传文章。这种文章系当时一种独创的‘新文体’，因为它是从八股文、桐城派文、骈文里面解放出来，中间夹杂些他们所知道的外来的新知识，新思想。他们用这种文体来向当道上书，来向报馆投稿，来向人家讲富强之学，来谈一切时务，故可以说这种文章为‘时务文学’。”② “时务文学”正好表示了新文体话题的核心特征。而时务正是当时社会各阶层和一般读者所热衷的。王韬《弢园文录外编》所论的题目有“变法”（系列）、“洋务”（系列）、“欧洲将有变局”“西人重日轻华”“论日报渐行于中土”等，郑观应《盛世危言》中有“西学”“议院”（系列）、“日报”（系列）、“商务”（系列）、“公法”等。王韬、郑观应所论说的事关“洋务”“变法”等时代宏旨，视野所及世界大局。梁启超承既王韬、郑观应的理路，但更凝练论题，务求深远。戊戌变法失败后，梁启超亡走日本，创办《清议报》和《新民丛报》。《新民丛报》的命名揭示了梁启超“清议”的基本主题：“本报取《大学》新民之意，以为欲维新吾国，当先维新吾民。”（《新民丛报》第一号，《本报告白》）刊发于《新民丛报》的《新民说》共有20节，实为20篇政论，篇目有《论新民为今日中国第一要务》《释新民之意》《论公德》《论国家思想》《论权利思想》《论自由》等。这些题目在古代散文、桐城派散文中是没有的。

① 陈平原：《中国散文小说史》，上海人民出版社2004年版，第193页。
② 陈子展：《中国近代文学之变迁·最近三十年文学史》，上海古籍出版社2000年版，第70页。

新的话题表征了新的思想，这也从根本上影响着作为新内容表达工具语言的辞旧取新。

二是新语词的批量运用。“文章之革故鼎新，道无它，曰以不文为文，以文为诗而已。向所谓不入文之事，今则取而为料；向所谓不雅之字句，今则组织而斐然成章。”① 钱锺书言说的文章革新指向内容和语言两个方面，即“不文为文”和“以文为诗”。新文体的话题转移表明这一文体在内容上的“不文为文”。“以文为诗”本意指以文章之所谓“不雅”的语词入诗作。而在新文体的建构中，表明对标准化古文某些范式的放弃。“古文之体，忌小说，忌语录，忌诗话，忌时文，忌尺牍。此五者不去，非古文也。”（吴德旋著、吕璜记述《初月楼古文绪论》）在新文体写作中已无这样的一些禁忌。也体现为基于新话题而产生的大量的新名词和服务于新话题而出现的语言的通俗化。新名词、新语汇的大量出现，在语言发展史上具有重要的意义。“现代汉语的最大特点是现代性，表现在术语、概念、范畴和话语方式上就是西方的‘科学’‘民主’‘理性’‘自由’‘人权’‘哲学’‘文化’等具有特定内涵的词汇构成了现代汉语的‘主题词’。正是这些术语、概念、范畴和话语方式改变了汉语的言说方式并从而改变了汉语的语言体系。”② 新文体的话语方式当然还不是现代汉语，其语言系统基本上是平易通俗的文言，作者所采用的具有西学色彩和意味的新语词，也并不构成其时语言的“主题词”，但是大量的新名词的运用，滋生了汉语现代性的元素，也从语言和语义等方面推进了散文现代转型的进程。郑观应的《盛世危言》仅从篇名我们就可感知作者比较多地运用了新名词。如“西学”“议院”“日报”“条约”“税则”“国债”“商务”“保险”“铁路”“邮政”“电报”“银行”等，由这些新名词我们可以发现郑观应的论说关注的还主要是商务经济实业方面的事。当然也涉及西方现代的政制与思想：“盖五大洲有君主之国，有民主之国，有君民共主之国。君主者权偏于上，民主者权偏于下，君民共主者权得其平。”（《议院下》）在梁启超的新散文中新名词的运用更是习见，而且侧

① 钱钟书：《谈艺录》（补订本），中华书局1984年版，第28页。

② 高玉：《现代汉语与中国现代文学》，中国社会科学出版社2003年版，第86页。

重于政治文化层面的语汇。如《新民说》第二节《论新民为今日中国第一急务》有“政府”“制度”“国民”“文明”“航海”“政治”“人民”“自治”“技能”“欧洲”“世界”“民族主义”“民族帝国主义”等。大量的新词汇的导入，改变了文章语言的构成，形成了新文体之“新”的显著特征。

三是语言的平易。晚清新文体无疑属于文言散文，这是因为其所属的语言系统整体上看仍不脱古代汉语的范畴。但是这种文言散文已不是讲求语言雅驯的散文，而是注意语言的平易通脱。新文体语言的平易，在作者那里是自觉的，梁启超就强调“务为平易畅达”，这种自觉既来自于作者绍介新知、启蒙发昧的使命担当，也来自于他们对于报章写作“市场化”规定性的认知。由于新文体写作的诸多特殊性的影响，其语言景观出现了很多变化。从语言表达的结构看，框架是文言的，而其中有俗语、俚语和外来语；从词汇的构成看，由单音节词而为双音节词；从文与言的分离走向文与言的近和，大量减少作为文言符号的虚词的运用，显示出文言的平易化和白话化的取向。我们可以以梁启超《新民说·释新民之义》一篇例说新文体的语言体征与变化。“新民云者，非欲吾民尽弃旧以从人也。新之义有二：一曰淬厉其所本有而新之，二曰采补其所本无而新之。”这样的文字立定了文言写作的基本制式。但新文体的文言究竟不同于古文的语言方式。“凡一国之能立于世界，必有其国民独具之特质，上自道德法律，下至风俗习惯、文学美术，皆有一种独立之精神，祖父传之，子孙继之……我同胞能数千年立国于亚洲大陆，必其所具特质，有宏大高尚完美，厘然异于群族者。”《释新民之义》中的这一段言说已没有了古奥生涩之感，文气顺畅，语言取新而平易可懂，词汇多“世界”“国民”“道德”“法律”“精神”等双音节新名词，还有“祖父”“子孙”“同胞”等平常熟语。由此可见，《释新民之义》这样的新文体是一种语言通俗浅近的文言散文，其中潜滋暗长着现代白话散文的一些元素。语言的亦文亦白、亦旧亦新，体现了古代汉语散文向现代汉语散文过渡阶段独特的语言特征和文体特征。

考察“过渡语言”与晚清散文文体异变关联的另一个重要路径是晚清域外行旅散文。晚清时际中国被动地放弃闭关锁国，开始了前所未有的国际交往。在这过程中，一些公务人员和赴海外留学、行旅者，开眼看世界，将他们所见新景、所闻新语、所感新得，以一种旅行记的书写方式加以记录。晚清这样的旅行记的规模是很大的。清末王锡琪编《小方壶斋舆地丛钞》，其中收录大量旅外游记，有张德彝《航海述奇》《随使日记》、王韬《漫游随录》、徐建寅《欧游杂录》、薛福成《出使英法义比四国日记》、郭嵩焘《使西纪程》、曾纪泽《使西日记》、李圭《東行日記》等。另外康有为《欧洲十一国游记二种》、梁启超《新大陆游记》钱单士厘《癸卯旅行记・归潜记》（见钟叔河 20 世纪 80 年代主编出版的《走向世界丛书》）等也是晚清重要的记游作品。游记行旅散文，是中国散文的重要构成部分，尤其是晚清这一类散文中的域外书写，因其题材内容等所具有的独特性，因而更值得关注。晚清新文体，就其类型而言是一种时务论说，审美缺失，思想偏至，是它的重要特点。与此相比，这一时期的域外行旅散文，是一种较为灵活的写作方式。其中很多是以日记体的形式写作的。这种日记体形式当然不可能是“自己写给自己”的私人自由体，实际上有些日记具有某种公务性质。晚清总理各国事务衙门曾有规定：“出使各国大臣应随时咨送日记等件”，“凡有关系交涉事件，及各国风土人情，该使臣皆当详细记载，随时咨报”①。但是这类文字毕竟不像政论文体那样正严有度，相对地显得自如多姿。

从语言景观看，晚清域外行旅散文比新文体更为平易畅达。这与行旅记和日记体的体式预设有关。一般而言，日记体书卷味少一些，而口语化的成分多一些，而行旅记也是一种比较随意而为的体类。因而虽然表达的方式还是“亦文言亦白话”的“过渡语言”，但明显地更趋近于白话。这是李圭《东行日记・女工院》的文字：“泰西风俗，男女并重，女学亦同于男。故妇女颇能建大议，行大事。……近几年，各国女塾，无地无之。英国大书院，男女一律入学考试。德国女生八岁，例必入塾读书，否则罪其父母。……今且有口边一语曰：‘女子无才便是德。’噫！惟此语为能误尽女子矣。”整体看文言的色彩比较淡，像“英国大书院，男女一律入

---

① 薛福成：《出使英法义比四国日记・咨呈》，钟叔河主编《走向世界丛书》，岳麓书社 1985 年版，第 59 页。

学考试”这样的叙说则完全是白话了。晚清域外行旅散文由于书写对象的别异，所以有关海外风物人情政制经济文化的新名词很多。这种情况和新文体是近似的，只是行旅散文新名词更多地用以记写物质性的存在，而新文体，特别是梁启超的作品中新名词多见于观念性的表达。

晚清域外行旅散文在散文文体上特别有价值的是，它在以论议为主的新文体之外，展示了过渡时代以“过渡语言”写作的另一种散文类型。这类散文以多种语言方式书写，但以叙述为主，有一些后来周作人所说的美文的风致。“美文”是“记述的，是艺术性的”，“这里边可以分出叙事与抒情，但也很多两者夹杂的”①。雅致的文言可以写出优美的散文，而文字与语言趋近的文白写作，同样也可写出具有美意的文章。“七月初旬，由杜拉乘马车至邓飞林。车从万山中行，林树郁茂，葱翠扑人，衣袂皆作碧色。遥望村落，屋宇高下疏密，正如在图画中”（王韬《漫游随录·苏京故宫》）。“天明，渐渐从山缺树隙望见水光，知为世界著名之第一大淡水湖，所谓贝加尔湖者矣……环湖尽山，峭立四周，无一隅之缺，苍树白雪，错映眼帘。时已初夏，而全湖皆冰，尚厚二三尺（湖面拔海凡千五百六十英尺）。排冰行舟，仿佛在极大白色平原上，不知其为水也。”（钱单士厘《癸卯旅行记·卷下》）这两段文字既不是一般的古文，也不是白话美文，它以半白话了的文言写景状物显心，清逸流美，表明汉语表达多种可能性的存在。

晚清新文体和域外行旅散文是较为典型的“过渡语言”制式，它们表达着对既存的中国古代散文的改造。同时指向后来的现代散文，我们可以看到，新文体和“五四”“随感录”之间具有内在的逻辑关联，“随感录”承接了新文体，而以“文艺性论文”的方式，在新的文化语境中进行社会批评和文明批评，经由鲁迅等作家的成功实践，形成了中国现代散文的重要构成部分——杂文。域外行旅散文虽不能说可以直接对接现代美文，因为美文的资源具有多向性，但这一体类语言文白合致所显现出的记述之美，无疑为打破“美文不能用白话”的断言做了铺垫。

① 周作人：《美文》，《晨报副刊》1921年6月8日。

第十三章　“五四”白话与现代散文文体建构

现代汉语是现代散文生成的直接条件或前提。尽管晚清之际，梁启超倡导“文界革命”，推出了“新文体”这样全新的散文类型，但是很显然，“过渡时期”“新文体”其语言总体上还是古代汉语的制式，所以“新文体”只能归为古代散文的范畴。现代散文的产生和完型是在“五四”时期，它所采用的语言是新的现代白话。这种现代白话是经过书面化加工的口语，并且是一种由多种语言因素调制而成的现代汉语。“五四”时期的白话语境比晚清时更有利于它的一体化的推进。晚清的白话运动是不完整的，它所达成的只是白话和文言的分层而用。而在“五四”，白话运动被置换成国语运动，这一置换表示着推行国语已是对现代民族国家建设的一种普遍性想象。

采用白话成为当时国家的一种“制度性”安排。1920 年教育部发出训令，规定全国国民学校一二年级改“国文”为“国语”，白话文被准入教材具有重大的历史性意义。胡适在当时就说：“这个命令是几十年第一件大事。他的影响和结果，我们现在很难预先计算。但我们可以说：这一道命令，把中国教育的革新，至少提早了二十年。”① 其实意义远非局限于胡适所说的教育，白话文进入教材所表示的合法化，对于社会思想文化文学等都产生着重要的影响。“五四”运动作为一场新文化运动，采用白话成为这一运动的某种象征，与之相应文言则作为封建文化的符号成为新

① 胡适：《国语讲习所同学录·序》，《新教育》1921 年第 3 卷第 1 册。

文化革命的直接对象，废弃文言，整体地代之以白话，是新文化运动的重要任务，也是它的重大成果。“五四”文学革命首先是语言革命，现代文学被醒目地标示为“国语的文学”。“国语的文学”，从语言工具和它所负载的时代价值等多个方面，规定了中国文学现代性的基本存在。

一 文学革命中的语言议题

在散文这一端较之于小说等文体，还有它的一些特殊性。白话小说在“五四”之前已有很长的历史，而散文则如周作人所说，“新文学的散文可以说是始于文学革命。在清末戊戌前后也曾有过白话运动，但这乃是教育的而非文学的”。“那时的作者自然也是意不在文，因为目的还是教育以及政治的，其用白话乃是一种手段。”[①] 周作人这里所称的“新文学的散文”，是指具有审美意味的文学散文。中国古代散文具有文史哲不分的跨科融合的特点，特别是先秦诸子散文不仅是文学史叙写的对象，而且也是中国哲学、历史的重要文本。而到晚清的新文体强化的主要是时务论说。这种体类在语言表达上做了文言通俗化的处理，体现了古代汉语向现代汉语过渡时期的变化特点。语言多以论议为主，重视思想的言说，而文学色彩显著偏弱。所以，在周作人看来，文学的散文“始于文学革命”。这种文学散文不再以议论说理为主，而是以记述为主，讲求语言的形象生动和蕴情。即使是杂感文也注意逻辑思维与形象思维融合处理，使之成为“文艺性论文”。经过鲁迅等作家的创造性实践，“文艺性论文”杂文成为中国现代散文的重要部类。白话散文在古代没有基本的资源，晚清之际有一些白话散文的存在，但还不足以进入正式的散文史叙事。“五四”时期，文学的白话散文以美文和杂文完型，建构了中国现代散文的基本格局，并且这一时期的散文创作以其突出的实绩，成就了现代散文史上的一个高度。“五四”也被我们称为一个散文的时代。

语言是“五四”新文学家作家优先关注的重要问题。一般认为陈独秀《文学革命论》[②] 是一篇关于文学革命的宣言书，其大旨是关系文学内

---

① 周作人：《中国新文学大系·散文一集导言》，上海良友图书印刷公司 1935 年版，第 1 页。
② 陈独秀：《文学革命论》，《新青年》1917 年第 2 卷第 6 号。

容的革命的。陈独秀张起“三大主义”，倡言推倒贵族文学，建设国民文学；推倒古典文学，建设写实文学；推倒山林文学，建设社会文学。但仔细阅读这篇文章，我们可以发现陈独秀对于文学语言也是关涉的，只是由于语言不是这篇文章要论说的重点，所以没有加以展开。在陈独秀看来，之所以要推倒三大文学，是因为“贵族文学，藻饰依他，失独立自尊之气象也。古典文学，铺张堆砌，失抒情写实之旨也。山林文学，深晦艰难，自以为名山著述，于其群之大多数无所裨益也”。这里所给出的“藻饰”“铺张堆砌”以及“深晦艰难”等，都指向了文学的语言表达。而与此相对，陈独秀要建设的新文学，是“平易的抒情的”“新鲜的立诚的”“明了的通俗的”的新文学。陈独秀对新文学的定性，总体上是从内容方面考虑的，但是文学的内容与文学的语言合致于文学的本体，新的文学自然需要新的语言，因此“平易”“新鲜”“明了通俗”便成为新文学对于语言的基本要求。早于《文学革命论》发表的胡适《文学改良刍议》①，与其说是一篇关于文学改良的整体性言说，不如说是一种关于文学语言改良的具体操作方案。胡适认为：“今日而言文学改良，须从八事入手。”胡适所说的“八事”，即“须言之有物”“不摹仿古人”“须讲求文法”“不作无病之呻吟”“务去烂调套语”“不用典”“不讲对仗”“不避俗字俗语”，这八个方面基本上都是关于语言表达，其中第八条实际上论说的是文学改良语言应白话化的问题。“吾惟以施耐庵、曹雪芹、吴趼人为文学正宗，故有‘不避俗字俗语’之论也。”胡适以为，“以今世历史进化的眼光观之，则白话文学之为中国文学之正宗，又为将来文学必用之利器，可断言也”。因此，他径言：“吾主张今日作文作诗，宜采用俗语俗字。”将《文学改良刍议》和《文学革命论》结合起来细读，我们可以看到新文学运动的领导者，对于新文学的建设是有较为完整的设计思路的，其中尤重文学语言，对此提出了既有总体也有具体的语言要求。

我们感兴趣的不在于成为史实的现代汉语文学，而在于现代汉语在文学门类中的具体存在。这里涉及三个方面的话题。一是从历时看，白话文学早在“五四”之前很久就存在了，但这时的国语是不同于过往的白话

① 胡适：《文学改良刍议》，《新青年》1917 年第 2 卷第 5 号。

的。正如钱玄同所说：“从前有白话文学，不过叙述过去的历史，表明以前本有白话文学罢了；并不是说我们现在所提倡的新文学就是这从前的白话文学，更不是说我们现在就应该学这从前的白话文学。”① 二是从共时看，作为现代汉语文学之汉语，并不同于俗语或口头语。“文学是一种使用语言符号的审美活动。它使用现实语言，又消解现实语言而转化生成为文学艺术语言。”② 既“不回避引车卖浆之徒的语言，但又消解这种语言的局限”③。基于这样两个维度，“五四”时期的现代文学，其语言是一种现代的（是“国语”非古代白话）、书面的（是复合的而非单纯的俗语或口语），表达现代生活和精神的语言。对此新文学家周作人有明确的指认。他说：“我们所要的是一种国语，以白话（即口语）为基本，加入古文（词与成语，并不是成段的文章）方言及外来语，组织适宜，具有论理之精密与艺术之美。”④ 他在《燕知草·跋》中也说过类似的话：“以口语为基础，再加上欧化语，古文，方言等分子，杂糅调和，适宜地或吝啬地安排起来，有知识与趣味的两重的统制，才可以造出有雅致的俗语文来。”⑤ 周作人指出了现代汉语文学其语言构成的多样性特征。这既是周作人的一种现身说法，同时又符合当时“国语的文学”的写作实际。至于俗语或口语，周作人恰如其分地估定了其在现代国语中的作用。“民间的俗语，正如明清小说的白话一样，是现代国语的资料，是其分子而非全体。现代国语须是合古今中外的分子融和而成的一种中国语。”⑥ 三是从具体文体看，散文就不同于小说，中国古代白话小说资源丰富，白话小说早已为读者所接受，而散文居于正统文体的地位，语言规制比较严格，晚起的白话散文并没有能够登堂入室，为主流文坛所接纳。真正打破美文不能用白话的旧制，白话散文成型并取得卓然实绩的是在“五四”时期，国语散文成为新文学史的重要组成部分。

---

① 钱玄同：《尝试集序》，《新青年》1918 年第 4 卷第 2 号。

② 刘再复：《共鉴“五四”》，福建教育出版社 2010 年版，第 208 页。

③ 同上书，第 214 页。

④ 周作人：《理想的国语》，《国语周刊》1925 年第 13 期。

⑤ 周作人：《燕知草·跋》，《永日集》，上海北新书局 1929 年版。

⑥ 周作人：《国语改造的意见》，《夜读的境界》，湖南文艺出版社 1998 年版，第 773 页。

二 国语散文的语言优先

国语散文是一种新生的体类，新文学家对它给予了关注和研究。刘半农的《我之文学改良观》①，是着眼于从文学本体的角度说事的，内容包括文学的界说、文学与文字等，其中“散文之当改良者三”特别值得我们重视。这是现代最早对散文做具有较强系统性论说的文字。以前的文论直接论述散文的大多是片言只语，是感悟式的，就是影响很大的梁启超的“文界革命”也是口号式高调略说。刘半农阐释自己的文学改良观，单独给出散文一体进行细说。刘半农认为散文的改良需从三个方面着手。“第一曰破除迷信。”这里所说的“破除迷信”强调的是要破除对旧文体的迷信，创设“不忘有一个我”的新散文文体。“吾辈心灵所至，尽可以随意发挥，万不宜以至灵活之一物，受此至无谓之死格式之束缚。”“吾辈欲建造新文学之基础，不得不首先打破此崇拜旧时文体之迷信，使文学的形式上速放一异彩也。”这一点具有重要的文体理论意义。在散文理论批评史上刘半农第一次明确指出了散文“不忘有一个我”的观点，这比胡适的“不摹仿古人”更为彻底，涉及散文文体精神的核心，也比周作人的散文“须用自己的文句与思想”② 和郁达夫的现代散文“作者处处不忘自我”③ 的言说为早。现代散文的基本精神是自由，而“有我”是达成自由的前提。传统散文强调“文以载道”，而且所谓“道”是由体制或有经典之类所预设所规定了的，作者作为主体的写作自由受到了很大的限制。现代散文以“有我”表示了它与古代散文的相异，基于“有我”的“心灵所至”“随意发挥”生成了散文最为基本的现代性，而且“有我”也是现代散文文体建构的关键。文体是负载主客体信息具有相应功能的特殊的语言秩序或编码。现代散文文体以其自由的精神最大限度实现作者心之思、口之语、手之写之间的贯通，这样以现代汉语进行散文写作，就成了时代对散文的一种历史性规定。

刘半农倡言散文改良的第二个方面和第三个方面直接指向了语言。

---

① 刘半农：《我之文学改良观》，《新青年》1917 年第 3 卷第 3 号。

② 周作人：《美文》，《晨报副刊》1921 年 6 月 8 日。

③ 郁达夫：《中国新文学大系散文二集·导言》，上海良友图书印刷公司 1935 年版，第 9 页。

“第二曰文言白话可暂处于对待的地位。”刘半农的这一观点在“五四”时属于折中之论，它既不同于保守派鄙视白话之见，也不同于激进派如钱玄同等文言当废的主张。刘半农之所以持中庸之论，是因为他认为文言白话“二者各有所长、各有不相及处，未能偏废”，宜取长补短。具体而言，就是“于文言一方面，则力求其浅显使与白话相近”。“于白话一方面，除竭力发达其固有之优点外，更当使其吸收文言所具之优点。”刘半农的观点从学理上看是成立的，但从具体的写作实际看却是难以做到文言白话对等的，因此刘半农只是一种过于理想化的假设。还是周作人所说的切实，就是国语的文学，以白话为主，而又调和了古文、欧化语等语言因素。但是，刘半农所说的合理部分是值得重视的，这就是在“五四”文言被普遍遗弃的时代主潮下，新文学必须科学地对待文言，以使白话雅化。这是很有意义的一点。散文改良的“第三曰不用不通之文字”，强调了散文的语言应明白通畅。

傅斯年是北京大学中国文学门 1916 级学生，1919 年毕业，这位著名的学生领袖不仅投入政治的热情高涨，而且也积极参与新文学的建设。《怎样做白话文》① 是傅斯年专门论说白话散文的文章，篇幅较长，但话题却是非常集中，落实到文题“怎样做白话文”上面，依作者自己所说“是一端的方法论”。怎样做白话散文，涉及的方面应是很多的，但作者紧扣两个关键点，“白话散文的凭借——一，留心说话，二，直用西洋词法”。

在傅斯年看来，“新文学就是白话文学”，而新文学的散文自然应是白话散文。这样白话语言的置备成为现代散文生成的前置性的条件。“新文学建设的第一步，就是应用白话做材料。”白话散文第一位的就是“话”，“乞灵说话——留心自己的说话，留心听别人的说话”。这一观点的基础是言文合一的写作逻辑，“国语文学就是国语文学，只是有文学组织的国语；本来和说话是一件东西”。在古代言与文分离，写作时言（说话）须得先转换成文（文言），书面语言与口语之间的语差很大，而在文与言统一的新文化背景中，不说口语就是文章，但由于无须进行言与文的

① 傅斯年：《怎样做白话文》，《新潮》1919 年第 1 卷第 2 号。

转换，它就直接成为文章的基础。在这基础上，经过书面化的处理，成为“有文学组织的国语”——国语的文学。由此可见，留心说话对于国语写作具有切实意义，因此傅斯年强调这是“制作白话文的利器”，“直是练习作文的绝好机会”。除了看重说话与写作具有某种同一性外，傅斯年还在意说话中存在的“文学的精神”，“文学的精神，全仗着语言的质素”。傅斯年没有论说说话中所包含的具体的文学精神，但我们从他的言说中可以获得一些意会。“文学的妙用，仅仅是入人心深，住人心久。想把这层办到，惟有凭借说话里自然的简截的活泼的手段。”“全凭说话的自然，才有活泼泼的趣味。”文学以审美的方式感动人心，并且留驻人心，让人回味，这就需要回到文学的人本。说话中的“自然”“活泼泼”等质素，体现着人心本真的一部分，反映的真是自然由性的文学的基本精神，而散文更是应该酿造由人性而出的“趣味”。看取这一点，是傅斯年高于一般论说白话者的重要之处。

傅斯年的“留心说话”论，其要义在于将现代散文视为一种说话的方式。这和厨川白村、周作人的说法是一致的。日本的厨川白村著有《出了象牙之塔》，其中有专门论说散文的文字。“如果是冬天，便坐在暖炉旁边的安乐椅子上，倘在夏天，则披浴衣，啜苦茗，随随便便，和好友任心闲话，将这些话照样地移在纸上的东西，就是 essay。”① 厨川白村形象的描写，给出了散文就是说话的一种样态。《语丝》在中国现代散文史上是一个重要的站点，这一刊物的创办是为了给作者提供“想说几句话”，“作自由发表的地方”。作为主持人之一的周作人对“语丝体”的风格有真实的体认，指出：“《语丝》只在让我们可以随便说话，我们的意见不同，文章也各自不同，所同者只是要不管三七二十一地乱说。”② 这里周作人也将“说话”作为散文的关键词。“说话”之于散文，不只是表示散文的语言方式，也体现了散文的精神方式。自由是现代散文的要义，而说话的风致就是对这一要义的一种写真。

对于“留心说话”傅斯年做了充分的论说，在此基础上他又提出现

① 厨川白村：《出了象牙之塔》，见鲁迅译《苦闷的象征出了象牙之塔》，人民文学出版社 1988 年版，第 113 页。

② 周作人：《答伏园论“语丝”的文体》，《语丝》1925 年第 54 期。

代白话散文的写作应“直用西洋词法”。这两者在傅斯年意域中是具有层递关系的。在傅斯年看来，“留心说话”只是完成了白话散文的基础层次，而要实现更高层次的现代散文的写作理想，应该另找路径。“我们仅仅作成代语的白话文，乞灵说话就够了，要是想作成独到的白话文，超于说话的白话文，有创造精神的白话文，与西洋文同流的白话文”，就需寻得“直用西洋文的款式”等“这一宗高等凭借物”。傅斯年有一个“理想的白话文”的概念，对此他做有具体的展开。“这理想上的白话文是什么？我答道：（一）‘逻辑’的白话文。就是具‘逻辑’的条理，有‘逻辑’的次序，能表现科学思想的白话文。（二）哲学的白话文。就是层次极复，结构极密，能容纳最深最精思想的白话文。（三）美术的白话文。就是运用匠心做成，善于入人情感的白话文。”傅斯年认为“逻辑的”“哲学的”和“美术的”正是“理想的”白话文最基本的要素，而“这三层在西洋文中都早就做到了。我们拿西洋文当做榜样，去模仿他，正是极适当、极简便的办法”。“理想的”白话文也就是具有审美意义的“文学文”，傅斯年以为“要想使得我们的白话文成就了文学文，惟有应用西洋修辞学上的一切质素，使得国语欧化”。傅斯年看重的“质素”就是条理缜密，结构精密，思想深邃，情感入人。在《怎样做白话文》中，傅斯年运用相关的语词是递进式的，从“西洋词法”到“西洋文款式”，再到“国语欧化”“欧化的白话文”（“理想的白话文，竟可说是欧化的白话文”），这反映了他对相关话题思考的深入。

“欧化”是中国文学现代性生成的重要元素和符码。晚清梁启超“文界革命”，提出“欧西文思”，其新文体有“外国语法”，但这些尚不构成整体上的“欧化”。“欧化”作为一种语言方式，也是一种思维方式，只能在现代汉语的语境中得以产生并有所完成。“欧化”在“五四”时期成为重要的语言景观，这一方面是语言的特殊的历史演进所导致。“胡适等人提倡的白话文在思想的层面上可以说是西方语言的翻译语言，是一种强烈的西化的新语言，表达的是新思想。”① 另一方面是语言主体在特定时代的自觉选择。“五四”新文化运动倡扬科学民主，追求自由个性，西方

① 高玉：《现代汉语与中国现代文学》，中国社会科学出版社2003年版，第96页。

现代思想成为文化的、思想的“五四”的重要资源。新文学作家同时也是新文化运动的引领者和建设者，他们中的很多人或留学欧美日本，直接接受西方学说的洗礼，有的通过翻译或阅读西方著作作品浸润域外思想影响，因此其语言与思维必然地体现出“欧化”的存在。国语的“欧化”反映了现代汉语的开放性，在汉语中导入异质的“欧化”语言因素，可以直接弥补汉语表达的某种不足，尽管后来三四十年代推行大众语时对语言“欧化”颇多微词，但是对它的意义是不能否定的。至少新文学家他们认可了这种语言表达。“我们欢迎欧化是喜得有一种新空气，可以供我们的享用，造成新的活力”，“我的主张则就单音的汉字的本性上尽最大可能的限度，容纳‘欧化’，增加它的表现的力量”①。这里周作人基于汉语多单音的特点，突出了“欧化”语对于增强汉语表现力的意义。后来林语堂对此也有指认，并且将其上升到文体变化的整体做评价。“白话文学提倡以来，文体上之大变有二，一则语体欧化，二则使用个人笔调。语体欧化，在词汇上多用新名词，在句法上多用字母句相系而成之长句。此种句法，半系随科学而来，谓之科学化亦无不可，因非如此结构缜密之句法，不足以曲达作者分辨入微之意。”②“欧化”由“语”到“体”，也就是“欧化的白话文”出现，反映了“五四”时期的外来异质语言，对于现代散文产生了重要的影响。

傅斯年在《怎样做白话文》中还提出了“欧化即人化”的命题，这是一个很有意义的命题，它指涉了“五四”语言“欧化”某种终极性价值。傅斯年的这一命题是由“人的文学”而导出的。早傅斯年《怎样做白话文》发表几个月，周作人发表了《人的文学》，称：“我们现在应该提倡的新文学，简单地说一句，是‘人的文学’。”所谓“人的文学”就是“用这人道主义为本，对于人生诸问题，加以记录研究的文字”③。与《人的文学》不同，傅斯年只是从语言和“人的文学”这一角度做微观和局部的论说。傅斯年认为旧文学是“不合人性、不近人情的伪文学，缺少‘人化’的文学”，而近世的西洋文学更多的是“人的文学”，这种文

---

① 周作人：《欧化与国粹》，《晨报副刊》1922 年 2 月 12 日。

② 林语堂：《说个人笔调》，《新语林》1934 年创刊号。

③ 周作人：《人的文学》，《新青年》1918 年第 5 卷第 6 号。

学“不特它的大地方是求合人情，就是它的一言一语，一切表词法，一切造作文句的手段，也全是‘实获我心’”。语言是文学的本体，人化的文学首先应该是人化的语言。在傅斯年看来，“‘人化’即欧化，欧化即‘人化’”，“‘人化’的文学，须得先使它成欧化的文学”。以这样的逻辑推衍来言说“欧化”，这在“五四”时期是卓然独见的。国语散文之“语”取之于“口语”，得之于“自然”“活泼”的趣味，以求“我手写我语”的自由说话写作境界。这是人化文学的重要一端。而对“欧化”的诉求，不只是对另一种语言仅是在工具层面的借取，而是看重的是其所负载传输的价值，“欧化”所表示的科学民主自由平等个性等，正是人的文学的要义。这样“说话”与“欧化”就构成了傅斯年关于现代白话散文写作的完整表达。而这样的散文才算是真正的“人的文学”，“人的散文”。

三　美文的语言构型

“五四”散文按其语言形态大致可以分为两种品类，一类在表达上以议论为主，功能上长于作社会批评和文明批评，旨在载道；另一类在表达上以叙写为主，多以人情物事草木虫鱼为题，表现个体生命的经验体悟趣味，归为言志。第一类以鲁迅领军，形成了具有很大影响力的现代杂文。第二类由周作人擎旗，推出了以美立体的文学散文现代美文。这两种制式初步形成了现代散文的基本格局。

杂文与美文的生成并形成规模是有时差的。一般而言，杂文应思想文化启蒙之需而先起。正如王瑶所说：“现代文学中最早出现的散文作品是以议论为主的杂感，着重在抨击和讽刺旧社会不合理现象，战斗的锋芒十分锋利。”[①]《新青年》是现代杂文的主阵地之一，陈独秀、胡适、李大钊、鲁迅、高一涵、钱玄同等，依托其重要栏目“随感录”，形成了杂文的“新青年”派。我们且不说杂文古已有之，从直接的文体资源看，晚清梁启超、王韬、郑观应等的“时务文体”，与“五四”杂文有着直接的关联。题材话题都具有社会性，所不同者由于时代主题的变化，其内容也

① 王瑶：《中国现代文学史论集》，北京大学出版社 1998 年版，第 218 页。

随之有所改变。最显著的不同表现在语言方面，不仅是平易的古代汉语变为现代汉语，而且也由外国语法、新名词而至整体性的“欧化”写作。论说现代散文所受的影响，有两种不同的说法。一种是明清说。“现代的散文在新文学中受外国的影响最少，这与其说是文学革命的，还不如说是文艺复兴的产物”，“我们读明清有些名士派的文章，觉得与现代文的情趣几乎一致，思想上固然难免有若干距离”①。另一种是国外说。“我们得知道，现代散文所受的直接的影响，还是外国的影响；这一层周先生不曾明说。”② 应该说，如果给出特定的语境，周作人和朱自清的观点都有一定的道理。实际是现代散文既受到传统散文的影响，也接受语言思想文化的影响，只是这种影响在不同的体类中程度是不一样的。在杂感类写作中，外国的影响更多些。具体体现为语言表达更显著的“欧化”及其思想内容更直接的“西化”。

“五四”杂文在语言形式上，更多地显示出傅斯年所说的“逻辑的白话文”和“哲学的白话文”的特点。“逻辑的”“哲学的”这原是西洋文的优长，它表现出文章逻辑严密、思想深刻等，这与西方理性思维的系统性相对较强有关。《新青年》杂文“欧化”“西化”的价值诉求，使作者自觉或不自觉地注意写作的条理绵密和哲学深意。《新青年》普遍刊发白话作品是从 1918 年第 4 卷第 4 号开始的，陈独秀的《人生真义》是在此前的 1918 年第 4 卷第 2 号发表的一篇白话论说，所论话题具有现代意味。文章先分述宗教家、哲学家和科学家对人生真义的不同表述，然后阐释作者自己对此的认知。作者条列九项，分别从个人与社会、有限与无限、现实与未来等方面解析“人生在世，究竟为的什么？究竟应该怎样？”的问题。论说中多有“人生”“个人”“社会”“文明”“组织”“秩序”“法律”“道德”“政治”“细胞”等新名词，句子的结构，很多用如“社会是个人集成的，除去个人，便没有社会；所以个人的意志和快乐，是应该尊重的”这样的复句，内在的逻辑性较强，而且不少言说具有深刻的哲理，成为“欧化”论说文一个较为典型的文本。这类杂感所缺失的是

① 周作人：《〈重刊陶庵梦忆〉序》，《泽泻集》，北新书局 1927 年版。
② 朱自清：《论现代中国的小品散文》，《文学周报》1928 年第 349 期。

“美术的”元素，所以其基本面只是论说，还不是具有某些文学意味的杂文。正是在这里，鲁迅的创作显示出他的独特价值，他使文章的杂感转型为“美术的”杂文。“杂感这种文体，将要因为鲁迅而变成文艺性的论文（阜利通）的代名词。”[①]“文艺性”的论文或“美术的”杂文，浑成了逻辑思维和形象思维两种思维方式，在语言上仍然以议论的、逻辑的为主，但同时导入文学的感性形象等因素，相应地夹进叙述、描写、抒情等表达方式，从外在与内含都显示出“杂”的特点。《随感录三十五》（《新青年》1918年第5卷第5号）是一篇短小的杂文，比较典型地显示出鲁迅的杂文写作面目。这篇杂文的主题句是“什么叫‘国粹’？照字面看来，必是一国独有，他国所无的事物了。换一句话，便是特别的东西。但特别未必定是好，何以应该保存？”作者以例证做逻辑演绎，说明对于国粹是否保存需要进行具体分析，同时又以这样的语言加以言说：“譬如一个人，脸上长了一个瘤，额上肿出一颗疮，的确是与众不同，显出他特别的样子，可以算他的‘粹’。然而据我看来，还不如将这‘粹’割去了，同别人一样的好。”这样的表达形象生动，趣味丛生，杂感转型为杂文了。

新文学家对于现代散文评价的一些细节是值得我们留意的。胡适、曾朴、朱自清、鲁迅等都有相关的评说。胡适于1922年3月为《申报》五十周年纪念册而作《五十年中国之文学》，其中有论及散文的：“白话散文很进步了。长篇议论文的进步，那是显而易见的，可以不论。这几年来，散文方面最可注意的发展，乃是周作人等提倡的‘小品散文’……这一类作品的成功，就可彻底打破那‘美文不能用白话’的迷信了。”胡适肯定了新文学散文取得的实绩，重点偏至在“小品散文”。朱自清在《论现代中国的小品散文》中观点与胡适近似，也认为“最发达的，要算是小品散文”。胡适用的是“这几年来”，由此所推应为“五四”以来的时段。他所提到的周作人提倡小品散文，是在1921年，这年6月周作人发表了《美文》，希望“治新文学的人”“试试”美文的写作。因此“这今年来”的表述并不确切。如果我们看了王统照和周作人等人的有关新

① 何凝（瞿秋白）：《鲁迅杂感选集·序言》，青光书店1933年版。

文学散文的否定性评价，就可以较为清晰地了解“五四”散文发展的基本轨迹。王统照的《纯散文》发表于1923年6月，开篇他对新文学的评价是：“中国几年来提倡文学，在若干人的努力中间，小说、诗，比较上说都有一点成就，虽然不能说是很完善，而一看到我们文坛上的收获，不能不以此二者为最多量了。独有纯散文（pure prose）的佳者，却不多见——直接可以说少有。”① 周作人自述的《美文》写作动因，可以与此参阅。周作人说：“民国六年以至八年文学革命的风潮勃兴，渐以奠定新文学的基础，白话被认为国语了，文学是应当‘国语的’了，评论、小说、诗、戏曲都发达起来了，这是很热闹的一个时代，但是白话文自身的生长却还很有限，而且也还没有独立的这种品类，虽然在《新青年》等杂志上所谓随感录的小文字已经很多。”周作人还以自己的杂感《祖先崇拜》例说，认为“至多能说得理圆，却没有什么余情”。正是基于这样的情状，“民国十年五月我写了一篇五百字的小文，投寄《晨报》……题曰‘美文’”②。由周作人、王统照的表述，可见他们基本的散文文体观念，在他们看来，“随感录的小文字”，不算散文的正式，“纯散文”或者说是“美文”才是散文的主要构成。由杂感而“美文”，“五四”新文学家建构起完整的现代散文体类。

应该说美文的形制在中国古代文学早有存在，“中国古文里的序、记与说等，也可以说是美文的一类”（周作人《美文》）。周作人作《美文》，其意义在于给出了在现代汉语的语言系统中散文如何文学的重要命题。从胡适小品散文的成功“就可彻底打破那‘美文不能用白话’的迷信了”的语式中，我们知道国语文学散文的写作在当时是被质疑的，以论说见长的杂感的风行一时，更加深了文坛对此的怀疑。周作人的“美文”言说，表示了国语美文不仅是必需的，而且也是可以实践的。美文作为散文的一种品类包含着很多的因素，但最主要的是指向其文学性的生成方面。

文学是语言的艺术，从语言上观照美文，第一层是其语言载体，显然

① 王统照：《纯散文》，《晨报副刊·文学旬刊》1923年第3号。

② 周作人：《中国新文学大系·散文一集导言》，上海良友图书印刷公司1935年版，第5页。

是现代白话。这种白话并不是原生的口语，而是经过雅化提升的文学语言。所谓雅化就是在口语中适宜地杂糅调和文言以及欧化语的成分，形成具有文学滋味的书面语言。京派散文家俞平伯可以说是运用这种语言写作美文的一个典型样本，周作人对他赞赏有加：“我平常称平伯为近来的一派新散文的代表，是最有文学意味的一种。”周作人之所以有这样的评价，是因为在他看来，“平伯的文章便多有这些雅致”（《燕知草·跋》），而“这些雅致”是由多种语言成分调和而得的。第二层是语言表达方式。表达方式关联的是表达功能，不同的功能（不同的体类）需要运用不同的表达方式。美文作为一种文学的类型，它是“记述的”，在表达方式的选用上以叙事、描写和抒情为主，这样的表达方式所营构的文章感性形象，产生某种感染力，这与杂感或杂文以逻辑的议论、说明为主的语言表达具有明显的不同。鲁迅的《藤野先生》《从百草园到三味书屋》，周作人的《乌篷船》《故乡的野菜》，朱自清的《荷塘月色》《背影》，俞平伯的《桨声灯影里的秦淮河》《西湖的六月十八夜》等，无论写人，还是叙事、状物、绘景等，语言尽显“记述的”文学之美。第三层是语言的个性化。文学是以个人的方式反映社会、表现人生的，因此语言的个人性显得特别重要。周作人强调美文“须用自己的文句和思想”，这是悟得美文本旨的得体之语。“五四”美文在文学上的成功，正由调和的语言载体、记述为主的表达方式和个人化的语言置备所共构，其中语言的个人性更昭示了现代散文走向成熟。《中国新文学大系·散文》是对“五四”散文的集成性总结。编选者鲁迅和郁达夫十分在意其时散文作家所显示出的写作个性，尤其是郁达夫更是从中国散文史的流变中，看出了个人性是“现代的散文之最大特征”。他在导言第六部分“妄评一二”中对现代重要的散文作家逐一评说，而评说中注意到了构成这些作家不同风格的语言特点，如冰心的“清丽”、丰子恺的“清幽”、钟敬文的“清朗”等[①]正是由于散文作家个人性的实现，所以便会水到渠成地演绎出“就散文论散文”“确是绚烂极了”的可人景象，国语的文学的散文美不胜收。

---

① 郁达夫：《中国新文学大系·散文二集导言》，上海良友图书印刷公司1935年版，第13—19页。

第十四章　冯桂芬《校邠庐抗议》的文体新质

历史推进到19世纪，清王朝开始从康乾盛世的高峰滑落，走向全面而深刻的社会危机。闭关自守的偌大的封建帝国，成为扩张期的西方列强侵略的猎物。帝国主义的坚船利炮轰开日渐腐朽的封建王朝的门户。19世纪中叶前后爆发的两次鸦片战争，迫使清政府与英法俄等国家签订了一系列丧权辱国的不平等条约。与此同时，风起云涌的太平天国运动席卷大半个中国，严重地摧残了封建王朝的统治基础。清王朝陷入内忧外患、分崩离析的泥淖之中。当此“日之将夕，悲风骤至”（龚自珍）的艰危之际，封建士大夫中的一些有识之士被危机的时局所震醒，开始反思王朝的历史，叩问严峻的现实，探索民族救亡的出路。其中突出者有倡言“与其赠来者以劲改革，孰若自改革”① 的龚自珍，主持编译《四州志》、开眼看世界的林则徐和鼓吹“师夷长技以制夷”的魏源等。而冯桂芬正是这些有识之士中很有思想建树的重要人物。他以代表性著作《校邠庐抗议》成为近代重要的思想家和政论家，同时《校邠庐抗议》也是晚清具有文体开新意义的重要散文作品。

一　“抗议”中的文体开新

冯桂芬（1809—1874），字林一，号景亭，晚年自号邓尉山人，江苏吴县人。道光二十年（1840年）中一甲第二名进士，授编修，充广西乡

① 龚自珍：《乙丙之际箸议第九》，《龚自珍全集》，中华书局1959年版。

试正考官等。《清史稿》称“桂芬性恬淡，服官仅十年，然家居遇事奋发，不避劳怨”①。他自己也说：“有官五品勿卑小，有四十顷勿见少。”（《五十初度小影》）表现了他对世俗功名利禄超然豁达的态度。冯桂芬曾师事林则徐，林则徐任江苏巡抚时辑《西北水利说》，冯桂芬为其编校。受林则徐影响，冯桂芬的思想重经世致用。与曾国藩、李鸿章等多有交往。在冯桂芬病逝后，李鸿章亲撰墓志铭，对冯桂芬褒扬有加：“君于学无所不窥而期于实用。天下大计，无日不往来于胸中，其于河漕兵刑盐铁诸政，国家条例源流，洞达而持之介然。”② 晚年寓居木渎，徜徉山水，而仍心系天下，有为邑中，修纂《苏州府志》等。冯桂芬是一个博学之才，吴大澂评价说：“经史而外，天文、舆地、算学、小学、水利、农田，无不精究，而尤谙于历代掌故，于文无所不长，诗、古文辞、骈体制艺，无不卓然自成一家言，而尤达于经世之学。”③ 且知晓西洋格致之学，因而“名重大江南北”（《清史稿》）。曾先后主讲金陵惜阴书院、上海敬业书院和苏州正谊、紫阳书院。冯桂芬的博识，表明他心志开放，有纳百川之慨。而开放广纳的品格，造就了一代思想家和文章家。冯桂芬一生著述丰赡，主要有《说文解字段注考证》《使粤行记》《两淮盐法志》《西算新法直解》《丈田经图章程》《苏州府志》等，而尤以《校邠庐抗议》最具影响。

《校邠庐抗议》奠定了冯桂芬作为近代政论家和思想家的地位。这是一部政论的结集，成书于1861年。初集40篇，后来作者又将《以工巧为币议》和《用钱不废银议》收录，故实际所含为42篇，分置上下两卷。到光绪二年（1876年）《校邠庐抗议》正式刊行于世。由于《校邠庐抗议》影响甚大，所以刻本颇多。通行的刻本将冯桂芬的《上海设立同文馆议》等12篇文章收录，所以《校邠庐抗议》亦有54篇之数一说。《校邠庐抗议》题名典出《后汉书·文苑传》。《文苑传》载赵壹言论“高可敷玩坟典，起发圣意；下列抗论当世，消弭时灾”。“抗议”同“抗论”。赵壹抱负远志，而往往因言致罪，不为乡党所近；冯桂芬对此感同身受，

① 《清史稿》卷486《冯桂芬传》，《清史稿》，中华书局1977年版。
② 《显志堂稿·李鸿章撰墓志铭》，台湾文海出版社1981年印行。
③ 《显志堂稿·吴大澂序》，台湾文海出版社1981年印行。

“乃者乡居，偶一好事，创大小户均赋之议，辄中佥壬所忌”①。作者以“抗议”为题，可见其作文的心路。作者对“抗议”也有明确的解题，说“用《后汉·赵壹传》语，名之曰‘抗议’，即位卑言高之意。明知有不能行者，有不可行者，夫不能行则非言者之过。而千虑一得，多言或中，又何至无一可行？”② 以在野之身，议论国事，希望于国家有补。《校邠庐抗议》的主题由此可见一斑。

战国时代处士横议，那是一个思想开放的时代。但这样的景况是何其见少于封建时代。漫长的封建社会，统治者奉行专制奴化之策。“庶人不议”，成为统制思想的律令；“莫谈国事”，变为百姓信守的行为准则。尤其是有清推行扼杀思想自由的酷政，士人“避席畏闻文字狱，著书都为稻粱谋”（龚自珍），一时呈现出“万马齐喑究可哀”的局面。清代的政治生态导致考据、小学等的畸形发展。在这样一种总体性的语境中，冯桂芬批量而集中地评议朝政，指说时事，生发思想，这不能不说殊为难能可贵。这一方面是由时代使然，成为强弩之末的清王朝欲禁锢而不得，民主的启蒙的社会思潮渐次生成；另一方面也与作者本人的品性相关。李鸿章称冯桂芬为人“澄虑寡言，乃临大事，决大疑，往往慷慨激烈，直任不辞”③。当逢国家艰危之际，冯桂芬当然选择论政议事作为自己价值实现的重要方式。这种方式也是当时有识之士有为于社会时所重视的。从文学史的角度言之，居于清朝文坛主流地位的是桐城派古文。桐城派强调“文以载道”，讲究“道统”与“文统”结合的“义法”。这种“义法”与清朝的统治思想声气相投。方苞在《古文约选》序中对“义法”做过解释：“盖古文所从来远矣，六经、《语》《孟》其根源也……群士果能因是以求六经、《语》《孟》之旨，而得其所归，躬蹈仁义，自勉于忠孝，则立德立功，以仰答我皇上爱育人才之至意者，皆始基于此。”这样的“古文”它的价值就在于对封建王朝认可的经典进行阐释，因而这些文章从根本上说不过是“御用”的传道之器罢了。与桐城派散文的文统截然不同的是，冯桂芬的《校邠庐抗议》是拒绝虚言、有关国计民生的实用

---

① 冯桂芬：《校邠庐抗议·自序》，中州古籍出版社1998年版，第68页。

② 同上书，第69页。

③ 《显志堂稿·李鸿章撰墓志铭》，台湾文海出版社1981年印行。

之文。这些文章形制短小，结构也比较简单，但大多一事一议，贴合时事要政。对这一点，韬园老民（王韬）在光绪二十三年（1897 年）校印本的跋文中颇为首肯。他认为冯桂芬“上下数千年，深明世故，洞烛物情，补偏救敝，能痛抉其症结所在，不拘于先法，不胶于成见，准古酌今，舍短取长，知西学之可行，不惜仿效；治中法之已敝，不惮变更。事事皆折衷至当，绝无虚骄之气行其间，坐而言者可起而行。呜呼，此今时有用之书也！”《校邠庐抗议》集中地反映了作者经世致用的哲学思想。“今时有用”正体现了这部著作的价值。曾国藩、李鸿章、左宗棠、翁同龢等对《校邠庐抗议》多有高评，甚至获得了光绪皇帝的赞赏。在戊戌变法期间，光绪皇帝敕令印制千册《校邠庐抗议》，颁发各衙门有司，着令“逐条签出，各注明简论说，分别可行不可行，限十日咨送军机处，汇合进呈，以备采择”①。

从内容上看，《校邠庐抗议》涉论是非常广泛的，它包括当时社会政治、经济、军事、文化诸大端，大多是作者有感而发，有的放矢的著述，并无凌虚踏空之作。就其重点而言，主要是就吏治人事人才选拔和水利盐铁税赋等经济命脉之事进行阐议。如《公黜陟议》《汰冗员议》《免回避议》《厚养廉议》《许自陈议》《复乡职议》《易胥吏议》诸篇，作者针对封建吏治体制中存在的弊端提出改革的设想。吏治体制是整个封建国家机器得以运作的关键之所在，是国家政治经济的基石。冯桂芬服官十年，对封建官吏制度的个中关节颇为谙熟，也充分认识到吏治的极端意义。所以他不惜用大量的篇什生发议论。而这种议论又是十分具体而切合时要的。如《汰冗员议》。精简冗员，这是官吏体制中一个十分重要而敏感的问题。作者举出这一论题，已可足见他的胆识了。而在论述时又不作笼统解。开篇作者以简洁的文字，从正反两个方面解题。起句引《周礼》“设官分职”一语，说明官吏“各有所职而百事举”。尔后承接论题，揭出冗员之弊：“国家多一冗员，不特多一糜禀禄之人，即多一民膏之人，甚且多一偾国是之人。”直接的论理文字在这一篇政论中很少，作者注重以具体的数字化的事实来说明事理。在文章中，作者就漕运衙门、河务衙门、

① 《新政诏书恭跋》，见梁启超《戊戌政变记》，中华书局 1954 年版，第 33—34 页。

盐务衙门、督抚司道、京官、内外武职等不合理的官员设置、冗员之害等做了具体的列举，并且对冗员的裁削提出自己明确的观点，认为有的“必宜全裁”，有的“必宜量裁”。这里体现了冯桂芬质直的政论之风。

《校邠庐抗议》异于古文道统的还在于，作者并不粉饰现实世态，回避社会矛盾，而是怀具“消弥时灾”的使命感与责任感，关注社会问题症结之所在，从问题处寻得论政析事的议题。问题意识在冯桂芬的思想中是十分强烈的。从某种意义上说，《校邠庐抗议》是一部“问题政论”集。言明这一点，对于我们认识《校庐抗议》的启蒙意义是非常有益的。虽然囿于时代和作者的立场，冯桂芬作文立言的意图也在于维护封建统治，他主张改革，而又认为“要以不畔于三代圣人之法为宗旨”[①]，表现出思想的矛盾性。但是他对封建体制中诸多弊端的揭露，在客观上促使人们从麻痹中觉醒，对生存的现实作出反思，从而有利于形成新的社会思潮。《厚养廉议》一篇所议的是“厚给养廉”。而论题的引发，在于作者看到了官场的腐败。冯桂芬先引《左氏传》“国家之败，由官邪也，官之失德，宠赂章也”语开篇，然后笔锋陡转，以“其今日之谓乎”一句反问巧妙地关联而逼视现实，给出“大小京官，莫不仰给于外官之别敬、炭敬、冰敬，其廉者有择而受之，不廉者百方罗致，结拜师生兄弟以要之”的官场行丑图。《校邠庐抗议》其要旨是要完善封建统治的体制，而完善之议的生发，是由于察知其间存有的种种问题。《复陈诗议》议题是上下之情宜相通之论，所谓“太吏陈诗，以观民风”。作者之所以这样立论，是因为在他看来，“今世部院大臣习与京朝官处，绝不知外省情事；大吏习与僚属处，绝不知民间情事；甚至州县习与幕吏丁役处，亦绝不知民间情事”，以这样的情势，则“大乱以作，亦上下不通之弊”。在冯桂芬笔下，问题所指不仅有一般泛化了的对象，如普泛的官场腐败、人才不兴、水利失修等，也有针对具体的特定对象的议论。如《节经费议》所议特指皇帝宗室。“国家经费有常，惟宗禄无定额”，而“本朝亲亲之谊，远迈前古”。作者对此生出忧思：“八旗生齿日繁，世复一世，尤难亿计，孳生无穷，兵额有定，其何处支：恐养之适所以窘之也。”“养之适所以

① 冯桂芬：《校邠庐抗议·自序》，中州古籍出版社1998年版，第68页。

窘之”，可谓中的之论。作者直言不讳地指出“旗兵”——实际当指整个清室“膏粱多而藜藿少”，“承平日久，致化奢丽”了。这种直指旗人宗亲的揭短言词，充分反映出冯桂芬政论之“抗”的风骨与硬度。这在古代散文中是难得有的品格。

二　“采西学”与开放视野

“文变染乎世情，兴废系乎时序”（《文心雕龙·时序》）。将冯桂芬的《校邠庐抗议》置于古代文学史的长河中考察，我们可以显见其郁然鲜亮的时代色彩。这种时代色彩，在本质上体现为其文体精神的“近代性”。近代性，并不是一个时间范畴。近代散文中的近代性内质实由这一时期散文家哲学思想的近代性外化而生成。《校邠庐抗议》的近代性特质，表现为作者能得风气之先，以开放的胸襟，通过中外文化的比照，比较具体地论析了以“采西学”为核心命题的时代性话题。西学之议，为《校邠庐抗议》注入了时代精神的新质。

夜郎自大，闭关自守是中国社会封建性的标志。在冯桂芬之前，林则徐、魏源等时代先觉已认识到开眼看世界的意义，魏源甚至提出了“以夷制夷”的卓论。但限于他们的识见与时代的环境，这些觉世之士并没能畅其所思，而且也不可能从更深刻的层面认识学习西方的意义。与他们相比，冯桂芬的“采西学”的论说就显得具体了，更接近西学意义的本体，因而也更具有思想史的价值。而这种思想史的价值，从根本上奠定了《校邠庐抗议》在近代文学史中的独特而重要的地位。

《校邠庐抗议》中涉论中外关系的有《制洋器议》《善驭夷议》《采西学议》《重专对议》《上海设立同文馆议》等。篇什之多，论析之详，在19世纪六十年代是少见的。这表明冯桂芬对洋务思考之久、设计之切。作者之所以重视洋务，是由于他为难堪的现实所惊醒了。“有天地开辟以来未有之奇愤，凡有心知血气莫不冲冠发上指者，则今日之以广远万里地球中第一大国而受制于小夷也。”[①] 列强长驱直入华夏之邦，清王朝丧权辱国，有民族自尊心的国人当然奇愤而怒发冲冠。但作者的奇愤并不只表

---

① 冯桂芬：《校邠庐抗议·制洋器议》，中州古籍出版社1998年版，第197页。

现在一般的感情用事上，而是将其转为理性的思考。在冯桂芬看来，中华之所以败于他国，是因为“人无弃材不如夷，地无遗利不如夷，君民不隔不如夷，名实必符不如夷”。面对这诸多的“不如”，冯桂芬认为“忌嫉之无益，文饰之不能，勉强之无庸”，“如耻之，莫如自强”①。在当时遭受巨大的国耻之时，像冯桂芬这样秉持冷静而清醒的理性意识的人是不多的。作者能从惨烈的民族之痛中扪心自问，反求诸己，以寻求救国拯民之道途，这充分体现出作为启蒙主义思想家应具有的理性品格。

中国如何“驭夷”自强，这是当时一个时代性的关键词。对此，冯桂芬设计着自己的方略。在内忧外患之际，冯桂芬认为：“今国家以夷务为第一要政，而剿贼次之。”② 这就是说要从战略和战术上重视“夷务”，“驭夷”应当成为最主要的国策。在冯桂芬看来，这是问题的一个基本前提。而“驭夷”“制夷”的总体性方略就是要“鉴诸国”③，以诸国之长作为自己的借鉴；要“采西学”，从中提取经国济民的“学问”。与魏源一样，冯桂芬颇重“师夷长技以制夷”，注意在技术器物层面上向西方学习，他的《制洋器议》就此作了专题的论说。但冯桂芬的“鉴诸国”“采西学”对魏源的观点又有拓展与超越。“鉴”和“采”的所指已突破了物质文化的范畴。冯桂芬指出：“夷人动辄称理，吾即以其人之法还治其人之身。”④ “理”就是道理法则，科学规律。冯桂芬的“采西学”注重的是学习西方的科学与科学精神。他认为西方的“算学、重学、视学、光学、化学等，皆得格物至理”，“多中人所不及”⑤。从魏源的“师长技”到冯桂芬的“采西学”，“技”与“学”的别异，反映了近代思想家对洋务认识的深化。

西学不会自来。因此冯桂芬以为采西学当务之急是要培养懂得西学的人才。他指出：“通市二十年来，彼酋之习我语言文字者甚多，其尤者能读我经史，于我朝章、吏治、舆地、民情类能言之。而我都护以下之于彼

---

① 冯桂芬：《校邠庐抗议 · 制洋器议》，中州古籍出版社 1998 年版，第 198 页。
② 《校邠庐抗议 · 善驭夷议》，中州古籍出版社 1998 年版，第 205 页。
③ 《校邠庐抗议 · 采西学议》，中州古籍出版社 1998 年版，第 211 页。
④ 《校邠庐抗议 · 善驭夷议》，中州古籍出版社 1998 年版，第 205 页。
⑤ 《校邠庐抗议 · 采西学议》，中州古籍出版社 1998 年版，第 209 页。

国则然无所知。相形之下，能无愧乎?”[①] 彼强而能善学，此弱而弃学，势所不能相敌。因此，冯桂芬献策：“今欲采西学，宜于广东、上海设一翻译公所，选近郡十五岁以下颖悟文童，信其廪饩，住院肄业，聘西人课以诸国语言文字，又聘内地名师课以经史等学，兼习算学。”[②] 语言是思想的现实，是思想传播的媒质。语言文字相习，思想浸润也便在其中了。作者设计中西合璧式的人才培养策略，以为培养“出于夷而转胜于夷”的人才，这是“诚今日论学一要务矣”。[③] 冯桂芬的这种特论，对传统的科举制度无疑是一种挑战。在他看来，与其使“聪明智巧之士，穷老尽气，销磨于时文试帖楷书无用之事”[④]，毋如让他们兼务西学。他反对虚空之学，以为“夫学问者，经济所从出也”[⑤]。冯桂芬的这种观点无疑是与时俱进顺乎时代潮流的。他的一系列“采西学”的思想，无疑给他的政论抹上了浓重的时代亮色，使其成为当时洋务运动的理论纲领，同时冯桂芬本人也就成为19世纪末期维新运动发生的重要的思想先驱者。要之，正如李泽厚所说：“冯桂芬的特点在于：他承上启下，是改良派思想的直接的先行者，是三四十年代到七八十年代思想历史中的一座重要的桥梁。”[⑥] 而从文学史的角度观察，《校邠庐抗议》以其深沉地鼓呼改良启蒙的新质，成为近代高标于文坛的具有史意的创著。

向之论及近代政论体散文，学界是颇重梁启超的，以为“梁启超的新体散文，对一切传统古文是一次猛烈的冲击，为晚清的文体解放和‘五四’的白话运动开辟了道路”[⑦]。这种评价大体上是符合文学史史实的。但是新体散文并不是一朝天成的，也不能说是由梁启超所独创的。所以指认梁启超“创造‘新文体’散文”[⑧]，这样的断语似欠科学。而说“新文体散文，梁启超成绩最为辉煌。此外康有为、谭嗣同都可以说是

① 《校邠庐抗议·采西学议》，中州古籍出版社1998年版，第211页。
② 同上书，第210页。
③ 同上。
④ 《校邠庐抗议·制洋器议》，中州古籍出版社1998年版，第199页。
⑤ 《校邠庐抗议·采西学议》，中州古籍出版社1998年版，第211页。
⑥ 李泽厚：《中国近代思想史论》，安徽文艺出版社1999年版，第378页。
⑦ 游国恩等：《中国文学史》（四），人民文学出版社1979年版，第344页。
⑧ 袁行霈等：《中国文学史》（四），高等教育出版社1998年版，第481页。

‘新文体’散文的前导”①。前一句下得信实，后一句则反映了言者的某种“短视”。新体散文其内在的文体精神在于思想的解放，是近代启蒙主义思想家进行政治鼓呼的一种特别的方式，而其外在的体征则体现出对传统古文样态化解后所取得的某种开放性。明确了这一点，再将新体散文置于特殊的历史语境中，我们就可以找出新体散文运行的轨迹。梁启超是新体散文的完形者，他是新体散文流变中具有标志性意义的代表性人物。由此，前溯则可见王韬、郑观应诸人，他们是推动新体散文发展的中坚人物。而再向前检索，便可发现冯桂芬无疑是新体散文形成期最为重要的奠基者。对冯桂芬的散文业绩，有些恃才傲物的梁启超也有持平之论。他以为“《校邠庐抗议》一书，虽于开新条理未尽周备，而于除弊之法，言之甚详，亦我国政论之稍佳者也”。从内容上看，《校邠庐抗议》更多的是“破旧”，揭露诸多弊端，以引起疗救，为“问题政论”。王韬的《弢园文录外编》、郑观应的《盛世危言》，侧重于“破”中“立”新。在他们为社会改良所设计的方案中，西学的分量明显加重。而梁启超作为近世改良主义的集大成者，他的政论则将人的精神性存在的改造视为要务，“新民”是其新体散文的一个关键词。新体散文发展的三个时段，在内容上各有侧重，但其内在的精神是贯通的。再从作者的文化态度看，他们对传统文化总体上都持批判的态度，对西学则颇为向往而热心。对于“古文”，梁启超自称“夙不喜桐城派古文”② 王韬则说“若于古文辞之门径则茫然未有所知，敢谢不敏”③。在冯桂芬这里，我们从他对科举时文的否定性评价中，即可知悉他对传统古文的态度了。冯桂芬他们倾心并躬身实践的是具有新质的文体。这种文体任性而生。冯桂芬以“抗议”题文，其意自见。王韬“知文章所贵在乎纪事述情，自抒胸臆”④。而梁启超“自解放，务为平易畅达……纵笔所至不检束”⑤。因此，梁启超新散文的古文味已荡然无存，王韬、郑观应之作已很少为古文之法所拘羁。冯

① 袁行霈等：《中国文学史》（四），高等教育出版社 1998 年版，第 483 页。

② 梁启超：《清代学术概论》，东方出版社 1996 年版，第 77 页。

③ 王韬：《弢园文录外编·自序》，中州古籍出版社 1998 年版，第 31 页。

④ 同上。

⑤ 梁启超：《清代学术概论》，东方出版社 1996 年版，第 77 页。

桂芬的政论虽有古文味，但其味已趋淡，其中许多篇什已全不讲究古文章法了。

由上分析可见，从冯桂芬到王韬到梁启超，他们的以觉世为旨的政论，其文脉是相承相通的。这三人分别代表了近代新体散文演进过程中的三个站点。论说新体散文，我们不能忽略冯桂芬。而冯桂芬在近代散文史上这种不可或缺的地位，正是由他的《校邠庐抗议》具有的文体新质所造就的。

第十五章　王韬，近代报章政论体创始者

王韬（1828年—1897），江苏长洲甫里人。初名利宾，后易名为瀚，字懒今。奔走香港后更名韬。王韬是一个“圆形”文化人。这是说，他对近代思想文化史有多方面的建树。就其人生主要的业绩看，王韬是近代鼓吹变法开放的重要的启蒙主义思想家，又是一位致力于中西文化交流的实际工作者。作为文学家，王韬兼擅诗词小说散文各体。鲁迅在《中国小说史略》中评论其小说，曰：“迨长洲王韬作《遁窟谰言》《淞隐漫录》《淞滨琐活》，其笔致又纯为《聊斋》者流，一时传布颇广远，然所记载，则已狐鬼渐稀，而烟花粉黛之事盛矣。”① 而于散文体，王韬成绩颇多。有游记《漫游随录》《扶桑游记》，有笔记散文《瀛地需杂志》等。对于报章体，王韬独有创造。报章政论集有《弢园文录外编》，王韬是近代报章政论的创体者。

一　《循环日报》与《弢园文录外编》

中国有世界上最早的报纸形态之一邸报。但邸报只载记朝廷和封建体制内部的诸多要事，与近代意义上的具有普泛信息传播功能的报纸相比，其表征与内质殊多差异。19世纪70年代之前，外国传教士垄断了中国的报业，他们在华出版报纸有30多家，而中国人自办的报纸很少。历史将机遇给予了兼得中西文化的王韬。1873年王韬集资购买了香港英华书院

① 鲁迅：《中国小说史略》，东方出版社2012年版，第171—172页。

的印刷设备，组建中华印务总局，并于次年在港创办了历时久远、影响深广的《循环日报》。一张近代化的报纸，运作在一个具有启蒙主义思想质素的人手中，这就创造了一种两者相得的机缘。一方面《循环日报》使得王韬进行思想探索、政治鼓吹和文体实验有了一个阵地或载体；另一方面《循环日报》因着王韬的创造而具有了某种信息库或思想库的功能。王韬兼有自办报纸的便利和思想倾吐的意欲。这种兼得的优长是时人所不具备的。

政论一体在我国古代发育不良。封建政制的属性从根本上规定了这一文体的命数。政论渐开风气，这是近代文坛才拥有的风景。

报章体政论为晚清文坛一枝独秀的奇葩。对这一文体的特征与影响，梁启超曾做过述说。他说："启超夙不喜桐城派古文，幼年为文，学晚汉魏晋，颇尚矜炼，至是自解放，务为平易畅达，时杂以俚语韵语及外国语法，纵笔所至不检束，学者竞效之，号新文体。老辈则痛恨，诋为野狐。然其文条理明晰，笔锋常带情感，对于读者，别有一种魔力焉"。① 这里梁启超指出了新文体"魔力"生成的原因。这是一种与桐城派古文异质的文体。不过，梁启超的言说中有独揽文体创造之功的嫌疑。毋庸置疑，从成就、影响而言，梁启超是近代报章体政论的第一大家。新文体，或曰报章体，经梁启超的成功实践而立定了在文坛的地位。在笔者看来，王韬这位比梁启超足足年长45岁的报人兼思想者，正是报章政论体的开创者。报章政论，其存在的前提是报纸；政论是思想者心智的结晶，是报纸存活的灵魂。王韬正好兼备了报章政论体生成的两个前置性条件。具备这样条件与资质的，在历史上王韬是第一人。诚如王凤超所指认的那样，王韬"他是中国历史上以报纸为讲坛，宣传变法图强的第一人，也是中国新闻史上第一个报刊政论家"②。

王韬对于报章政论是倾注了大力的。王韬的倾力源于他对报纸功能的认识。他认为："达彼此之情意，通中外之消息者，则有日报，时或辩论其是非，折衷其曲直。"③ 王韬不仅看到报纸所具有的信息传播的优势，

① 梁启超：《清代学术概论》，东方出版社1996年版，第77页。
② 王凤超：《中国的报刊》，人民出版社1988年版，第39页。
③ 王韬：《弢园文录外编·变法自强上》，中州古籍出版社1998年版，第86页。

而且还洞悉其立言议事的重要功能。他引用西方报纸的个例，指说报纸主笔立论的影响："其立论一秉公平，其居心务期诚正。如英国之泰晤士，人仰之如泰山北斗。国家有大事，皆视其所言以为准则。"① 在王韬看来，报纸"立论"可以导引舆论，影响国事。而这一点正是王韬所特别看重的。《循环日报》在新闻版的《中外新闻》栏内，依西方报纸的体例，在首栏内经常刊发政论。这在当时的报纸中是颇为特异的。这诚如柯文所说："在中国近代新闻业初期，出版报纸仅是为了获利，很少对某问题表态或影响群众舆论。王韬的报纸却是少见的例外。经常刊登社论，且多出自王韬本人手笔。"② 王韬在主持《循环日报》的十年间，写作了大量政论。从1874年到1884年《循环日报》大约刊发了800篇政论文章，其中绝大多数出自主笔王韬之手。1882年王韬自编《弢园文录外编》，共12卷，185篇文章。这些文章中的大部分是作者居港期间所写的倡言变法、鼓吹洋务的报章体论文。《弢园文录外编》是我国历史上第一部报刊政论的结集。

二 基于民间立场的时务关注

王韬的报章体政论从其选题可见具有一种时务关注的显性特征。他的政论与一般的论说性文字有明显的不同。首先他所论析的是经世济民有关宏旨的要事，而并不就寻常的人事物理作论说。其次王韬的论题大多是关乎时事，有感而发，有的放矢的。他所论述的是当时最为重大的时代性主题。

王韬生活的时代，是一个内忧外患的时代。这样一种时局驱使有良知的士人不再耽幻于封闭的书斋故纸堆中，作着迂腐无用的古文，而是肩负社会使命，寻找民族救亡的希望之光。王韬作为一个具有启蒙精神的知识分子，关心的已不是一己的功名利禄，而是国家的生死存亡。民族时务、要务成为他个人生命聚焦的热点。王韬对于变法的热切让人亟亟可感。卷一用上中下系列的形式专论"变法"，卷二又以三篇相承的文章条陈"变

---

① 王韬：《弢园文录外编·论日报渐行于中土》，中州古籍出版社1998年版，第311页。

② ［美］柯文：《在传统与现代性之间——王韬与晚清改革》，江苏人民出版社1993年版，第75页。

法自强”之理。直接论述变法凡6篇，时人无出其右者。王韬从中外历史演化的纷繁事象中，指出“天下事未有久而不变者”的常理。作者从自强制夷的高度，论述变法的意义：“设我中国至此时而不一变，安能埒于欧洲诸大国，而与之比权量力也哉！”[①] 王韬论变法不做笼统的清议，而是基于对国情的体认，进行具体的设计。他以为“凡是四者，皆宜亟变者也”。这四者包括“取士之法”“练兵之法”“学校之虚文”“律例之繁文”[②] 等，涉及人才吏治、军事国防、学校教育和国家管理等重大事项。王韬精论变法能抓住个中关键。这实赖于他对时潮大势有一种深刻的观察力和穿透力。时人将论变法讲洋务当成一种时髦，但许多人逐末舍本，未得其要。对此王韬深中肯綮地指出：“故昔时患在不变，而今时又患在徒变。”[③] 在王韬看来，“盖洋务之要，首在借法自强”，而“借法”并不仅是“练兵士，整边防，讲火器，制舟舰，以竭其长”，师夷长技固然重要，但这只是自强之事“其处焉者，所谓末也”；而“其大者，亦惟是肃官常，端士习，厚风俗，正人心而已”。王韬以为洋务之误区“无如今日所谓末者，徒其皮毛，所谓本者，绝未见其有所整顿”[④]。

王韬论变法，所特重者不是器物之求异，而是以人为本的“心之变”。王韬的持论深得变法洋务的真谛。这与当时只重物质层面的向西方学习的时调相比，显得特别深刻而精卓。由于王韬看重“厚风俗，正人心”，所以在他的政论中竭力主张“重民”。他指出“天下之治，以民为先”，“善用其民者，首有以作民之气，次有以结民之心”[⑤]，“天下何以治？得民心而已”[⑥]。“民”成为王韬变法思想中一个重要的关键词。王韬虽没有能像后来的梁启超那样提出比较系统的“新民”思想，他强调的更多的是“治民”“用民”，但是在新的时代语境中，突出“重民”，将民视为国家振兴体系中的要素，这无疑是有进步意义的，这体现了启蒙主义思想家人本关怀的哲学品格。正是基于重民的思想，王韬思考国家政制

---

① 王韬：《弢园文录外编·变法中》，中州古籍出版社1998年版，第53页。
② 同上书，第54—55页。
③ 王韬：《弢园文录外编·洋务下》，中州古籍出版社1998年版，第82页。
④ 同上。
⑤ 王韬：《弢园文录外编·重民上》，中州古籍出版社1998年版，第60页。
⑥ 王韬：《弢园文录外编·重民中》，中州古籍出版社1998年版，第62页。

这一十分敏感特具前卫意义的问题。封建王朝意味着一种霸权，专制时代并不允许人们对它存在的“合法性”进行颠覆，而王韬在考察了泰西立国的三种模式后，敢于提出他以为合乎国情的“君民共治”的政制体式。提出这一构想，其意义在于它通过提升民在国家政制中的地位，贬损了封建专制统治定于一尊的所谓的神圣性。

王韬报章体政论的另一个特征是作者在其间表现了某种民间立场。民间，在这里是一个特指性的范畴。民间寓意的是主体自由的心态，独立的文化人格和批判的、独创性的话语建构。很明显，这样的“民间”意义在古代中国差不多是被扼杀或是自主扼杀的。封建统制中没有“民间”存在的空间；同时封建性语境中，人们疯长的奴性，将主体的“自我”作自动的消解。王韬报章体政论所体现的“民间”当然是不完全的，且是不自觉的。因此，王韬的民间只能说是一种“民间性”。但即便是这样，也已经十分可贵了。从外在看来，王韬也不可能超越时代，他也声称“尊王”。他说：“日报立言，义切尊王，记事载笔，情殷敌忾，强中以攘外，诹远以师长。”① 但就实际情形而言，王韬大不同于冯桂芬、梁启超等。“尊王”见诸王韬上达朝廷大臣的书札中。这大约是为了寻找一种“保护色”。

王韬立言所表现出的某种民间性与其身份与遭际有关。冯桂芬是进士出身，梁启超是榜列第8的举人，且两人都曾是朝廷命官，而王韬只是个秀才，是一个从未入仕的在野之士。他又因事为朝廷通缉而亡走天涯。这样一个处在封建体制之外，对朝廷并不感恩甚至有所怨艾的知识分子，便有了独立思考与表达的可能。王韬久居于“华洋杂处”的环境，亲历欧西，接触西学。因此他作为一个知识分子的主体性自然比时人发育得更健全些。同时王韬的论坛又置于香港这个天高皇帝远的英属领地之上。这诸种情况使王韬拥有相对自由的心灵和相对宽松的言论环境，由此而生成其报章体政论的某种“民间性”。这种民间性的内核是独立性和批判性。这是《弢园文录外编》最具价值的品格。

王韬报章政论的独立性就其表征看，作者所运用的话语基本上是属

① 王韬：《弢园尺牍·上潘伟如中丞》，中华书局1959年版。

于自己的。王韬择取影响国运的时事，运用自己的语言方式，表达自己的思想。这使作者的立论和释义往往新意迭出。比如王韬关于变法的一些设计，关于洋务的若干思考，其中有不少思想如前述，是超越时人的，代表了他所处时代的思想高度。王韬思想的深刻性与新颖性正源于他的独立性。

与独立性相关的，或者说是以独立性作为前提的是王韬政论所表现出的有强度的批判性。王韬政论的总体性主题是洋务变法，是对民生国是的设计。维新必须破旧，必须对已有的不合理的存在进行清理。王韬强调自强必须重民，以往的积弱就在于贱民戕民。他指出封建专制的体制“惟知耗民财，殚民力，敲‘骨’吸髓”[1]。王韬的批判不避锋芒，直面现实，抨击时弊。他不无讽刺意味地指出：“今观中国之所长者无他，曰因循也，苟且也，蒙蔽也，粉饰也，贪罔也，虚骄也……”[2] 这里作者给出了当时中国的“国病”。王韬对官僚的封建国家机器颇多抨击之辞。这种抨击往往能深中要害：“夫设官本以治民，今则徒以殃民；不知立官以卫民，徒知剥民以奉官。其能心乎为民，而使之各得其所，各顺其情者，千百中或一二而已。”[3] 作者以极端的置词与悬殊的比数，将封建政制的核心吏治做了全面的否定，从而在客观上根本地否定了整个封建王朝存在的合理性。这为作者君民共治政制的立论提供了依据。

三　世界视野·文体开放

时务关注生成了王韬报章政论的基本价值，民间立场确保了立言的某种深度，而世界视角则使论事析理获得了一种全新的参照物。王韬报章政论之所以能普遍地采用世界性视角，这与作者的人生经历有关。与同时代的人相比，王韬有更丰富的与西方打交道的经验。他先在“华洋杂处”的墨海书馆“佣书”长达13年，接触西人，触摸西学，为西方思想所影响。居港后又长期与英华书院院长理雅各合作共事，其间又应邀于1867年12月15日至1870年3月访问法英等国。对此王韬不无自得：“尤足以

---

① 王韬：《弢园文录外编·重民下》，中州古籍出版社1998年版，第66页。

② 王韬：《弢园文录外编·变法中》，中州古籍出版社1998年版，第54页。

③ 王韬：《弢园文录外编·重民下》，中州古籍出版社1998年版，第66页。

快意肆志者，余之至泰西也，不啻为先路之导，捷足之登。”① 王韬游历西欧两年有余，作为一个文化人，他全面考察了英法等国的社会结构和文化形态。1879 年王韬又对日本做了为期 4 个月的访问。这些经历使王韬眼界大开，思想大变。王韬政论的世界视角，反映了他有一种与时相应的开放思想。当世界各国互通成为一种大势，当列强已经开始进攻中国时，习惯于夜郎自大闭关自守的封建王朝，还念着中土优越这自欺欺人的旧经。他们“皆深以言西事为讳，徒事粉饰，弥缝苟且于目前”②。作为一个清醒的智者，王韬大声疾呼：“时至今日，泰西通商中土之局，将与地球相终始矣。至此时而犹作深闭固拒之计，是直妄人也而已，误天下苍生者必若辈也。”③

王韬政论世界性视角的择取，不仅是他个人生活经验的一种必然，也体现出一种顺应大势的时代性命意。从中国古代自足的封建思想体系中已很难觅得医治国病的良药，这样“以西法参用乎其间”④，就不失为变法图强的一种有效的选择。

世界性视角的采取使王韬的政论形成了一种对比性的结构，即作者在论述时常常用对比论说的方法，将别国的情形与中国的存在并置一起，从而产生一种是非优劣自见的对比效应。如言洋务，作者以为首先要知彼，而知彼则需通习泰西语言，但“何时中国之能操泰西言语，能训英人文字者，当轴者辄深恶而痛嫉，中国文士亦鄙之而不屑与交”。与此相反，列强诸国“彼处则设有翻译官员，及教中之神父牧师，效华言，识汉字，留心于我国之政治，于我之俗尚风土山川形势物产民情，悉皆勒之成书，以教其国中之民”⑤。如言“重民”，“西国民寡而如此，中国民众而如彼”。“如此”者是指欧西“民寡”而“众志之如城，大可用也”；“如彼”者则指中国“民众”而“不善自用其民也”⑥。作者正是通过这种醒目的对举，强化中西方举事处理的反差，促使国人从反差中反思检讨。

① 王韬：《漫游随录·自序》，湖南人民出版社 1982 年版。
② 王韬：《弢园文录外编·瀛环志略跋》，中州古籍出版社 1998 年版，第 352 页。
③ 王韬：《弢园文录外编·睦邻》，中州古籍出版社 1998 年版，第 72 页。
④ 王韬：《弢园文录外编·变法中》，中州古籍出版社 1998 年版，第 55 页。
⑤ 王韬：《弢园文录外编·洋务上》，中州古籍出版社 1998 年版，第 79 页。
⑥ 王韬：《弢园文录外编·重民上》，中州古籍出版社 1998 年版，第 60 页。

《弢园文录外编》的世界性视角还体现为作者能取国际时事作为议题。这就是说王韬不仅能以外求中，运用他以为先进的外国模式或观念，作为中国变法洋务的有效参照物，而且还能直接评述国际事态走势，显示出他作为国际时事观察者与评论者的某种资历。中国素来闭关锁国，对国际情形不甚了解，更不用说论述其事了。王韬以《欧洲将有变局》《欧洲近日不轻用兵》《俄人志在并兼》《英俄经营亚洲》等篇什，改写了中国人在国际论坛中缺席或缄默的历史。

王韬的报章政论作为一种具有创意的体式自然有它独特的文体景观。它不同于传统古文的是作品真实而相对自由地表露着作者的性情和思想。作为性情、思想表露的载体，王韬的语言是自设的，即作者是用自己的语言在表达。这一点与“时文”等殊相见异。传统的古文或时文，作者立论述理好引经据典，讲究有所来历。这样文章差不多就成了对经典或统治者认可的政治或人生信条的阐释。对此，王韬颇不以为然。他说：“即曰时文所以代圣贤立言，顾圣贤之前言往训，昭然具在，固在乎身体力行，又何顺乎口为模拟……”“学时文不成，则竟成废人耳。”[①] 王韬是一个性情中人，天性不喜范式审笼。因此对古文一类有一种天然的反叛性。“若于古文辞之门径则茫然未有所知，敢谢不敏。”[②] 他自谓：“自少性情旷逸，不乐仕进，尤不喜帖括，虽勉为之，亦豪放不中绳墨。”[③] 他有的是自适的作文理念。他说：“知文章所贵在乎纪事述情，自抒胸臆，俾人人知其命意之所在，而一如我怀之所欲吐，斯即佳文。”[④] 王韬的这一表述中包含了他所以为的“佳文”之造的三项条件。一是“纪事述情”，为文求言之有物；二是“自抒胸臆”“一吐我怀”，强调的是任心放情；三是“人人知其命意之所在”，意谓有一个明白通俗的表达形式。可以说《弢园文录外编》正是他这种立言观的一种成功的实践。王韬的报章政论关注时务，瞩目世界，自是一种务实的“纪事述情”之作。读《弢园文录外编》可见许多篇章呈现出一种放达恣肆的形态，有梁启超“纵笔所至

---

① 王韬：《弢园文录外编·原士》，中州古籍出版社1998年版，第48页。
② 王韬：《弢园文录外编·自序》，中州古籍出版社1998年版，第31页。
③ 王韬：《弢园文录外编·弢园老民自传》，中州古籍出版社1998年版，第382页。
④ 王韬：《弢园文录外编·自序》，中州古籍出版社1998年版，第31页。

不检束”的那种意味。王韬的报章政论虽然重在论理，但其行文之力亦有情助。论理而融情，使得王韬得以“纵笔”。他自己说作文有一种“辄不能自休”“滂沛千言”[①] 的自得状态。

这源于他作文有一种内在的驱动力和情感张力。情理相生的内存，使作者获得了一种自如的表达机制，内在沛然的情理外化为酣畅的行文气势。这表现在章法上，王韬的政论已没有传统古文那种起承转合的讲究，常行于所当行，止于不可不止。有时突兀而起，有时戛然而收，基本上没有装饰性的表达设置，依凭的只是思想表达的需要。与涌动的言志相应，王韬在语式上好用排比，畅达的语式放任的是作者潮起的思情。语言表达的强势造就论理的一种逻辑力量。

王韬的政论是一种报章体政论。报章的特性从某种意义上说决定着这类文章的体式特征。近代的报纸是一种社会传播的载体。报纸的传统性需要报章政论有效地召唤读者，通过吸引更多的读者，实现政论乃至报纸整体的价值。对此作为近代第一报人的王韬是十分经心刻意的。报章的时务关注，是从现实性的维度吸引读者；世界视角，则由新视角的择取，为读者传播全新的信息。同时王韬注意语言的简仕通俗。《弢园文录外编》显示着王韬语言的求变。他在行文中已很少使用典故，不务典雅，唯求畅达。总体上采用浅近文言，不用艰涩语词，以减少一般读者的语言障碍。王韬还在政论中使用白话的语汇，如“长江一带”“近十年以来”“今日我国”等，并且开始采入一些新名词，如“民主”“电气”“公司”等。这表明王韬对传统古文语言革新的努力。后来梁启超在他的政论中更多地“杂以俚语韵语及外国语法”，白话的成分加重，被人视为五四白话文运动的先声。而梁启超的报章体政论无不受《弢园文录外编》等的影响。就散文语言的变革而言，近代自觉者，王韬可能是最早的一个。

---

① 王韬：《弢园文录外编 · 弢园老民自传》，中州古籍出版社 1998 年版，第 386 页。

第十六章　梁启超与中国现代散文的发生

身处“过渡时代”的梁启超，在演绎中国文学现代发生的多幕剧中，扮演着多种角色。而于散文的现代性启动最具有散文文体史意义。梁启超的“文界革命”不只是一种倡议，一种构想，更是一种卓有成效的实践。其要义是蕴含的“欧西文思”和形制的“流畅锐达”。就具体的文体实践而言，梁启超在论说体散文、新闻体散文和记游体散文等方面都有文体史意义的建树。梁启超在“文界革命”这一时代主题的表达上实现了知与行的协同，使之成为“五四”散文的直接而重要先导。

一　天时与人为：现代散文的开路者

从文学历史的本然看，中国现代散文的发生无疑是诸多关联要素交互作用的结果。再从文体演进的时间维度上观照，这是一个相关的要素在特殊的场域中累积，由量变而为质变的历史过程。这样的表述，并不意味着要弱化其中个别的特殊的要素所具有的意义，而是相反。个别的特殊的要素，只有置于具体的史程中，在一个方位明确的坐标中，才能更为清晰地显示它的重要价值。中国散文在“五四”时期，完成了它的现代转型。以此作为一个特殊的端点，我们往溯中国现代散文发生的历史进程，回放其中历史性的人物和事件，相关的场景或影像触目而来。在演绎中国现代散文发生的多幕剧中，梁启超成为一个有所作为的主角之一。

梁启超之有为于中国现代散文的发生，首先是他所处的特殊的历史时期提供了可能性。所谓时势造英雄，于文学也是这样。梁启超所处的时代，正如他所说：“今日之中国，过渡时代之中国也。”“今日中国之现状，实如驾一扁舟，初离海岸线，而放于中流，即俗语所谓两头不到岸之寸也。”“人民既愤独夫民贼愚民专制之政，而未能组织新政体以代之，是政治上之过渡时代也；士子既鄙考据辞章庸恶陋劣之学，而未能开辟新学界以代之，是学问上之过渡时代也；社会既厌三纲压抑虚文缛节之俗，而未能研究新道德以代之，是理想风俗上之过渡时代也。”“而要之中国自今以往，日益进入于过渡之界线，离故步日以远，冲盘涡日以急，望彼岸日以亲，是则事势所必至，而丝毫不容疑义者也。”[①] 晚清之际，中国社会亦旧亦新，亦中亦外，酝酿着三千年未有的历史大变局。除旧维新，革故开远，是一种“不容疑义”的“事势”。梁启超“文界革命”的思想和实践事功彰显，得之于他能顺势而为。其次也与其个人才情志趣有关。梁启超是文化史上一个卓尔不凡的“圆形人物”，他在很多领域有着重要的创构，其于文学诸体多有关涉。梁启超《论小说与群治之关系》是晚清影响很大的小说文论，他看到了小说对于现代政治建构的想象，并且不仅言说其理，还亲炙其事，创作政治小说《新中国未来记》。但连梁启超自己也明白他不具有写作得体小说的能力，认为《新中国未来记》是“似说部非说部，似稗史非稗史，似论著非论著，不知成何种文体，自顾良自失笑”[②]。在诗歌方面，梁启超张起“诗界革命”的大旗，对此做有具体的设计：“欲为诗界之哥伦布、玛赛郎，不可不备三长：第一要新意境，第二要新语句，而又须以古人风格入之，然后成其为诗。”[③] 并且也创作了大量的诗词，但知与行并不能协和，梁启超力不从心，于诗终不能成大气候，他有诗情，但是没有大的诗才，正如他说的“余素不能诗”。

与小说、诗歌不同的是，梁启超在散文这里知与行达成了高度的一致。梁启超的“文界革命”不只是一种倡议、一种思想，更是一种实践。他的身体力行使蜕变艰难的散文在“过渡时代”获得了变异开新的重大

---

① 梁启超：《过渡时代论》，《清议报》第 82 册，1901 年。
② 梁启超：《〈新中国未来记〉绪言》，《新小说》1902 年第 1 号。
③ 梁启超：《夏威夷游记》，易鑫鼎编《梁启超选集》上卷，中国文联出版社 2006 年版，第 324 页。

演进，为现代文学的生成积累了重要的经验。可以说梁启超对新文学所作出的特别贡献，很大程度上是来自于他在散文方面的历史性作为。一些新文学家确认了这一点。钱玄同在致陈独秀的信中就指出："梁任公先生实为近来创造新文学之一人，虽其政论诸作，因时变迁，不能得国人全体之赞同，即其文章，亦未能尽脱帖括蹊径，然输入日本文之句法，以新名词及俗语入文，视戏曲小说与论记之文平等……此皆其识力过人处。鄙意论现代文学之革新，必数及梁先生。"① 这里钱玄同列举了梁启超种种"识力过人"之处，但首先标举的是梁启超"输入日本文之句法，以新名词及俗语入文"的新文体，这种新文体是"现代文学之革新"的重要例证。郑振铎也支持这样的评价，并且更强调了梁启超散文对于现代文体改革的"先导"意义："最大的价值，在于他能以他的'平易畅达，时杂以俚语、韵语及外国语法'的作风，打倒了奄奄无生气的桐城派的古文，六朝体的古文，使一般的少年们都能肆笔自如，畅所欲言，而不再受已僵死的散文套式与格调的拘束，可以说是前几年的文体改革的先导。"② 汉语的散文文体命名，体现着命名者对于散文体性的认知。这就是其在形态上是散漫的，在精神上是随心的。但这种体性的呈现或得之于文学史的真实经验，更表示着文人对理想散文的一种想象。在中国文学史的结构中，诗文是文体的正宗，因此散文也被赋予更多的"载道"功能，而且这种"载道"往往体现着体制的种种规定性，这样散文就难以真正地达成其"散"了，尤其是清代桐城派散文固化为某种"套式与格调"。梁启超基于"文界革命"思想而实验的散文，以"平易畅达，时杂以俚语、韵语及外国语法"等的新因素，实现了对传统散文的破体，成为开创"肆笔自如，畅所欲言"体现主体自由精神的现代散文的重要先行者。

二　散文观演进中的"文界革命"

梁启超的"文界革命"是其有为于中国散文现代转型的主要关键词，这是一个包含了散文变革开新思想和有效实践的复合词。我们先从相关的

---

① 钱玄同：《寄陈独秀》，《新青年》1917 年第 3 卷第 1 号。
② 郑振铎：《梁任公先生》，《中国文学论集》，开明书店 1934 年版，第 167 页。

散文认知表达的梳理中，看取“文界革命”的思想价值。散文虽然是中国文学的主要文体之一，但古代对它的系统研究很少。检索一些文论，可见有的言说虽为感悟片言，但内在的要义是值得重视的。其中在明代就有李贽和袁宏道之说颇得散文真意。李贽“童心说”强调“天下之至文，未有不出于童心焉者也”。“童心者，真心也”，“夫童心者，绝假纯真，最初一念之本心也。若失却童心，便失却真心；失却真心，便失却真人。倘非真，全不复有初矣”[①]。李贽的“真心”“真人”，以“真”给出文体的精神本质。而散文得“真”，需要作者“独抒性灵”，显示“真我”。在这一点上袁宏道与李贽观点是相通的。他以为好的散文“大多独抒性灵，不拘格套，非从自己胸臆流出，不肯下笔”（袁宏道《小修诗叙》，《锦帆集》卷二）。“独抒性灵”和“自己胸臆”为文的有感而发和自出胸臆、自我写真，而“不拘格套”则意指与写真的内容相应的灵活自然的表达形式。至晚清，散文家王韬的表述与李贽、袁宏道的相近，他在自己的重要文集的自序中给出了“佳文”的要素：“知文章所贵在乎纪事述情，自抒胸臆，俾人人知其命意之所在，而一如我怀之所欲吐，斯即佳文。”[②] 但王韬等所说的只是散文写作的一种可能，而实际上却往往难以实现。这是因为散文的写作需要受制于一些文统规约，在清代特别是桐城派散文所奉守的“义法”。因此散文要存真显诚，表达出作者完全的个性，就必须破除固有的规约。正是在这里我们看到晚清散文家冯桂芬言论的勇气和识见，“独不信义法之说”，“称心而言，不必有义法也”[③]。我们以后来梁启超的“自评文”对照以上的论说，可以发现其中的联系点。“启超夙不喜桐城派古文，幼年为文，学晚汉魏晋，颇尚矜炼。至是自解放，务为平易畅达，时杂以俚语韵语及外国语法，纵笔所至不检束。”[④]“不喜桐城派古文”，表示了梁启超对“义法”的拒绝；拒绝“义法”需另辟蹊径，走向“自解放”；“纵笔所至不检束”则与“不拘格套”“称

① 李贽：《焚书·续焚书》，岳麓书社 1990 年版，第 97 页。
② 王韬：《弢园文录外编·自序》，中州古籍出版社 1998 年版，第 31 页。
③ 冯桂芬：《复庄卫生书》，见徐中玉主编《中国近代文学大系·文学理论集一》，上海书店出版社 1994 年版，第 399 页。
④ 梁启超：《清代学术概论》，东方出版社 1996 年版，第 77 页。

心而言”等相通。由此可见，梁启超也承继了前代散文中有益的思想资源，表示了梁启超对散文文体的精神本质有着深刻的把握。但是此前的散文理论没有充分地给出达成“独抒性灵”“称心而言”的具体路径和实现方式，梁启超的意义正体现为他在新的时代语境中寻得散文“自解放”的道路，并走出了一片开阔的风景。

“解放”散文需要文界“革命”。革命是特殊时代的一种规定，“夫淘汰也，变革也，岂惟政治上为然耳，凡群治中一切万事万物莫不有焉。……宗教有宗教之革命，道德有道德之革命，学术有学术之革命，文学有文学之革命，风俗有风俗之革命，产业有产业之革命”①。作为散文家的梁启超看到“过渡时代，必有革命”② 的大势，应时而为发出“文界革命”时代之声。梁启超并不是从中国文学的内部结构中设计革命的方法，而是从开放而鲜活的域外体验中获取卓异的思想。这是梁启超既超越前代，又不同于时人的根本所在。近代中国在被动中开放，一批先进的中国人却得以自觉地开眼看世界，梁启超是其中一位突出的应时者。他在较短的时间内，实现了从“乡人”“国人”到“世界人”的跨越。梁启超自谓“余乡人也”，“余盖完全无缺、不带杂质之乡人也。曾几何时，为19世纪世界大风潮之势力所簸荡、所冲激、所驱遣，乃使我不得不为国人焉，浸假将使我不得不为世界人焉……既生于此国，义固不可不为国人，既生于世界，义固不可不为世界人……既有责任，则当知之，既知责任，则当行之……于今始学为国人，学为世界人”③。这是时代使然，也是梁启超个人的性格使然。在走向世界，“为世界人”的过程中，日本的游历和体验对梁启超的影响特别重大。“既旅日本数月，肄日本之文，读日本之书，畴昔所未见之籍，纷触于目，畴昔所未穷之理，腾跃于脑，如幽室见日，枯腹得酒，沾沾自喜。”④“自居东以来，广搜日本书而读之，若行山阴道上，应接不暇，脑质为之改易，思想言论，与前者若出

① 梁启超：《释革》，《新民丛报》1902年第22期。

② 梁启超：《饮冰室诗话》，易鑫鼎编《梁启超选集》上卷，中国文联出版社2006年版，第328页。

③ 梁启超：《夏威夷游记》，《饮冰室合集》专集第2册，中华书局1989年版，第185页。

④ 梁启超：《论学日本文之益》，《清议报》第10册，1899年4月。

两人。每日阅日本报纸，于日本政界学界之事，相习相忘，几于如己国然。”[①] 使梁启超“脑质为之改易”的并不是一个地理概念的日本，而是一个将西方近现代文明成功内化、开启着现代化进程的日本。日本对于中国而言是一个特殊的西学的“中转站”。梁启超的“文界革命”正是由其日本经验触发所提出的重大命题。

梁启超在1899年12月首次明确推出了“文界革命”的口号，激发这一想法的是德富苏峰的著述。“余既戒为诗，乃日以读书消遣，读德富苏峰所著《将来之日本》及国民丛书数种。德富氏为日本三大新闻主笔之一，其文雄放隽快，善以欧西文思入日本文，实为文界别开一生面者。余甚爱之。中国若有文界革命，当亦不可不起点于是也。”[②] 德富苏峰的著述不仅成为梁启超“文界革命”直接的思想资源，而且也是他直接借取的写作范式。“盖清季我国文学之革新，世人颇归功于梁（任公）启超主编之《清议报》《新民丛报》。而任公之文字则大多得力于苏峰。试举两报所刊之梁著饮冰室自由书，与当时的《国民新闻》论文及民友社国民小丛书——检校，不独其辞旨多取苏峰，即其笔法亦十九仿效苏峰。”[③] 比对两人的作品，证之于具体的文例可见这样的论定是信实的，比如德富苏峰有《无名之英雄》，梁启超也有《无名之英雄》；德富苏峰有《社会无无代价之物》，梁启超有《天下无无代价之物》；德富苏峰有《希望》，梁启超有《说希望》；德富苏峰有《新日本之少年》，梁启超有《少年中国说》；等等。梁启超“文界革命”的表述中核心语词是“欧西文思”。“欧西文思”相对于桐城派散文的“义法”自然是一种前所未有的异质，一种散文革命的要义。“欧西文思”的意义是丰富的，但主要意指的是现代西方的价值理念和话语体系。

“欧西文思”并不是梁启超“文界革命”的全部义项，他将此视为一个重要的“起点”。时隔两年，梁启超又重申“文界革命”的主张。但这时梁启超将“文界革命”由表达的意涵拓展到了表达的工具语言。梁启超一方面在《新民从报》上推介严复译著的《原富》，认为“严氏于西学

---

① 梁启超：《夏威夷游记》，《饮冰室合集》专集第2册，中华书局1989年版，第186页。

② 同上书，第191页。

③ 冯自由：《冯自由回忆录：革命逸史》，东方出版社2011年版，第715页。

中学，皆为我国第一流人物"，其译著"精善更何待言"；另一方面又直言："吾辈所犹有憾者，其文笔太务渊雅，刻意摹仿先秦文体，非多读古书之人，一翻殆难索解。夫文界之宜革命久矣。欧美、日本诸国文体之变化，常与其文明程度成正比。况此等学理之书，非以流畅锐达之笔行之，安能使学童受其益乎？著译之业，将以播文明思想与国民也，非为藏山不朽之名誉也。文人结习，吾不能为贤者讳矣。"① 我们再看严复对梁启超批评的回应，就更可以把握梁启超这里强调的"文界革命"的重心所在。严复认为"文辞者，载理想之羽翼，而以达情感之音声也。是故理之精者不能载之粗犷之词，而情之正者不可达以鄙倍之气"，"若徒为近俗之词，以取便市井乡僻之不学，此于文界，乃所谓凌迟，非革命也。且不佞之所以从事者，学理邃赜之书也，非以饷学僮而望其受益也，吾译正以待多读中国古书之人"②。很明显梁启超和严复言说的指向是基于写作价值选择的语言问题，所不同的是梁启超意在以"欧西文思""播文明思想与国民"，意在新民，与此相应，文笔就不能"太务渊雅""殆难索"，而应求取"流畅锐达"，平易通俗，以使即使"学童"也可"受其益"。而严复译著和述论虽然在内容上也重视对于西学的介绍和阐释，但其目标的读者不是"学僮"等浅学之人，而是"多读中国古书"的文人官绅。这样在语言上就拒绝"近俗之词""粗犷之词"。由此可见，作者不同的写作价值取向的追寻，从根本上决定了其对写作具体题材题旨乃至语言方式的选择。

早在"文界革命"正式命名之前，梁启超就声言："学者以觉天下为己任，则文未能舍弃也。传世之文，或务渊懿古茂，或务沉博绝丽，或务瑰奇奥诡，无之不可。觉世之文，则词达而已，当以条理细备、词笔锐达为上，不必求工也。"③ 在"传世"与"觉世"之间，梁启超选择的是"觉世之文"。这样的选择符合他自身身份设定的逻辑。梁启超是一个充满政治激情的士人，他自画自己的形象："吾二十年来之生涯，皆政治生涯也……惟好攘臂扼腕，以谈政治，政治谈以外，虽非无言论，然匣剑帷

① 梁启超：《绍介新著〈原富〉》，《新民丛报》1902 年第 1 号。
② 严复：《与新民丛报论所译原富书》，《新民丛报》1902 年第 7 号。
③ 梁启超：《湖南时务学堂学约》，《时务报》第 49 册，1897 年 12 月。

灯，意固有所属，凡归于政治而已。”① 他在19世纪末至20世纪初的政治理想是新民，以为新民是维新的第一要务。他取“中国之新民”“新民子”为自己的名号；将创办的刊物命名为《新民丛报》，所写的系列论说取名为《新民说》。而实现这一政治理想的重要方式是办报立说。梁启超有自述：“鄙人二十年来固以报馆为生涯，且自今以往尤愿终身不离报馆之生涯者也。”② 确实梁启超是近代中国最重要的报人之一，他主笔《时务报》，又主办《清议报》《新民丛报》等。基于新民的政治理想和“为国人”的责任，梁启超十分看重报馆的特殊作用，指出：“去塞求通，厥道非一，而报馆其导端也。”③ 极言：“报馆者，国家之耳目也、喉舌也，人群之镜也，文坛之王也，将来之灯也，现在之粮也。伟哉，报馆之势力！重哉，报馆之责任！”④ 近代报刊具有社会传播的功能，梁启超要借助报刊传播其思想理念，达成其政治理想，这就需要其文本既要内含“欧西文思”，又要语言表达通俗平易，以实现其价值传播的最大化。因此，梁启超“文界革命”包含内容和形式要素，并且两者是统一的新散文观。从这里我们可以寻得梁启超推崇德富苏峰并受启发倡议“文界革命”的内在原因。欧西文思、传媒和国民是联结两者的关键词。这就是梁启超“文界革命”的逻辑链。

由晚清“文界革命”推至“五四”文学革命，观察其中表达的逻辑和表达的义项，我们可以发现前者对于后者的影响。首先从话题的设计看，“文界革命”与“文学革命”“文学改良”等关联相通，它们都明确话题指向以及实现目标的方式。其次从话题展开的思路上看，两者具有接近性。在梁启超和陈独秀看来，革命是历史进化的一种基本规律。陈独秀《文学革命论》开篇关于革命的言说，与梁启超的《释革》十分近似，前者有“凡群治中一切万事万物莫不有焉。……宗教有宗教之革命，道德

---

① 梁启超：《吾今后所以报国者》，易鑫鼎编《梁启超选集》上卷，中国文联出版社2006年版，第117页。

② 梁启超：《初归国演说辞·鄙人对于言论界之过去及将来》，易鑫鼎编《梁启超选集》上卷，中国文联出版社2006年版，第133页。

③ 梁启超：《论报馆有益于国事》，《时务报》1896年第1期。

④ 梁启超：《〈清议报〉一百册祝辞并论报馆之责任及本馆之经历》，《清议报》第100册，1901年12月。

有道德之革命，学术有学术之革命，文学有文学之革命，风俗有风俗之革命，产业有产业之革命”①，后者有“自文艺复兴以来，政治界有革命，宗教界亦有革命，伦理道德亦有革命、文学艺术，亦莫不有革命”②。同时基于特殊的时代语境，革命的提出都有具体的针对性。倡导“文界革命”，是因为不满“义法”疏空、雅驯格套的桐城派古文；“文学革命”虽然对象所指是封建文学，但陈独秀用以说事的文例许多取自散文，陈独秀认为：“文学本非为载道而设，而自昌黎以讫曾国藩所谓载道之文，不过抄袭孔孟以来极肤浅极空泛之门面语而已，虽著作等身，与其时之社会文明进化无丝毫关系。”③ 陈独秀对于写作价值的估定，主要看取的是作品与特定时代“社会文明进化”的“关系”，这与梁启超所说的“欧美、日本诸国文体之变化，常与其文明程度成正比”，内在的意思是呼应的。再从革命成功的方式路径看，梁启超明确指出要取法“欧西文思”，并且在语言表达上要“流畅锐达”，平易通俗。陈独秀没有直接指说，但在《文学革命论》中间接表达了借取欧西文学以改造中国文学的含义：“欧洲文化，受赐于政治科学者固多，受赐于文学者亦不少。予爱卢梭、巴士特之法兰西，予尤爱雨果、左拉之法兰西；予爱康德、黑格尔之德意志，予尤爱歌德、霍普特曼之德意志。”④ 稍后傅斯年在《怎样做白话文》中则推出了“日化”“欧化”“人化”散文达成现代化路线图。“我们希望将来的文学，是‘人化’的文学，须得先使他成欧化的文学。就现在的情形而论，‘人化’即欧化，欧化即‘人化’。”“日本的语言文章，很受欧化的影响。我们的说话做文，现在已经受了日本的影响，也可算得间接接受了欧化了。”⑤ 所谓“日化”就是日本化了的欧西文明，因为地理和文化等因素，中国文学更多地接受了“日化”的“欧化”，而“人化”则是文学现代性的核心。由此可见，梁启超、陈独秀、傅斯年等文学现代化建设者在精神上存在着呼应。

---

① 陈独秀：《文学革命论》，《新青年》1917 年第 2 卷第 6 期。

② 梁启超：《释革》，《新民丛报》1902 年第 22 号。

③ 陈独秀：《文学革命论》，《新青年》1917 年第 2 卷第 6 期。

④ 同上。

⑤ 傅斯年：《怎样做白话文》，《新潮》1919 年第 1 卷第 2 期。

三 作为“行动”的“文界革命”实践

梁启超“文界革命”取得了重要的文学史意义。这不仅是一种前所未有的口头倡导，而且更是一种卓有成效的积极实践。梁启超的知行合致使其成为推动中国现代散文发生的重要作家。就具体的文体实践而言，梁启超在论说体散文、新闻体散文和记游体散文等方面都有文体史意义的建树。

论说一体是古已有之的文体。作为晚晴“文界革命”标志性成果的“新文体”（或称“时务文体”“新民体”）是这种文体的近代变体。正是这种变体成为中国现代散文发生的重要一脉。关于这一文体的生成背景和特点、价值，学界多有论述。日本学者狭间直树以“第三只眼睛”观照，论述是信实到位的：“时代所要求的并不是学问上的严谨的论文，而是对以中国的变革为目的的政治课题能发挥作用的文章。西方近现代文明是与中华的传统文明具有不同性质的新的文明，所以，为了实现这个目标，必须创立适应这一形式的新的文体。‘新民体’就是应此产生的。它是为了通过日本来吸收西方近代文明而提炼出来的一种从文言文向白话文过渡的文体。梁启超以这一清新的文体写成的文章，正如张君劢所说，是为了‘改造国民脑髓之妙药’而为人民所接受的。”① 应该说“新民体”诸类不是梁启超一人所为，冯桂芬、王韬、郑观应等的写作是“新文体”的重要前奏，与梁启超同时代作家也多有参与。但是无疑梁启超的贡献最大，他是这一文体主要的集成者。正如狭间直树所指出的，这一文体其价值直接作用于现实的“政治课题”，其内核是“西方近代文明”，而其语体则为“从文言文向白话文过渡的”语体。可以看出，狭间直树是概括了梁启超“典型新民体”而提炼出这一文体特质的。梁启超的“新民体”其本质为“士人”所作的“启蒙文本”，“改造国民脑髓”的“新民”正是对这一文体本质的注释。

我们取梁启超“新民体”的典型文本加以论述。梁启超在谈及新文

---

① ［日］狭间直树：《梁启超·民治日报·西方》，社会科学文献出版社 2012 年日文版，序第 8 页。

体时曾说："有《少年中国说》《呵旁观者文》《过渡时代论》等，开文章之新体，激民气之暗潮。"[1] 这里梁启超列举了三篇论说，揭示了它们"开新体""激民气"的特点。从这些作品的议题设置看，都非关传统文人的私意写作，而是有关国家的宏旨。《过渡时代论》由"各国过渡时代之经验"，观察分析"过渡时代之中国"的情势。"今日我全国人可分为两种：其一，老朽者流，死守故垒夕为过渡之大敌，然被有形无形之逼迫，而不得不涕泣以就过渡之途者也，其二，青年者流，大张旗鼓，为过渡之先锋，然受外界内界之刺激，而未得实把握以开过渡之路者也。而要之中国自今以往，日益进入于过渡之界线，离故步日以远，冲盘涡日以急，望彼岸日以亲，是则事势所必至，而丝毫不容疑义者也。"[2] 这里梁启超着意于"青年者流，大张旗鼓，为过渡之先锋"。其大意与《少年中国说》[3] 相通："故今日之责任，不在他人，而全在我少年。少年智则国智，少年富则国富，少年强则国强，少年独立则国独立，少年自由则国自由，少年进步则国进步，少年胜于欧洲，则国胜于欧洲，少年雄于地球，则国雄于地球。"而《呵旁观者文》[4] 列举"浑沌派""为我派""呜呼派""笑骂派""暴弃派""待时派"种种"旁观者"的言行加以批评，其落实点也在"责任"："人生于天地之间，各有责任。……一家之人各自放弃其责任，则家必落；一国之人各自放弃其责任，则国必亡；全世界人人各自放弃其责任，则世界必毁。旁观云者，放弃责任之谓也。"由此可见，梁启超所论重心在于旧新嬗替的维新时代国民责任，这是当时中国维新的第一要务，也是"新民"的基本内容。

梁启超在论说这样重大的时代主题时，显然无法从中国传统文明中寻找资源，而需得借取西方近现代文明成果为我所用，在其文本中导入"欧西文思"。其显著标志是大量使用蕴含新思维的新名词，如"责任""人生""独立""自由""进步""青年"等，新名词的熟练运用，使文

---

① 梁启超：《〈清议报〉一百册祝辞并论报馆之责任及本馆之经历》，《清议报》第 100 册，1901 年 12 月。

② 梁启超：《过渡时代论》，《清议报》第 82 册，1901 年 6 月。

③ 梁启超：《少年中国说》，《清议报》第 35 册，1900 年 2 月。

④ 梁启超：《呵旁观者文》，《清议报》第 36 册，1900 年 2 月。

本新风扑面、新意盎然。另外“欧西文思”也体现为“外国语法”的影响。陈平原曾说：“就对中国文章体式的改造而言，显赫的‘新名词’其实不如隐晦的‘外国语法’更带根本性。前者扩大了文章的表现范围，后者则涉及中国人的思维方式与审美趣味。”[①] 在改造中国传统散文体式中，“新名词”是否不如“外国语法”还可做深入的探讨，因为其实“新名词”背后也涉及新的思维。但是“外国语法”自然也是“欧西文思”的一个部分。体现在梁启超“新民体”文本的结构中，我们可以明显地看到逻辑性的增强。这种逻辑性的增强一为长句的增多，表意趋于严密，二是段落层次间意义关联紧密。《呵旁观者文》开篇提出论点“天下最可厌可憎可鄙之人，莫过于旁观者”，文章主体部分对六种“旁观者”依次论说，最后收结归纳，典型地体现出由总而分、由分而总的逻辑运思方法。《过渡时代论》有六部分“过渡时代之定义”“过渡时代之希望”“过渡时代之危险”“各国过渡时代之经验”“过渡时代之中国”“过渡时代之人物与其必要之德性”，这样的结构安排体现了各个部分之间内在的逻辑性，表明作者接受了西方论说体写作思维方式的影响。而无论“新名词”还是“外国语法”，在传统散文中是没有的。可以说，这是与已有散文范式的一种“断裂”，而正是在这样的断裂处，中国现代散文正在发生。此外，《呵旁观者文》等语言文白相间，如“对于一家而有一家之责任，对于一国而有一国之责任，对于世界而有世界之责任”等语句已近书面的白话，对古奥雅驯的散文自是一种超拔，易于读者接受。再者如《少年中国说》表达情势充盈，语势强劲，广比博喻，形象生动，体现了主体才情性情的张扬。“红日初升，其道大光。河出伏流，一泻汪洋。……前途似海，来日方长。美哉我少年中国，与天不老！壮哉我中国少年，与国无疆！”这种张扬也是现代散文个人性的一种表征。

新闻体散文是伴随着近代新闻事业的发展而生成的散文形式。作为报人的梁启超既十分重视作为主笔文体论说的写作，同时又尊重报刊的新闻性，写作新闻叙事类的作品。梁启超认为：“报之所以惠人者不一端，而知今为最要。故各国之报馆，不徒重主笔也，而更重时事，或访问或通信

---

① 陈平原：《中国散文小说史》，上海人民出版社2004年版，第199页。

或电报，费重赀以求一新事，不惜焉。"①"重时事""求新事"是报刊作为新闻传播媒介的题中应有之义。其中的"通信"是一种重要的报道文体。不同于消息、简讯，它叙写具有新闻性的人和事更为具体细致，有的还具有较为充分的文学性。这样的写作形态后来独立成为报告文学文体，晚清时期的这种制式可以称为新闻体散文。新闻体是指其题材的特性，而散文则指写作的笔法。梁启超的《戊戌政变记》是晚清长篇新闻体散文的代表作品。作者以事件的当事人、见证者的身份，以十万字的篇幅对戊戌政变做了较为详细的实录。事件发生于1898年9月21日，梁启超因为深度参与戊戌变法被清廷通缉，亡命日本。11月在横滨创办《清议报》，次月便在《清议报》上发表《戊戌政变记》，体现了新闻体散文写作的快捷性。同时又得叙事散文写作的要义，既叙事又写人，作品包括"改革实情""废立始末记""政变前记""政变正记"和"殉难六烈士传"五篇，其中的"殉难六烈士传"最为可看。作者写谭嗣同、康广仁等烈士，既注意从他们与时代的特殊关联中展示其精神品格，同时又能同中见异，凸显人物兀自独立的个性。梁启超说过，"凡记述一个人，最要紧的是写出这个人与别人不同之处"，"相类似是人类的群性，不雷同是人类的个性。个性惟人类才有，别的物都不能有。凡记人的文字，唯一职务在描写出那人的个性"②（《作文教学法》）。他笔下的戊戌六君子基本达到这样的要求。如康广仁，"其在母侧，纯为孺子之容，与接朋辈任事时，若两人云。最深于自知，勇于改过。其事为己所不能任者，必自白之，不轻许可；及其既任，则以力殉之；有过失，必自知之、自言之而痛改之，盖光明磊落，肝胆照人焉"③。而杨锐，"君博学，长于诗，尝辑注《晋书》，极闳博，于京师诸名士中，称尊宿焉。然谦抑自持，与人言恂恂如不出口，绝无名士轻薄之风，君子重之"④。作者叙写人物的视点角度不雷同，所以作品呈现的人物面目品格就卓异。六君子中谭嗣同的形象最为鲜明，

① 梁启超：《〈清议报〉一百册祝辞并论报馆之责任及本馆之经历》，《清议报》第100册，1901年12月。

② 梁启超：《作文教学法》，易鑫鼎编《梁启超选集》下卷，中国文联出版社2006年版，第715页。

③ 梁启超：《戊戌政变记》，中华书局1954年版，第98页。

④ 同上书，第103页。

“被逮之前一日，日本志士数辈苦劝君东游，君不听。再四强之，君曰：‘各国变法，无不从流血而成。今中国未闻有因变法而流血者，此国之所以不昌也。有之，请自嗣同始！’卒不去，故及于难。君既系狱，题一诗于狱壁曰：‘望门投宿思张俭，忍死须臾待杜根。我自横刀向天笑，去留肝胆两昆仑。’”① 这里以富有人物个性特质的语言，写出了谭嗣同敢于任事、勇于牺牲的精神，由此人物大义凛然的形象镌刻在读者的心中。

作为散文家的梁启超具有多副笔墨，除论说、通信体之外，于游记一体也有创建。他先后写作了《汗漫录》《夏威夷游记》《新大陆游记》和《欧游心影录》等域外记游作品，最具有文体史意义的是《新大陆游记》。游记是中国散文中的重要门类，其中也不乏佳作，但总体上这类写作如梁启超所说，“中国前此游记，多纪风景之佳奇，或陈宫室之华丽，无关宏旨，徒灾枣梨”②。到了晚清游记的话语空间和格局发生了重大的变化：“中国出使或游历外洋官绅，自1866年斌椿起，即产生一个优良习惯，即凡经历国外，多将其见闻观感写入日记，或赋诗吟咏。据约略统计，自1866年至1900年，撰著外国记事之人物有61位，而撰著记述达151种。而此类日记诗稿，往往因其出版而广泛流传，影响官员文士最大。”③ 钟叔河在20世纪80年代主编《走向世界丛书》，第一辑就收录36种游记。这种记游作品的内存和形态与原先的游记已有很大的不同。“由于多是写外国题材的，因此在形式上较之传统的中国游记也有所变化。一般说，篇幅较长，内容充实，与古典散文中空灵飘逸的山水小品有明显不同；另一方面，作品描写成分显著增多，语言趋向通俗化与自由化，并杂有许多新名词，都表现出了散文新变的迹象。”④《新大陆游记》在这些新体游记中，由于作者的特异、内容信息的丰富和表达形式的开放，更具价值和影响力。

梁启超1903年游历加拿大和美国，以美国为主，写成《新大陆游

① 梁启超：《戊戌政变记》，中华书局1954年版，第109页。
② 梁启超：《新大陆游记·凡例》，《〈欧洲心影录〉〈新大陆游记〉》，东方出版社2006年版，第243页。
③ 王尔敏：《中国近代思想史论》，社会科学文献出版社2003年版，第19—20页。
④ 郭延礼：《中国近代文学发展史》第2册，山东教育出版社1991年版，第1109页。

记》，1904年《新大陆游记》在《新民丛报》以“临时增刊”的形式发表。这部游记对风物异景大多“删去”，“所记美国政治上、历史上、社会上种种事实，时或加以论断”①。作品叙写重心的设定与作者的身份有关。“尽管梁启超是一个‘党人’又是‘报人’，但他本质上仍是一个‘士人’……承担天下兴亡、扛起国运民命，他内心所有的就是这种士人的灵魂。”② 这样的判断符合梁启超的实际，其实也是对晚清“梁启超们”的一种真实的概括。但在《新大陆游记》中，作者是由“党人”“报人”和“士人”等多重角色复合而成的。他们的基点是心怀天下兴亡，着意国运民命，正如作者自己所说写作的目的是“以其所知者贡于祖国，亦国民义务之一端也”。复合的角色使《新大陆游记》成为一个复意和复调的“多文本”，这是这部游记的最大的特质。作为“党人”梁启超自然会关注美国政治的历史和现实，在他看来“美国百余年来之政治史，实最有力之两大政党权力消长史而已”③，作品以大量笔墨介绍美国的政体政制和政治结构，还记录了与总统等政治人物会面交流的情况。作为“报人”，梁启超有着强烈的新闻意识，基于特定的读者对象，选取他们感兴趣的新鲜话题做详细的叙写，如“美国太平洋海电告成”“1899年1月以后设立之托辣斯资本表”、各国移民美国的最新数字以及在美华人生的情形等，在作品中都有充分的关注。作为“士人”，梁启超一方面留心于美国大学和图书馆等与士人相关的存在，另一方面基于“士人”的价值取向对于所见所闻“加以论断”或引申。论断如“天下最繁盛者莫如纽约，天下最黑暗者殆亦莫如纽约”④。引申如白宫“渺小两层垩白之室，视寻常富豪家一私第不如远甚。观此不得不叹羡民主政治质素之风，其所谓平等者真乃实行。而所谓国民公仆者，真丝忽不敢自侈也”⑤。

---

① 梁启超：《新大陆游记·凡例》，《〈欧洲心影录〉〈新大陆游记〉》，东方出版社2006年版，第243页。

② 李书磊：《作为异文化体验的“梁启超游美”——重读〈新大陆游记〉》，《中国现代文学研究丛刊》2014年第3期。

③ 梁启超：《新大陆游记·凡例》，《〈欧洲心影录〉〈新大陆游记〉》，东方出版社2006年版，第456页。

④ 梁启超：《〈欧洲心影录〉〈新大陆游记〉》，东方出版社2006年版，第296页。

⑤ 同上书，第324页。

这种见微知著的表达，是一种“士人”式的表达，反映了作者别有意味的政治想象。与特殊的表达内容相适配，《新大陆游记》在语言上大量运用新名词，句式也近口语，文言的比重较少，更多的是通俗流畅的白话，笔调上也更显从容余裕，加之“多文本”的建构，使《新大陆游记》更具可读性。

由上分述可见，梁启超作为“文界革命”的实践者，他在“过渡时代”文学的演进中，对散文的多个门类都做出了建设性的贡献。以其为标志的“新民体”实为“五四”杂感文的先期实验，他又以《戊戌政变记》等参与了近现代新闻文学新体式的开创，而《新大陆游记》等则表示了散文在论说之外其他门类存在的价值。从某种意义上说，梁启超的这些创作都为“五四”时期杂文与美文的多样发展做了铺垫。在中国现代散文发生的关节点上，梁启超留下了开拓者的足印。

第十七章　鲁迅与现代散文文体的建设

已经撰写的和正在写的20世纪中国文学史，其中铺陈与论析的作家数以百计。时间是最公正、最无私情的文学史家。它将泡沫的当代文学从文学的历史中淘汰出局。面对未来的文学史，我们对20世纪的中国文学存在也许并不那么自信。在中国文学史的总体框架内，20世纪的文学存在，并不卓尔不凡。但毋庸置疑的是，鲁迅及其创作将会留存在后人的历史叙事中。以往的文学史确认了这样的一种事实，那种臻及特定时代思想高地，并以别致而有意味的艺术形式存贮其时社会与人类精神信息的作家，在文学史的大厦中，会获得永久的席位。鲁迅就是这样一位作家。他代表了一个时代文学的高度。

我们感兴趣的是在散文视域中的鲁迅。这里所指的散文，包括杂文、叙事抒情散文和散文诗。对作为散文家的鲁迅，研究者已推出了很多重要的成果，给予了颇高的但总体上也是符合实际的评价。我们在言说散文家鲁迅时，无意于只具体解读那些造就散文家鲁迅的作品，而是试图通过分析作家的文化身份、话语方式等主体规定性及其文体模式的建构，给出鲁迅对于现代散文文体创造所具有的独特价值。简言之，就是论析作为现代散文文体家的鲁迅。

文体，是一个多指性的范畴，这里更倾向于将它指称为一种具有特殊功能设置、意蕴负载的语言体式，即如有学者所做的界说："文体是指一定的话语秩序所形成的文本体式，它折射出作家、批评家独特的精神结构、体验方式、思维方式和其他社会历史、文化精神……从表层看，文体是作品的语言秩序、语言体式，从里层看，文体负载着社会的文化精神和作家、批评家的个体的人格内涵。”[①] 就散文文体而言，作为一种文体类型，它早就存在于中国文学史中。散文在中国源远流长，文脉相承。先秦诸子散文，西汉历史散文，唐宋的韩柳欧苏黄等大家，明清则有笔记小品散文、报章散文等。但散文文体的自觉，却是相当地迟晚。具有现代意义的散文文体范畴，是由现代作家在“五四”时期提出的，并且他们以自己的创作，实验其所指认的散文理念。所以可以认为现代散文是现代文化人（知识分子）精神存在的一种方式，是他们以个人化的形式所作的社会发言或自我叙写。鲁迅以他诸多的杂文集和散文集《朝花夕拾》、散文诗集《野草》等，从精神与形态以及话语模式等方面，对现代散文作了具象的定义。

一　杂文，鲁迅生命的写作

鲁迅的名字与杂文是不可分割的。杂文写作，成了他十分重要的生命方式。他曾说：“我的生命，至少是一部分的生命，已经耗费在写这些无聊的东西中，而我所获得的，乃是我自己的灵魂的荒凉和粗糙。但是我并不惧惮这些，也不想遮盖这些，而且实在有些爱他们了，因为这是我转辗而生活于风沙中的瘢痕。凡有自己也觉得在风沙中转辗而生活着的，会知道这意思。”[②] 在《坟·写在〈坟〉后面》中鲁迅也有类似的表述：“我的生命的一部分，就这样的用去了，也就是做了这样的工作。”这“工作”指的就是杂文写作。杂文写作，消费了鲁迅的生命。这种消费，不仅指鲁迅在时间、精力方面对杂文写作的投入，而且更表示对他所致力的事业一种生命的奉献。正是有了超越同时代人的生命奉献，才使鲁迅在杂文阵地上居于制高点。在《且介亭杂文二集·后记》中，鲁迅对自己的杂文生产有一统计：“今天我自己查勘了一下。我从在《新青年》上写《随感录》起，到写这集子里的最末一篇止，共历十八年，单是杂感，约有八十万字。”实际的数量大大超过了作者自己的估算。鲁迅一生成集的

① 童庆炳：《文体与文体的创造》，云南人民出版社 1994 年版，第 1 页。
② 鲁迅：《华盖集·题记》，《鲁迅全集》第 3 卷，人民文学出版社 1981 年版，第 5 页。

杂文达16部之多，有《热风》《坟》《华盖集》《而已集》《三闲集》《二心集》《南腔北调集》《伪自由书》《准风月谈》《花边文学》《且介亭杂文》等。这些杂文不仅成为中国现代文学史的重要组成部分，而且也成为现代中国思想史的重要资源。

但对鲁迅差不多倾其生命全力从事杂文写作，有一些人颇不理解，甚至存有误解。这种不理解或是误解，在鲁迅的生前与身后都有。鲁迅是创作了《狂人日记》《阿Q正传》等具有世界水准的一流短篇小说家。弃小说而改事杂文，从表面看来，似乎确有些令人惋惜。于是正如鲁迅所说"也有人劝我不要做这样的短评"①，"早就有人劝我不要发议论，不要做杂感，你还是创作去吧！因为做了创作在世界史上有名字，做杂感是没有名字的"②。这种不理解或是误解，包含着对杂文，对鲁迅杂文，对鲁迅人格的片面弯曲，甚至是恶意攻击。其中代表性的观点有两说，一是，杂文非文学，由此贬低对鲁迅杂文的评价。"写的全是战斗性的政治杂文，那些东西在政治史上，或文学与政治的研究上，有其独特的重要性，但与文学便不大相干了。"③ 诚然，杂文并不如小说、诗歌、戏剧、抒情散文那样，是一种纯文学的样式，它是一种杂化的边缘文体。文学原初命意中其实就含有某种泛指性。《论语·先进》篇载孔子对颜回、子贡、子游等十位弟子的评价，分为四科，即"德行""言语""政事"和"文学"。"文学：子游、子夏。"这里"文学"，意指"学问""学艺"，有博学的意思在内。西方学者杰弗逊和罗贝说："现代对文学的界定是一个狭窄的定义。例如，在17世纪的法国，我们现在称之为文学的文体，只不过是具有广泛领域的知识的一部分。而知识并不包含我们现在所说的文学与非文学作品的区别。"④ 西方文学理论中通常用"诗"指称"文学"，而"诗"并非是一个狭义的概念。"'诗'这个词语，导源于一个很古的希腊词语poetes，它的意义是拉丁语中所谓的精致的讲话。"⑤ 中国先秦文学中

---

① 鲁迅：《华盖集·题记》，《鲁迅全集》第3卷，人民文学出版社1981年版，第4页。

② 鲁迅：《关于知识阶级》，《鲁迅全集》第8卷，人民文学出版社1981年版，第192—193页。

③ 司马长风：《中国新文学史》中卷，香港昭明出版社1978年版，第148页。

④ 杰弗逊和罗贝：《现代文学理论》，转引自吴调公主编《文学学》，百花文艺出版社1987年版，第13页。

⑤ 卜迦丘：《异教诸神谱系》，《西方文论选》上册，上海译文出版社1979年版，第178页。

本有文史哲一体化的特征，其表达或叙，或议，或状写，记言，写人，论理，述事，并不呈现纯一的形态。但谁也没有否认，先秦文学是中国文学的重要存在。因此，我们不能用所谓单纯的文学尺度论评杂文。二是，鲁迅杂文是“骂人的文章”“泄愤的工具”。对于杂文的“骂”名，鲁迅倒是自认的：“我的杂感常不史于骂。”① “劝我做创作，不要写杂感的人们之中，有几个是别有用意，是被我骂过的。”②

“骂”之于杂文大约是一种要素，它意指直面现实，直面人生，“论时事不留面子，砭锢弊常取类型”③，“对于有害于新的旧物，则竭力加以排击”④；骂之于鲁迅的杂文，其实是一种特色。鲁迅杂文的犀利、深刻，嬉笑怒骂，直捣人心，都与“骂”相关。杂文之“骂”，关键在于要基于理性，作“公骂”，而不能作泄一己之愤的“私骂”，“骂”当骂不可不骂。对此，鲁迅做过解释：“现在的批评家，对于‘骂’字也用得非常之模糊。由我说起来，倘说良家女子是婊子，这是‘骂’，说婊子是婊子，就不是骂。我指明了有些人的本相，或是婊子，或是叭儿，它们都真的是婊子或叭儿，所以也决不是‘骂’。”⑤ 依鲁迅之见，“公骂”非“谩骂”。从总体上说鲁迅杂文的“骂”，是基于社会公理与人类良知对丑恶的人事物象所做的深刻而富有穿透力的批判。当然，我们也并不需要神化鲁迅。现在看来，其中有些杂文的写作确实也夹杂了些个人的意气用事，判断与批评有失误或偏颇。但将这种情形置于特定的复杂的历史背景和鲁迅杂文的整体中加以体察，鲁迅杂文中某些不足，是可以理解的。瑕不掩瑜，这并未有损于鲁迅作为一流杂文家的定论，杂文“在时代的意义上说，实在比小说更重要。假设鲁迅没有他的杂文，鲁迅也就不成为鲁迅”⑥。从某种意义上说，鲁迅创造了现代杂文，而杂文也成就了鲁迅。

---

① 鲁迅：《而已集·“意表之外”》，《鲁迅全集》第3卷，人民文学出版社1981年版，第496页。
② 鲁迅：《集外集·关于知识阶级》。
③ 鲁迅：《伪自由书·前记》，《鲁迅全集》第5卷，人民文学出版社1981年版，第4页。
④ 鲁迅：《三闲集·我和“语丝”的始终》，《鲁迅全集》第4卷，人民文学出版社1981年版，第167页。
⑤ 鲁迅：《书信·致萧军、萧红》，《鲁迅全集》第13卷，人民文学出版社1981年版，第4页。
⑥ 李广田：《鲁迅的杂文》，《文艺复兴》1946年第2卷第3期。

诚如鲁迅所说："其实'杂文'也不是现在的新货色，是'古已有之'的。"[①] 但杂文的现代定体是由鲁迅完成的。这已成为研究者的共识。瞿秋白是鲁迅杂文的权威评论者。他确认"杂感这种文体，将要因为鲁迅而变成文艺性的论文（阜利通）的代名词"[②]。阿英也指出鲁迅对于杂文创体的实情："'杂感'，是鲁迅在《呐喊》《彷徨》以外的一种新的创造，对中国文坛的一种有力的贡献。他艰苦的为后来人开辟了这一条有效的新路。"[③] 由"杂感"到"文艺性的论文"，现代杂文经由鲁迅的成功实践而完形。当代鲁迅研究学者林非直接指认了这一点。他认为："由鲁迅参与开创并使之趋于高度成熟的这种文学样式，在中国文学史上具有十分重大的意义。"[④]

二 杂文与知识分子精神

我们现在要研究的关键问题，是鲁迅为什么要选择杂文文体，或者鲁迅为什么能够创建现代杂文文体。鲁迅的时代无疑是一个杂文的时代，是一个需要杂文，并且杂文作家有所作为的时代。"新青年"与"语丝"作家群中很多的作者是以写作"随感录""闲话"为主的。现代杂文之所以要以鲁迅的名字标识，这是因为其时杂文的风行成熟，除了时代、社会原因外，还有鲁迅个人的诸多原因。文体的选择或者创建，它所涉及的并不仅仅是一个形式体制的问题，而与作家的文化身份的自认，话语方式的个人兴趣等密切相关。"艺术家们选择什么样形式，如何运用某种形式，都不是与思想意识无关的小事。形式的选择与运用往往反映了时代的、阶级的意识形态，也充分地体现了艺术家个人的感知现实生活的方式和对生活的认识的深度和广度。"[⑤] "五四"时期的鲁迅是一位具有自由精神的民主主义作家，他的文化立场是站在"在野者"一边的。"在野者"亦即是"革命的前驱者"。鲁迅曾将他的创作称之为"遵命文学"，并对此做有解

---

① 鲁迅：《且介亭杂文·序言》，《鲁迅全集》第 6 卷，人民文学出版社 1981 年版，第 3 页。
② 何凝（瞿秋白）：《〈鲁迅杂感选集〉序言》，青光书店 1933 年版。
③ 阿英：《现代十六家小品·鲁迅小品序》，上海光明书局 1935 年版，第 413 页。
④ 林非：《鲁迅著作全编·导言》，中国社会科学出版社 1999 年版，第 4 页。
⑤ 童庆炳：《文体与文体的创造》，云南人民出版社 1992 年版，第 292 页。

释："不过我所遵奉的，是那时革命的前驱者的命令，也是我自己愿意遵奉的命令，决不是皇上的圣旨，也不是金元和真的指挥刀。"① "那时革命的前驱者"，即"五四"时代的思想文化精英，是以追求并实现"科学"与"民主"为己任的。"科学"与"民主"是知识分子类型的作家一种普遍的精神诉求。鲁迅正是这一类型作家的代表。基本这样一种文化身份的确认，鲁迅选择杂文并且将杂文写作视为生命存在的一种主要方式，就变得十分自然了。

文学的意义所在，我们可以有种种不同的解答。但知识分子类型作家的文学，往往离不开批判与反思的总体性主旨。真正的知识分子自觉地将自己视为人类理性精神、世道良心的代言人，因此他常常是一种理想主义者，这样，当下社会的种种存在与其预设的理想之间往往有着冲突。于是对社会存在做出批评便成为他的一种付之于实践的责任。中国先哲有言"士志于道"，"士不可以不弘毅，任重而道远"。以当代的思想阐释，这就是说"士"（知识分子）应以人类普遍的公理道义的守望作为自己的职志。现代的学者，对知识分子精神形象的描绘是直截了当的："知识分子是一个'关心他个人身处的社会及时代的批判者与代言人'。""纯知识分子是社会时代的眼睛与代言人。""知识分子……他总是倾向着怀疑与批判的眼光的，他的想法与看法与社会现状总是有距离的，而没有一个现实社会是圆满的，也因此知识分子总是无法对现实社会不保留地加以拥抱的。""一个理想的知识分子应该是站在巨人的肩上，唯如此，他才能洞察事物，成为社会的眼睛；活在社会大众的心里。唯如此，他才能体认民意，成为时代的良心。"② 这里给出的知识分子精神品质，是一种设计中的标高，是一种"纯"的"理想"的知识分子才能达到的尺度，因此，在现实中这样的知识分子是稀有的。就中国而言，鲁迅是少数"纯"的"理想"的知识分子的典型。

文学如孔子所言"可以兴，可以观，可以群，可以怨"，"怨"是不

① 鲁迅：《南腔北调集·自选集·自序》，《鲁迅全集》第4卷，人民文学出版社1981年版，第456页。

② 金耀基：《知识分子在社会上的角色》，收录作者《中国现代化与知识分子》，时报文化出版事业有限公司1977年版。

可或缺的，尤其是在知识分子类型作家的写作中。在他们的写作中，文学更多地体现出一种解构的意义和力量。“知识分子（包括作家）作为一个相对独立的文化阶层和力量，其历史作用乃在于他们实际上所承担的文化批判者的角色，而启蒙的意义有必要以这个角度来理解。”[①] 所谓文化批判或者说是现代启蒙正是作家应担的道义，文学成为作家实现这种道义的一种方式。这就从根本上规定了知识分子类型作家文学创作的主题取向与价值功能。学者周宪对此作有揭示：“文学作为一种文化现象，它的内在本性是对现存意识形态的解构与重塑，这正是它意识形态生产的本质之所在。从这个意义上看，文学不只是给人提供某种想象性的愉悦，而是在这种想象的活动中反思，重建着人类的精神文化。”[②] 鲁迅作为“精神界的战士”，他以文学实施改造国民性的工程，通过社会批评与文明批评进行思想启蒙。“古已有之”的杂文，其文体本有论议之长，便于作者激扬文字，经鲁迅的操持，它就成为现代独具功能的文化批判利器。

鲁迅是在特殊的文化语境中，确认自己的文化批判者身份的。这种身份的确定，使之在他人劝其放弃杂文的时候，坚守在杂文的阵地上。鲁迅喜欢杂文，他说：“我是爱读杂文的一个人，而且知道爱读杂文还不只我一个，因为它‘言之有物’。”[③] 所谓“言之有物”，在鲁迅看来，真正的杂文是作者直面现实的有感而发有所作为的文体。这是一种时代急用的文体。鲁迅自觉接受时代赋予作家的责任，他在《致增田涉》的信中说：“我虽也想写些创作，但像中国今天这个样子，总觉得不行。最近适应社会的需要，写了些短评，因此更不自由了。但时势所迫，不得不如此。”在创作与杂文之间，鲁迅更多地选择了杂文，这并不只是一种文体的择取，更是一种基于自我文化身份确认后的社会责任的主动担当。鲁迅以为“现在是多么切迫的时候，作者的任务，是在对于有害的事物，立刻给予反响或抗争，是感应的神经，是攻守的手足。潜心于他的鸿篇巨制，为未

---

① 周宪：《超越文学——文学的文化哲学思考》，上海三联书店 1997 年版，第 25 页。

② 同上书，第 289 页。

③ 鲁迅：《且介亭杂文二集·徐懋庸作〈打杂集〉序》，《鲁迅全集》第 6 卷，人民文学出版社 1981 年版，第 293 页。

来的文化设想，固然是很好的，但为现在抗争，却也正是为现在和未来的战斗的作者，因为失掉了现在，也就没有了未来。”① 由此可见，在鲁迅看来，作为“感应的神经”“攻守的手足”的杂文，正好适应了作者“对于有害的事物，立刻给予反响或抗争”的需要。

检视现代文学史，我们可以发现，基于知识分子精神操守的作家与怀具纯艺术审美性的作家，他们对于文体的选择往往不同。杂文并不是一种纯艺术的体式，所以，在艺术至上者那里得到的是不屑一顾，相反，它在有现实关怀情结，以思想启蒙为己任的作家那里成了爱不释手的“匕首”和“投枪”。鲁迅选择杂文并对自己的杂文颇为看重。在《且介亭杂文·序言》中鲁迅自评杂文：“当然不敢说是诗史，其中有着时代的眉目。也决不是英雄们的八宝箱，一朝打开，便见光辉灿烂。我只在深夜的街头摆着一个地摊，所有的无非几个小钉，几个瓦碟，但也希望，并且相信有些人会从中寻出合于他的用处的东西。”鲁迅自评有些自谦。其实他的杂文何异于“有着时代的眉目”的“诗史”？因为在鲁迅杂文里凸显着的是“中国的大众的灵魂”。通过这种凸显，“将旧社会的病根暴露出来，催人留心，设法加以疗治”②，以实现改造国民性的启蒙价值。

三　鲁迅的杂文文体自觉

我们说鲁迅是现代杂文的创体者，这首先在于他是一个自觉的杂文家，有着一种清晰的杂文文体意识。真正的杂文家应具备思想家的精神品质和文学家的艺术素养。所谓思想家的精神品质，即是说杂文作者应该具有思想的深刻、论辩的犀利和表达的尖锐。所谓文学家的艺术素养，即是说杂文家并不只是思想家或是政论家，杂文不应该只有思想家深刻的论议或是政论家逻辑的推衍。杂文家的独特在于他是具有思想家素质的文学家，杂文的独特在于它是既有文学的形象与情思理趣又有精确深刻的思想穿透的语言形式。杂文从主体素质而言，它应是思想家与文学家融为一体。

---

① 鲁迅：《且介亭杂文·序言》，《鲁迅全集》第6卷，人民文学出版社1981年版，第3页。

② 鲁迅：《南腔北调集·自选集·自序》，《鲁迅全集》第4卷，人民文学出版社1981年版，第455页。

对杂文，鲁迅有时称为小品文的文体特性，鲁迅曾有一经典性的表述："生存的小品文，必须是匕首，是投枪，能和读者一同杀出一条生存的血路的东西；但自然，它也能使人愉快的休息，然后这并不是'小摆设'，更不是抚慰的麻痹，它给人的愉快和休息是休养，是劳作和争斗之前的准备。"[①] 这一段文字出自鲁迅的《小品文的危机》。文学史家阿英对《小品文的危机》给予了高度评价。他说鲁迅"他个人对于小品文的理解，他的论文《小品文的危机》是最具体的，他反对小摆设主义的小品文，小品文应该是战斗的，是一把利刃。这篇论文不仅是十数年来关于小品文论文的最发展的一篇，也是小品文运动上最重要，最有价值，最有意义的一篇"[②]。阿英之所以用了四个"最"的语词评价鲁迅的论文，主要就是鲁迅揭示了杂文的文体精神以及它的功能构成。鲁迅最看重的是杂文作为"匕首""投枪"所具有的战斗性，杂文作为斗争工具的批判性。鲁迅对杂文文体精神的指认源自于对自己杂文写作的体认，源自于他对知识分子类型作家杂文写作意义的规定。从某种角度上讲，鲁迅选择战斗的杂文与周作人选择闲适的小品文，实际上也关联着主体本身在特定时代形成的世界观、人生观乃至人格特征。对此，阿英有相当精到的分析。他说："周作人的'小品文'，鲁迅的'杂感文'，在新文学中，可说是散文小品里的两种不同趋向的代表。简略的说，就是前一种代表了田园诗人，后一种代表了艰苦的斗士。周作人小品生活的过程，说明了他如何的从向旧的社会肉搏的战争中退了下来，走向'闭门读书'，走向专谈'草木鱼虫'的路；而鲁迅的杂感文，却正相反，说明了他不但不对黑暗颤抖、退却，且是用这些黑暗来进一步的锻炼自己，使自己战斗的精神一天坚强一天。对于黑暗的现实，周作人是否愿意逃避而终于不得不逃避；而鲁迅呢，却是迎上前去，拦头痛击，在血泪交流中渴求光明。"[③] 鲁迅本人和他的杂文诠释了他所定义的杂文精神。

不同的文体有着不同的质性与功能。杂文是一种更见刚性的讲求硬度

① 鲁迅：《南腔北调集·小品文的危机》，《鲁迅全集》第4卷，人民文学出版社1981年版，第577页。

② 阿英：《现代十六家小品·鲁迅小品序》，上海光明书局1935年版，第413—414页。

③ 阿英：《现代十六家小品·周作人小品序》，上海光明书局1935年版，第1—2页。

的文体。这是一种以思想为美的体式。而思想之美并不来自于作者的冥想，它表现为作者直面现实的勇气，直指本质的深刻，直言不讳的犀利。鲁迅的人格与其杂文品格是高度统一的，作为一个杰出的现实主义作家，他对病态的社会怀有深广的忧愤。鲁迅与信奉中庸之道者大不同，他有一种“费厄泼赖应该缓行”的彻底的战斗精神，他能睁了眼看现实，并以文学的样式批判现实。鲁迅认为对于现实，“必须敢于正视，这才可望敢想，敢说，敢作，敢当。……然而，不幸这一种勇气，是我们中国人最所缺乏的”。“中国的文人，对于人生，——至少是对于社会现象，向来就多没有正视的勇气。”“只好瞒和骗，由此也生出瞒和骗的文艺来，由这文艺，更令中国人更深入陷入瞒和骗的大泽中，甚而至于已经自己不觉得。”面对“日日改变”的世界，鲁迅呼唤“我们的作家取下假面，真诚地，深入地，大胆地看取人生并且写出他的血和肉来的时候早到了；早就应该有一片崭新的文场，早就应该有几个凶猛的闯将！”① 他以自己的写作实践，特别是杂文的写作，为新文学开辟“崭新的文场”，成为“几个凶勇的闯将”中的主将。

论及自己的杂文，鲁迅颇为自得的就是它的犀利、深刻。他说：“我自己也知道，在中国，我的笔要算较为尖刻的，说话有时也不留情面。……想用串戏的方法来哄骗，那是不行的。”② “我的文字是说真话的。”③ 鲁迅的杂文是真实而深刻地映照特定时代图景的镜子，所关系的是时代的宏旨，参与的是对旧文化的破坏和对新文化的建构。科学与民主是“五四”的时代主题，是中国社会由古代向现代演进的不可缺少的条件或品质。漫长的封建统治，使得中国历史中有关科学与民主的思想资源十分匮乏。鲁迅等思想精英借取域外新风，结合身处社会，进行中国社会现代性的滋补与创造。关乎特定的历史传统和世纪之初的民情国势，这种现代性的滋补与创造是以批判封建文化为先导的。鲁迅等的杂文基本主题是反封建，其

① 鲁迅：《坟·论睁了眼看》，《鲁迅全集》第1卷，人民文学出版社1981年版，第241页。

② 鲁迅：《华盖集续编·我还不能“带住”》，《鲁迅全集》第3卷，人民文学出版社1981年版，第244页。

③ 鲁迅：《坟·写在“坟的后面”》，《鲁迅全集》第1卷，人民文学出版社1981年版，第283页。

作用之一在于为中国社会建造具有现代品质的大厦做清理地基的工作。鲁迅前期的杂文有着十分重要的参与思想文化史建构的意义。尽管毛泽东认为“鲁迅后期的杂文最深刻有力，并没有片面性，就因为这时候他学会了辩证法”。后期杂文虽“最深刻有力”或辩证全面，但更多地指向一些具体的论战。而前期的杂文对中国社会的现代性生成提供了更多的基础性的精神元素，它们涉及民族文化、民族精神的基础性建构。如1918年、1919年写的《我之节烈观》《我们现在怎样做父亲》以及大量的“随感录”，对封建文化的非人一面做了揭露和批判，并通过这种揭露和批判，张扬“立人”的思想。“东方发白，人类的民族所要的是‘人’”，“旧账如何勾消，我说，‘完全解放了我们的孩子！’”[①] 鲁迅的杂文还对当时维护封建旧社会的种种人事做了论议评说，如评说“保存国粹”论，以为“保存国粹”，“只要问他有无保存我们的力量，不管他是否国粹”[②]；如评说“高雅的人”所谓“白话鄙俚浅陋，不值识者一哂之者也”，指认他们“明明是现代人，吸着现在的空气，却偏要勒派朽腐的名教，僵死的语言，侮蔑尽现在，这都是‘现在的屠杀者’”[③]。如上诸种与“五四”新文化运动是声气相同的。杂文虽短小，但它关联的却是时代的大主题。

杂文这一文体理应以深刻犀利见长，这即是所谓“杂文味”的主要所指。但深刻犀利不易得，它有赖于作者的胆识，即无畏惧的大勇和由表及里的大智以及见微知著的洞察力及人所未及的穿透力。鲁迅兼具过人胆识，显示出一种勇往直前、无所顾忌的大勇。缘于此，它的杂文更见深刻犀利的特色。如言反对白话，操持文言者为“现在的屠杀者”，即是犀利一例。如言：“中国人向来有点自大——只可惜没有‘个人的自大’，都是‘合群的爱国的自大’。这便是文化竞争失败之后，不能再见振拔改进的原因。”[④] 从林林总总的表象中，揭示文化性格中的根本性缺失，言人所未言或未及深言，这就是深刻的一例。而像“暴君的臣民，只愿暴

---

① 鲁迅：《热风·随感录四十》，《鲁迅全集》第1卷，人民文学出版社1981年版，第323页。
② 鲁迅：《热风·随感录三十五》，《鲁迅全集》第1卷，人民文学出版社1981年版，第306页。
③ 鲁迅：《热风·随感录五十七》，《鲁迅全集》第1卷，人民文学出版社1981年版，第350页。
④ 鲁迅：《热风·随感录三十八》，《鲁迅全集》第1卷，人民文学出版社1981年版，第311页。

政暴在他人的头上，他却看着高兴，拿‘残酷’做娱乐，拿‘他人的苦’做赏玩，做慰安”①，将人性中极端丑陋的一种存在推至读者面前，将一类人的形象以简笔画的方式勾画出来，则兼具犀利深刻之意味。上品的杂文，是必须有此意味的。

前引鲁迅关于杂文的界定，其中包含着两层意思。其一，以“匕首”“投枪”作喻，意指杂文应有犀利深刻的战斗品格，这是最为重要的。其二，杂文既然为“文”，那么它自然也应该有着“给人愉快和休息”的审美功能。杂文作为文学与抒情散文作为文学，其中所指的文学尺度是不一样的。杂文的核心是论议，是思想的生成与呈现；作为一种文类，它是文学向论议的偏至。它之所以归入文学大类，是因为由鲁迅写作实践而定体的现代杂文是“文艺性的论文”。瞿秋白之所以将鲁迅的杂感命名为“文艺性的论文”，是因为在他看来，鲁迅写作杂文时，“作家的幽默才能，就帮助他用艺术的形式来表现他的政治立场，他的深刻的对于社会的观察，他的热烈的对于民众之争的同情”②。这里所说的“幽默才能”实为总体性文学才能的具体借代。瞿秋白这一表述的完整的意思，即是说鲁迅是以文学家的才能，运用文学的形式进行社会批评和文化批评。鲁迅的杂文是文学家的杂文。我们做出这样的指认，是基于对鲁迅杂文总体与具体的文学构成的分析。从杂文写作思维方式而言，鲁迅从整体上并不是运用政论家注重理性归纳推衍的逻辑思维方法，而是运用讲究形象设计灌注情感的形象思想的方法。要之，构成鲁迅杂文的，并不是枯燥的说理，而是借助形象伴有情采的杂化存在。以形象言之，我们不必说鲁迅杂文中塑造的一系列的“苍蝇”“蚊子”“山羊”“哈巴狗”“二丑”等的生动形象，我们单就《论雷峰塔的倒掉》作解读，就可以感受到鲁迅借象说理，寓理于象的形象思维的方法。《论雷峰塔的倒掉》所论为反封建的严肃主题，但作者并不直说意旨，而是从听说雷峰塔倒掉一事敷衍开来，讲述民间白蛇传的故事传说，叙述之中插入富有意味的点评。鲁迅对主题的表达做了寓言化的处理。白蛇娘娘为有性情的芸芸众生的代表，“荼毒

① 鲁迅：《热风·随感录六十五》，《鲁迅全集》第1卷，人民文学出版社1981年版，第366页。
② 林非：《鲁迅著作全编·导言》，中国社会科学出版社1999年版，第4页。

生灵”的法海和尚实为封建礼教的化身。最后作品以这样的语言作结：

> 当初，白蛇娘娘压在塔底下，法海禅师躲在蟹壳里。现在却只有这位老禅师独自静坐了，非到螃蟹断种的那一天为止出不来，莫非他造塔的时候，竟没有想到塔是终究要倒的么？
>
> 活该。

作者对封建体制瓦解的欢欣，对被压迫者的同情，对终究搬起石头砸自己脚的不义者的嘲讽，在这里已经是溢于言表了。“活该”两字，洋溢着的完全是文学化的意趣。

我们读鲁迅的杂文往往会有一种心绪难平的激动，作者的喜哭怒骂时时叩击着读者的心灵。这样的阅读感应一方面与作者所写有关，另一方面也与作者写作时情感处理的方式有关。鲁迅的情感方式与周作人的很不一样。周作人对情感有一种“歧视”，表情是十分节制的。而鲁迅是一个感情张扬的人，凸显在杂文中的鲁迅是疾恶如仇、爱憎极其分明的作家。由此，鲁迅杂文往往以高强度的情感冲击力感染着读者。这里有一个现成的文例可以显示周氏兄弟两人不同的情感方式。“三一八”惨案发生后，鲁迅和周作人都写有文章。周作人虽然内心对残害学生的敌人非常愤怒，对被害学生十分同情，有着深深的痛悼之情，但他在《关于三月十八日的死者》等作品中对情感作有控制。开篇作者即表明“我是极缺少狂热的人”，行文也说：“能够这样平心静气的说话了，可见我的冷静也还有一点哩。”与此不同，鲁迅在《纪念刘和珍君》《无花的蔷薇》等文章中，恣肆着的是对军阀政府一腔愤怒之情和对被害爱国学生的哀痛之情：“我只觉得所住的并非人间。四十多个青年的血，洋溢在我的周围——我已经出离了愤怒了，我将深味这非人间的浓黑的悲凉；以我的最大哀痛显示于非人间，使它们快意于我的苦痛，就将这作为后死者的菲薄的祭品，奉献于逝者的灵前。”（《纪念刘和珍君》）这里，体现了作者作为“敢于直面惨淡的人生，敢于正视淋漓的鲜血”的“真的猛士”的情感方式。这种方式是颇具文学感染力的。

鲁迅杂文除了注重形象设计、情感灌注等总体文学性凸显外，还在语言修辞等表达形式的具体的运用中，展示着杂文作为一种语言艺术所具有的文学含量。如反语冷嘲：“当三个女子从容地转辗于文明人所发明的枪弹的攒射中的时候，这是怎样的一个惊心动魄的伟大呵！”（《纪念刘和珍君》）如幽默讽刺：“跳蚤的来吮血，虽然可恶，而一声不响地就是一口，何等直截爽快。蚊子便不然了，一针叮进皮肤，自然还可以算得有点彻底的，但当未叮之前，要哼哼地发一篇大议论，却使人觉得讨厌。”（《夏三虫》）如取喻说理，《拿来主义》一篇，论如何对待文化遗产，作者不做抽象笼统之说，而是以“大宅子”中“鱼翅”“鸦片”“烟枪和烟灯”“姨太太”等做比喻，形象生动地说明对于具有不同性质的文化遗产应做区别对待：“或使用，或存放，或毁灭。”鲁迅杂文的美感还来自于他那诗化的哲理性表达。语言精警凝练，浓缩着深邃的思想含量，令人感受到杂文的美意，思想者的美丽。“什么是路？就是从没路的地方践踏出来的，从只有荆棘的地方开辟出来的。”（《随感录六十六》）这种表达内蕴着的是一种生命或是人生的哲学。而“改革，是向来没有一帆风顺的，冷笑家的赞成，是在见了成效之后”（《中国语文的新生》）。昭示的是一种社会演进中的规律。诸如此类，从各个不同的方面，共构着鲁迅文学的杂文。

四　“个人杂感的诗意变体”

构成鲁迅作为散文文体家的第二个侧面是散文诗。散文诗的文体名称是现代的，但作为一种客观的存在，它似与杂文一样，是“古已有之”的。有学者以为古代散文中的赋体，或可视为散文诗的一种。现代散文诗并不就是对古代类近文体的承继转型，它是在新的文化生态中生成的具有更多现代特性的语言表达体式。中国现代散文诗的创作直接受到域外作家的影响。“五四”运动前后刘半农、郑振铎、周作人等人译介外国许多作家如波德莱尔、泰戈尔、屠格涅夫等人的散文诗。差不多与此同时现代作家如刘半农、冰心、许地山等开始尝试写作这一介于诗与散文之间的特殊文体。冰心写得较多，如《笑》尽管发表时并无明确的文体意识，作者和编者都视之为小说，但其实是一篇散文诗。她的《往事》中许多短章也是散文诗。受到泰戈尔《飞鸟集》影响的《繁星》《春水》，“若不是分行来写，又容易与‘诗的散文’相混”[①]。而即使是分行，但我们把它们看作“诗的散文”或者散文诗也是可以的。一方面，现代作家译介域外作家散文诗，并尝试自己写作；另一方面，也开始对这一文体或诗体做初步的界定或阐释。刘半农在《我之文学改良观》中给出了“散文诗”的命名。郑振铎则有《论散文诗》的专论。散文诗在“五四”时代成为文坛熟知的体裁。那么，鲁迅在现代散文诗这一文体建构中又具有怎样的意义？鲁迅之于现代散文诗，在于他在冰心等创造的清新的散文诗体式外，又提供了一种沉郁的散文诗体式。这种沉郁的散文诗体式，不仅成为反映其时鲁迅精神世界的标本，而且更以它体式的独特，成为现代散文文体史上一种有意味的不多见的“另类”。这是一种鲁迅式的散文诗。

鲁迅写作散文诗时间跨度不短。早在1919年秋，鲁迅有一组有着某种散文诗意味的题为《自言自语》的短文发表在《国民公报·新文艺》栏内。30年代，在其晚年也有《夜颂》《秋夜纪游》《半夏小集》等作品发表。无疑，无论对鲁迅，还是对现代散文诗而言，最具有标志性意义的是《野草》。这是他写于1924年至1926年间，发表于《语丝》杂志上的20多篇散文诗的结集。《野草》在现代文学史上是少有的最为难解的文本之一，它的内蕴显得扑朔迷离。因此，正如有一千个读者就有一千个哈姆雷特一样，众多的《野草》研究者，对《野草》有众多的解读，至今似乎未得终极性的统一的解释。这种多解或无解正显示着《野草》的独特魅力。面对《野草》我们的兴趣不在于对每篇题旨的索解上，只是关注它的作为文体存在的意义。对《野草》的文体意义，学者多有研究。鲁迅研究家林非对《野草》给予了极高的评价：“在‘五四’以来散文诗创作中，鲁迅也献出了自己充满审美魅力的扛鼎之作，他的《野草》始终是这个园地中难以逾越的一座高大的纪念碑，将永远让后来的阅读者感到无比的惊讶和神往。”[②] 研究中国现代文学的华裔学者李欧梵，在《〈野草〉：希望与失望之间的绝境》中，对《野草》的文体特点做有精到的分

① 阿英：《现代十六家小品·谢冰心小品·全集自序》，上海光明书局1935年版，第147页。
② 林非：《鲁迅著作全编导言》，中国社会科学出版社1999年版，第3页。

析。他以为："《野草》是鲁迅创作中一个独特的集子。其中的二十三篇散文诗不但是鲁迅最具灵感的作品，也是中国现代文学中独具一格的一种体裁。"① 李欧梵对"独具一格"有所解释。他说："'散文诗'是现代名词，是将中国古代文学中的散文和诗相结合的一种新体裁。正如西方的'抒情小说'一样，是摆脱诗的韵律节奏的束缚，用散文来实现诗的功能。可以把鲁迅的散文诗看作散文的一种特殊类别：个人杂感的诗意变体。"②

指认《野草》是"个人杂感的诗意变体"，这是李欧梵的发现。在我看来，《野草》即是"诗体"的杂感。杂感写作是作为知识分子型作家的鲁迅生命存在的基本方式。写作杂感表明了作者有一种强烈的现实关怀的社会责任感。这一文类的逞心而为，需要社会有一种让人自由言说的可能和写作主体拥有自主随意地思想的心灵。但是作家的知识分子化的本性与客观环境、主体心理环境之间，在鲁迅写作《野草》时产生了深刻的矛盾。鲁迅是"杂感"型作家（即思想强势型作家），即使是作为小说家的鲁迅，也是以"杂感"型为其底色的。作为作家，表达的欲求是永久的，更何况鲁迅是"杂感"型作家，但语境与心境的阻抑又不可能如《新青年》时代，使他恣意地写作"随感录"。这样"杂感"变体就是必然的了。对《野草》，鲁迅有不少自评自注。他在致萧军的信中曾说："我的那一本《野草》，技术并不算坏，但心情太颓唐了，因为那是我碰了许多钉子之后写出来的。"导致"心情太颓唐"的原因，有个人的，有文学文化的，也有社会现实的。中国的"五四"新文化运动，是中国知识分子的一次精神狂欢节。但由于种种原因，这一运动很快退潮了。知识分子或作家开始分化了。"《新青年》的团体散掉了，有的高升，有的退隐，有的前进。"③ 对此鲁迅颇为痛心，并由此愈加以为不能放弃作家的使命。"我""落得一个'作家'的头衔，依然在沙漠中走来走去，不过已经逃不出在散漫的刊物上做文字，叫做随便谈谈。有了些感触，就写些短文，

① 李欧梵：《中国现代文学与现代性十讲》，复旦大学出版社 2002 年版，第 172 页。

② 同上书，第 173 页。

③ 鲁迅：《南腔北调集·自选集·自序》，《鲁迅全集》第 4 卷，人民文学出版社 1981 年版，第 456 页。

夸大点说，就是散文诗，以后印成一本，谓之《野草》。”[①] 那么“有了小感触”，为什么又不直接用杂感的形式表达呢？对此鲁迅有说明：“这二十多篇小品，如每篇末尾所注，是一九二四至二六年在北京所作，陆续发表于期刊《语丝》上的。大抵仅仅是随时的小感想。因为那时难于直说，所以有时措辞就很含糊了。”[②] 一方面，想说（有“小感想”）；另一方面，又不能“直说”。这样“诗体”的杂感就成了一种最佳的选择。这种选择的结果，生成很是独特的《野草》型的散文诗体式。

“诗体”杂感，中心词是“杂感”，因此其主旨不少关涉世相人生的批评。鲁迅自己有过揭示：“现在举几个例罢。因为讽刺当时盛行的失恋诗，作《我的失恋》，因为憎恶社会上旁观者之多，作《复仇》第一篇，又因为惊异于青年之消沉，作《希望》。《这样的战士》，是有感于文人学士们帮助军阀而作。《腊叶》，是为爱我者的想要保存我而作的。段祺瑞政府枪击徒手民众后，作《淡淡的血痕中》，其时，我已避居别处；奉天派和直隶派军阀战争的时候，作《一觉》，此后我就不能住在北京了。”[③]

由此可见，《野草》的内蕴与一般的散文诗是不同的。大多数的散文诗，无论是译作如屠格涅夫、泰戈尔的，还是冰心、许地山创作的，主旨往往地歌咏人生自然，以抒写情志为主，基调大多是舒畅的。《野草》主旨如作者所言的杂文化，使其显得深邃而沉重，在现代散文诗中是奇异的。

将“诗体”置于杂感之前用以指称《野草》，意指杂感的生成与形态是“诗化”的。“诗”为何物？诗无解。但诗性应是关联着主体的心灵，诗是一种最为心灵化的存在，因而也是最为个人化的。所以，李欧梵称《野草》为“个人杂感的诗意变体”，“个人”两字是不能略去的。《野草》许多篇什让我们感受到作者被压抑着而又躁动着的精神世界。表现

---

① 鲁迅：《南腔北调集·自选集·自序》，《鲁迅全集》第4卷，人民文学出版社1981年版，第456页。

② 鲁迅：《二心集·〈野草〉英文译本序》，《鲁迅全集》第4卷，人民文学出版社1981年版，第356页。

③ 同上。

在语言形式方面，显见的是作者好用反复的表达方式。主体的内宇宙十分丰富而复杂，痛苦而彷徨，犹豫而前行，绝望而希望，朦胧而清晰，使作品凸显了一种主体错综纷杂的精神结构。而这正是作为散文诗诗性凝结的关键之所在。

鲁迅自己指称《野草》为散文诗，表明他有着一种体的自觉，即他注意利用诗的方式写散文。所谓诗的方式，在《野草》中主要表现为作者整体上建构了一种诗的意象模式。意象是诗歌（并不是指所有）基本构成的单位。一首诗或一个意象的构成，或由数个意象按照一定的关系有机地组合而成。鲁迅写作《野草》，意象思维成为一种贯穿性的思维方式。言其贯穿性即是说意象思维并不仅仅表现比喻、象征等修辞手法的运用，也不简单地以模糊的意象在"难以直说"的语境中获得一种自由言说的可能，更是更多地反映着鲁迅哲学的或是文化的观念。鲁迅是一位受到西方现代主义影响的作家，《野草》和域外象征派文学之间可以找到前者受到后者影响的种种表征，因此有学者认为："《野草》既有强烈的现实主义和浪漫主义，又有浓郁的现代主义性质。""中国现代主义散文的开端应是鲁迅的《野草》。"① 这是很有见地的观点。只有据于此点，我们才能解读《野草》难解之处："面对如此污浊、虚伪、黑暗和空泛的外部世界和孤独、寂寞的内在世界，鲁迅如何能用明晰的语言和思维进行通畅表达？对苦闷、矛盾、孤独等最好的表达是：借助极富张力、极具矛盾、极为感性化的语句、意象、色彩、声调、标点符号，调动独特的审美经验。"②

《秋夜》可谓是《野草》体现整体性意象写作模式的代表作。这篇作品写于1924年9月15日，是《野草》中最早写就的。在意象构篇方面，对后续的写作有着导引作用。作品以《秋夜》为题，本身就体现了某种隐喻性的意味。服从于整体性象征表意的需要，作者精心地设计物象及其背景。象与意是对接的，取象依据着作者感悟到的意指，借象寓意，意象复合于一体。象的结构即表层的景象系统与意的结构即深层的意域在

① 王兆胜：《中国现代"诗的散文"发展及其嬗变》，《中国文学研究》2000年第4期。

② 同上。

《秋夜》中被有机地关联着。作品的双层结构之间又形成了审美的张力。在这种张力的吸附下，读者以各自的经验或想象解读着作品所提供的意象系统。构成《秋夜》意象系统的核心意象有“秋夜的天空”和“枣树”。前者被作者用以象征黑暗的现实和反动的势力，后者则被借喻为于黑暗中独立前行的“真的猛士”。基于这样的寓意设计，作者写秋夜的天空刻意地将其“异化”“恶化”，突出它的“奇怪而高”“鬼睒眼的天空”“闪闪地睒着几十个星星的眼，冷眼”，隐晦地表达了作者对被喻本体的憎恶厌弃。而写枣树则十分用心地将其理想地人格化。枣树，他“简直落尽了叶子，单剩干子，然而脱了当初满树是果实和叶子时候的弧形，欠伸得很舒服……最直最长的几枝，却已默默地铁似的直刺着奇怪而高的天空”。这些描写所隐喻的是“真的猛士”的品格与精神。虽然他受到重创，但他不会放弃自己的使命，他要“直刺”黑暗的势力和丑陋的现实。由于意象写作模式对于写作主体而言有着自由寓意的便利，对于接受者而言有着自由联想的可能，所以就成为鲁迅其时不能自由地说而说，或者需要更艺术地表达的一种颇为别致的方式。《野草》作为诗体的杂感，所谓诗体，我以为主要应指运用了诗创作常用的意象构思模式。

五　自由体《朝花夕拾》

相比鲁迅杂文的犀利，《野草》的艰深，他的《朝花夕拾》显得清朗得多。《野草》集中的《一觉》写于1926年4月10日，《朝花夕拾》第一篇作品《狗·猫·鼠》写于1926年2月21日，末篇《范爱农》写作的时间为1926年11月18日。由此可见，《野草》和《朝花夕拾》两集中部分作品写作时间是重叠的。从《朝花夕拾》的主体旨意趣味看，它是不同于《野草》的。《朝花夕拾》所收作品10篇，原先刊发于《莽原》半月刊上。导致这一部作品集别异于他者的原因有许多。最主要的原因恐怕与作者生活环境的变迁有关。作者本寓居于北京，感受的现实刺激很多，往往有感而发，或写杂文，或写诗体杂感，做着精神的战斗。这于鲁迅的身心消耗很大。他在致李秉中的信中说明了这种情况：“直到现在，文章还是做，与其说‘文章’，倒不如说是‘骂’罢。但我实在困倦极了，很想休息休息，今年秋天，也许要到别的地方去，地方还未定，大约是南边。”在《朝花夕拾·小引》中他也说：“我常想在纷扰中寻出一点闲静来。”鲁迅是一个斗士，但斗士也有疲惫的时候，需要休息。因此，鲁迅所说显示出他的真实的人格。1926年下半年鲁迅南下到了厦门，厦门相对于北京，是一个边缘化的地方。久处于热闹的文化斗争中心的鲁迅居于此间，感到“如在深山中，竟没有什么作文之意”，这里的“作文”是指受到现实刺激而写议论性的杂文。闲居一隅，无感而写的鲁迅，由于与现实的疏离很自然就会倒入历史之旅。这样追忆往事就成了充实心灵的基本材料。“目前是这么离奇，心里是这么芜杂。一个人做到只剩了回忆的时候，生涯大概总要算是无聊了罢”，但“无聊”之中究竟有着聊赖，“带露折花，色香自然要好得多，但是我不能够。便是现在心目中的离奇和芜杂，我也还不能使他即刻幻化，转成离奇和芜杂的文章”[①]。于是“旧事重提”或是“朝花夕拾”就成了滋养心灵的慰藉。

人类的集体无意识中潜含着挥之不去的家园情结。在外的游子心中往往珍藏着关于故乡的记忆。鲁迅也是，他说：“我有一时，曾经屡次忆起儿时在故乡所吃的蔬果、菱角、罗汉豆、茭白、香瓜。凡这些，都是极其鲜美可口的；都曾是使我思乡的蛊惑。”既然与现实社会暂时相隔，那么从童年乡土记忆中打捞出有意味的人事风景写来，也是极有意思的。鲁迅自己说《朝花夕拾》“这十篇就是从记忆中抄出来的”[②]。

《朝花夕拾》，作为一种“记述的，是艺术性的”美文形态，它在现代散文史上的意义是显见的。《朝花夕拾》和周作人、冰心、朱自清、许地山等人的小品散文，“彻底打破那‘美文不能用白话’的迷信”，显示出新文学可观的实绩。对《朝花夕拾》的意义，王瑶有很高的评价。他说：“总的来说，《朝花夕拾》在平静朴素的叙述中渗透了作者真挚的感情，在简洁洗炼的文笔中有深长的韵味；虽为个人回忆，但有丰富深刻的社会内容。在为数众多的现代散文创作中，它的艺术成就是创造性的。”[③]从现代散文文体立体角度而言，《朝花夕拾》与周作人的小品一样，凸显现代散文，作为一种自由文体的基本的精神与形式的特征。鲁迅在《怎

---

① 鲁迅：《朝花夕拾·小引》，《鲁迅全集》第2卷，人民文学出版社1981年版，第229页。
② 同上。
③ 王瑶：《鲁迅作品论集》，人民文学出版社1984年版，第170页。

么写》中提出："散文的体裁，其实是大可以随便的，有破绽也不妨。"写作《朝花夕拾》时鲁迅的心态差不多有些"闲静"而放松。这对于鲁迅而言并不常有。这种心态的获得，有诸多原因。从北京至厦门，写作环境发生了改变；有个人生活的原因，鲁迅与许广平之间情爱生活，对鲁迅的心灵有着一种滋润；有写作对象的原因。《朝花夕拾》十篇作品中，写童年与故乡就有七篇。童年与故乡远离现实的时代风云。正因为作者有着难得的"闲静"，所以作品的写作也就有了一种放松和伴随着放松才有的"随便"。

这种"随便"主要体现在三个方面。一是，取材的随便。十篇作品有写人的，《阿长与〈山海经〉》《藤野先生》《范爱农》；有写事的，《父亲的病》《从百草园到三味书屋》；有写风俗的，《五猖会》《无常》等等。取材上体现出散文散泛的生活化的特点。二是，叙写的随意。现代散文作为一种自由的文体，其自由体现在叙写方式上，即信手拈来，有一种说话的风致。在写作《朝花夕拾》之前的1925年，鲁迅翻译了厨川白村的《出了象牙之塔》。厨川白村强调散文随笔写作的"兴之所至"，"纵谈"无拘："所谈的题目，天下国家的大事不待言，还有市井的琐事，书籍的批评，相识者的消息，以及自己的过去的追怀，想到什么就纵谈什么"，"托于即兴之笔"。在叙写这些题目时，有一种自适自由的心态，仿佛在"随随便便，和好友任心闲话"。"将这些话照样地移在纸上的东西，就是Essay。"《朝花夕拾》的写作明显地受到了厨川白村的这些观点的影响。鲁迅此时正好怀有自适心态，在写作"市井的琐事""相识者的消息""自己的过去的追怀"时，自然而然地就如作"熟人相对，娓娓而谈"了。三是，内蕴的自由。对《朝花夕拾》的内蕴，王瑶有一精要的论定："如果分析《朝花夕拾》的思想性，我以为首先它是以儿童的天然的、正常的兴趣和爱好作为对人和事的评价尺度的，它提供了一个关于风俗、琐事和人物美丑的价值观念。"[①]"天然的"儿童，是一种自由随性，天真无邪的指代，乡土也有一种远离体制管辖，桃花源中自然独处的意指。鲁迅津津乐道地绘着百草园的景，叙着人与事，在他看来百草园

① 王瑶：《鲁迅作品论集》，人民文学出版社1984年版，第156页。

“那时却是我的乐园”，其中“有无限趣味”。鲁迅人到中年叙述儿时见到的神赛会的场景，还有些满心地欢天喜地，是因为神赛会也是儿童的“盛事”，那里有着儿童喜欢的“热闹”。鲁迅对长妈妈由“我实在不大佩服”到“我”对她“发生新的敬意”，是因为阿长妈“哥儿，有画儿的‘三哼经’，我给你买了！”这里显示着满足儿童天性以后的快乐。所有的这些都关联着自然性的自由精神。而这正是现代散文文体精神中最为重要的，是促成散文由古典形态向现代形态转型的不可或缺的关键因素。

鲁迅在现代散文，差不多所有的子类的创体中，有着独特而重要的建树。将鲁迅的散文写作置于文体发生发展的历史中加以考察，我们可以做出这样的判断：他是现代杂文的创体者，并创造了杂文文体的标高；他是现代散文诗的重要奠基者，确立了这一体式的某些写作模式，使现代散文诗走向了成熟；另外，他以《藤野先生》《从百草园到三味书屋》《阿长与〈山海经〉》等篇什参与了现代叙事散文体式的建构，丰富了现代叙事类美文的形态。

第十八章　散文的周作人与周作人的散文

周氏兄弟——鲁迅（周树人）与周作人在文学史上的地位是卓然突出的。郑振铎在论及20世纪20年代作家队伍分化后的文坛情形时，曾用“双柱”一词指称他们存在的价值，以为“只有鲁迅、周作人还是不断的努力着，成为新文坛的双柱。他们刊行着《语丝》和《莽原》，组织未名社，在新文学运动里继续的尽着力”①。而就现代散文史的建构而言，周氏兄弟则无疑是璀璨悦目的双子星座或曰矗立于散文天地的双峰。对他们于现代散文所作出的特殊的贡献，郁达夫在《中国新文学大系》、阿英在《现代十六家小品》等选本的导言序说中已有指认。郁达夫以为：“中国现代散文的成绩，以鲁迅、周作人两人的为最丰富最伟大。”② 这一判断大体是符合文学史的实情的。再具体到周氏兄弟本身而言，他们又各自以自己的方式创造现代散文的历史。就其主导方面说，鲁迅是现代杂文的奠基者和主将，而周作人则是现代小品文、美文创作系统中，具有统领作用和标志性意义的作家。对作为散文家的周作人，鲁迅给予了理性化的推举。1936年5月，鲁迅在回答美国记者斯诺有关中国新文学运动以来最优秀的散文杂文作家的提问时，将周作人列为首席。

周作人创造了别具滋味的散文，而散文则塑造了他作为文学大家的丰碑。散文与周作人已经融合成一个不可分离的互动着的关联体。我们这里

---

① 郑振铎：《五四以来文学上的论争》，《中国新文学大系·文学论争集·导言》，上海良友图书公司1935年版。

② 郁达夫：《中国新文学大系·散文二集·导言》，上海良友图书公司1935年版，第15页。

所给出的“散文的周作人”一说，不仅指周作人对于现代中国散文发展所具有的某种特殊意义，而且更着意于周作人与现代散文之间存在的内在关联。在我看来，周作人之选择散文并且有为于散文，这与周作人“散文化”的心理结构、人生意趣、审美取向等是紧密相关的。“散文的周作人”，表示着周作人个人的气质、个性、审美态度、人生哲学等一系列独特的主体存在与散文这一文体的体性之间实现了高度的契合。唯其如此，散文变为周作人的一种身份，周作人，则成了散文的一种品牌。

一　偏于散文的写作心理

作为文学家的周作人，并不如其兄鲁迅那样兼擅小说、散文、诗歌诸体。他有一种非诗、非小说的心理。爱在散文，有一种与生性相连的散文情结。周作人在《永日集·桃园跋》中将自己与废名（冯文炳）作比较，以为：“废名君是诗人，虽然做着小说；我的头脑是散文的，唯物的。”① 周作人在这里将诗与散文对举，他并没有对“散文的头脑”做注解，但我们可以想见，其中至少包含着他偏爱散文（“散文的”）和禀具散文的思维方式（“唯物的”）的两层意思。周作人曾是新文学运动中有影响的诗人，发表过不少诗作。其中，在《新青年》第6卷第2号上发表的长行新诗《小河》，被胡适视为“新诗中的第一首杰作”②。但周作人“散文的”心理结构规定了其诗作又有非诗的一面。对此，周作人自己甚为了然。他以为自己“‘诗’的文句都是散文的，内中的意思也很平凡”③。沈从文在《我们怎样去读新诗》中也看到了周作人诗并非纯粹诗体而是散文化诗这一特点，认为周作人“是各散文诗作者中最散文的一个”。对于小说，周作人径言自己并不喜欢。他在《东京散策记》论说日本作家永井荷风时有言：“永井荷风最初以小说得名，但小说我是不大喜欢的，我读荷风的作品大抵都是散文。”④ 他在《立春以前·明治文学之追忆》

---

① 周作人：《永日集·桃园跋》，上海北新书局1929年版。

② 胡适：《谈新诗——八年来一件大事》，《胡适文存》卷一，上海亚东图书馆1921年版，第228页。

③ 周作人：《泽泻集·过去的生命·序》，北京十月文艺出版社2011年版，第1页。

④ 周作人：《苦茶随笔·东京散策记》，河北教育出版社2002年版，第38页。

中也申说了这种意思："老实说，我是不大爱小说的，或者因为是不懂所以不爱，也未可知。我读小说大抵是当作文章去看，所以有些不大像小说的，随笔风的小说，我倒颇觉得有意思。"[①] 由此可见，在各种文体中，周作人是最为亲和散文的。一般而言，周作人的心理结构中缺少写诗所需要的激情，写小说所需要的虚构故事的想象力。废名曾说："知堂先生没有那些文采，兴酣笔落的情形我想是没有的。"[②] 作为学生，废名对其老师的性格、性情是相当熟稔的。周作人在文学创作方面的弱项是显见的。但作为文学家，周作人必然有一种表达的欲求。寻找自己的文学长项挥洒才情意气，就成了他实现价值的必然选择。对此，周作人自己有一表白。他说："我因寂寞，在文学上寻求慰安，夹杂读书，胡乱作文，我平常喜欢寻求友人谈话，现在也就寻求想象的友人，请他们听我的无聊赖的闲谈。"[③] 用文字与读者"闲谈""谈话"，成了周作人生命存在的一种方式。而这种语言物化了的"闲谈""谈话"，即为散文的一种体式。

散文是一种边缘化的"泛"文体，不同的时代，不同的散文主体以及接受者，对其精神品质以及表现形态，有着不同的指认与阐释。周作人选择的散文，是一种渗透着时代与个人诸多因素的具有现代质性的文体。周作人是现代最具有自觉的散文意识，操守为其所体认的散文观的作家。他所心仪的散文，并不是指有韵为文，无韵为笔的内含诸多子类的大散文，也不是指载道明经的说教文体。接受过中国传统文化的熏陶，更获得过西方现代文化滋润的周作人，他所认同的散文自然不会是讲究义法道统的文体，而是体现着文化人在新的历史语境中新的价值取向的具有新内质与新形态的文体。这种文体在现代包含了被周作人所命名的"美文"，或者为更多人所指称的小品文，其基本的文体精神由日本文艺家厨川白村揭示过。厨川白村的散文观为鲁迅、周作人等许多现代中国作家所接受。

厨川白村强调主体自由从容的精神状态对于散文写作的意义。他认为散文"和小说戏曲诗歌一起，也算是文艺作品之一体的 Eassy，并不是议论呀论说呀似的麻烦类的东西"，而只是一种"随随便便，和好友任心闲

---

① 周作人：《立春以前》，北京十月文艺出版社 2011 年版，第 79 页。
② 废名：《关于派别》，《人间世》1935 年第 26 期。
③ 周作人：《知堂序跋·〈自己的园地〉旧序》，中国人民大学出版社 2011 年版，第 140 页。

话”的记录。Eassy，散文，是说话的另一种形式，“想到什么就纵谈什么，而托于即兴之笔者，是这一类的文章”。“纵论”与“即兴”，不仅表示着主体的精神存在是丰裕的，而且是自主自由的。这一类 Eassy，其价值取向的设定中，首先关注的主要不是道德的社会的价值，而是写作主体本身的精神存在及其欲求。这应当是一种无所遮蔽，无所拘羁，凸显主体“本来面目”的物化的精神存在方式。厨川白村更重视散文对自我的表现。他指出：“在 Eassy 比什么都紧要的要件，就是作者将自己的个人底人格的色彩，浓厚地表现出来。”① 厨川白村的这种散文观深为获得现代性洗礼的中国作家所认同。他们在阐释小品文的文体特质时，强调的也是表达的“随便”和通过“随便”的表达所凸显的作者的个性。梁遇春在《小品文选·序》中认为：“小品文是用轻松的文笔，随随便便地来谈人生，并没有俨然地排出冠冕堂皇的神气，所以这些漫话絮语能够分明地将作者的性格烘托出来，小品文的妙处也全在于我们能够从一个具有美好的性格作者眼睛里去看一看人生。”② 梁遇春这一表述所用的关键词及其意蕴，与厨川白村的十分近似。“轻松”“随便”“漫话絮语”，不仅给出了小品文作者的叙述态度与作品的形态特征，而且更突出作者精神世界的一种可人的姿态。现代研究小品文的专门家李素伯著有《什么是小品文》。他以为：“‘小品文’是散文里比较简短而有特殊情趣和风致的一种。”而所谓的“情趣”“风致”并不得之于刻意的设计，而来自于自然由性的呈现。“把我们日常生活的情形，思想的变迁，情绪的起伏，以及所见所闻的断片，随时的抓取，随意的安排”，以“不规则的真实简明地写下来的，便是好的小品文”。“不规则的真实”意指这种真实并没有经过人为的修饰，而是源自于生活与主体心灵的本真。与厨川白村一样，李素伯也强调小品文对于主体个性人格的表现。基于这样的共识，李素伯将这种表现径直称为“自我表现”。他指出：“正如一切的文艺作品一样，自我表现为作品的生命，作者个性、人格的表现，尤为小品

① 厨川白村：《出了象牙之塔》，鲁迅译，见《苦闷的象征出了象牙塔》，人民文学出版社 1988 年版，第 113 页。

② 梁遇春：《小品文选》，北新书局 1930 年版，第 1 页。

文必要的条件。”[①] 归结以上诸论，可见所谓小品文——现代散文存在形态，它是一种自由的、真实的、个性化的文体。

作为现代散文创作体系中的领衔人物，周作人操守并实践的正是这样的散文观。他在《近代散文抄·序》中对小品文作有自己的诠释，以为“小品文是文学发达的极致，他的兴盛必须在王纲解纽的时代”。“王纲解纽”导致社会文化生态的宽宏自由，而这为知识分子的自由言说创造了特别重要的社会条件。诸种具有现代性品质的文体，如杂文、报告文学、小品文，它们的发生、兴盛以至蔚然可观，莫不关联着“王纲解纽”的社会条件和主体自主实现的个人诉求。从一定意义上说，它们都可以被命名为知识分子的写作方式。三种文体表示着知识分子类型的作家，他们具有三种不同类型的精神形态与写作心理。写作杂文，表示着作者对于知识分子批判使命的担当，这种批判以形象化的论理呈现；写作报告文学，表示着襟怀天下的知识分子对社会现实的关注，这种关注以文学化的报道展示；写作小品文，则表示着作者对获得精神自主的主体自我存在的尊重。这种尊重，主要以叙事、抒情的话语方式，表达着对个人的心灵世界或生活空间的自赏、自叙、自诉。小品文是作家得以自由尔后可以随便而说的一种闲话。小品文的时代，一方面当是“王纲解纽”的时代，主流意识形态正在瓦解，或者是主流意识形态有了自信而认可了个人空间的存在；另一方面当是作家主体意识自觉的时代，他或她以一种自主的方式进行自由而理性的写作，因而这种写作更具有鲜明的个性。周作人将文学分成“载道”（“集团”）的、“言志”（“个人”）的两派，将小品文归入“言志”的一脉：“小品文则又在个人的文学之尖端，是言志的散文，他集合叙事说理抒情的分子，都浸在自己的性情里，用了适宜的手法调理起来。”[②]

在周作人这里，小品文（散文）成为其精神酿造的载体，写作小品文成为其精神存在的一种基本方式。周作人强调小品文应有“浸在自己的性情里”的意蕴滋味，实际上强调的是对主体自我的尊重与表现，表

① 李素伯：《小品文研究》，新中国书局 1932 年版，第 5 页。

② 周作人：《知堂序跋·〈近代散文抄〉序》，中国人民大学出版社 2011 年版，第 324 页。

征着现代文化人对主体精神自由的渴望和欣赏。在周作人看来，“中国人的大病在于喜欢服从与压制，最缺乏的是对于一切专制的憎恶”[①]。周作人之作“叛徒”“流氓”，这自然是因为他不满于文化的专制与奴化。他说：“我从民国八年在《每周评论》上写《祖先崇拜》和《思想革命》两篇文章以来……所主张的是革除三纲主义的伦理以及附属的旧礼教旧气节旧风化等等，这种态度当然不能为旧社会的士大夫所容，所以只可自承是流氓的。”[②] 周作人之作“隐士”“绅士”，除了表示他逃避紧张的社会现实外，同时，“隐”而有为的实际，也反映了他对作家职业精神的自守。周作人通过写作“闲适”小品，拓殖主体丰裕多姿、自主有容的精神空间，表示着对逼仄的现实的不满，对人的精神自由的诉求。因此，从某种意义上说，无论是“叛徒”，还是“隐士”，贯注在周作人小品中的基本精神就是主体的自主自由自适。而这也正是周作人散文观的基本内核。

二　人生哲学与散文意趣

周作人的非诗、非小说与对散文的热衷，以及对散文某种精神内质的认定，关联着他的哲学意念与人生旨趣、个性倾向。周作人信奉中庸哲学。他自述：“我的理想只是中庸，这似乎是平凡的东西。”甚至认为自己是中庸主义者。他将“闲话”，写作散文小品，视为中庸之道的表达与求取。他说：“我终于是一个中庸主义的人，我很喜欢闲话，但是不喜欢上海气的闲话，因为那多是过了度的。”[③] “中庸”是一种适度，一种和谐，一种趣味，而这就是周作人心向往之的人生境界。他通过有选择性的读书或写作方式，追求这样的人生境界。他读书，“很想找一点温和的读，正如一个人喜欢在树荫下闲坐，虽然晒太阳也是一件快事”[④]。而于作文，则“不把文章当作符咒或皮黄看，却只算做写在纸上的说话，话

① 周作人：《雨天的书·托尔斯泰的事情》，河北教育出版社 2002 年版，第 84 页。

② 周作人：《两个鬼的文章》，收录陈为民编选《周作人代表作》，华夏出版社 1997 年版，第 213 页。

③ 周作人：《谈龙集·上海气》，北京十月文艺出版社 2011 年版，第 102 页。

④ 周作人：《谈龙集·竹林的故事·序》，北京十月文艺出版社 2011 年版，第 36 页。

里头有意思，而语句又传达得出来”[①]。读“温和的”书，写“说话”似的文章，不急不躁，心平气和，就有一种中庸的舒心写意在其中了。周作人对于偏离中庸之道的存在，往往给予否定性的评价。“凡过火的事物我都不以为好”，“我个人不大喜欢豪放的诗文，对于太白少有亲近之感”[②]。周作人厌弃李白创作的“夸”，因为在他看来，“豪放”或者“夸”，不符合他所认同的中庸原则。可以说，周作人信奉的中庸的哲学信条，规约了他对人生美与艺术美的理解与实践。就人生而言，“缓缓的，从从容容的赏玩人生”[③]，便是一种美好的人生；就文学而言，那种“浸在自己的性情里任心闲话”，就是一种“美文”。写作散文，使周作人既获得艺术的美感，又有了一种赏玩人生的体验。中庸之道的设定，生成了周作人人生与文学的基本格调。

作为旧文化的“叛徒”，周作人曾经写过许多旨在进行社会批评、文化批评的杂感。然而他到底又相信文学个人表现的观念：“文艺以自己表现为主体，以感染他人为作用，是个人的而亦为人类的，所以文艺的条件是自己表现，其余思想与技术上的派别都在其次。”[④] 基于这样的观念，在变化了的社会文化景况中，周作人更多地写作不以道理承载为务，而是通过个人生活与文化自然风俗的记写，着意表现人性风情的美文小品。文体由杂感而偏至美文小品，表示着作家的关注点由社会而偏至人生自然，作品的价值由重于即兴的社会意义而偏至滋润的审美意味。这种偏至使得周作人那种生活的艺术，艺术的生活，联通生活与艺术的追求成了一种现实。周作人认为：“生活不是很容易的事。动物那样的，自然地简易地生活，是其一法；把生活当作一种艺术，微妙地美地生活，又是一法。”[⑤] 周作人以散文这一艺术的形式，去描写“微妙”的、“美”的、“艺术”的生活，这样使生活的形态升华为艺术的形态。这里，促成升华的关键，在于作家对生活中蕴含的艺术因素要有一种充分的感悟与相宜的表达。艺

① 周作人：《药味集·春在堂杂文》，河北教育出版社2002年版，第55页。
② 周作人：《夜读抄·颜氏家训》，河北教育出版社2002年版，第111页。
③ 周作人：《艺术与生活·日本近三十年小说之发达》，河北教育出版社2002年版，第143页。
④ 周作人：《自己的园地·文艺上的宽容》，北京十月文艺出版社2011年版，第9页。
⑤ 周作人：《生活之艺术》，《语丝》1924年第1期。

术，从某种意义上说，它意味着一种非功利的精神至上性；从生活中提取艺术的成分，则表示着对寓于生活日常性之中的粗鄙的过滤。周作人的小品散文，有一可人之处在于作品表现了那种颇为精致的诗性生活形态。诗性生活是超越生活功利的另一种存在："我们于日用必需的东西以外，必须还有一点无用的游戏与享乐，生活才觉得有意思。我们看夕阳，看秋河，看花，听雨，闻香，喝不求解渴的酒，吃不求饱的点心，都是生活上必要的。"① 很明显，周作人所说的"生活上必要的"东西，都不是一般寻常人的生活需求，而是一些在精神领域中有贵族化倾向的文化人的梦寻。他们憧憬着过一种诗意的生活：在"蜘蛛丝似的一缕缕的洒下"雨的冬季，"如在江村小屋里，靠玻璃窗，烘着白炭火钵，喝清茶，同友人谈闲话"②。置身于这样的意象化了的情景中，"在不完全的现世享乐一点美与和谐，在刹那间体会永久"③。这正是周作人所求取的人生意趣或曰人生理想。作者从他所构筑的散文憩园中，获得精神的休闲，从对人生景象的感悟中寻得一种精神的抚慰。而于他的读者而言，同样也会产生这样的快意。《喝茶》是周作人一篇叙写艺术的生活的代表作。作品所表现的并不是具体的喝茶行为的本事，而是显现喝茶之美的茶道："我的所谓喝茶，却是在喝清茶，在赏鉴其色与香与味，意未必在止渴，自然更不在果腹了。"茶道的精义在于创造一种精神的仪式："喝茶当于瓦屋纸窗下，清泉绿茶，用素雅的陶瓷茶具，同二三人共饮，得半日之闲，可抵十年的尘梦。"这种仪式的背景见淡见雅，氛围中有一种宁静清幽之感，充盈其间的是悠闲的性情，清泉绿茶，其人在其情其景中，分享着精神盛宴所带来的心灵深度的愉悦。性灵的放逸，精神的高飞，让人领受到自由生命的美感。

散文写作是周作人的人生方式。他向往的是一种自如淡远的人生，因此，他往往提取生活中有此意趣的影像加以表现。他的不少作品如《乌篷船》《故乡的野菜》等，体现了乡土叙事所蕴藉的韵味。《乌篷船》为现代散文名篇。作品以书信的方式展开，款款地说话，自有一种亲切在。

---

① 周作人：《北京的茶食》，《晨报》1924 年 3 月 18 日副刊。

② 周作人：《雨天的书・自序一》，《晨报》1923 年 11 月 10 日副刊。

③ 周作人：《喝茶》，《语丝》1924 年第 7 期。

“乌篷船”是一种文化的符号，于周作人而言，它存储着童年乡土的记忆。作者的故乡浙江绍兴，如他自己所说：“那里的风土人情，那是写不尽的。”而取乌篷船写来，则可十分典型而“很有趣”地画出水乡的风情风俗的图卷。作者细细地叙写乌篷船的类别、构造，篷的形状、色调，以及行船之乐之趣，在不动声色中抒写对文化之故乡的思恋。我们可注意到作者自注的写作时间与地点：“民国十五年一月十八日夜，于北京。”于远离故土的京城之夜，是容易唤起童年之忆、家乡之思的。京城，有生长着的现代文明，自具诸多利人之处，但相伴的也有人为的紧张、喧哗。当周作人遥望南方，从经验之中推出关于故乡的映像，实际上通过一种想象性的再体验，获得了一种自然由性的情趣的补偿。乌篷船无疑有一种文化的具象功能，然而又是一叶盛满野趣与性情的扁舟。对周作人而言，他更看重后者的意义。所以他那些有关行舟自得的描写，差不多有些喜形于色了，这在惯于零度抒情的周作人的作品中并不多见。坐乌篷船自然会有一种野趣：“小船则真是一叶扁舟，你坐在船底席上，篷顶离你的头长有两三寸，你的两手可以搁在左右的舷上，还把手都露出在外边。在这种船里仿佛是在水面上坐，靠近田岸去时泥土便和你的眼鼻接近。”这种情状，周作人以为“颇有趣味，是水乡的一种特色”。周作人在《乌篷船》中自然真切地还原出乡野特有的天人合一的情调。“你坐在船上，应该是游山的态度，看看四周物色，随处可见的山，岸旁的乌柏，河边的红蓼和白蘋，渔舍，各式各样的桥，困倦的时候睡在舱中拿出随笔来看，或者冲一碗清茶喝喝。”而“夜间睡在舱中，听水声橹声，来往船只的招呼声，以及乡间的犬吠鸡鸣，也都很有意思”。看随笔，喝清茶，与作者描绘的自然与人和谐相生的景象所蕴含的精神贯通。置身其间，心无物羁，自由率性而又能相和相谐。这正是人生的一种极致。《乌篷船》的真义应该是关乎于此的。它以一种转意的方式，形象地给出了作家，一个自由知识分子所追寻的精神向度。《乌篷船》《喝茶》等作品，其总体性的构思立意的方法差不多是一致的。作者从自然与人生的寻常处，提取出一种有意味的素材，构造出让生命在安逸和谐之中得以自享的世界。在和谐中享受自由生命的美意，这是人类永恒的求取。因此，《喝茶》一类的作品便有了不竭的魅力，牵引着我们。

三 情感方式与言说张力

读周作人散文，我们可获得精神上的休闲和情绪上的平和，这应验了周作人曾说的一句话："做诗使心发热，写散文稍为保养精神之道。"（1931年7月30日致废名的信）周作人的散文于己于人大约是有些"保养精神"的价值的。这种价值的生成，既与他注重艺术的、美的生活的题材择取、意趣情味的精神表现、闲话风致的自觉追求等密切相关，同时，也由主体情感的方式及其表达形态的某种自我规定决定着。这种规定使得写作与阅读都不至于消耗更多的精神。周作人散文语言素朴淡雅，行文从容有致，文气舒缓而无急迫之感。如同一泓清流，缓缓淌，断无大的起伏波动。这样的风格，从根底上讲，来源于作者所奉行的中庸之道。中庸之道的取守，影响作家的情感方式。对于情感的存在，周作人有一种差不多是偏见或极端的看法："感情是野蛮人所有，理性则是文明的产物。"① 因此，他对情感的表达有特别的要求："人的脸上固然不可没有表情，但我想只要淡淡地表示就好，譬如微微一笑，或者在眼光中，露出一种感情——自然，恋爱与死等等可以算是例外，无妨有较强烈的表示，但也似乎不必那样掀起鼻子，露出牙齿，仿佛是要咬人的样子。"② 他说自己的"理想只是那么平常而真实的人生，凡是狂热的与虚华的，无论善或是恶，皆为我所不喜欢"③。在周作人看来，过度的情感存在与表达，是一种"狂热的""虚华的"表现，皆不足取。这似乎有些绝对化，但正是这种绝对化，使周作人散文呈现出一种平和从容的气象，使得心灵疲惫者或有精神贵族化倾向的读者，在阅读体验中获得精神上的放逸或者滋润。但周作人并没有完全拒绝情感，他说："那种平淡而有情味的小品文我是向来仰慕，至今爱读，也是极想仿做的。"④ 周作人看重的是情感的品质、品位，求取的是情之"味"，偏爱的是情之"平淡"，在他看来，

① 周作人：《谈虎集·剪发之一考察》，北京十月文艺出版社2011年版，第429页。

② 周作人：《看云集·金鱼》，开明出版社1992年版，第16页。

③ 周作人：《书房一角·原序》，河北教育出版社2002年版，第3页。

④ 周作人：《两个鬼的文章》，收录陈为民编选《周作人代表作》，华夏出版社1997年版，第213页。

平淡之情才是真情。

为了求取情之平淡的审美效果，周作人一方面注意选取本身缺少激情的对象，叙写寻常的生活遭际，寻常的自然景象。周作人好写草木虫鱼之类的散文，这与他早年的兴趣有关。他说："我从小时候和草木虫鱼仿佛有点情分，《毛诗草木鸟兽鱼疏》《南方草木状》以至《本草》《花镜》都是我的爱读书，有一个时候还曾寝馈于《格致镜原》。"[①] 其实，"草木虫鱼"是偏离主流社会生活后亲近日常生活的一种载体。激变的社会生活犹如波涛汹涌的大海，宁静的日常生活则如同山涧静静流淌的小溪。写茶道美食，写乡间物什，写书生生活，自然无需大呼小叫，一切以原态呈现，闲话人事物景，随意称心而出。这样的写作，无疑与周作人所操守的散文观是相合的。《故乡的野草》是周作人草木虫鱼类作品中的一篇。对于故乡，作者当然自有一种情怀，但他并不加以渲染，"故乡对于我并没有什么特别的情分，只因钓于斯游于斯的关系，朝夕会面，遂成相识，正如乡村里的邻居一样，虽然不是亲属，别后有时也要想到他"。周作人对乡情的把握很有分寸。"有时也要想到他"，言有情，"并没有什么特别的情分"，则是说情也寻常。基于这样的表情定调，作者很自然择取并无太多色彩的"野菜"作为叙写乡土记忆的材料。荠菜，草紫，乡俗，乡景，在舒徐的叙述中，作者的乡情自然平淡地融合在其间。情看似冲淡，而味却别是悠远。

另一方面，周作人对本有情感强度的人物事件做有节制的处理。这种处理使得语言表面所见的情感淡化与内蕴情感的丰富真挚之间形成了一种反差。而正是这种反差，造就了周作人散文审美的某种张力。审美的张力对读者产生了召唤性的艺术魅力。《初恋》一篇是对情感做淡化处理的代表作。初恋，是人生中一种重要的情感经验，虽不说每每都是刻骨铭心的，但也并不全是淡而无味的。周作人的初恋在他的心理烙下了深刻的印痕。作者写作《初恋》是在民国十一年的九月，那已经是人至中年了。时隔初恋的发生二十余年，当他回忆初恋时，他仍确切无误地给出清晰的时间："那时我十四岁，她大约是十三岁罢。"但当他的这种私人化的心

---

① 周作人：《夜读抄·猪鹿狸》，河北教育出版社 2002 年版，第 34—35 页。

灵际遇，作为一种被述说的对象时，情感话语就被作者纳入到预设的轨道中，这一轨道就是上述周作人颇为独特的情感观。作为情感淡化处理的方法之一，就是作者以时间的间距疏离叙述的对象。开篇“那时我十四岁，她大约是十三岁罢。”“那时”这一表示时间的远指代词，在表情方面有一种疏离对象的效果。用“那时”领起，给读者的感觉仿佛是作者在讲述一段情感已经沉淀的人生往事。方法之二，是作者以清淡笔墨，状写身处其时的心理感受。这种感受并不那么清晰，那么强烈，而是朦胧微妙的，或如作者所说的是“淡淡”的。这样的存在，对于周作人来说是很本色真实的。这是周作人为自己所描画的初恋心理感应图：

> 每逢她抱着猫来看我写字，我便不自觉的振作起来，用了平常所无的努力去映写，感着一种无所希求迷濛的喜乐。并不问她是否爱我，或者也还不知道自己是爱着她，总之对于她的存在感到亲近喜悦，并且愿为她有所尽力，这是当时实在的心情，也是她所给我的赐物了。在她是怎样不能知道，自己的情绪大约只是淡淡的一种恋慕。

作者在这里所写是一种爱与被爱都还无法确定的恋情。正是这种不确定性才真实地表现出恋爱主体尚未进入角色时的“初恋”的感受与心态。作者追忆初恋时的情感处理、话语方式的选用，恰如其分地还原出人物恋之“初”而非恋之“热”的本真。《初恋》是一篇诚与真的美文。

周作人的一部分散文是可以被指称为文化散文的，同时也可以命名为“智慧散文”。周作人散文往往不求表现奇异的题材意旨，而重视表现他所说的“常识”。周作人对“常识”有一解释：“常识，分开来说，不外乎人情与物理，前者可以说是健全的道德，后者是正确的智识，合起来就可以称之曰智慧。”① 周作人的“智慧”之文中既有人情，也有智识，或两者兼而有之。智识之文的生成，这归因于周作人的博知以及文化人或曰读书人身份的自我确认。文化之于周作人的散文，不仅在于其间表现出地域或民族所具有的人情风俗，而且其间也充盈着一种文化散文所应有的书

① 周作人：《知堂序跋·〈一蒉轩笔记〉序》，中国人民大学出版社 2011 年版，第 140 页。

卷气。这种书卷气，原是书生本色的一种表现。由“叛徒”而“隐士”，周作人执着于“闭门读书”，并从中寻得意趣：“趁现在不甚适宜于说话做事的时候，关起门来努力读书，翻开故纸，与活人对照，死书就变成活书，可以得道，可以养生。”① 周作人读书并不是为了专门学问的研究，读书有时成了他超越现实功利的生活本身。这样，周作人的读书就见杂了。喜读杂书，是周作人自小就养成的习惯。他曾说：“不佞从小喜杂览。所喜读的品类本杂，而地志小书为其重要的一类，古胜名迹固复不恶，若所最爱者乃是风俗物产这一方面也。”② 周作人将自己的杂览分为“八大类”：“关于诗经论语疏注之类”；“小学书，即说文解字、尔雅、方言之类”；“文化史料类，非志书的地志，特别是关于岁时风土物产者”；“年谱、日记、游记、家训、尺牍类”；“博物书类”；“笔记类，范围甚广，子部杂家大部分在内”；“佛经之一部”；“乡贤著作”。③ 书读得多，读得杂了，写作时自然就会信手拈来，有时似乎有些不加限制，以至有人讥之为“掉书袋”。但总起来说，杂类入文既使周作人小品滋生出博识之趣，又使行文平添了文化的色彩。《苍蝇》一篇被文学史家阿英颇为看重，以为这是五四时期散文小品由“战斗”走向逃避的具有标志性意义的作品。苍蝇，在常人看来为一恶物，本无可写之处。但周作人将其随意散漫成一篇有趣味的小品。开篇作者叙写小时候捉玩苍蝇的往事，并引用古希腊路吉亚诺思《苍蝇颂》中“苍蝇在被切去了头之后，也能生活好些时光”的文字，为苍蝇的玩法作注。中间插入有关苍蝇的神话。苍蝇本为一个美丽的处女，因为烦扰了月神，便罚其变成苍蝇。采入诃美洛思史诗和法布尔《昆虫记》中的有关资料，言说“苍蝇的固执与大胆”。后又以《诗经》，“营营青蝇，止于樊。岂弟君子，无信谗言”等诗文，例说中国文化语境中的苍蝇形象。苍蝇这样的题材，如果仅仅从眼前写来，或单从作者经验中叙说苍蝇种种，那所得无多。而周作人所写采古集今，取域外兼得国中，既写苍蝇本身生性，又说苍蝇文化关联性。这样作品就形成了一种只有博知者才能调制出来的博识之趣。这种博识之趣，对于读

① 周作人：《永日集·闭户读书论》，北京十月文艺出版社 2011 年版，第 124 页。

② 周作人：《过去的工作·关于竹枝词》，北京十月文艺出版社 2011 年版，第 1 页。

③ 周作人：《知堂回想录·一九八拾遗（壬）》，香港三育图书文具公司 1972 年版，第 677 页。

者也另有一种精神休闲的意义。

周作人的散文为中国现代散文史提供了一种精神类型。言其“一种”，这是因为一方面周作人的散文并不能指代现代散文的整体，或可以此排他；另一方面，周作人的散文在现代散文中是不可或缺的存在。这种不可或缺性，体现于作家主体与文本之间实现的充分的对应性上。具有自由精神的作家与渗透着主体性情、形态随意的作品之间是高度融合的。主体与文本相统一而凸显的精神放逸的自在，这是一种可以被视为散文主体精神的要素，从某种意义上说，这就是一种现代性的建构。“散文的周作人”，换言之，周作人本身就是他所指认的言志的散文。他的哲学思想、人生态度、性情情趣、情感方式等无不诠释着他所命名的散文小品。他对所设定的散文的执着偏爱，实际上就是他对于自身所取所有的执着偏爱。“周作人的散文”，或可表述为散文是周作人的一种语言物化，是周作人生命存在的另一种方式，是周作人精神私人化的一种表达。主体与创作这样地相生，在现代散文史上周作人似是第一人。

后　记

小著的“后记”，就从“前话”说起。

我想一个学者的学术研究，定然会受到特定的语境和个人的学术志趣影响。大约从2002年起，我的研究方向开始有了所谓的“转型”。在此前较长的一段时间里，我在报告文学领域中行走，这与20世纪80年代这一文体给我产生的影响有关。其时，经常有“轰动效应”的报告文学，以其特殊的方式参与了那段辉煌历史的思想建设和精神建构。我研究报告文学正在于此。90年代末读博士，便以报告文学研究作为选题方向。不低调地说，《文化生态演化与百年中国报告文学流变》，是我国第一部研究报告文学的博士论文。从某种角度上说，是学界对这一文体的一种忽视。后来以博士论文为底本的《文化生态与报告文学》，2001年由上海三联书店出版。尽管以后写了不算少的报告文学研究文章，但没有根本性的学术建树，只是文字“GDP”的增量罢了。

我对自己的学业，多少有点自知之明。我在考虑博士后出站报告选题时，没有路径依赖，在熟地中寻找。我知道研究报告文学，已不可能超越《文化生态与报告文学》。不想自我复制，就选择晚清、五四散文作为博士后报告的研究方向。这于我而言是顺理成章的。报告文学本来就是从散文中分立出来的。更为重要的是，在我的文体理想中，报告文学是作为知识分子的一种写作方式的；晚清五四散文，就其大体看，是一种思想表达的快捷方式。两者之间具有某种逻辑的应和。散文在中国文学研究中，不很充分。晚清五四散文由于其“区位”的特殊，研究者更少。我觉得这里应该有值得我研究也能研究的课题。五四散文是现代散文的标高，周作人以为它受晚明清初影响的多，朱自清则说更多受到国外的影响。

断裂中有着关联，我想晚清的影响可能更多更直接。五四散文与晚清散文的关联，成了我学术研究新的生长点。五四散文与晚清散文的关联体现在许多方面，有散文作家的关联、散文观念的关联、散文载体的关联、散文体式的关联、散文主旨的关联、散文语言的关联等。我以“现代性”的视角看取其间种种的联系，这一视角的设置，自然遮蔽了非现代性的因素，但同时也更凸显了散文何以“现代”的历史生成。在我看来，五四散文在与晚清散文的关联中，部分地承接了晚清散文，更在新的特殊的时代，主要通过借取现代西方思想文化资源，超越了晚清散文，创造性地实现了中国散文的现代转型。

回到本著，它内含四个部分：一是总体性研究，包括晚清散文与五四散文的逻辑结构、晚清散文的现代性元素、五四散文现代性的生成等话题。绪论部分从晚清与五四社会文化的逻辑结构、文界革命与文学革命、启蒙的文体精神的连接、文化精神资源的取向等加以概述。二是媒体与散文现代转型的研究。媒体生态与中国散文现代转型一章，从媒体生态与散文的基本关联、民族国家想象中的媒体与散文现代性、媒体主题预设与晚清散文政治偏至、媒体生态协力与五四散文文体自觉等多个维度，说明晚清五四时期媒体生态对于散文现代性生成的意义。“报章体”散文研究这一章，对“报章体”的发生、发展以及至五四时的流变等做了较为系统的梳理。《新青年》《语丝》《小说月报》与现代散文三章，是三个典型媒体的个案研究。《新青年》所酿造的自由思想、个性意识，形成了现代散文不可或缺的精神资源。《语丝》主张任意“闲话”，杂文以外强化“美文”，显示了现代散文文体的某种自觉。《小说月报》则是一方“美文”的园地。三是散文语言衍化研究。晚清是散文语言由古代汉语演进为现代汉语的“过渡时期”。散文语言的现代化是在五四完成的。五四散文的语言不是纯然的口语，白话、古文和欧化构成了五四散文语言的景观。这样的语言构成，丰富了散文语言的表现力。四是具有某种代表性作家的研究。晚清五四散文家基本上由“文人”（性情书写）、“学者”（知识演绎）和“知识分子”（文化启蒙）构成，其中一部分作家完成了从

“文人”“学者”到“知识分子”的角色转换，经由如梁启超所说的从“乡人”“国人”到“世界人”的开化过程。不同于梁启超等热衷于政治维新和文化改良，鲁迅、周作人等更多地基于“人”的尺度和“美”的要求观照和写作。周家兄弟双流并开，创造了现代散文的新空间。

这部著作是国家社科基金项目《现代转型中“五四”散文与晚清散文关联研究》的成果。项目2011年7月立项，2014年12月以“优秀”结项。同时，也是“姑苏宣传文化人才”项目成果。2015年8月初出版的《中国社会科学报》“国家社科基金专刊”，以《中国散文：五四与晚晴间的逻辑》为题，介绍了项目成果的基本内容。

十多年是一段不短的时光，我的晚清五四散文研究也是一种月积年累的“行进”。著作中的一些章节分别发表在《中国社会科学》《文学评论》《中国现代文学研究丛刊》《文艺理论研究》《学术研究》《文史哲》等刊物，《新华文摘》转载了其中有些创意的论说。刊物的鼓励，直接激活了我于忙碌中静安于学术、不离不弃的内生动力。感谢王兆胜先生为拙著作序。兆胜是年轻一代中研究现当代散文的主要学者。早在十多年前，他在《2003年中国散文研究概论》中，就对我的研究给予了充分的关注，这使我增添了研究散文的自信。他的序流淌着情趣意味，更像是一篇散文，如冬日暖阳，温暖我的身与心。人生寻常，抱朴守真，静虚充实，我当努力。拙著责任编辑郭主任晓鸿博士，我未曾谋面，而“晓”字感应。她辛勤的专业的工作，使拙著得以顺利出版。我由衷地感谢她的帮助！

晚清与“五四”，多质纷呈。拙著自然只是一种有限的写作。期待着读者与学者的批评指正。

2015年12月16日写于虞山尚湖之间